北欧
文学译丛

神秘

Mysterier

[挪威] 克努特·汉姆生　著

石琴娥　译

中国国际广播出版社

绚丽多姿的"北极光"

——为"北欧文学译丛"作的序言

石琴娥

2017 年的春天来得特别地早，刚进入 3 月没有几天，楼下院子里的白玉兰已经怒放，樱花树也已经含苞待放了。就在这样春光明媚、怡人的日子里，我收到中国国际广播出版社文史编辑部主任张娟平女士打来的电话，想让我来主编一套当代北欧五国的文学丛书，拟以长篇小说为主，兼选一些少量有代表性的短篇小说、诗歌等，篇目大约为50—80 部左右。不久之后，中国国际广播出版社的王钦仁总编辑和张娟平主任又郑重其事地来到寒舍，对我说，他们想做一套有规模、有品位的北欧文学丛书，希望能得到我的支持，帮助他们挑选书目、遴选译者，并担任该丛书的主编。

大家知道，随着电子阅读器和智能手机的普及，越来越多的人通过电子设备来阅读书籍。在目前的网络和数码时代，出现了网络文学、有声书和电子书，甚至还出现了人工智能创作的作品，纸质书籍受到极大冲击，出版纸质书籍遇到了很大困难。有的出版社也让我推荐过北欧作品，但大都是一本或两本而已，还有的出版社希望我推荐已经过版权期的作品，以此来节省一些成本。而中国国际广播出版社却希望出版以当代为主的作品，规模又如此之大，而且总编辑又亲临寒舍来说明他们的出版计划和缘由，我被他们的执着精神和认真态度所感动，更被他们追求精神品位的人文热情所感动。我佩服出版社的魄力和勇气。面对他们的热情和宝贵的执着精神，我怎能拒绝，当然应该义不容辞地和他们一起合作，高质量、高品位地出好这套丛书。

大家也许都注意到，在近二三十年世界各国现代化状况的各类排行榜上，无论是幸福指数，还是GDP或者是人均总收入，还是环境保护或者宜居程度，从受教育程度和质量、医疗保障到养老、失业等社会保障，还有从男女平等到无种族歧视，等等，北欧五国莫不居于世界最前列，或者轮流坐庄拿冠夺魁，或是统统包圆儿前三名，可以无须夸张地说，北欧五国在许多方面实际上超过了当今世界霸主美国，而居于当今世界发达国家最前列，成为世界现代化发展中的又一类模式。

大家一般喜欢把世界文学比作一座大花园，各个时期涌现出来的不同流派中的众多作家和作品犹如奇花异葩、争妍斗艳。北欧文学是这座大花园里的一部分，国际文学中，特别是西欧文学中的流派稍迟一些都会在北欧出现。北欧的大自然，由于地理位置、自然环境和气候条件，没有小桥流水般的婀娜多姿，而另有一种胜景情致，那就是挺拔参天、枝叶茂盛的大树，树木草地之间还有斑斓似锦的各色野花和大片鲜灵欲滴的浆果莓类。放眼望去，自有一股气魄粗犷、豪放、狂野、雄壮的美。北欧的文学大花园正如自然界的大花园一样，具有一股阳刚的气概、粗豪的风度。它的美在于刚直挺立、气势崴嵬。它并不以琴瑟和鸣般珠圆玉润和撩拨心弦的柔美乐声取胜，却是以黄钟大吕般雄浑洪亮而高亢激昂的震颤强音见长。前者婉转优雅、流畅明快，后者豪迈恢宏、气壮山河。如果说欧洲其余部分的文学是前者的话，那么北欧文学就是后者。正如鲁迅所说，北欧文学"刚健质朴"，它为欧洲文学大花园平添了苍劲挺拔的气魄。以笔者愚见，这就是北欧五国文学的出众特色，也是它们的长处所在。

文学反映社会现实。它对社会的发展其功虽不是急火猛药，其利却深广莫测。它对社会起着虽非立竿见影却又无处不在的潜移默化作用。那么，北欧各国的当代文学作品是如何反映北欧当代社会的呢？它对北欧各国的现代化发展是不是起了推动促进作用了呢？也许我们能从这套丛书中看到一些端倪。

北欧五国除了丹麦以外，都有国土位于北极圈或接近北极圈。北极光是那里特有的景象。尤其到了冬天夜晚，常常能见到北极光在空中闪烁。最常见的是白色。当然有时也能见到五彩缤纷、绚丽多姿的北极光。北欧五国的文学流派众多，题材多样，写作手法奇异多姿，犹如缤纷绚丽的北极光在世界文坛上发光闪烁。

北欧包括 5 个国家：丹麦、芬兰、冰岛、挪威和瑞典。讲起当代的北欧文学，北欧文学史上一般是从丹麦文学评论家和文学史家勃朗兑斯（Georg Brandes，1842—1927）于1871 年末在丹麦哥本哈根大学所作的《十九世纪文学主流》算起，被称为"现代突破"。从 19 世纪的 1871 年末到目前21 世纪的 2018 年近 150 年的时间里，一大批有才华的作家活跃在北欧文坛上。在群英荟萃之中，出现了几位旷世文豪，如挪威的"现代戏剧之父"亨利克·易卜生，瑞典文学巨匠——小说家、戏剧家斯特林堡和荣获诺贝尔文学奖的第一位女作家、新浪漫主义文学代表塞尔玛·拉格洛夫，丹麦

1944 年诺贝尔文学奖获得者约翰纳斯·维尔海姆·延森和芬兰的批判现实主义作家约翰·阿霍等。"北欧文学译丛"拟以长篇小说为主,间选少量短篇作品,所以除了易卜生,因其作品主要是戏剧外,其他几位大家的作品我们都选编进了本系列。这些巨匠有的是当代北欧文学的开创者,有的是北欧当代文学中各种流派的代表和领军人物,都是北欧当代文学中的重要作家,他们的作品经历了时间考验。

在北欧文坛中,拥有众多有成就有影响的工人作家是其一大特色。有的还获得了诺贝尔文学奖,成为世界级的大文豪。这些工人作家大多自身是农村雇工或工人,有过失业、饥饿或其他痛苦的经历,经过自学成为作家。他们用笔描写自己切身的悲惨遭遇,对地主、资产阶级剥削和压榨写得既具体细腻,又深刻生动。正是他们构成了北欧 20 世纪以来现实主义文学的主流。在这些工人作家中最突出的有丹麦的马丁·安德逊·尼克索和瑞典的伊瓦尔·洛-约翰松等。对这些在北欧文坛上占有重要地位的工人作家的作品,我们当然是不能忽略的,把他们的代表作选进了这套丛书之中。

除了以上这些久享盛誉的作家外,我们也选了新近崛起的、出生于 1970 和 1980 年代的作家,如出生于 1980 年的瑞典作家乔安娜·瑟戴尔和出生于 1981 年的挪威作家拉斯·彼得·斯维恩等。他们的作品在北欧受到很大欢迎,有的被拍成电影,有的被搬上舞台。这些作品,虽然没有经历过时间的考验,但却真实地反映了目前北欧的现状,值得收进本丛书之中。

从流派来看,我们既选了现实主义作品,也不忽略浪漫主义、超现实主义和意识流的作品,力求使读者对北欧当代文学有个较为全面的印象。从作家本人的情况看，我们既选了大家公认的声誉卓越的作家的作品，也选了个别有争议作家的作品，如挪威作家克努特·汉姆生，他是现代挪威、北欧和世界文坛上最受争议的文学家。他从流浪打工开始，1920 年成为诺贝尔文学奖得主，晚年沦为纳粹主义的应声虫和德国法西斯占领当局的支持者，从受人欢呼的云端跌入遭国人唾骂的泥潭，而他毕竟是现代主义文学和心理派小说的开创者和宗师，在 20 世纪现代文学中扮演了承上启下的转型角色。我们把他的"心理文学"代表作《神秘》收进本丛书。这部作品突破传统小说的诸多常规要素，着力于通过无目的、无意识的内心独白，以及运用思想流、意识流的手法来揭示个性心理活动，并探索一些更深层次的人生哲理。1978 年诺贝尔文学奖得主、美国作家艾萨克·辛格说："在我们这个世纪里，整个现代文学都能够追溯到汉姆生，因为从任何意义上他都是现代文学之父……20 世纪所有现代小说均源出汉姆生。"我们把这个有争议作家的作品选入我们的丛书，一方面是对北欧和世界文学在我国的译介起到补苴罅漏的作用，另一方面也可进一步了解现代文学的来龙去脉，以资参考借鉴。

总之，我们选材的宗旨是：把北欧各国文学史中在各个时期占有重要地位作家的代表作收进本丛书。虽然本丛书将有 50—80 部之多，但是同 150 年的时间长河和各时期各流派的代表作家和作品之多比起来，这些作品还是不能把所有重要作家的作品全部收入进来。譬如瑞典作家扬·米尔达尔（Jan Myrdal，1927—　　）是 20 世纪 60 年代中期出现的一种新兴文学——报道文学的代表人物之一，他的《来自中国农村的报告》（1963）成为当时许多国家研究中国问题的必读参考材料，被译成十几种文字多次出版。尽管他的这本书因材料详尽、内容真实、记载细腻而风靡一时，但在这套丛书中，不得不割爱，而是选了其他在国际上更为著名的瑞典作家作品。

本丛书中的所有作品，除了极个别以外，基本都是直接从原文翻译，我们的目的是想让读者能够阅读到原汁原味的当代北欧文学。同英语、俄语、法语等大语种翻译比起来，我们直接从北欧语言翻译到中文的历史不长，译者亦不多，水平不高，经验也不足，译文中一定存在不少毛病和欠缺之处，望读者多多包涵，也请读者给我们提出宝贵的建议和意见，便于我们改进。

本丛书能够付梓问世，首先要感谢中国国际广播出版社社长张宇清先生和总编辑王钦仁先生，没有他们坚挺经典文化的执着精神和开拓进取的勇气，这部丛书是不可能跟读者见面的。我还要感谢本书所有的编委，是他们在成书过程中做了大量工作，从选材、物色译者到联系有关国家文化官员和机构，都付出了辛勤的劳动。不仅如此，他们还亲自翻译作品。没有他们的默默奉献和通力合作，这部丛书是难以完成的。在编选过程中，承蒙北欧五国对外文化委员会给予大力帮助和提供宝贵的意见，北欧五国驻华使馆的文化官员们也给予了热情关怀，谨向他们致以衷心的感谢。对编选工作中存在的疏漏和不足，还望读者们不吝指正。

2018 年 6 月

于北京潘家园寓所

石琴娥，1936年生于上海。中国社会科学院外国文学研究所北欧文学专家。曾任中国－北欧文学会副会长。长期在我国驻瑞典和冰岛使馆工作。曾是瑞典斯德哥尔摩大学、丹麦哥本哈根大学和挪威奥斯陆大学访问学者和教授。主编《北欧当代短篇小说》、冰岛《萨迦选集》等，为《中国大百科全书》及多种词典撰写北欧文学、历史、戏剧等词条。著有《北欧文学史》、《欧洲文学史》（北欧五国部分）、"九五"重大项目《20世纪外国文学史》（北欧五国部分）等。主要译著有《埃达》《萨迦》《尼尔斯骑鹅旅行记》《安徒生童话与故事全集》等。曾获瑞典作家基金奖、2001年和2003年国家图书奖提名奖、第五届（2001）和第六届（2003）全国优秀外国文学图书奖一等奖、安徒生国际大奖（2006）。荣获中国翻译家协会资深荣誉证书（2007）、丹麦国旗骑士勋章（2010）、瑞典皇家北极星勋章（2017）等。

译　序

汉姆生——一个有争议的文学家

石琴娥

一

克努特·汉姆生（Knut Hamsun, 1859—1952），原名彼德森，出生在挪威居德布兰峡湾洛姆，后来举家迁至更北的哈马略。

汉姆生的父亲是个农夫兼裁缝，家境贫困；妻子体弱多病；子女众多，在 7 个儿女里汉姆生排行老四。因此汉姆生童年起就牧牛羊干农活，仅零星上过一点点学，他的学历总计为 252 天。他在 14 岁以后便外出流浪谋生，打工扛活，当过鞋匠，送过煤，干过农庄雇工、脚夫、仆役等苦力，劳动笨重仍难以糊口，饥饿的苦楚如魔影般笼罩着他。1882 年，他成为挪威拥向新大陆讨生活的移民洪流中的一员，奔赴美国。身上没有钱，连从汉堡到美国的船票都是德国朋友垫付的。当时他只有 23 岁。

他起先在贮木场和种植园当苦力，后来一个挪威牧师兼作家雇佣他当秘书。他在牧师家的图书馆阅读到大量文学书籍，辛勤自学，得益匪浅。正当如鱼得水之际，他患上了当时仍被认为是绝症的肺结核。他只得返回家乡等死，但是他的肺病竟不治而愈。1886 年他又去美国打工，先在农场干杂活，又沿街叫卖当廉价商品推销员，后来在芝加哥当电车售票员。1888 年秋，他满怀失望和憎恨地离开美国返回挪威。

当年丹麦期刊上发表了他的小说《饥饿》第一部分。1890

年又以单行本出版了他的处女作《饥饿》。这部长篇小说在欧洲引起莫大轰动。次年，德、俄文版译本相继出版。《饥饿》和接踵而来的《神秘》（1892）以及《牧羊神》（1894）三部经典之作确立了汉姆生的现代文学宗师地位。1920年，由于他里程碑式的作品史诗小说《大地的成长》（1917），汉姆生获得了诺贝尔文学奖。在他70岁生日之际，挪威出版了纪念文集，世界各国著名文学家为之撰文称颂。这是汉姆生一生中最辉煌、最杰出的时刻。

二次大战期间，80岁高龄的汉姆生投敌附逆，公开表明支持法西斯主义和纳粹德国对挪威的占领。1945年汉姆生被起诉获罪课以重罚。1949年出版自传《在芜蔓覆盖的小路上》。1952年在贫病中死去。

二

汉姆生从事文学创作长达70年之久，而且是个多产的作家，文学作品多达40余部，其中包括长篇小说22部、剧本6部、短篇小说3部、诗集1部、文论集4部、自传1部，此外还有报刊文章及通信等。

汉姆生从小酷爱听故事、讲故事，他的家乡居德布兰峡湾一带是挪威口头文学的发祥地和流传麇集所在。他的流浪打工经历使他比同龄人阅历到更多的世态人生。他没有上过几天学，然而干活之余便不懈不馁地埋头读书，好学不倦，竟至自学成才，应该说他吃苦耐劳、刻意上进、鼎新求锐的精神才使他得以从一个半文盲的流浪汉成功地攀登上挪威乃至世界文坛的高峰，跻身于世界文学巨擘之列。这样的传奇经历不仅在诺贝尔文学奖得主里，甚至在世界文坛上，亦是罕见的。

他从 17 岁开始就在打工之余从事写作。他的第一部小说《谜团一样的人》（1877）、第二部小说《比约格尔》虽在当地发表，但被奥斯陆出版社拒稿，因这两部作品讲的都是穷小伙追求富家女的故事，题材既无新意，语言亦欠火候。8 年后的长篇小说《弗里达》和长篇叙事诗《和解》亦遭同样命运。然而 14 年的失败并没有使他丧失信心，他仍蓄意求锐进取，终于在 31 岁时推出了突破现成框框的新浪漫主义小说《饥饿》，从此一举成名。

汉姆生的 22 部长篇小说大致可分成四类：

第一类是史诗型的，落笔点放在探讨"根"的问题。此类作品基调在于显示城市化和工业化对人居环境和人类心灵所施加的压制和造成的束缚；现代化将农民从大地里连根拔起，迫使他们离开祖辈居住的热土，背井离乡，移植到完全陌生的环境里去重新扎根，以致蒙受无力担当的艰辛和难以克服的心理震悚。此类作品虽然从一个侧面揭露了资本主义掠夺式的开发对人类本身和人类居住环境造成的浩劫，但是作品中提出的回归自然、回归农业文明的理想主义前景却是逆潮流的空想。其典型作品为《大地的成长》（1917）、《新土地》（1897）等。

第二类作品以表现现代人的内心生活为主题，亦即心理派小说。此类作品所表现的已不再是人的外部生活，也不再刻意追求故事情节的生动性、突发性和连续性，结果既没有起伏跌宕的戏剧化的低回和高潮，也往往缺乏首尾相呼应的线索。作品的着力点由情节转移到人的心理反映，表现意识、无意识、下意识和潜意识之间的错综复杂关系，也记录了脑海里漫无边际的思维和想象，通过主人公的内心独白和意识流道出了个性特征以及理智与官能之间纠缠不休的碰撞。其典型作品为《饥饿》（1890）、《神秘》（1892）和《牧羊神》（1894）。汉姆生也正是凭借了这三部作品为现代主义文学和心理派小说开创了一个全新的世界。

汉姆生的爱情小说共两部:《牧羊神》和被列为世界爱情小说经典的《维多利亚》(1898)。由于这两部作品虽以爱情为主题,着墨点仍然是主人公的内心活动和对爱与恨的心理矛盾,因而仍可归类于心理派小说。

第三类是社会文明批判小说。此类作品大抵是以历史题材为背景,描写美好的古老的农业文明的衰落凋敝,以及人类为追求物欲满足而不惜毁坏自然环境,结果造成两败俱伤。作品借古喻今,表露了对简朴甚至原始的生活方式和社会结构的向往,并且崇尚农业文明里由族长主宰一切的家族宗法统治。此类作品与《大地的成长》等颇有雷同之处,其典型作品有《时代之子》(1913)、《塞格福斯城》(1915)和《井边女人》(1920)等。

第四类是流浪汉小说。此类小说已不再是传统意义上的欧洲流浪汉小说,而是与马克·吐温的风格和笔调颇为相似。由于作家本人颠沛漂泊的生活经历,以及在流浪打工时的耳闻传说,再加上作家通过各种途径收集的丰富资料,流浪汉小说涉及的人生层面广泛。写作手法上通过一个或数个流浪汉之口讲故事的形式,一个故事引出另一个故事,大故事套小故事,天南海北,无所不谈,而且突出了荒诞性。其典型作品有:《漂泊的人》(1927)、《八月》(1930)、《人生向前》(1933)等。在《漂泊的人》里,汉姆生显示了外部生活对人的生存基础的侵蚀,人的非人化导致人与自我都异化得难以沟通,于是整个人世就变得荒诞不经了。作品里主人公奥古斯特本是个老眨眼睛、腼腆羞怯的小伙子,为了谋生出海闯荡,浪迹天涯,饱受艰辛和孤独煎熬。随着眼界骤开,见多识广,他也由朴实的农民变为城市浪子。在商品化、城市化和物欲横流的时代精神腐蚀下，奥古斯特成了一个"无所不知"的"万事通"，却又是世故圆通的"吹牛家"和蝇营狗苟的机会主义者。待到终于忍受不住孤独，重新返回农村，结婚定居时，他又找回了失落已久的本能和自我。这样一个血肉饱满、性格分明的人物的异化表现了现代社会非人化的全过程。

《大地的成长》在汉姆生众多作品里占有一个特殊的位置。一方面它是遵循传统手法创作的"一部里程碑式的史诗作品"，另一方面是在这部被誉为"农夫福音书"的作品里刻画出了一个悖晦悖理的、逆社会潮流而动的现代农夫形象。这部作品的主题十分明确：工业化（矿山）和商品化（商店）的兴起造成农业文明（农村）的凋敝衰竭；现代化文明（城市化）正在促使人类抛弃千百年来的固有传统：土地、农庄、牲畜，还有家法族规和家族宗法统治；因而提出人争取生存的最神圣的使命：土地和粮食。

这部作品浸润着作家对土地和对古老的，甚至是原始的农业文明的热爱，也表达了对田园牧歌式回归自然的由衷赞美。汉姆生从 9 岁起就在农田里干杂活和放牧牛羊，后来又在美国一些地方的种植园和农场里当苦力，流浪生涯不仅使他饱尝艰辛，而且饥饿总是如影随形般追逐着他。因此，土地和粮食在他头脑里是一桩头等大事，而现代化文明并不是抵抗饥饿的武器，甚至还会带来破坏性的反作用。因此他在作品里大声疾呼：现代化、城市化和商品化的洪流冲刷侵蚀了人类赖以生存的基石，把人与自然之间的和谐、人与人的亲情和友谊、人对土地的热爱全都畸形扭曲，沦为利益的奴隶。历尽九百多年沧桑的农庄形式的社会结构濒临土崩瓦解，早先在这个有"根"的组合体里人心很齐，相互默契配合，因为每个人都知道自己应该干什么，怎样生活，自己的位置何在。但是农民们被连"根"拔起，移植到无"根"的城市中去，而在城市文明里他们彼此疏远冷漠，越来越个人主义化。因此，作家认为，只有回归朴素的农业文明和家长制的宗法统治，人与自然之间的和谐才能得以恢复并维持下去；只有在人被容许回归到自然状态，消除文明状态强加给人的种种人工陶冶之时，人才能得到真正的解放，才能享受到自然赋予的本能。

《大地的成长》艺术成就在于塑造出一个真实的农夫艾萨克，一个与土地和粮食息息相通的劳动者，并且以这样的一个农夫作为全书的主人公，这在欧美文学作品里如果不是绝无仅有，恐怕也是凤毛麟角，因为别的欧美作家往往缺少这样的亲身长期饱尝艰辛的实际生活磨炼。

长篇小说《饥饿》（1890）是汉姆生的成名作，也是被称为新浪漫主义和现代主义的开篇之作，是一部以自述体裁写成的作品。自此以后作家再也没有采用以第一人称的笔法来写作。

《饥饿》中，小城里的文学青年"我"贫困潦倒靠卖文为生，但投稿遭退时便无钱买面包，只得饥肠辘辘遛大街逛公园。由于极度饥饿，主人公"我"产生了怪诞的幻觉妄念。作家本人十多年来饱尝饥饿的滋味，最长一次达三昼夜，这些亲身经历在这部作品中得到了充分反映，因而作品中表现挨饿的心理反应和情绪骚动的描述是细腻入微、逼真可信的。作品本身没有什么动人的故事情节，而是大量描写心理活动，还第一次启用了当时鲜为人知的思想流意识流手法。因此这部作品引起巨大轰动，欧美各国竞相译介。

《神秘》（1892）是《饥饿》的姊妹篇，是一部主观性极强的直觉主义作品，构成了心理小说派的基石之一。由于含意扑朔迷离，文字深奥晦涩，它和后来乔伊斯的长篇小说《尤利西斯》（1922）一样被称为"看不懂的天书"。作品的故事荒诞不经却又平淡无奇，情节似有若无：特立独行的厌世者、农学家纳吉尔，从海上客临滨海小城，在爱情受挫和被社会报以白眼之后，精神失常，纵身跃入大海，不知所终。国际上主流看法认为，这部作品的深奥寓意在于表现现代耶稣来到人间救世济民，但是他却无法像昔日耶稣那样历经传播福音、道成肉身、创造奇迹、殉教归主，从而平息上帝怒火，洗涤人类罪恶。而作为耶稣化身的纳吉尔却在现代社会的坚墙面前处处碰壁。麻木不仁、只顾各自眼前利益的现代人对他严加拒斥，不肯接纳，甚至他主动献上一片赤诚爱心亦无人愿意领受。纳吉尔在自杀之前的胡思乱想被认为是耶稣赴死前在客西马尼园的凄惘失落感。纳吉尔的种种疯癫僭妄的念头无非想说："我就是道路，就是真理和精神；若不凭借我，谁都休想能到吾父上帝那里去！"然而在现代社会里人的意念已被物欲所充溢，既不要真理和精神，也不谋求去见上帝，于是这位现代救世主纳吉尔空怀满腔拯民于水火的使命感却无法完成牺牲自己、献身救众的伟业；他的雄心壮志和他的慷慨行动都变成了令人难以理解的笑柄。作品里除了主人公纳吉尔之外，其余的人物个个都是不相同的符号，他们身后各有一串寓言式的隐喻。作品中的"神秘"究竟作何所指，国际研究界亦颇有争议，主流看法一般认为"神秘"隐喻着"博爱"，因为"爱"是"永远蒙着面纱的神秘"，由"爱"产生渴望、欢乐、悲哀，乃至仇恨；亦有一种看法认为"神秘"是表现酒力作祟下的狂喜与苦恼，因而可称为是"狄俄尼索斯 [①] 悲剧"的典型。世界文坛对这部作

---

① 狄俄尼索斯（Dionysus），希腊神话里的酒神。

品褒贬不一，比昂松①、阿瑟·米勒等一批著名作家认为这部作品是"汉姆生的最真诚、最出色的小说""一部惊世骇俗的伟大杰作"，而有人则认为这是一部"相当不成功之作""流产的佳作"，但是争议双方都一致认为它是一部"19世纪最具有挑衅性的作品"，因为它触及了人的心灵深处的"含羞草一般"的敏感地区。汉姆生在这部作品里突破了传统小说的诸多常规要素，如情节的条理性、讲述的连贯性、人物的逼真性和丰满性，以及性格描写的前后一致性等，着力于通过无目的、无意识的内心独白（如追忆、狂想、梦呓等），以及思想流、意识流的运用来揭示个性心理活动现象，接触并探索一些更深层次的人生哲理。作为现代文学和心理学派小说的叫阵闯关之作，《饥饿》和《神秘》都存在明显的先天性缺陷与不足，远不像后来的《尤利西斯》《变形记》等成熟臻美，但是它们的重要之处在于是心理文学的滥觞，也是现代文学对传统文学的首次突破和转型。

《牧羊神》（1894）和《维多利亚》（1898）是汉姆生仅有的两部爱情小说，但是《牧羊神》的着力点依然放在透过情爱之网去探索人生哲理。《维多利亚》是作家自己深为满意的爱情小说，并且已被列为世界爱情小说的经典作品。这两部作品所描写的爱情，既没有卿卿我我，也没有缱绻缠绵，更没有哀艳悱恻。这是因为汉姆生推崇叔本华的爱情观，那就是：爱情是欢乐枯竭、苦恼喷涌的源泉。或者说在爱情和婚姻的范畴里，汉姆生和尼采的观点几乎别无二致，即大自然归根到底是一男

①　比昂斯藤·比昂松（Bjørnstjerne Bjærnson, 1832—1910），挪威作家，作品有戏剧、小说和诗歌。他积极主张争取民族独立，发展挪威民族文化。是挪威当时著名的社会活动家。1903年获诺贝尔文学奖。

一女，男性代表阳刚，体现"力"和"本能"，务必主宰世界；女性代表阴柔，体现情色肉欲和繁衍生育。由于爱情本身就是一场征服，作为强者的男性必须实现其权力意志，而作为弱者的女性只能服从。正是基于这样的观念，汉姆生作品里的爱情也只能是畸形和变态的，在这种以体现男性权力意志为导向的"爱情"里，难以见到温暖色调的渴望、追求和欢乐，而入目所见的只有冷酷色调的苦恼悲哀和折磨，甚至还有死亡相随，正如哈特曼[①]的露骨语言："爱情这头恶魔，时时在索取它的牺牲。"

汉姆生也创作戏剧和诗歌，共创作了6部戏剧和1本诗集。戏剧有《国门》（1895）、《人生游戏》（1896）、《晚霞》三部曲（1897—1903）和《暴力人生》（1910）。诗作和戏剧虽然笔触空灵，但结构散漫晦涩难懂，不易为观众所接受。例如他的最佳剧作《人生游戏》取材和表现方式与斯特林堡的《梦戏》颇为雷同，问世早于后者两年，却远不如后者获得巨大反响。因此，汉姆生仅以小说家而著称。

三

汉姆生是现代挪威、北欧和世界文坛上最受争议的文学家。他从流浪打工蹚起走红，成为诺贝尔文学奖得主，又从受人欢呼的云端跌入遭国人唾骂的泥潭，这番大起大落、曲折传奇的人生经历确实在近代世界文学史上是少见的。然而争议的焦点

---

① 哈特曼（Eduard von Hartmann，1842—1906），德国唯心主义悲观论哲学家。

还不在于他本人的功罪是非，而在于他所开创的现代文学和心理派文学。

　　早在1891年汉姆生就对亨里克·易卜生等挪威和欧洲主要文学巨匠进行了一场猛烈的攻击，指责传统文学缺乏能力来承担起表现人的心理状态的重任，传统文学里的人物性格典型化，言语行动都按既定模式来描写而缺乏个性心理，其命运受到外力支配而无法自己掌握。汉姆生反对因循传统只着笔于模仿、描写和陈述平庸之辈的日常琐事和人生中的七情六欲，而是要努力表现那些超于常人的最精粹的人的内心世界和个性心理，通过表现其主观意志来勾勒客观世界，只有现代心理的介入才能将现代人的非理性思维的直觉性和内向性表现透彻，才能把现代文明的荒诞性和非理性演绎精辟。汉姆生提出：这种把主观意志凌驾于一切客观之上的创作手段是将对社会和环境等物化了的外部世界的刻画延伸到探讨人的精神奥秘、无规律的官能反应和意识或无意识，作家应敏感地捕捉到此类心理活动和思维现象，哪怕是最小的灵魂颤动，并且用独创的语言技巧来表现这一片新天地。因此，汉姆生主张：现代作家应该是心理学家，应该启开和审讯每一个灵魂，把它放到放大镜下来观察。作家应演绎出现代人悖逆情理的心理特质，表现他们的分裂混乱而又极不和谐的思维活动，要把他们头脑中的自相矛盾、无目的、非理性的跳跃式思维和自由联想还原出来。汉姆生的心理文学主张实际上就是把柏格森的主观直觉主义、尼采的唯意志论、荣格的心理解剖法和弗洛伊德的精神分析法等哲学原理和现代心理学融合和糅杂到文学创作中来，运用大段不受理性意识所调控的"内心独白""思想流""意识流"等手法来表现人性，从而开创了文学创作楔入人的自我意识和心理的再现和解释的新领域。但是在起初阶段此类现代主义作品不大为当时的世界文坛所认同，仅有德语、俄语地区有些回应表示尚可接受，如卡夫卡等；英语地区响应者甚寥。直到20世纪20年代乔伊斯、英国的沃尔夫、美国的福克纳，还有法国的普鲁斯特，将这一手段运用到他们的文学创作之中，由此带动了一大片地区，出现了五花八门的现代主义文学作品，包括现代小说和新小说，荒诞戏剧亦得以应运而生。在谁是现代文学开山鼻祖问题上也存在巨大的争议，英国和英语地区大抵尊乔伊斯为始，但美国和德、俄、法语及其他语种地区则奉汉姆生为先。

必须说明的是：汉姆生虽说是开创现代文学和意识流这一流派的宗师，但是心理描写历来是欧美传统文学的拿手强项，尤其是俄国文学和法国文学。福楼拜在《包法利夫人》里对爱玛服下毒药后的整整6页的心理描写真可谓淋漓尽致得令人亲历其境；陀思妥耶夫斯基则是描写人的内心世界的第一人，从表现力和深刻度来说，陀氏远在汉姆生之上，不仅笔力高出一筹，其哲理思想亦更为深邃透彻，可以说，陀氏对人生阴暗面的揭露、对畸形的人生和对理智失衡的人性内涵的描述，乃是汉姆生表现心理变态的范本。事实上，汉姆生的确深受俄罗斯文学尤其是陀思妥耶夫斯基的巨大影响。汉姆生作品显而易见地蒙上了一层俄罗斯文学的风格色彩，尤其在《大地的成长》中，而在《饥饿》《神秘》等作品里可以看到《卡拉马佐夫兄弟》《罪与罚》《群魔》《白痴》的痕迹。在汉姆生笔下的人物身上可以隐约认出《卡拉马佐夫兄弟》里的伊凡和阿廖沙哥儿俩、《白痴》里的梅什金、《群魔》里的尼古拉·斯塔夫罗金等人物的影子，甚至还有像屠格涅夫的《罗亭》里的"多余的人"这种典型人物的形象。此类情况在北欧其他作家的作品里似乎很少见到。欧洲评论界流行的观点是：汉姆生对20世纪现代文学的影响相当于果戈理对19世纪俄罗斯文学的作用，即扮演了承上启下的转型角色。这是因为汉姆生摒弃了传统文学中作家"无所不知、无所不能"的主宰地位，而是站到偷窥者的角度来观察，将作家自己的内在心理和精神状态赤裸裸地暴露于大庭广众面前，因此他的作品往往貌似结构松散缺乏逻辑，却仍然能够吸引眼球。以汉姆生为发端的荒诞谵妄和意识流等现代表现手法经过近30年的锤炼才在卡夫卡的《变形记》和乔伊斯的《尤利西斯》里趋于臻美，达到高峰。乔伊斯原先推崇易卜生，并发表过论述易卜生的专著，但是当他声称"易卜生要比莎士比亚高出一头"言犹在耳之际，他却改变风格由易卜生式的写实主义悄悄改变为汉姆生式的现代主义。《尤利西斯》可说是现代小说中的登峰之作，女主人公莫莉的长达40页的无标点内心独白令人拍案叫绝。美国评论界则把汉姆生说成是"半个陀思妥耶夫斯基加半个马克·吐温"，即心理文学那一半是陀思妥耶夫斯基的，流浪汉那一半是马克·吐温的。

关于汉姆生对世界文坛的影响，不妨将欧美主流评论简扼综述于下：英国历史传记家罗伯特·弗格森将他誉为20世纪最重要、最有创意的作家，并说："欧美健在的文学家里恐怕没有哪位不曾受到过汉姆生的影响，不管他们本人是否意识到或肯不肯承认。"美国作家艾萨克·辛格（1978年诺贝尔文学奖得主）说："在我们这个世纪里，整个现代文学都能够追溯到汉姆生，因为从任何意义上他都是现代文学之父……20世纪所有现代小说均源自汉姆生，包括他的主观意识、他的印象主义，还有他的追忆倒叙，等等。"德国作家托马斯·曼（1929年诺贝尔文学奖得主）说："没有一个作家比汉姆生更值得拥有诺贝尔文学奖。"法国作家安·纪德（1947年诺贝尔文学奖得主）说："汉姆生风格近似陀思妥耶夫斯基，却比陀氏更伟大。"美国作家海明威（1954年诺贝尔文学奖得主）甚至声称汉姆生教会了他怎样写小说，他但愿自己能够像汉姆生那样写作，当然这只是海明威的自谦之词，其意并不在于从师学艺，而是获得了启迪："原来小说也可以这么写！" 1929 年在汉姆生70 岁生日之际发行了纪念文集，多位具有世界声望的作家撰文或发表演说，向这位现代文学的先驱表示祝贺，其中有德国作家托马斯·曼、法国作家安·纪德、苏联作家高尔基、英国作家高尔斯华绥（1932 年诺贝尔文学奖得主）等人，可谓世界文坛的一桩盛事。卡夫卡、布莱希特、美国作家亨利·米勒、苏联作家帕斯捷尔纳克、奥地利作家罗伯特·穆齐尔也曾先后对汉姆生给予盛赞。

汉姆生开创的现代文学历今已有 120 余年了，在过去的百年多时间里，现代主义已发展成为一个不容忽视的流派，一个足以与传统文学相互抗衡的流派。它已经壮大到不仅可以向传统文学叫阵挑战，而且还渗透到传统文学之中。举例来说，传统文学历来讲究的是"描写"，而现代文学摒弃"描写"主张"表现"，如今在传统文学里也早已转而采取"描写"和"表现"两者并重，并且吸收了不少现代文学的写作技巧。至于荒诞谵妄、思想流、意识流、内心独白、自由联想、跳跃式思维、主观直觉、梦想幻觉和意象比喻等现代文学所惯用的表现手法早已被认同接受，现在已司空见惯。现代主义文学本身又先后涌现出五花八门的分支旁系，如象征主义、表现主义、未来主义、超现实主义、存在主义、新小说、黑色幽默，等等，并且还衍生出了荒诞派戏剧等。现代文学的众多分支各自标新立异以离奇怪诞而鹊然兴起，但寿命一般不长，大抵短则十年左右、长则二三十年就趋于湮无声息或被新的分支所取代，往往其昌亦勃其亡亦猝。

对于汉姆生以后的现代文学走向往何处去、其发展趋势如何的问题在世界文坛上仍在争议中。一派看法认为现代文学已经或正在死亡，因而今后要以"后现代"或"超现代"的概念来取代。另一派认为现代文学方兴未艾，还有广阔的发展前景，甚至可以全面颠覆传统文学。这两派观点虽然判断上大相径庭，但是不管认为会大显神通还是会苟安存活，两者都倾向于现代文学不会突然消亡。现代文学作为一种文学创作手段，不论是否改头换面似乎还会存在相当长时间，因为从根本上说来，现代文学是人成为非人的异化现象的艺术反映，亦即表现人丧失了自我归属、失去了本性走向反面的非理性非人化这一主题，因而现代文学一般都支持并呼唤回归自然和寻找自我。而之所以出现这种文学创作手段恰恰是资本主义社会的产物，因为现代资本主义将人与社会、人与人、人与自然、人与自我这四种基本关系严重扭曲，造成了全面的异化，而现代文学表现的就是全面异化下的人性泯灭和由此而产生的人的精神创伤、变态心理、悲观厌世和绝望情绪。只要有非理性非人化的社会存在，就必然会有非理性非人化的文学创作手段出现并存在。至于现代文学全面颠覆传统文学的可能性恐怕多半是一厢情愿的，因为自汉姆生伊始，现代文学就显露出了自身的缺陷，无论从多层次结构到现实与梦幻结合，从偷窥性表现法到内心独白，从思想知觉化到意象比喻，都存在着大可訾议的毛病。最浅显的一条就是晦涩深奥、难于念懂，这个问题国际研究界亦颇有争议。肯定的一方言之凿凿地追捧说唯其如此作家方能达到释放自然本能和宣泄张扬自我的境界。否定的一方则指责其矫情、造作，说那只是作家为了兜售其主观意志而故弄玄虚，借文字游戏来卖弄文采和炫耀掌故知识，以显示其与众不同和才华惊人。对于现代文学，固然不必也不宜于去全盘肯定或否定，但是文学毕竟不是哲学或玄学，小说也当然不应该是经书更不该是天书，如果一本小说要看三百年也未必能读懂，岂非"阳春白雪"得太累人了吗？其实现代文学非但是人与社会、人与人、人与自然和人与自我的关系全面异化的反映，到最后连它本身也被异化得成为一种反文明、反社会和反人类的反文学了，因为在现代文学里几乎看不到光明、温暖、热情、向往，见到的似乎大抵是黑暗、阴冷、深沉和残酷。现代文学对主观直觉、无意识、寻求自我和回归本能的表现，到头来只能把自己推向一切事物的对立面。诚如法国作家萨特（1964年授予诺贝尔文学奖，但萨特拒领）在存在主义戏剧里的一句名言："他人即地狱。"作为现代文学的始作俑者，汉姆生果然应了这句谶语，他晚年失节坠入地狱。究其根本，栽下这一恶果的内因还在于他把一切都看成了地狱的积怨所致。汉姆生所开创的现代文学貌似渊博深奥，其实亦并不见得深不可测。有的评论一语道破个中诀窍：他的作品和抽象派绘画属于同一个原理，即不仅运用色彩，也运用光线和运动来表达，而色彩一经与光线和运动的任意组合便产生出变幻无穷的、意想不到的和令人眼花缭乱的印象效果来。

四

汉姆生是挪威举国上下最有争议的一个人物。这个人物昔日曾是民族的象征和国家的骄傲，而后却"异化"成了令人长久隐痛和尴尬难堪的溃疡疮伤。在这场旷时日久的争议中，双方壁垒森严阵线分明，声势大体旗鼓相当。有人说他是浮士德，一失足误入歧途，有人说他自己就是恶魔梅菲斯特，施展鬼蜮伎俩把别人引向地狱，有人说他是个糊涂而迷信的盲从者，有人说他是个不折不扣的纳粹主义分子。这场争议从 1945 年至今一直不曾止息过，国际上尤其欧美文学界对这场争议亦倍加关注并且参与其中。随着二战硝烟散尽七十余年来，争议双方对待这样一个历史上有污斑的人物的态度都逐渐有了松动，愿意相互沟通，逐渐表现出了宽容。其实争论双方各有各的盘算，各有一本难念的经，但是双方都不便明说出口，那就是：尽管争议双方都心照不宣地承认这个溃疡只会使民族蒙羞，然而双方却都刻意要避开有任何护短佐袒之嫌；如今双方都逐渐意识到，不管片面"义愤填膺"还是一味"慷慨激昂"，都暗藏着莫大的隐患与风险，因为问题核心已不在于这个人本身是不是个叛逆者和"亲德派"，而是是否一定需要在"汉姆生"这个名字上张贴永久性的纳粹标签，并且按照这一标签加以处置。

这桩案件可以分成法律和道义两个层面来阐述。从法律上来说汉姆生始终不曾以犯有叛国罪遭到起诉、审讯、判决和服刑。1945 年 10 月中旬汉姆生被强制做精神检查。检查的结果是："永久性精神损伤""已失去正常精神机能"。同年 11 月格里姆斯塔地方法院按《挪威法典》第 86 章节即民法条款处置汉姆生，裁定他由于参加"挪威民族统一党"[①] 而负有赔偿社会损失的责任。该法院判决并经上诉法院核定批准对汉姆生课以四十二万五千克朗罚款。汉姆生的妻子和大儿子则被以叛国罪起诉并按刑法判处有期徒刑。因此，汉姆生一案尽管闹出全国沸反盈天的轩然大波，但它本身居然不是刑事案，而是以追

---

① 挪威民族统一党（Nasjonal Samling parti，简称 NS），1933 年由吉斯林为首成立。吉斯林（Vidkun Quisling，1887—1945），1940 年德国攻占挪威后曾两度出任挪威傀儡政府首相，1945 年 10 月以叛国罪被处死。"吉斯林"一词随之成为卖国贼的代名词。

究民事责任来结案。这里需要顺便更正一句：有笔者参与撰写的《中国大百科全书》第二版有关词条和拙著《北欧文学史》等处说到汉姆生是"以叛国罪被判刑后因病获释"，这一说法显系混淆，是将这一家子的案情拧到一块儿去了。出现这类混淆一方面固然是材料来源的以讹传讹，另一方面也还由于这场官司本身的蹊跷：原本一家子并且还是同一案底的一桩案件却分割成三个个案做出分别裁处。汉姆生案件的司法程序中大概有难言的隐痛苦衷。它的背景是：挪威人在心目中通常将韦格朗[①]、比昂松和汉姆生看成是挪威的民族象征、国家的骄傲和文化伟人（易卜生当然在挪威文坛上名声同他们至少相等或胜出一筹，但他侨居国外二十七年之久，因而在公众心目中颇欠缺感情上的认同感）。在比昂松去世后，汉姆生便成了挪威举国公认的在挪威独立和文化发展中形成并奠定领袖地位的文学家和公众人物，此类扛大旗的领军资格乃是当时任何一个挪威文学家，包括曾获得1928年诺贝尔文学奖的温赛特[②]在内，所无法挑战和难以问鼎的。挪威人民富有勇于抵抗外来强敌的爱国主义光荣传统，即便德国法西斯悍然入侵之际，挪威政府和军民亦进行了顽强的抵抗，惜乎强弱过于悬殊而被占领，但挪威人民从没有放下武器，始终坚持武装斗争直到最后胜利。1945年5月7日德国占领军最高指挥官在奥斯陆向挪威抵抗运动代表投降，挪威也是欧洲唯一的被占领国地下抵抗武装正式出面接受德军缴械投降的国家。在抗击德国法西斯战争中还涌

---

① 韦格朗（Henrik Wergeland，1808—1845），挪威作家，五月宪法派领袖，曾为挪威的政治独立和文化发展做出巨大贡献。

② 温赛特（Sigrid Undset，1882—1949），挪威女作家，1928年诺贝尔文学奖得主。1940年德国法西斯入侵挪威时流亡美国，1945年返回挪威。

现出了诺达尔·格里格①这样奋勇抗战、在敌前壮烈牺牲的英雄文学家。正因为这种背景，挪威各界对汉姆生一案才会反应如此强烈，既有大声疾呼要求严惩的喊声，又有重重顾虑生怕举措失当唯恐在这个名字上张贴标签会成为"民族自尊心的永久溃烂的伤口"。有一种流行的说法是："如果汉姆生年轻二十或三十岁，毫无疑问必将以叛国罪遭受审讯并且服刑许多年。其他任何处置都是不可能的，如果法律面前人人平等的原则得到确认的话。问题在于他的年龄。"这话固然言之不差，然而除了法律之外，在还有一条准绳面前也是人人平等的，而且年龄并不成为问题，那就是道义。

从道义上来说，汉姆生晚年的确沦为纳粹主义的应声虫和德国法西斯占领当局的支持者。早在1910年汉姆生就公开表示亲德，从德皇时代到魏玛共和国到第三帝国都是如此，在第一、第二次世界大战期间他都公开宣称自己站在德国一边。汉姆生年轻穷困时参加挪威左翼党，而且是偏狂极左的无政府主义者。他痛恨仇视大英帝国，断言英国是一切罪恶的渊薮，挪威的全国大饥馑就是由于英国封锁政府的罪恶所造成，而只有腐朽衰败的英国没落消亡，世界才能得到拯救，因此，德国法西斯轰炸伦敦时他为之喝彩叫好。他亦蔑视美国，认为美国是工业化、城市化和商品化所催生的早产胎儿，他在《现代美国的精神生活》（1889）一书中着重揭露了美国的物欲横流、暴发户心态，等等。他认定只有德国才是代表未来的新世界新力量，因此他一直为德国说话，要求老朽的势力让路由新力量取而代之。1933年以后，他变本加厉支持德国法西斯。1934年

① 诺达尔·格里格（Nordal Grieg, 1902—1934），挪威诗人、作家，挪威共产党员，随英国空军轰炸柏林时阵亡。

他公开表示支持希特勒当元首。1935 年他撰文抨击德国和平主义者奥谢耶兹基①，招致包括温赛特在内的挪威 35 位知名作家联名公开谴责。1940 年 4 月 9 日到 1945 年 5 月 7 日德国法西斯占领挪威期间，汉姆生在挪威和德国报刊上发表过 15 篇公开支持德国法西斯和德国占领当局的文章，其中以呼吁挪威抵抗组织"放下枪回家来"和赞颂希特勒的两篇文章最为露骨。除此之外还曾于 1942、1943 年电台采访里发表过类似的言论。汉姆生说不上是种族主义者，因为未见到他支持过排犹或屠戮犹太人。美国研究人员艾伦·辛普森（Allen Simpson）1977年发表专文论述汉姆生并无反犹文章，仅在 1942 年 2 月在德国出现过一篇署名文章里有一处将罗斯福称为"那个为犹太人服务的犹太人"，而那篇文章既无挪威文原稿亦并非汉姆生的惯常笔调和用词，很可能是德国方面冒名发表的。至于汉姆生是否参加过"民族统一党"，也还存在争议。有人说只是"挂名的非积极党员"，而他本人则郑重声明除了左翼党之外他一生中再也没有参加过任何其他政党。不过从道义上来说他既然热衷支持德国法西斯和出面分化瓦解本国抵抗武装力量，党籍和名分也就不再是至关紧要的了。也有人说他既非通敌合作者亦非告密的内奸，仅写过十来篇带倾向性的文章恐怕难于算得上卖身求荣，况且他功成名就人生高峰已过，不至于再有名利动机。此言貌似公允，其实大谬不然，须知文人、名人的名气有如珍禽的翎羽，孔雀之所以是孔雀全在于它的周身羽毛尤其是尾翎的美丽。常言道"文人卖名，武人卖命"，说的就是这个道理。从道义上来说，汉姆生晚年变节就是在出卖他早年积

---

① 奥谢耶兹基（Carl von Ossietzky, 1889—1938），德国和平主义者，1931 年被捕入狱，1933—1936 年被希特勒投入集中营，1935 年获诺贝尔和平奖金，但因在囚禁中无法前去奥斯陆领取。

攒下来的名气，不管是整茬批发还是零售兜销，从道义上来说性质是一样的，即使有差别，亦是程度轻重危害大小。而德国法西斯看中的和要利用的也恰恰主要是他的名气。戈培尔是深谙此道的，因而在1943年邀请汉姆生夫妇访德时将他们俩待若上宾，并且安排他们去参观一个机械化陆军师和一个空军师部队。1943年6月26日希特勒在贝格霍夫（Berghof）官邸会见83岁的汉姆生。但是优厚的礼遇旋即变成几乎谈崩的僵局：汉姆生向希特勒当面提出挪威的民族利益应得到尊重和保护，如航运权利（挪威当时是世界第三大航运国）等，以及德国占领当局必须改变某些政策、并撤换占领最高长官等要求，据说希特勒一再压住怒火才算没有当场发作。此次会见不欢而散，戈培尔亦取消了与汉姆生的第二次会见。于是汉姆生自知闯祸，一回到奥斯陆就赶紧给希特勒去了一封措辞惶恐的致歉信。有的网络资料称："汉姆生凭他那双爱国的、挪威人的眼睛，终于认清自己在这场生与死的搏斗中站错了队。"这种说法未免言过其实，在道义上是说不通的，况且为汉姆生开脱的良苦用心也是不言而喻的。

国内资料有一种说法："1959年挪威纪念汉姆生诞辰100周年时，进步文化界对于他在德国占领期间的反动立场和作为一位作家的文学遗产坚持区别对待，汉姆生的作品仍被视为挪威文化的珍贵财富并且在世界文学中占有越来越重要的地位。"这种说法似与事实颇有出入而且亦嫌过于笼统含混。

其实事实经过很简单平淡，没有发生争议也没有出现戏剧化风波。早在1950年初挪威出版商已开始重新出版汉姆生的早期作品。1951年汉姆生92岁高龄且又病重体衰之际，美国向他颁发了马克·吐温骑士奖章，这一奖章管理委员会有杜鲁门、艾德里和丘吉尔等人列名，因而有其权威性。1954年十五卷本汉姆生文集在挪威整理出版。在颁发马克·吐温骑士奖章和出版他的文集之前，美国和挪威的研究人员都曾先后分别通读研究他的全部著作并各自写出有关学术报告，大体看法是：汉姆生的文学作品"没有多少非积极的内容"，虽然在两次大战之间的作品里带有鼓吹封建主义家长制宗法统治的倾向更趋明显，如《井边的女人》(1920)、《流浪汉》(1927)等；他有问题的著作主要在于他的论文、采访录和书信。此后他的文学作品频频在北欧和世界文坛上重新出现。一些根据原作改编的或是重新编剧改写的电影、电视作品亦由挪威和好莱坞陆续拍摄相继问世。1980年代挪威文化大臣登门拜访了他在挪威南部的家。1990年代挪威国王偕王后拜访了他在挪威北部的故居，并象征性地在故居门口种了一棵树。如今汉姆生协会和汉姆生博物馆已相继成立，半身塑像亦已在他家乡树立。至于是否要以他的名字来命名街道和广场，肖像是否要印上硬币和邮票却仍旧存在着争议：一派观点认为，给作家荣誉乃理所应当，因为那个作家是个文学巨人，而政治家的身份并不能在他身上投下阴影；另一派认为，要给予这样的荣誉还需等很长时间，因为现在就给不啻是对所有曾经同纳粹主义战斗过的健在者的侮辱。

在怎样对待汉姆生的问题上，当前国际上主流看法是要将他身上的作家和政治家身份区别开来：作为作家他如何如何的成功，而作为政治家他又如何如何的失败，艺术与政治体现在个人身上的反差成了当前新的争议主题，因此时至今日汉姆生可说仍然是一个民族象征和溃烂伤口的奇异混合体。不过，窃以为，作家和政治家这两种身份有时难免重叠，倒不如明确说清他早期、晚期可分为两节各有各的账，两节中间还有一个蜕化过程。仅是管窥所及，至于然否，则不敢妄言。

克努特·汉姆生的作品早在20世纪30年代就已经译介到国内，50年代初和80年代末又有了更多的译本，但是总的来说还是不大为人所知的。《神秘》的翻译出版为我们进一步了解北欧现代文学的来龙去脉资足参考借鉴。其实汉姆生这个人就是一个足以引为鉴戒的镜子。他早年奋发进取，晚年变节堕落，起码有两条可以发人深思：一条是思想务求纯正，信仰务求坚定，另一条是做人要讲气节、讲操守、讲民族大义。事实上，汉姆生自从用诺贝尔文学奖的奖金购下了诺尔海姆贵族庄园之后，便安富尊荣，骄横奢侈，一头钻进象牙塔再出不来了，也就再写不出像样的文字来。他年迈昏聩，又自恋狂妄，一味偏执地朝着沉沦方向愈走愈远，乃至蜕变到踏上失节叛逆的道路。至于说现代文学是不是会在世界文学中占有愈来愈重要的地位，这一预言似乎也是颇多争议的，也许存在这种可能性，但也未必见得一定如此，尚有许多的未知数不妨留待时间去考验。

一

　　去年仲夏，挪威一个滨海小城成了一桩异常罕见的咄咄怪事的事发现场。城里出现了一个陌生人，一个姓纳吉尔的人，一个偏执古怪的流落江湖的浪子式的人物，他在干下了一连串离奇古怪的事情之后就像来的时候一样突然消失踪影。这位先生竟然还有一位神秘的年轻女客登门来访，天晓得是有啥贵干反正只在这个地方待了一两个钟头便忙不迭离去了。不过这一切并非此事的开端……

　　这桩事情开场是如此这般的：

　　傍晚6时许，蒸汽轮船停靠码头，甲板上出现了两三个乘客，其中一位身穿明艳炫目的米黄色三件套套装，头戴一顶宽松的灯芯绒便帽。那是6月12日的傍晚，全城许多地方都升起了国旗来表示欢庆，因为本地名媛基兰德小姐的订婚就在6月12日那天宣布。中央大旅社的行李搬运工毫不懈怠，立即登船。那位身着米黄色套装的男客一边将行李交给他，一边随手将他的船票交给船上的检票员。可是随后他非但没有赶紧弃舟登岸反而在甲板上踱来踱去。他似乎情绪骚动不已。轮船上钟敲第三遍时，他竟然还未去同乘务员结清伙食账。

　　正当他来回踱步之际，他忽然停住了脚步发觉轮船已徐徐驶离码头。他吃了一惊，略微踌躇片刻，便倚着扶手栏杆向站在岸上的那个行李搬运工发话道：

"没事儿，先把我的行李运到旅馆去，再给我留出一间房来就是啦。"

发话中，轮船载着他沿着峡湾渐渐远去。

这个男客便是约翰·尼尔森·纳吉尔。

旅馆的行李搬运工尽职尽力把他的行李装上马车。全部行李也就是两个小手提箱和一件皮大衣——不错，在仲夏季节出门随身带着一件皮大衣！——除此之外，还有一个背囊和一只小提琴盒。所有东西上没有一件是贴上姓名标签的。

翌日晌午时分，约翰·纳吉尔总算抵达了旅馆，是搭乘双驾客运马车由陆路驰来的。他本可以消消停停地乘原船从水路返回，一点都不费事儿，而且还更舒适安逸，可是他偏偏搭乘了马车颠簸而来。他随身携带来更多的行李：在前座上横陈着一口大木箱，旁边还放着一只旅行包，一件长外套，还有用一条捆物带捆成一束的零星物件，那条捆物带上倒是用小珠子串成的 J. N. N. 字母作为标签。

他人还没有下车，便张口询问旅馆老板他的房间安排妥当了没有。待到他被引领到二楼客房里去之后，他就赶紧查看房间的墙壁够不够厚，隔壁房间里的声音会不会传过来。然后他冷不丁问了侍女一句："你叫什么名字？"

"莎拉。"

"莎拉，马上给我弄点吃的来，行呗？哦，你的闺名叫莎拉，对吗？"他重新问了一遍。"告诉我这幢楼里是不是曾经开过药店？"

莎拉十分诧异，回答说道："开倒开过，不过那是好几年前的事儿啦。"

"哦，原来如此，好几年前的事儿，对啵？不管怎么说，我刚走进门厅那会儿就闻出来了。我说不准那是一股什么气味，但是我有一种走进了药店的感觉，果然如此，一点没错吧！"

他下楼去进晚餐，在吃饭的时候他自始至终一言不发。头天傍晚和他同船抵达的乘客，那两位绅士打从他走进来之时就彼此交换了一个眼色，而且还挑明着拿他昨天的倒霉事来逗乐子。他三扒两口匆匆把饭吃完，对甜食摇了摇头，把他的椅子往后一蹭便离席而去。他边走边点燃一支雪茄，旋即走出门外消失在街巷的尽头。

直到午夜之前一直不曾见他露面，他前脚刚刚回来后脚时钟已敲三下。他究竟到哪里去了呢？后来才弄明白，原来他又折身返回到他早晨搭乘客运马车颠簸而来的那个邻近的小镇上去了，这么长的路程竟然徒步行走打了个来回。想必他有天大的要紧事情非办不可。莎拉给他打开了店门，但见他满头大汗，可他却一而再，再而三地向侍女绽露出笑颜，情绪好得不得了。

"天哪，你的颈脖真是好看，姑娘！"他说道。"我不在的时候，来过我的邮件吗？是给纳吉尔的，全名是约翰·纳吉尔，有吗？哎哟，三份电报！喂，劳驾你替我把墙上的那幅画摘走，行啵？这样就省得它老在我眼前晃悠，连躺在床上还得瞅着它，叫人烦不烦！再说拿破仑三世[①]可没有长着画上那样绿颜色的胡须哇。谢谢你啦。"

莎拉离开之后，纳吉尔在房间中央站停身躯，他挺立

---

① 拿破仑三世（1808—1873），法国皇帝，1852—1870年在位。

得纹丝不动，漫不经心地盯住墙壁上的某一点出神发愣，他的脑袋愈来愈倒向一侧，可是他的身躯照样站得笔直。他就用这样的姿势挺立了很长一段工夫。

他身材中等偏矮，脸庞肤色黝黑，长着一双好奇的黑眼睛，一张娇柔得如同女子朱唇一般姣好的俏嘴巴。他在一只手指上戴着一枚铅或铁的戒指。他肩宽体壮，年纪约莫二十八九，至多不过三十出头，双鬓却已华发霜染。

他陡然间浑身一震，猛地从自己的苦思冥想中惊醒过来，动作这般突如其来仿佛故意佯装熟睡良久，忽地醒转过来存心要吓人一跳，虽说屋子里只有他孤身一人。俄而他顺手从裤兜里掏出来几枚钥匙、一把零钱和串在一根烂里巴几的绶带上的救生奖章之类的杂物，并且把这些东西放在床旁桌子上。接着，他把钱包塞到枕头底下，又从马甲兜里取出他的怀表和一个小瓶来，这个小瓶里装着药液，外面贴着"毒药"的标签。他把表放在手掌上掂了片刻后放到桌上，不过却把那个小瓶子马上塞进衣兜里。随后他褪下戒指，盥漱刷洗，再用手指将他的头发梳理一遍往后理顺，不过却没有朝镜子里瞅上一眼。

他已经上床，忽然发觉忘了他的戒指，他把它撂在盥洗盆上了，好像他须臾不可离这枚倒霉的戒指似的，赶紧起身下床把它戴到手上这才算安生。他边躺回床上边顺手从桌上抄起那三份电报逐一打开，可是第一封尚未看完便发出一声短促的咯咯轻笑。他就那样躺在床上乐不可支地独自发笑，他的牙齿罕见地平整皓洁。过了一会儿他的面孔重新变得庄重正经起来，再过了半晌他把这几份电报极其漫不经心地往桌上一撂。可是那些电报上讲的却是一宗要紧的大事：一笔出价为六万两千克朗的房地产生意，一旦成交便即时付讫现洋。这些都是简短而枯燥的生意往来函电，没有丝毫可笑之处，不过这几份电报都没有姓名落款。几分钟之后，纳吉尔终于入睡。桌上的两支蜡烛他忘记吹灭，烛光映亮了他的胸脯，在摊开的桌上的电报上投下了一束摇曳不定的亮光……

次日清晨纳吉尔派人到邮局去取他的函件，拿回来几份报纸，甚至有两份外国报纸，可惜信函却一封也没有。他把小提琴盒放在房间中央的一张椅子上，俨然打算炫耀卖弄一番，然而他却一次都未打开过琴盒，压根儿不曾碰过一下那件乐器。

整个上午他无所事事，只写了两三封信，便在他房间里一边踱来踱去一边念念有词地诵读一本书。除此之外他还到一家店铺里去买了一双手套，后来在集市上花了十克朗买下了一条红乎乎的小狗，却马上转手送给了旅馆老板。在大家看热闹围观之下，他当众给小狗行施洗礼起名为雅可布森，尽管那是一条雌狗。

整整一天他啥事都没有做。他在当地无甚正经业务需要处理，所以用不着到各处办公室去走动，他亦不到谁家去登门拜访，因为他连一个人都不认识。旅馆里的人对他显然对几乎所有事情都满不在乎的那副架势却不免相当吃惊，因为他居然对自己的私事亦是如此。因而那三份电报至今仍旧摊在他房里的桌子上，任凭谁来都可以浏览一番。打从它们送来的当夜至今他就再也不曾触碰过它们一下。有时候他对人家的询问打听也不正面作答，旅馆老板曾两次亲自出马想要探探他的口风，摸清他究竟是何方神圣驾临此地有何贵干等等，然而他却两回都支吾其词敷衍搪塞过去。在这一天里，他身上的另一股特立独行的气质也变得显而易见起来：虽说他在当地没有一个熟人而且也不曾与人结交过，他却照样在本城的教堂墓地入口处驻足伫立，目不转睛地盯住面前的一位年轻女士凝视良久，并且不作一句解释就朝着那位女士深深地鞠了一个躬，闹得那位受此大礼的女士满脸飞红，忸怩不堪，而这个冒失鬼倒若无其事地扬长而去，顺着大路走过本堂牧师的宅邸，在宅邸后面消失了踪影。随后几天里他一直这样闲逛，而且回来得非常之晚，大抵要更深人静之后，旅馆早已过了打烊时间却不得不有人伺候为他开门。

第三天清早正当纳吉尔踏出自己房门之际，旅馆老板赶快迎上前去搭讪聊天，招呼过后便是一连串嘘寒问暖套近乎的亲切话语。他们两人走到阳台上坐下身来却无话可说。旅馆老板脑袋瓜一激灵想运用一篓筐活鱼这个话题来投石问路，于是他便启齿问道：

"你看那边的一篓筐活鱼，我怎样才能运送出去呢，务请你多加指教。"

纳吉尔朝着那只篓筐瞄了一眼，淡然一笑，摇了摇头。"哎哟，我对此类杂事素来一窍不通。"他回答道。

"这么说你不大清楚。我本以为你走南闯北见多识广，看到过别地方人家是怎样运送鲜活货色来着。"

"哪里，哪里，我一直很少出门旅行。"

冷场。

"嗯……当然，当然……你大概是在另外行当里春风得意吧，保不准你是做趸批买卖的生意人？"

"不是，我不是商人。"

"那么说来，你不是到此地来经商的？"

没有搭腔。纳吉尔点燃了一支雪茄，消消停停地吞云吐雾，双眼望着天空出神。旅馆老板讨了个没趣儿，便偷偷地觑了他一眼。

"难道你不肯赏个脸儿哪天让我们饱饱耳福，我看见你随身带着你的小提琴哪？"旅馆老板犹不罢休再接再厉又一次试探。

纳吉尔心不在焉地回答了一句："哦，不行，我久已荒疏此道，不再摆弄这玩意儿啦。"

他发话之后不再多啰唆，干脆站起来就走。隔了半晌他又折回身来说道："听着，我差点儿忘了结账这档子事儿，你什么时候来结账都行，一切悉听尊便。我手头方便可以随时付清的，这毫不碍我的事。"

"多谢啦，承蒙关照，"旅馆老板回答道。"不消匆忙。倘若你住的日子愈长就愈划算，本店当然会在房价上给予优惠的。我不知道你究竟是不是打算在这里再住一段日子？"

纳吉尔忽然精神振奋起来，而且他的脸上还莫名其妙地泛起一层淡淡的红晕。

"是的，我大概真的要拿定主意在这里多待一段日子啦，"他说道。"到时候再说吧。顺便说一句，我也许不曾告诉你：我是一个农业家、一个农庄主。我刚刚结束了一次远行回到本乡本土，所以我也许要在这地方待些日子安静休养一下，喔，说不定我还忘记了介绍自己……我姓纳吉尔，全名是约翰·尼尔森·纳吉尔。"

他一边通名道姓，一边尽情地和旅馆老板握手，对于忘了早点作自我介绍而再三致歉。他的脸上丝毫没有装腔作势的假模假样。

"我刚想到了一个主意：说不定本店能为你提供一个更

安静舒适的房间,"旅馆老板说道。"你现在住的那间紧挨着楼梯,总归令人不大惬意。"

"谢谢你,不必多劳费心啦。那间房间挺不错的,我十分称心。再说我从窗户里朝外一望集市广场就尽收眼底,这当然真是再妙不过的景致啦。"

过了片刻,旅馆老板又赶紧追问一句:

"这么说你正在休整一段时日,对吗? 那么你起码要住到夏天过后才走喽?"

"两三个月吧,兴许再长一点,我这会儿还说不准哪,"纳吉尔回答道。"一切都在未定之天,姑且走着瞧吧。"

就在此时正好有人路过,是一个男人,他朝着旅馆老板鞠躬招呼。此人身材矮矬,其貌不扬,衣着褴褛。他走起路来一拐一瘸趔趄不稳以至于你免不了要瞅上他一眼。他虽然步履维艰,走得却并不慢。尽管他深深一鞠躬,旅馆老板却不理不睬,连帽檐儿都不曾掀一掀。反倒是纳吉尔毫不轻慢地脱下了他的天鹅绒便帽。

旅馆老板回转脸来瞅了他一眼,说道:"我们都管那家伙叫'米纽坦恩'①,他有点傻不愣怔,真叫人可怜见的,不过他为人老实巴交的。"

对于"米纽坦恩"就顺口提到了这么一句。

"我在哪个地方读到过,"纳吉尔忽然说道。"我读到大约在几天之前,这附近的一处森林里发现了一具尸体。那个死人是谁? 他是干什么的? 我记得他叫卡尔森,对吗? 他是本地人吗?"

---

① 原文为"Minutten",系由 Mini("迷你、超小"之意)和 Gutten("孩子、崽子"之意)两词拼凑而成,即"小崽子""小鬼头"之类的贬义绰号,本文采用了音译。

"是的，"旅馆老板回答道。"他是本地的一个靠给人放血挣钱的女人的儿子。你从这里就可以看得见他的房子，那边红屋顶的便是。他是回家来度假的，不料就此送掉了性命，再也没有活着回去，真是天有不测风云哪。他是一个很有才华的小伙子，眼看着就要领受圣职当上牧师了。唉，真不知叫人说什么才好，这桩案子迷雾重重疑团诸多哪。只消想想两腕的动脉血管都齐生生被割断了，所以这哪里是什么一桩意外事故。如今他们连那把刀也找到了，原来是一把白色手柄的削铅笔小刀，警方昨天深夜找到的。显而易见，这桩案子背后牵扯到一桩恋爱事件。"

　　"哦，真的吗，不见得吧！难道当真没有人怀疑他是自杀身亡的吗？"

　　"但愿如此，这样结局才是一了百了万事大吉。你要知道有些人宁愿相信他一边走路一边手里摆弄着一把露着刀刃的刀子，猛地脚下一绊摔了个大马趴，一下把自己的两处血管都齐生生割断了。哈哈，在我看来好像实情未必见得如此，因为那压根儿就办不到的。想必他会在神圣的教堂墓地里入土为安。不过那一跤嘛，他确实不见得摔过。"

　　"你说他们直到昨天晚上才发现那把刀子。难道那把刀子没有撂在他身边？"

　　"没有，那把刀子丢在离他好几步远的地方。他用完刀子之后大概顺手一甩，就扔进了灌木丛里，是碰巧才被人发现的。"

　　"不会吧！请问他既然身上带着割开的刀伤创口，他有什么苦衷非要把刀子扔掉呢？人人一眼就可以看清他必定用过刀子，难道不是吗？"

　　"唉，天晓得他那时候脑袋瓜里在想些什么。不过正如我所说，这桩案子背后十之八九牵扯到一桩恋爱事件。我从来不曾听说过有这样疯狂的事情，我愈想愈觉得其中必有蹊跷。"

"那么你为什么料定此案背后必定有一桩恋爱纠葛，何以见得？"

"情由道理多的是，但不知该从何说起才好。"

"难道就不会事出偶然，他偏偏一失足，摔了个大马趴？所以他躺着的姿势难看得要命，难道他不是趴在地上，脸浸泡在水塘里吗？"

"不错，他的死相可真是惨不忍睹哪。不过死相吓不吓人无关紧要，说不定还真就算计好了要这种姿势哪。这一来就可以遮掩他脸上临死的痛苦挣扎。谁说得准呀？"

"他留下了一张字条，是吗？"

"按照推测，他恐怕是一边走路一边在纸上写点什么。不管怎样反正常常看到他在路上还随手写点东西。所以他们设想他大概正在用刀子削铅笔或者别的什么东西，不料脚下一绊就摔了下去，这一跌不打紧可是刀锋无情哪，先割断了一只手腕上的血管，紧接着又切断了另一只手上的血管，跌了一跤割断双脉，哈哈哈。不过他果真还留下了一张字条。字条上写着这么一句话：'但愿你的钢刀像你最后那个"不"字一样锋利。'"

"真是矫情做作。那把刀子钝吗？"

"是的，刀子很钝。"

"那么他干吗不先把它磨磨快？"

"那把刀不是他的。"

"那么刀子是谁的呢？"

旅馆老板迟疑了良久才说道："那把刀是基兰德小姐的。"

"是基兰德小姐的刀子吗？"纳吉尔问道。过了半晌他又发问："那么基兰德小姐又是什么人呢？"

"达格妮·基兰德。她是牧师的千金小姐。"

"哦，原来如此，真是咄咄怪事！真是闻所未闻！那小伙子莫非对她着了迷，对吗？"

"想必如此，他不着迷才怪哪。再说他们人人都被她弄得神魂颠倒的，岂止他一个。"

纳吉尔陷入了深思不再说话。于是旅馆老板开腔打破沉默。他提个醒说道：

"哎呀，我是信得过你才推心置腹同你说这些体己话的，所以我请求你……"

"一言为定，"纳吉尔回答说。"我会守口如瓶，你放心好啦。"

后来当纳吉尔下楼去用早餐的时候，旅馆老板早已在厨房里绘影绘声地述说他终于找了7号房间那位身穿米黄色套装的住客正儿八经地谈了一次话，摸清了此人的底细。"他是一位农学家，"旅馆老板说道。"他刚刚从国外归来。他说要在这里住上好几个月哪。天晓得他是一个什么样的人。"

二

就在当天晚上，纳吉尔竟然碰巧又同那个"米纽坦恩"相遇。他们之间进行了一场无止无休、沉闷乏味的交谈，一场冗长的交谈足足持续了三个多钟头。

这场交谈的原委本末大致是如此的：

约翰·纳吉尔手拿报纸端坐在旅馆酒吧间里，米纽坦恩走了进来。此刻酒吧间里宾客盈座，有一张桌子上坐着一个痴肥臃肿的农妇，肩上披着一条红黑间色的毛线编结的围巾。他们似乎人人都认得米纽坦恩，他走进来的时候彬彬有礼朝左右鞠躬致意，但是招惹来的却是一片喧嚷嬉笑。那个农妇还站起身来要同他跳舞。

"今天不行，今天不行，"他闪避推诿地说道，然后径直走到旅馆老板面前，脱下便帽捏在手里，一本正经地报告说："我已经把煤送到厨房里，我看今天这里大概没有别的活计要干了吧？"

"没有啦，"旅馆老板吩咐道。"哪儿还有什么杂活要干呀。"

"是是是，"米纽坦恩喏声连连，知趣地抽身而退。

他的相貌丑陋无比，长着一双木然发呆的蓝眼睛，大马牙般的门牙吓人地朝前趴出，由于身躯带有残疾所以行动起来肢体七扭八歪。他的头发相当花白，而他的胡须颜色略为深一些，不过稀疏得到处露出皮肤。此人当过海员，如今跟着一个在码头区开小煤铺子的亲戚过活。当他同人说话的时候，他的双眼很少甚至完全不从地板上往上抬一抬。

有张桌子上的客人在叫他过去。一位身穿灰色夏装的绅士一股劲儿朝他又是点头又是招手，还朝他摇晃着一瓶啤酒。

"来喝一杯妈妈的奶。再说我一见到你那张没有长胡须的脸蛋就犯腻歪，"他说道。

米纽坦恩此时双手仍捏着便帽，低头哈腰、毕恭毕敬却又怵生生地向那张桌子走过去。他走过纳吉尔身边时专诚朝他鞠了个躬，他的嘴唇微微地嚅动了几下。他在那位穿灰色套装的绅士面前站立停当，便轻声轻气嗫嚅说道："千万别那么大声，尊敬的法院推事阁下，行行好吧。您也看到有外地人在场。"

"嘿哟，老天爷开眼，"法院推事说道。"我一片诚意请你喝杯啤酒，你倒拿起乔来居然出言不逊骂我说话声太大。"

"岂敢，岂敢，您误会我啦，我求您饶了我吧。不过眼下既然有陌生人在场，我就免得献丑再玩老套子把戏了吧。我也喝不了啤酒，这会儿喝不了。"

"嗯，你喝不了？怕是你不肯赏光喝啤酒吧？"

"不不，我谢谢您啦，不过这会儿……"

"嘿哟，你要谢我可又不是这会儿，那么要等到哪辈子才肯给这个面子哪？哈哈哈，多亏你还是个牧师的少爷哪，看看你那副德行，净打喳喳连人话都说不全。"

"您误会我啦，不过，不要见怪。"

"行啦，行啦，废话少说，赏你脸还不识抬举，你怎么回事？"

法院推事把米纽坦恩推倒在一张椅子上，米纽坦恩身子刚沾着椅子边沿旋即跳起身来。

"别那样，放开我吧，"他说道。"我实在喝不了。现如今我酒量更不如早先那阵子。天晓得出了什么毛病，只消沾一点酒就上脑袋晕头转向起来。"

法院推事二话不说，站起身来盯住米纽坦恩瞪了一眼，把一杯酒塞到他手里，发话道：

"喝！"

停顿。米纽坦恩抬头张望了一下，伸手把前额上的一绺灰白头发往后撩去，却闭口不语。

"算了，我称了您的心吧，不过只抿一点点，"他终于说道。"算是承蒙抬举荣幸地和阁下碰个杯。"

"一口气喝光，"法院推事神气活现地大呼小叫，一边赶紧转过脸去免得笑出声来。

"不不，喝不了那么多，喝不了那么多。明知道我不能喝干吗非要闹酒逼着我喝呢？行啦，行啦，千万别生气，千万别为这事儿害得您虎起脸来。您既然非要我喝光不可，这一回我豁出去马上遵命照办就是啦。我只不过但求不上脑袋，说来挺可笑，不过我真是没有酒量。干杯！"

"干到最后一滴，"法院推事又扬声高喊起来。"一口气干到底！嗳，就这样子，这才像话。好了，现在我们坐下来玩挤眉弄眼的游戏。先由你开个头，磨磨牙齿。然后由我来给你修剪一下你的胡须使尊容年轻上十岁。不过先由你磨磨牙，来吧。"

"不，我不来，我不会在素不相识的人面前出洋相。你不要逼我，我真的不干。"米纽坦恩一边回答一边起身欲走。

"再说我也赔不起闲工夫。"他嘟囔道。

"赔不起闲工夫？太糟糕啦。哈哈，真是糟糕透啦。连这点工夫都没有？"

"没有，眼下不得空儿。"

"那么听好了：要是我告诉你我早有打算要施舍给你一件新的上衣，用来把你身上穿着的这身行头换掉，你肯不肯干呢？你瞧瞧，呃，呃，没错儿，这件衣裳可全都糟朽啦，看看！连根手指头戳一下都经受不住哇。"说罢他伸出手指随便找到一个小破洞眼儿把他的手指戳进去东挖西挖。"你看看，这破洞愈来愈大，经不住一点点劲儿。再看看这儿，嘿，一捅一个窟窿眼儿。看哪！"

"别碰我，看在上帝的分儿上，我究竟怎么得罪过您啦。也别碰我的衣服。"

"天哪，我可是说话算数，一口答应明天舍给你一件上衣。我是在，让我点点人数：一、二、三、四、五、六、七，不错七个人面前当众做出允诺的。你这家伙今儿晚上哪来的那股别扭劲头？你摆足架子且不说，居然还蛮横无理，存心要把我们大家踩到脚底下去。一点不错，你就是这副德行。难道就是因为我用手指碰了碰你的衣服？"

"我求求您饶了我吧。我哪敢得罪您哪。您知道，我能为您出力是您给了我面子，不过……"

"好哇，既然这样就给我个面子先坐下来。"

米纽坦恩搔了搔前额上的那绺灰白头发，只得侧身坐下。

"好，现在乖乖儿地磨磨你的牙。"

"不行，我不干。"

"你不干，哼！干还是不干？"

"老天爷哪，我究竟怎么冒犯过您啦？难道您就不能放过我，让我安生吗？干吗在所有人当中非要叫我当逗乐的笑料不可呢？那边坐着的那个外地人正在朝着这边看咱们的热闹，我看得出来他一直在留着神说不定也在暗自发笑哪。唉，这事就这么没完没了一直鼓捣下去。打从您到此地来当法院推事那天起，那位斯坦尼森博士就在收拾我，还撺掇您一起来拿我寻开心，而现如今您又在教会那边的那位绅士做同样的事情。这么一拨接着一拨轮下去，真不知何时了呀！"

"嘿，又来不是，干还是不干？"

"干不了，我说过嘛！"米纽坦恩尖声嚷嚷，从椅子上弹跳起来。不过大概生怕显得太矫情，他赶忙又坐了下去，接着又添了一句道："我连磨牙都不会磨，你得相信我。"

"你不会？哈哈，你一定会。你磨起牙来吱嘎吱嘎的声音挺好听。"

"哎哟，我的确不会。"

"哈哈哈！你以前不是磨过牙吗？"

"是的，不过那一回我喝醉了。我昏昏沉沉脑袋瓜儿里一片迷糊。我头昏脑涨难受得躺了整整两天。"

"不错，"法院推事说道。"那一回你倒真是醉醺醺的，这我承认，不过你干吗要在大庭广众唠叨这些事儿呢，莫非你装神弄鬼存心要我再请你喝上几杯吧？"

这时候旅馆老板忙不迭站起身，匆匆走出酒吧，米纽坦恩闷声不响。法院推事瞪了他一眼说道："喂，怎么样？别忘了还可以到手那件上衣哪。"

"我没忘记没忘记，"米纽坦恩回答说。"不过我不情愿也不能够再喝更多酒啦。这您知道。"

"你能喝也爱喝！你听清我说什么了吗？我说的是你能喝也爱喝。再不我就帮你来灌灌酒吧……"话音未落，法院推事便站起身来，手里拿起米纽坦恩的酒杯。"喂，把嘴张开！"

"不，不，上帝开恩，我实在喝不了更多啤酒啦！"米纽坦恩吓得脸色发白声带哭腔："神灵明鉴，我真的再也不能多喝了。实在抱歉，再喝我就要呕吐了，您不知道这股难受劲儿。我真心地求求您：千万别再跟我过不去了，别那么折磨我。那么着吧，我宁可磨磨我的牙齿而不喝啤酒，行不行？"

"行呀，这就是一码子事儿啦。真是见鬼，既然你宁愿磨牙也不喝啤酒，那就法外施恩不喝也行。"

"好的，我宁愿磨牙也不喝啤酒。"

米纽坦恩终于磨起了他的吓人的大马牙，咯喳喳、咯喳喳的磨牙声招来了坐在四周看热闹的人的满堂哄笑。纳吉尔却超然物外，安详地坐在他那靠窗的位置上自顾自地看报消遣。

"响一点，再响一点，"法院推事在加油。"把牙齿狠狠地磨出大声来，要不然我们听不见你的动静。"

米纽坦恩直僵僵地坐着，双手紧抓住椅子座沿儿，似乎生怕会跌下来，他使劲地磨着牙齿以至于震得脑袋抖动不已。人人都哈哈大笑，那个农妇笑得那么厉害不得不伸手去揩眼泪，她都乐糊涂了，一连往地板上唾了两次口水。

"上帝啊，真逗死人啦，我实在笑得吃不消啦，"她情不自禁地尖声尖气叫嚷起来。"这个要命的法院推事，亏他想得出来！"

"唉，我再也没力气磨下去了，"米纽坦恩说道。"请您相信我，真的磨不动了。"

"行呀，歇口气再从头开始吧。不过你还得先磨牙。接下来我们给你修修胡须。你把啤酒先喝了再说，你非喝不可。酒都现成倒好了。"

米纽坦恩默默地摇摇头。法院推事掏出钱包，摸出一枚二十五奥尔的铜板扔在桌上。他接着说道：

"本来你这么耍耍扔个十奥尔就足够了。可是我一点不小气，不在乎多施舍给你一点，整整二十五奥尔，拿着！"

"求求您，千万别再折磨我了。我不干了。"

"你不干了？你敢拒绝。"

"天父在上，难道您就不肯到此为止放我安生歇口气。我对您忍让顺从可不是为了要那件上衣的缘故。我毕竟也是个人。您究竟想要我怎样呢？"

"那么你就听明白：我把这一截雪茄灰弹进你的酒杯里，看见没有？我再把这根小小的火柴梗还有那边点过的火柴梗和杂碎统统当着你的面倒在你的酒杯里，看好啦！我打包票你照样会把杯中酒喝得一滴都不剩，哪怕酒里掺有这些脏东西。不错，你一定得喝光不可。"

米纽坦恩跳了起来，显然浑身在簌簌发抖，他前额上那绺灰白头发又奔拉下来遮在他眼上。他怔呆呆地看着法院推事，一直瞪了好几秒钟。

"算啦，太过头了，太过头了！"那个农妇叫出声来，打圆场说道。"别这样！哈哈哈，上帝开恩，就饶了你吧，你这副德行还真叫人发笑。"

"你愣不肯，是吧？你横竖不干，是吧？"法院推事问道。他不依不饶也站起身来，摆好姿势屹立不动。

米纽坦恩尽其所能想要张口说话，但是却讲不出一个字来。人人都瞧着他。

就在此时，出人意料的是纳吉尔忽然从自己靠窗的桌子旁站起身来，撂下报纸，穿过房间朝这边走来。他态度从容不迫，步履不紧不慢，没有弄出什么动静，然而却仍然把每个人的注意力都吸引到他的身上。他走到米纽坦恩身边停住了脚步，把手按在米纽坦恩肩上，用洪亮清脆的嗓音大声说道：

"倘若你捡起你的酒杯扔到那边的那个小畜生脸上，我给你十克朗^①现钞，而且还不要你对可能产生的后果负任何责任。"他伸起手来笔直地指着法院推事的脸又重复了一句："我说的小畜生就是他！"

突然间屋里死一般沉寂。米纽坦恩吓得惊恐慌神，他觑起眼睛从这个看到那个，嘴里嘟囔："不过……呃……不过……"他不敢再往下说，只得声音哆嗦地一遍一遍嘀里嘟噜，好像在问问题。其他人都一言不发。法院推事愕然一愣，往后退了一步，瘫坐在自己的椅子上。他脸色煞白，如同别人一样，一句话也说不出来。他的嘴巴倒是张得大大的。

"我再讲一遍，"纳吉尔故意提高了嗓门，一字一句慢悠悠地说道，"我给你十克朗，只要你把你的杯子扔到那个小畜生的脸上。我把这笔钱举在我手上，就在这里。你用不着害怕承担后果。"纳吉尔手上果真举着一张十克朗的钞票。

但是米纽坦恩的举止却表现得不可思议。他见机不妙，抬腿溜到酒吧间的一个角落去躲避这场是非，他一瘸一拐

---

① 一克朗等于一百奥尔。

步伐短促，连蹿带跑走得倒蛮快。他瘫坐在那里耷拉着脑袋，连大气都不敢出，两只眼睛滴溜溜地偷偷四下窥望，还一抽一抽地伸屈双膝似乎吓呆了。

这时候房门打开，旅馆老板回来了，他走到吧台那里自顾自地忙碌他的活计，根本不去注意周围在发生什么事情。倏地法院推事蹿起来，咬牙切齿几乎没有出声怒冲冲地挥动双臂朝向纳吉尔猛扑过去。这当儿，旅馆老板才注意到，便厉声喝道："怎么回事儿……"

此时哪里有人顾得上答话。说时迟那时快，法院推事早已左右开弓连连出手，双拳呼呼带风打了过来。不过他的重捶猛击每一回都被纳吉尔的拳头招架住了。急切之间他竟毫无寸进。且看他的拳头茫茫然满世界地乱揍，但是却只揍空气而落不到对手的身上。也是活该他背运晦气，他终于一拳打歪收手不住，身子往斜里倾侧过去，磕碰在桌上，脚下一个踉跄绊翻了一张椅子，于是一个跟斗摔了下去跪倒在地上。他呼哧呼哧直喘大气，羞怒交加得脸变了形，同方才神气活现那会儿判若两人，然而他又无可奈何无计可施，因为更倒霉的是方才他重拳出击的时候，每一回都被对手的厉害得多的拳头挡回来，震得他两腕酸麻，如今已无法动弹。霎时间，酒吧间里一片喧哗混乱。那个农妇等人慌不择路地奔向门口逃走要紧，而其余人七嘴八舌你喊我叫闹得不亦乐乎。最后法院推事总算挣扎着又站了起来。他走到纳吉尔面前站定身躯，双手笔直伸向纳吉尔做出要揍他之状，尖声骂骂咧咧，可是心里发慌底气不旺，所以骂出来的话却口不择言挺发噱可笑：

"你混账不混账……你胆大包天反了你哇……你这个活见鬼的公子哥儿！"

纳吉尔朝他瞧瞧粲然一笑，走到桌子旁边，捡起法院推事的礼帽，递给他还鞠了一个躬。法院推事一把抓过礼帽，本来似乎打算要扔回过去，可是转念一想大概见机不妙讨不到什么便宜，便只好把礼帽往头上一套，脚跟一转匆忙溜之乎也。礼帽上瘪下去两块深深的凹痕，这使得他的模样显得十分滑稽。

这会儿旅馆老板站出来讲话了，他排开众人走上前来，面朝向纳吉尔，一把揪住他胳膊不放，要求他做出解释，他说道："这里发生了什么事情，究竟是怎么回事？"

"哦，请不要揪住我的胳膊，好不好？"纳吉尔回答说道。"我不会逃跑的。再说这里啥事都没有发生。我冒犯了方才刚刚离开的那位绅士，他尽力自我防卫。这也没有什么不得了的，对吧？天下太平，相安无事。"

可是旅馆老板却怒气冲冲，连连跺脚把地板跺得震天价响。"这里不许酗酒滋事，"他大声叫嚷道。"不许殴斗打架！要想发酒疯，就出去到街上撒野去，我决不允许在本店内争吵打架。难道这些规矩都给人忘了不成？"

"哪里的话，这里原本就没有出什么事，"有几个客人插嘴打断了他的话头。"我们自始至终都在场，亲眼看见啥事都没有。"正如大众素来都倾向拥护眼前的胜利者，他们此刻亦无条件地站在纳吉尔一边。于是他们便纷纷向旅馆老板一五一十地陈述整个事情的经过。

纳吉尔本人却耸耸肩径自走到米纽坦恩身边。他连一句见面的寒暄都没有便向那个头发灰白的吓呆了的白痴开门见山发问道："你同那个法官推事究竟是什么亲戚关系，他居然可以这样对待你？"

"甭提了，"米纽坦恩回答说道。"什么亲戚也不是，

021

我们之间没有亲属关系，他对我来说是个陌生人。只不过有一回我在集市广场上向他要了十奥尔给他跳了个舞。从此他就老拿我寻开心。"

"这么说你是给人表演跳舞献艺收费喽？"

"是的，有时候来上一两回。不过也不老干这个行当，只有在我实在等着用钱而手头上又一时拿不出十奥尔的时候。"

"你要了钱怎么花的呢？"

"我等着钱花的地方多的是。首先，我是个不中用的笨蛋，手脚不利索，过日子对我来说真不方便。当初我还是个海员的那阵子，自己能养活自己，样样事情都好办得多，可是我从帆缆上摔了下来，把骨头都摔断了，打从伤残那会儿起，日子就愈来愈难熬了。我的住宿和一切日用开销全都仰仗着我的叔叔，我也就住在他家里，日子过得还蛮好，其实什么都不短缺，因为我叔叔是开煤铺过日子的。不过我总得自力更生多少去挣点钱吧，尤其现在夏天时光，我们几乎卖不出什么煤去。我坐在这里告诉你的全是真话，没有半点掺假的。有些日子要不是有那十奥尔进项手头上还真没有钱哪。我用这点钱买点吃用东西带回家去。说到那个法院推事嘛，他爱看我跳舞那全因为我患有疝气，跳起舞来七歪八扭不像样子，逗得他开心。"

"那么说你叔叔也赞成你到集市广场去这么跳舞讨钱的喽？"

"不是，不是，压根儿不是，你千万不要有这种想法。他常劝说道：'别再去挣丢人现眼的出丑钱啦！'是的，每逢我把我的十奥尔交给他的时候，他老把那笔钱叫作丢人现眼的出丑钱，他还老骂我，因为我不争气居然去让人把我当笑料。"

"好吧，这是第一点，那么第二点呢？"

"对不起，请再说一遍好吗？"

"第二点是什么？"

"我没有听明白。"

"你方才说首先你是个不中用的笨蛋。那么接下来呢，其次是什么？"

"哦，对不起，那是顺口说岔了。"

"那么你仅仅只是不中用的笨蛋？"

"我真诚地向你道歉。"

"你的父亲是个牧师？"

"是的，我父亲是个牧师。"

冷场。

"听着，"纳吉尔说道。"要是你没有别的事情抽得出空的话，我们是不是可以一起到我的住所，嗯，就是我的房间里去小坐片刻，不知道你是否愿意？你抽烟吗？好！这边走，请。我住在楼上，我很高兴你来做客。"

在场的每个人都感到惊诧不已的是，纳吉尔和米纽坦恩居然一起走上楼去，而且更为出人意料的是他们两人竟交谈了整整一个傍晚。

三

米纽坦恩找了一张椅子坐下来，点燃一根雪茄。

"你是有点喝量的，是吗？"纳吉尔问道。

"不喝，我的酒量不行。喝点儿就上头，闹得头痛欲裂，眼前很快就会出现重影。"他的来访者回答道。

"你喝过香槟吗？没错，你一定喝过，对吗？"

"是的，那是多年前在我父母的银婚①晚宴上，那会儿我喝了香槟。"

"味道好吗？"

"真好，我至今记得那酒味可没话说。"

纳吉尔摇摇铃作了吩咐，香槟旋即送上。

他们两人一边啜着香槟一边抽着雪茄。纳吉尔忽然目不转睛地凝视着米纽坦恩问道："告诉我，呃，这只不过随便问问，也许你会觉得荒唐可笑。但是为了赚到手一笔钱，你肯为一个不是你生的孩子担当起做父亲的名分责任来吗？这只是我脑袋里一闪而过的念头。"

米纽坦恩瞪大了双眼盯住他瞅了半晌没有吱声。

"一笔不大的数目，五十克朗或者我们不妨抬高到一二百克朗，你肯吗？"纳吉尔说道。"确切的数额无关

---

① 银婚系指结婚 25 周年纪念。

紧要，多少都不碍事。"

米纽坦恩摇摇头，沉默良久。

"不行，"他终于回答说。

"你不肯？我可以支付现款嘛。"

"那没有用处。不，我不能干缺德事，我不能在这类事情上为你出力效劳。"

"到底是为什么呢？"

"不要逼我，随我的便吧，我也是一个人哪。"

"行呀，我大概操之过急了吧。为什么你连这样的好事都不肯应承下来呢？不过我想再问你一个问题：你是否情愿，你肯不肯从旅馆出发走过集市广场和码头区绕城转一圈，不过背上要贴一张报纸或者一个纸口袋，你肯这样做吗？开价是五克朗一趟，行吗？"

米纽坦恩面露愧色垂下了脑袋。嘴里反复地喃喃自语："五个克朗。"这就是他的全部回答。

"不够呀，那么十克朗怎么样，要是你肯的话。我们就说定十克朗吧。你情愿这么做了，不过要给十克朗，是吗？"

米纽坦恩把他前额上的那绺灰白头发往后一掠。"唉，我真不明白为什么所有来到这里的人都事先知道我是一个人人都可以出钱取乐一番的丑角笑料。"他说道。

"你看，我这就掏钱给你。"纳吉尔继续说道。"这钱全归你了。"

米纽坦恩的目光粘牢在那张钞票上，无法自拔地盯住那笔钱大半晌，流露出一副馋涎欲滴的样子。他终于忍不住呼出声来："罢了，我……"

"对不起，"纳吉尔急忙说道。"对不起我打断你的话，"他又说了一遍来阻止另一个说下去。"你尊姓大名？我还不曾请教你尊姓，我想你不曾向我自报家门吧。"

"我姓格鲁高德。"

"格鲁高德。你同宪法议会的格鲁高德议员 ① 之间是嫡亲一脉吗？"

"唔，是的。"

"嗨，我们在瞎扯些什么呀？格鲁高德，真的是吗？既然是那样，你明摆着是不肯为了挣这点钱而辱没先人的，是吗？"

"是的，"米纽坦恩轻声细气说道，口气迟疑不决。

"现在听我说，"纳吉尔说道，一字一句说得很慢。"我十分乐意将这张十克朗钞票赠给你，因为你没有肯做我方才提出要求你做的事情。除此之外，我将再奉送给你另一张十克朗钞票，如果承蒙你不嫌弃肯赏光收下的话。不要跳起来，这点点小意思对我来说算不了什么，我正好周转得开，进账了一大笔钱，所以花掉点我不在乎，不会害得我手头上紧绷绷的，"纳吉尔掏出了这笔钱，又加了一句，"能够为你尽点心意是我的荣幸，请收下。"

米纽坦恩默默无语。突然的时来运转弄得他晕头转向，他双眼噙满了夺眶欲出的泪水。他眨眨眼睛，强忍住了哭泣。

纳吉尔问道："你大概四十上下吧？"

"四十三岁。我四十三岁啦。"

---

① 格鲁高德议员系指汉斯·雅可布·格鲁高德（Hans Jacob Grøgaard，1764—1836），他在 1814 年 5 月 17 日埃德兹伏尔（Eidsvoll）召开的宪法议会上，以联盟党领袖身份主张仍与瑞典保持联盟，不赞成完全脱离瑞挪联盟并结束与瑞典的共主关系。自此之后便失势败落。

"那么请把钱收起来，放进衣兜里吧，那就好！——对啦，我们在酒吧里见到的那个法院推事姓甚名谁？"

　　"那我可不知道，我们光称呼他法院推事。他是法官办公室里的推事官。"

　　"哦，算啦，这无关紧要。告诉我……"

　　"对不起，"米纽坦恩再也隐瞒不住，他思想上的压力太大，想要尽快地表白自己，尽管像个孩子那样期期艾艾，但是毕竟结结巴巴地把话说出来。"我给你赔个不是，请你饶恕我！"他说道，接着有很长一段时间他说不出一句话来。

　　"你究竟想要说什么？"

　　"谢谢你，谢谢你的好意，我受之于心不安……"

　　冷场。

　　"那不是已经了结了吗！"

　　"没有，等一等，"米纽坦恩哭喊道："原谅我，那事情没有了结。你方才以为我不肯干辱没先人的事，其实不是那样的，我心里直嘀咕，一边心头发痒真想干，一边却又不敢犯贱，好像冥冥之中有个上帝在瞪着我……所以哼呀哈呀地应承不下来。既然已经使你留下了印象，觉得我眼睛只盯住了赏钱，连五克朗还嫌少不肯干，这事情怎么能算就此了结了呢？"

　　"很好，一个有你这样姓氏和教养的人当然不会中了这类恶作剧的圈套。我正在想另外一件事，嗬，想必你对本地情况了如指掌吧，是不是？我告诉你，我打算在这里待上一阵子，今年夏天要在此地安家居住几个月。你看这个主意行不行？你是本地人吗？"

　　"是的，我就是在本地出生的。我父亲生前是本地的教区牧师。自打我成了残疾人以来，最近三十年我一直住在此地。"

"你给人家送煤吗?"

"送的,我在城里挨家挨户送煤。要是你为了这个缘故而操心询问的话,那么请放心好啦。我早已惯常了,只要上下台阶多加小心就不会摔跤跌伤。不过去年冬天我着实摔了一跤,摔得很厉害,好长一段时间都得撑着拐棍。"

"你摔过,真的吗?那是怎么发生的?"

"哎呀,那一跤是在银行高台阶上摔下来的。那台阶上蒙着一层薄冰,我扛着一麻袋重得要命的煤往上走。刚走到半道,我一眼瞅见安德森领事正好从高处一步步往下走。我赶紧转过身往下退,好给那位领事让路。他倒没吩咐我这么做,但不管怎样我还得给他让路才行。就在这当儿我倒霉透啦,脚底下一滑在台阶上打了个趔趄就摔了下来,右肩重重地撞在地上。'你怎么摔啦?'那位领事问道。'你没有痛得尖声叫喊,怕是没有伤着吧,是吗?''没事儿,'我回答说。'我想我还算走运。'刚刚说完还不到5分钟我就一连昏厥过去两回。再说我的小肚子顿时肿了起来,因为疝气老毛病复发了。顺便说一句,那位领事为人挺好而且真是乐善好施。他一直惦记着我,虽说这并不能怪他。"

"难道你别处就没有伤着吗?你没有磕破脑袋?"

"岂止哪,磕着啦,还磕得不轻哪。我还吐了好一阵子血哪。"

"那么你受伤的日子里,那位领事有没有给点什么帮助呢?"

"给了,真是慷慨大方。他打发人给我送来这样那样的东西,他一天也没有忘记我。不过最了不得的抬举是,我能够站起来走动的那一天,专程到那位领事那里去当面谢谢他。他竟然升起了国旗。他真的亲口对我说升旗是为了祝贺我康复，尽管那一天碰巧也是弗蕾德丽卡小姐的生日。"

"弗蕾德丽卡小姐是谁？"

"她是领事的千金。"

"我明白啦，呃，他这一手干得挺漂亮……哦，对啦，说起来你可知道为啥几天前城里到处升着旗，你知道吗？"

"几天之前？让我想想。大概一个多星期之前吧？那么一定是为了基兰德小姐的订婚典礼，达格妮·基兰德小姐的订婚日。没错，保准是，就是。他们这些人哪，一个接着一个订婚、结婚，再就离开本乡本土往外飞走了。我几乎可以说本人的亲朋好友满天下，现在全国各地哪儿都有熟人，可是他们当中没有一个我能再见到的。我眼看着他们从小长大，先是玩耍游戏，再就上学，然后领受坚信礼，就长大成人了，人人都是如此。达格妮才芳龄二十三，她是全城人见人爱的心肝宝贝，她的确长得十分漂亮。她跟汉森中尉订了婚，就是那个送给我这顶现在都戴着的便帽的小伙子。他也是本地人。"

"基兰德小姐是个碧眼金发的美女吗？"

"是的，她是个碧眼金发的姑娘。她美貌非凡，这才招惹得人见人爱。"

"我相信我在牧师宅邸那一带见到过她。她是不是随身带着一把红色女用阳伞。"

"一点错不了！据我所知，这里别人都没有红色阳伞。要是你看见一位身背后垂着一条浓密金色大辫子的姑娘，那保管就是她。她装束打扮在这里素来是独一无二的。不过你说不定还没有和她交谈过，是吗？"

"哦，不是的，我大概曾经同她说过话，"纳吉尔说道，旋即又沉思般地自言自语说了一句，"难道那可人儿就是基兰德小姐吗？"

"哎呀，不是三言两语打个招呼，你还没有同她长谈过，是吗？那才是你求之不得。她若是给哪句逗开心了就会咯咯地放声大笑起来，而她常常会被随便什么话，甚至于无缘无故地发笑起来，因为她是那么无忧无虑，心里乐滋滋的。倘若你有机会同她聊天的话，你会看她是那么聚精会神地听着你讲话，一直等到你滔滔不绝地把话讲完，她才回答你的话。她作声搭腔的时候常常脸上泛起两朵红云。她是因为情绪兴奋而脸庞憋得绯红的。我常常留神注意到她正在同别人讲话时候那副俏模样，真是可爱极了。但是对我那又是另一码事了。有时候碰了照面就随便聊起天来，不拘什么虚礼。比方说，我要是在街上走着正好碰见她，她会赶紧站停脚步伸出手来尽管她行色匆匆。要是你不相信，你日后留点神就会见到。"

"我倒很情愿相信。那么说来，基兰德小姐大概是你的一个好朋友喽？"

"那倒未必，只不过她对我很有耐心，总是宽容忍让仅此而已。偶尔我也会被邀请到牧师府上去做客，照我看来即便是我没有得到邀请自说自话闯了进去，也不见得被拒之门外。在我病倒的时候，达格妮小姐甚至还借书给我看，是她亲自把书送来的，胳膊底下夹着几本沉甸甸的书走了那么一大段路送来给我看。"

"那么究竟是些什么书呢？"

"你的意思莫非想问究竟有什么书我才能念得了看得懂吧？"

"这一回是你多心误解我啦。你的问题一针见血，非常厉害而尖刻，不过你对我精明过头错怪我啦。你这个人真挺有意思的，我想问的是那位年轻小姐她自己有哪些书和爱看哪些书？这是我很乐于知道的。"

"我记得有一回她给我带来了嘉宝的《农民大学生》[①] 和另外两本书，我想有一本是屠格涅夫 [②] 的《罗亭》。还有一次她大声朗诵给我听嘉宝的《势若水火》的片段。"

"这些书都是她自己的吗？"

"呃，都是她父亲的，书上都有她父亲的名字。"

"顺便问一句，你方才说起那一回你去见安德森领事当面致谢……"

"是的，不过我只是想去感谢他给我的帮助。"

"那是不消说的，请问那天你到那里之前，我说的是'之前'，旗子是不是早已升好了？"

"是的，他为了我的缘故才特意升好了旗，这可是他亲口告诉我的。"

"哎哟，你想想，难道就不可以是为了他的千金小姐的生日才升旗庆祝吗？"

"那倒也是，大概如此吧。不过这也无所谓，也挺好嘛。可是弗蕾德丽卡小姐的生日不升旗庆祝的话，那才真是叫人难堪得下不来台哪。"

---

① 阿尔内·嘉宝（Arne Garborg，1851—1924），挪威作家，诗人。《农民大学生》（1883）是他创作的第一部长篇小说。《势若水火》（1888）是一部揭露左翼政客的欺诈、懦弱和动摇的剧本。

② 屠格涅夫（Ivan Turgenev，1818—1883），俄国作家。创作有长篇小说《罗亭》（1855）、《贵族之家》（1859）和《前夜》（1860）等，所勾勒出来的"多余的人"形象大多成为汉姆生在 19 世纪 90 年代的作品里的英雄或反英雄。

"你说的一点不错……我随口说到哪儿是哪儿……你的叔叔高寿啦？"

"我想他大概七十了。不，兴许不到，不过起码六十好几了。他虽然年岁很大，身子骨倒还硬朗，并不老态龙钟手脚还算灵便。在不得已的当儿不戴花镜还照样可以看点书。"

"他姓什么？"

"他是我堂叔，不是表叔，所以也姓格鲁高德，他和我都是格鲁高德的本家。"

"你叔叔的房子是自己的还是租来的？"

"我们住的那间房间是他租赁来的，不过那个煤铺是他自己的。我们租金还付得起，如果这是你心里打算要刨根究底的疑心的话。我们用煤来顶账付房租。我有时候也还能打点零工挣点钱来救救急。"

"你叔叔难道也到处送煤，他行吗？"

"不行，搬运送煤那是落在我头上的活计。我叔叔他管称分量唎，装煤唎，什么杂活都由他包揽了，我单管搬运送煤的活计，这个活计跑跑颠颠的还要扛着重量，对我来说更方便一点，好歹我毕竟还强健一些。"

"我明白了。你们有个女人给你们做饭吧，对吗？"

冷场。

"对不起，"米纽坦恩说道。"请别见怪，我乐意就此告辞，如果你要我走的话。说不定你留住我不放全是出于一片好心，而你自己并没有得到什么乐趣只好挖空心思问问我的状况。兴许你跟我谈了这么长时间是出于别的担心，那倒犯不着费心。我现在走的话也不会遭到骚扰，你放心好啦。我直到现在还没有真正碰到过一个心地狠毒的歹徒。那个法院推事还不至于埋伏在门背后对我报复，你不消担心的。即便他想要报复的话，谅他也不至于伤害我。"

"我很乐意你多待一阵子。不过你用不着犯愁，因为我给了你几个克朗买烟抽，你就义不容辞务须要有问必答把你家的事儿兜底告诉我。是走是留悉听尊便。"

"我不走，我不走，"米纽坦恩叫出声来。"上帝保佑你呀，"他叫道。"我很高兴你没有感到腻烦还给我解解闷，虽说我破衣烂衫这副模样儿，坐在这里自己心里都不安。当然我可以穿上做客的服装打扮得整齐一点，如果我有时间做点准备。我可以穿上我叔叔的旧套装，那套衣服虽说经不住用手指去乱抠乱捅，不过还算整齐不破不烂。还可以围上法院推事给我的长围巾，要是你不见怪的话……至于说有没有个女人给我们叔侄两个做饭的话，那可没有。我们家里没有女人，烧饭咧、洗衣服咧什么活儿都是自己动手。这也不大费劲儿，我们尽量拣省事的做。比方说我们要是早晨煮了咖啡，晚上就喝剩下的连热都不热一下。晚饭也是这样吃剩的，我们烧一顿饭整整一天吃喝都有了，不管这顿饭是什么时候烧的。像我们这样的家境还能有什么过高的要求呢？除此之外，我还管打扫清洗，我得了空闲顺手就干完了。"

说到此处，旅馆底下铃声大作，还能听得见纷沓嘈杂的脚步声，那是住客们陆续下楼去进晚餐。

"晚餐铃声敲响啦。"米纽坦恩提醒说道。

"知道，"纳吉尔回答说道。但他却没有站起身来，也没有显出任何不耐烦的神色。相反，他身子往后仰仰，在椅子里坐得更惬意消停一些，又开口问道："也许你也认识那个最近的灌木丛里被发现的死者卡尔森吧？一桩悲剧性惨祸，难道不是吗？"

"是的，真是一桩极其悲剧性的惨祸。我想我该说认识他。不错，他是一个正直善良、品德高尚的人。你猜猜他有一次对我说了什么吗？一年多前的一个星期日，大清早他派人来叫我去，那是去年5月间的事情啦。他问我肯不肯为他跑一趟去送封信。'当然喽，'我说道。'我去送就是了，不过今天我脚上穿一双实在不像话的鞋子，我实在不情愿让任何人看到我穿着那么不适宜的鞋子。倘若你不在意的话，我先回去借一双鞋再来。''不，那用不着'，他回答道。'我想这没有什么要紧，除非你穿的这双鞋渗水把你的脚泡在水里。'他甚至想到，想到了我的双脚会泡水！说完了这句话，他朝我掌心里塞了一个克朗，再把那封信给了我。我刚走到门廊那儿，他呼啦一声推开房门朝我紧追了过来。他整个脸上那么喜气洋洋，我就停下脚步看着他，他的眼睛里流着眼泪。他伸出双臂抱住了我，把身子紧贴着我跟我来了一个名副其实的拥抱，他说道：'现在快去送那封信吧，我的老朋友！我不会忘记你的。等我授了圣职，有朝一日能够挣钱养活自己的时候，你来跟我一直住在一起吧。行了，快去吧，祝你走运！'唉，可惜他永远挣不到了，不过我相信要是他能活下来的话，他必定会说到做到的。"

"那么你把那封信送去了吗？"

"送去了。"

"基兰德小姐收到信高兴吗？"

"噫，你怎么会晓得信是送给基兰德小姐的？"

"我怎么会晓得？那是方才你自己说的。"

"我说了吗？这不是真的。"

"嘿嘿，难道不是吗？你以为我在哄你吗？"

"对不起，想必你不会说假话，所以说的一定是对的。不过我起码不至于口风不严实，要么就是一不留神说漏嘴了。唉，我真的那么说了吗？"

"怎么不是？兴许是他不许你说出去的吧？"

"不是，不是他。"

"那就是她喽？"

"是的。"

"那就对啦。反正我是不会再往外说的。不过你可知道为什么他恰好在这会儿一命呜呼呢？"

"不，我弄不明白。大概是背时晦气交上了厄运吧！"

"你可知道他什么时候下葬？"

"明天中午。"

这桩事情说到此处便戛然而止，有很长一段时间他们两人相对无言，都不开口说话。这时莎拉从门缝里探进头来招呼说，晚餐已经上桌请下去用餐。少顷，纳吉尔说道："现在基兰德小姐婚事已订下了。她的未婚夫模样长相如何？"

"对方是汉森中尉，一表人才、气质非凡的帅小伙子。是呀，跟着他，那姑娘可不会缺喝少穿，要啥就有啥。"

"他有钱吗？"

"有哇，他父亲富得流油哪！"

"他老子是个做买卖的商人吗？"

"不是，是个船老板。他就住在离这里两三幢房子远。顺便说一句，他的宅子不太大，不过他也用不着住更大的房子，他儿子搬出去了之后，家里只有他们老两口，他们还有一个女儿，不过她已经远嫁英国。"

"你以为老汉森的身价有多少？"

"他大概有一百万吧。没有人知道到底多少。"

冷场。

"嘿,"纳吉尔接着说道。"人世间财富分配竟如此悬殊不公。你说,要是这笔财产多少匀点出来给你,怎么样,格鲁高德?"

"上帝保佑你,不行,凭什么我要分到点儿?我们务必要乐天知命守本分才行。"

"这就是有人所谓的老实……哦,我刚想起了,我有一件事要问你:你难道没有时间再干点别的什么活计,既然你到处送煤不妨兼做点别的差事不好吗?这事儿是明摆着的。我亲耳听见你问旅馆老板今天还有什么活计要干,难道不是吗?"

"没有的事儿,"米纽坦恩回答道,摇了摇头。

"就在楼下酒吧间里。你告诉他你已经把煤搬进厨房里,然后你说'我看,这里今天大概没有别的活计要干了吧!'"

"那档子事儿,是另有蹊跷。你看出来没有?没有吧!如实相告,事情的真相是我希望马上结清煤账拿着现钱走人,可是我又不敢直截了当向旅馆老板当面讨账。就是这么一回事。我们爷儿俩这阵子闹饥荒,真是到了山穷水尽的地步,闹得走投无路了,所以急等着这笔钱使唤。"

"那么你究竟需要多少钱才能摆平你家眼下的饥荒呢?"纳吉尔问道。

"上帝开恩垂怜!"米纽坦恩高声叫了起来。"甭再提它了。我们总算得到足够的周济,可以还清账还有点富余。总共欠下六克朗的账,而这会儿我坐在这儿,口袋里揣着你给我的二十克朗。这笔钱真是雪中送炭,但愿上帝保佑你好心获好报。照实说吧,我们欠下了我们杂货铺老板六克朗,是买土豆和别的吃食赊欠下的。他派人送来了催账单,我们爷儿俩正犯愁得不得了,想不出有什么法子弄到这笔钱还清赊账。不过现在总算熬过难关啦。我们可以睡一个安生觉,心满意足地迎接明天到来啦。"

冷场。

"好吧,也许我们最好喝了这杯酒,今晚就到此分手吧,"纳吉尔一边说,一边站起身来。"干杯!我真心希望这次不是我们之间的最后一次见面。你务必答应再来做客。记住我住在7号房间,谢谢你这次来访。"

纳吉尔说这番话态度极其衷心诚恳,他紧紧地握住了米纽坦恩的手。他陪着他的来访者一起下楼,送他从前门出去,在门口他如同前一次那样摘下他的天鹅绒便帽深深鞠了个躬。

米纽坦恩终于离去。他一边侧身倒退着走向大街,一边连连鞠躬,鞠了不知多少回躬。但是他说不出一句话来,虽然他不断想要说点什么。

纳吉尔走进餐厅的时候,他向莎拉表示抱歉,晚餐他迟到了,虽说此类道歉按照规矩是大可不必的。

⤳ 四 ⤲

约翰·纳吉尔大清早就被莎拉的敲门声惊醒，她给他送来了他的报纸。他浮皮潦草地浏览一遍，看完之后便把报纸往地板上一扔。有一则电讯称格拉德斯通①偶患感冒卧床两日现已霍然痊愈云云。纳吉尔将这则电讯又念了两遍，硬是忍不住哈哈大笑起来。接着他交叉双臂枕在脑后，闭目遐思，如此这般浮想联翩，他嘴巴里始终念念有词，大声地自言自语。他想道：

手上拿着一把露着刀刃的削铅笔刀在树林子里行走真够危险的。碰上个好歹一跤摔下去，那刀片就会哗啦一声割断你的血管，还不是一根而是两腕血管齐生生地割断，简直如同儿戏一样。卡尔森难道不是这样送掉性命了吗？说起这事儿，其实你在马甲衣兜里揣一个药瓶子到处走动也是危险万分的。说不定哪会儿你脚下一个趔趄倒在路上，药瓶子摔裂开来，玻璃碎片刺进你的身体里，于是毒药渗进你的血流里。真是天地虽大，莫不无处危机四伏，谁说不是呢，无论何时何地都会碰到危险。那又怎么样呢？不

---

① 威廉·格拉德斯通（William Gladstone, 1809—1898），英国政治家，曾任自由党领袖近30年，以奉行改革政策著称，他曾四次组阁，在他第四次出任首相（1892—1894）时，《神秘》已付梓出版。

管怎样，出路倒有一条，那就是千万别摔跤——就像格拉德斯通那样走法。我可以想象得出来格拉德斯通走在路上的时候他那位机敏伶俐的管家的表情神态：千万不可让他脚下踏空一步，要同上帝携起手来庇佑他，免得此公一失足成千古恨。现如今他居然连偶患感冒这样的症候都能扛得过来，竟致霍然痊愈，可见此公福大命大，想必福寿绵长非要享尽人间富贵荣华之后才肯离开尘寰寿终正寝哩。

卡尔森牧师阁下，您为何把您的脸浸泡在水塘里呢？究竟是抱恨终天所以非要把临死挣扎的痛苦相遮掩起来呢，还是突兀变故，害得您慌张惊厥之中出此下策？这个问题至今还是个悬案，我们并无一定之见权且搁置起来再说。无论如何至少您所挑中的赴死时间不大合乎情理，不是在一个月黑风高的深更半夜，而就像一个怕黑的小孩一样偏偏挑中了一个光天化日，居然还是在烈日当顶的中午时分。您就这般模样躺在那里，手上还捏着一张临终遗言的字条。可怜的卡尔森，可怜的卡尔森哪！

还有为什么您偏偏相中了树林子来作为您从事这番辉煌而渺小的奉献牺牲的葬身之地呢？难道您对这片树林子情有独钟吗，还是死在这里要比死在田野里、大路上或者湖畔对您来说更为意味深长呢？"漫长的白天小男孩在森林里闲逛，啦啦啦啦。"① 从约维克② 一出去的路上就有瓦尔

---

① "漫长的白天小男孩在森林里闲逛……"，系挪威作家比昂斯藤•比昂松描写农民生活的诗歌《阿尔纳》（Arne，1858）里的第一句。比昂斯藤•比昂松（Bjørnstjerne Bjørnson，1832—1910）是挪威著名作家和剧作家，著有《破产》（1874）、《挑战的手套》（1883）等名剧。

② 约维克（Gioevik），奥斯陆以北的一处休闲胜地。

达尔^①森林。你可以躺在那里悠闲打盹儿，忘却尘世间的烦恼。你也可以瞪大眼睛直怔怔地仰望着弯远的天空，拼命地偷窥天堂的奥秘。嘿嘿，你静下心来差不多可以听得见头顶上面在怎样低声细语地说三道四议论你。"那边的那个小子"，我的先慈太夫人的在天之灵数落道。"要是他这副德行也挤得进来的话，我当母亲的只好马上就走，离开这里，横竖得给他挪出窝儿来呀。"先母这一番家教庭训不打紧，便生生地堵死了我升入天堂的路。我好歹打了个哈哈，赶紧赔笑脸说道："嗐，我哪能惊动打扰您老人家哪，千万可不敢叫我害得您老人家增添麻烦哇！"我这句话讲得很响，响得足以吸引住一两个女天使的注意，比方说冰清玉洁、端庄娴雅的睚鲁的闺女^②和斯瓦伐·比昂松^③，哈哈哈。

我躺在这里放声大笑到底想干啥？真是见鬼，难道是扬扬自得的自尊情绪的表露不行！其实应该只有孩子们才许笑，还有很年轻的少女可以咯咯痴笑，除此之外谁也不许笑。笑声是类人猿留下来的残留物，笑声是从气管发出来的一股子令人讨厌而丢人现眼的怪声怪气。那是我给人家搔到痒处憋不住了才从我身体里某个部位喷发冲口而出

---

① 瓦尔达尔（Vardal），系约维克以西的一片大森林。

② 睚鲁的闺女系耶稣在赴加利利各地传布福音时令死者复活的圣迹之一。拿因城会堂管事睚鲁（Jairus）有一个十二岁的闺女重病将死，耶稣吩咐她站起来，睚鲁的闺女果然起身抱住她父母。这一圣迹见《圣经·新约》《马可福音》第5章及《路加福音》第7章。

③ 斯瓦伐·比昂松系比昂斯藤·比昂松的名剧《挑战的手套》里女主人斯瓦伐·里斯（Svara Riis）。她敢于反对性别歧视的双重道德标准并向其提出挑战。文中纳吉尔故意把这个人物和人物的作者拉扯到一起，便自己创造了这个名字。

的咯咯儿声。那个屠夫豪格有一回对我怎么说来着？豪格他笑起来粗声大气、腔调怪怪的，别有他自己的特色，他就凭了这笑声来拿乔摆谱儿，难道不是吗？他说是没有人能够发得出他那种气派的笑声来。

嘿，他有那么一个讨人喜欢的妞儿。那天我在街上碰见她，她手里拎着一个水桶，一边走一边哭。天在下雨，一不留神脚底呲溜滑了一下便把本来要去面包店买晚餐的钱弄丢了。我妈妈的在天之灵啊，您从天堂里望下来可曾看见我竟身无分文没有法子帮她转悲为喜？看到没有您的儿子仅仅因为身边没有一个奥尔来做好事而急得站在大街上拼命直揪自己的头发？这时候有一个乐队刚好经过，那个漂亮的教会女执事转过脸来朝我翻了个白眼，然后静悄悄地往家走去，她低沉着头，大概是为着方才对我翻白眼而过意不去。不过就在我怔神的那一刹那，一个长着连鬓胡子、头戴软檐毡帽的男人一把揪住了我的胳膊，要不然我就会给车撞倒辗死没命啦。我说的是我险些儿……

嘘……嘘……一、二、三；这钟声敲得真慢！四、五、六、七、八，什么已经八点钟了吗？九、十、嘿，才不是哩，十点钟了，那么我该起床啰！这钟声是哪里敲响的呢？难道是从酒吧间里传过来的吗？算啦，这无关紧要，一点也不要紧，毫无关系。昨天晚上酒吧间里那一出活剧岂非精彩，真是发噱逗趣。难道不是吗？米纽坦恩已经吓得在浑身打哆嗦，亏得我出手是在节骨眼儿上。要不然的话，他到头来非得把那杯掺着雪茄烟灰和火柴梗的酒喝下去不可。咳，那又怎么样呢？我请问你，你这个傲慢无礼、不顾脸面的粗疙：那又怎么样？我凭啥要去搅局，多管人家的闲事呢？再说我到底为了什么缘故要到这个小城镇里来呢？难道说是由于天地宇宙之间发生了这种或那种要命的天灾人祸吗？比方说格拉德斯通患感冒，等等。哈哈哈，上帝保佑你，孩子，要是你实话实说的话，无非竟然只是在你回家的归途上你一眼瞅见了这个小城市，就忽然之间心血来潮，你被这座小镇的小模样儿所倾倒，情不自禁地高兴得流下了眼泪，这个城市又小又破旧蹩脚，而举目望去，却只见到处升起着国旗。哦，对了，那一天正好是 6 月 12 日，国旗猎猎飘扬，是为欢庆基兰德小姐的订婚，不曾想到两天之后我便亲眼见到了她本人。

为什么偏偏正好在我心烦意乱、如痴似癫的那天傍晚和她邂逅呢？当时我大大咧咧对一切都满不在乎，什么事都做得出来。每当我回过神来想想心里充满了愧疚，总觉得自己像条狗那样不知害臊。

"晚安，小姐！对不起，我在这里是个外地人，我想随便逛逛，请问我该到哪里去才好？"

米纽坦恩说得一点不错，她马上就双颊泛起红晕，待到她开腔作答时更是满脸飞红。

"噢，您想去哪里呢？"她说道，双眼扫视过来，将我上下周身打量了一遍。

我脱下我的便帽，光着脑袋站在那里，手里一直捏着便帽，没话找话说道："劳驾，请您告诉我这里离市中心有多远？我问的是确切距离。"

"那我可不知道，"她说道。"从这里算起就不知道了。不过你往前走见到的第一幢房子是牧师宅邸，从那里到市中心是一英里半路。"说罢她就想避开我的纠缠举步欲行。

"多谢您啦，"我说道。"不过牧师宅邸坐落在树林子的那边尽头，请允许我顺路陪您做个伴儿，倘若您也正好要

042

朝那边去的话，或者再走远一点也行。现在太阳已经下山了，所以请允许我效劳为您拎着您的阳伞。我不会打扰您的，如果您不情愿讲话，我也可以一声不吱。我只要有幸陪伴走在您的身边听听鸟儿啾唧就心满意足了。别走哇，千万不要扭身就走哇！您何必要连奔带跑呢？”

　　既然她要拔脚开溜，不肯倾听我的话，我只得紧追不舍让她听得见我的辩解：“要是您的标致的俏脸蛋儿倘若没有在我脑袋瓜儿里留下最佳印象的话，那我就真是个活该不得好死的混蛋啦！”

　　然而这时候她只顾步履仓皇地夺路而走，在两三分钟之内就消失了芳踪，我再也见不到她的倩影了。至于说那根浓密的金色大发辫嘛，她一路狂奔时干脆就紧攥在手里。那娇美的神态我真是生平第一遭开了眼界。

　　这就是事情的来龙去脉。我并没有打算要调戏她。我也并没有心存歹意想要伤害她。我敢打赌，她爱着她的中尉，我何尝动过邪念想要硬插一脚挤进去横刀夺爱呢？哼，这一下倒好，闹出事来不是！没准儿那位中尉会寻仇上门来向我提出决斗挑战，哈哈哈，他会同那位法院推事联起手来对付我，那个在法院里只管抄写收发的家伙，狼狈为奸向我提出决斗挑战……

　　哎呀，我真纳闷那个法院推事到底给了米纽坦恩一件新上衣没有。我们不妨再等上一天，说不定两天看看再说。不过要是在两天之内他还是没有兑现他的诺言，我们就要给他提个醒儿。到此为止，休得再多管闲事，纳吉尔！

　　我在这里认识一个穷女人，她老是用那么怯生生的眼光盯住我，好像她想要问我乞讨点什么却又至今尚不敢开腔。我倒被她秋波横转的眼神瞟得魂不守舍了，虽然她的头发全白了。所以我一连四回宁肯多走点冤枉路绕远道避开碰到她。她岁数并不大，头发白不是由于年龄的缘故。她的睫毛仍然惊人地漆黑，黑得吓人，这就使得她的眼神平添了几分娇媚。她几乎总是挎着一只篮子，遮在她的围裙底下，这大概就是为什么她老是让人觉得怯生生的缘故。有一回她从我身边走过，我立即旋转身来，这才看清楚了她朝着集市上走去，一路随手从她的篮子里掏出几个鸡蛋来，随便碰到哪个就赶紧兜售要卖给人家两三个。卖完之后又从原路回家去，篮子照样挎在围裙底下。她住在码头区的一幢小得可怜的房子里，那是一栋没有上过漆的平房。有一回我从窗口朝里望进去，那窗户上没有窗帘，我只见到窗槛上有两三朵白花。我打从那里经过的时候，她站在房间的尽里头直怔怔地目送我远去。天晓得她是个什么路数的女人。不过她长着一双纤纤素手。施舍给你一点钱对我来说原本是无所谓的，我的白发女人，不过我宁可为你真正地出点力。

　　不管怎样，我终于恍然大悟我为什么被你美目流盼瞟得神魂不定的奥秘所在了，其实从一开始我就心里明白不过不肯不打自招罢了。说也稀罕，年轻时一段刻骨铭心的暗恋竟会缠绵悱恻得如此天长日久，不经意之间就会冒出头来。不过她那妩媚可爱的面容岂像你那副嘴脸，况且你比她要年纪大得多。唉，天不从人愿，她竟然嫁给了一个报务员，搬到卡伯尔沃格去住了。算啦，择偶靠缘分，各有各喜爱嘛。我指望不了能够博得她垂青，而且我确实也不曾得到过她的爱情。这是回天乏术的事情。听，现在钟敲十点半啦……真是没法子，无计可施哪。不过只要你能知道我一直把你放在心上，这十年或者十二年无时无刻不曾忘记过你，嘿嘿，那我也就……可这能怨别人吗，全怪你自己不争气，她有啥法子呢？别的人害单相思心里惦念上一年半载也就淡忘了，我却相思了整整十年哪。

我要给那个卖鸡蛋的白发女人出点力，既要送她一笔钱，又要帮她点忙，就是为了她那双眼睛的缘故。我有的是钱，取之不尽用之不竭，单单一笔房地产交易就有六万两千克朗进项，而且到手的是现款。哈哈，我只消粗粗看一遍我桌上那三份价值连城的电报就行喽。这一手玩得天衣无缝，真是一着奇妙无穷的绝招！这家伙既是一个农学家又是一个资本家，两者兼于一身，所以气定神闲犯不着一碰到哪个主顾就忙不迭向人家兜售快点脱手就行，所以要带着问题睡过夜，细细估摸慢慢掂量。这就是我眼下在做的事情：细细估摸慢慢掂量。在此期间随便你把动静闹得有多大、把花招耍得有多绝，人家都不会觉得事出意外而吃惊的。喂，老兄，您的名字叫蠢驴！人家愿牵着你的鼻子往哪儿走就往哪儿走。

比方说在那边，有一只小瓶子的瓶颈戳出，露在我的马甲的衣兜外面。瓶子里装的是药，氢氰酸①，我是把它当作古玩带在身边的，没有勇气亲口去品尝它一下。那么为啥我又随身不离带着它而且最要命的是为啥我要把它买下来呢？又是骗局在作怪，没有别的缘故，就只有骗局。颓废堕落的现代骗局，但求名声，势利成风的骗局。嘻嘻，纯粹洁净、高尚无瑕得有如瓷器，是我的包治百病的灵丹妙药……

或者拿那件无伤大雅的事情，就是我得到那枚救生奖

---

① 氢氰酸，系蓝色酸性液体，即氢化氰的俗称，为剧毒化学物质。

章来说吧。我是正大光明自己凭着自己勇气赢来的，正如大家有口皆碑的那样：为了拯救别人的性命而甘冒牺牲自己的危险不惜纵身跳入海里。不过我究竟是不是真正值得受到如此这般的歌功颂德呢？只有天晓得。先生们、女士们，你们不妨自己来判断此事吧。一个年轻小伙子站在船舷的扶手栏杆旁，他在暗自抽泣，他的双肩一抽一抽不住地颤动。我过去同他找话搭讪时他给了我一个冷脸子便走下甲板踏进大餐间里去了。我紧随着他，那个人却已经转身返回到他的房舱里去了。我细细查看了旅客名单，找到了那个人的姓名，并且注意到此人要去汉堡。这是上船后的第一个夜晚。打从那会儿起我就多了个心眼儿一直留神着他，有时候在出乎他意外的地方冷不防地同他打个照面，并且直瞪瞪地正视他的眼睛。我为什么要这样做呢？先生们、女士们，你们自己审判吧！我看见他哭泣，他在遭受着某种苦闷的深深折磨，他屡次三番地凝视着大海，脸上挂霜双眼失神，一副神志茫然的狂躁相。那与我有何相干？没有，当然一点都不相干，所以恳请你们自己来做出审判吧，只管继续判断下去好了。在两天之后，我们遇上了顶头风，海面上恶浪翻滚。深夜两点钟他走到船尾上，我早就暗中埋伏在那里监视着他的一举一动。月光底下，他的脸色蜡黄。接下来怎么样呢？他扶着栏杆走了个来回，双手往上一甩便纵身跃向船舷外，是双脚先落水的。但是他仍然不禁发出一声尖叫。难道他对轻生的决心感到懊悔了吗？难道他在最后一刹那吓慌神了吗？如果不是这样，他为什么会惊叫呢？先生们和女士们，设想你们身临其境处在我的位置上，那么你们又会有何举动呢？何去何从我完全悉听尊便。也许你们会尊重那位可怜的不幸者的真心诚意但又畏缩犹豫的勇气而闷声不响地藏身在埋伏之处。而我却不然，一边向船桥上的船长大声呼救，一边翻过栏杆跳了下去，匆忙之中竟然来了个倒栽葱，反倒是我头先落水的。我像发疯似的拼命拍水，茫茫然地用手向四处乱摸乱抓。在这当儿我耳际一直听见船上人声鼎沸大呼小喊。忽然之间我一头撞到了他的胳膊上，那条伸得笔直的手臂已经有点发僵，五指一齐叉开着。他还在蹬腿踢脚，好！我一把抓住了他的颈背，但是他的分量变得愈来愈沉，身子愈来愈没有力气动弹，不再腿蹬脚踢了，最后他还扭动了一下冀图挣扎脱身出去。我拖着他在海水里不停地旋转，浊浪接二连三汹涌而来，劈头盖顶猛砸下来，把我们两人的前额相磕碰在一起，直磕得我眼前发黑一阵阵眩晕。我怎么办，该又作何取舍呢？我咬紧牙关，暗自诅咒骂娘，事已至此我也只好豁出去了。我紧紧地抓住那家伙的颈背，一点都不松手，直坚持到船上把我们打捞了起来。若不然你该怎么办呢？穷凶极恶、野蛮残忍，活像一头大狗熊，不过我到底救了他的性命，那又怎么样？好啦，难道我没有把这桩案子交给你们，先生们、女士们来做出审判吗？你们有话只管照实说，不消对我隐恶扬善，好赖都是我干的，既然敢做就敢当，别人说啥都不怕嘛！不过倘若那个家伙存心避开汉堡，对他说来旅程不在那里结束而宁肯走上不归路才是至关紧要的，那又作何而论呢？难就难在这里，说不定他大概要在那里同一个他不想见到的人碰头。不过这枚奖章毕竟还是奖章，是授给一项赫赫功绩的，所以我揣在衣兜里随身带着它。我不情愿将它丢弃给那些不识货的外行，没门儿！这也劳驾你们一块儿给做出个鉴定来吧。我是丝毫都无所谓的。我有什么顾忌呢？我反正对这事一点儿没有放在心上，所以连那个不幸的家伙的姓名都不曾记住，尽管想必他至今还健在，活得好好儿的。那么他究竟为何出此下策走上不归路呢？也许是由于失恋，说不定真是有个女人卷在这场险些儿闹出人命官司的纠葛里来。不过这关我什么屁事儿，反正同我毫不相干嘛，我不知情反而心不烦嘛。得了，就此打住……

唉，女人呀女人，这些佳丽靓女们，不妨拿卡玛来做个例子，我的丹麦小甜妞卡玛。上帝救救我吧，温柔得像一只鸽子，千般妖娆万般风情真是叫人如入温柔乡里。可是照样有本事哄得你乖乖地大把大把往外掏钱，直到你把最后一枚铜板都掏个精光，非把你挤干榨瘪不可，若不榨得你身无分文岂肯罢休。只消把她的那颗诡计多端的小脑袋往你身上偎依过来，娇声细语说道："西蒙森，我的小可爱西蒙森。"去你的吧，上帝与尔共在，卡玛，哪怕你千般妖娆万般风情，只好下地狱喽，我们俩反正分手拉倒……

现在我该起床啦。

不行，对此类拈花惹草务必当心提防。"我的孩子，谨防女人的撒娇，"一位大作家说过……姑且不管那位伟大的作家的原话究竟说了什么。卡尔森是一个弱者，一个理想主义者。他出自他的强烈感情的缘故而去寻死，也就是说死是由于他神经脆弱，而话又说回来，神经之所以脆弱乃是营养不良和缺少户外活动所造成的，哈哈哈，缺少户外活动。"但愿你的钢刀像你最那个'不'字一样锋利"，他临死时引用了一位诗人的一段陈词滥调，这下就彻底败坏了他在尘世间的名声。倘若我正好碰见卡尔森，而且最好是在出事的当天，不过起码要在惨案发生之前半个钟头，他会告诉我他在自寻短见之际打算引用某个人的一段话，问问我有何高见，我大概会如此这般直抒己见：你且听分明，我尚未犯糊涂神志十分健全，有啥说啥不会糊弄你。我代表全人类来关心你，不让你在最后临终之际由于引用了这个伟大诗人或者那个伟大作家的至理名言而往自己身上大泼脏水，何苦来的，人都死了还落下一身骚。你可知道一个伟大的诗人或者伟大的作家究竟是什么货色吗？哼，伟大的诗人作家无非是鲜廉寡耻之辈，是满嘴胡言乱语的从不会脸红的人。别的骗子还会感到自疚而偷偷地自个儿脸上发烧，唯独诗人作家并非如此。再听我说分明：你实在想要引用某个人的话，不妨引用一个地理学家的，保管你不会受到坑骗。维克托·雨果①……你有幽默感吗？有一天，莱斯丹男爵同维克托·雨果闲聊起来。在交谈之中，那个狡黠的男爵问道："依您之见，谁是法国最伟大的作家呢？"维克托·雨果龇牙咧嘴扮了个鬼脸，旋即咬咬嘴唇，最后他终于启齿说道："那位仅次于最伟大的作家是阿尔弗雷德·马瑟特②！"哈哈哈。不过想必你没有这样的幽默感，对吗？你可晓得雨果在1870年干了什么事吗？他写了篇致地球上全体居民的声明，他在这一篇声明里以最严厉的措辞禁止德国军队围困和炮轰巴黎。"我像城里其余家庭一样有两个外孙，我可不情愿让他们被炮弹所击中。"维克托·雨果说道。

---

① 维克托·雨果（Victor Hugo，1802—1885），法国著名诗人、作家。著有长篇小说《巴黎圣母院》《悲惨世界》《九三年》等。文中纳吉尔调侃雨果的两件事情并不是真有其事，前一则是杜撰的，后一则是牵强附会的。

② 阿尔弗雷德·马瑟特（Ailred de Musset，1810—1857），法国浪漫派抒情诗人。

你不妨瞧瞧，我到这会儿还没有穿鞋哪。莎拉把我的鞋拿到哪里去了呢？眼看就快十一点了，她还是没有把鞋送回来。

所以我们不妨引用一个地理学家的话……

甭管怎么说，莎拉的身材真是苗条可爱。她走起路来一摇三摆地扭着胯，活像一匹长足膘的小母马，一蹶一颠地晃动着大肥臀真是蔚为壮观哪！不管怎么说，你若是伸手去碰碰她肋骨那儿，想必她还不至于大惊小怪地尖声叫喊起来，她大概是那种随便撂几个子儿就肯让人享把艳福的货色。我倒挺纳闷，她究竟结过婚没有……哎呀，说起结婚，我有一回倒还真目睹了一次结婚，嗯，先生们、女士们，甚至可以说是身临其境地参加了一场婚礼的整个过程的非凡殊荣哩，嘿，那场婚礼真是不得了，举行地点假座在瑞典的一个火车站，孔斯巴卡火车站。时间是一个星期日傍晚。我烦请你们不要忘记是星期天傍晚。她戴着一双雪白的长手套，他戎装打扮穿着套崭新的士官生制服，不过还没有长出唇髭，可见他是何等年轻。他们俩是在哥德堡上车的，她也年轻得要命，两个都是雏儿。在车厢里，我坐他们对面，一边看报一边留心着他们俩。有我在场这么一碍事，他们俩那股子憋闷劲儿那就别提了。他们俩的眼光像是干柴烈火般黏到一起去了，你含情脉脉地瞟着我，我恨不得一口吞咽地望着你，四目相视分分秒秒都不曾彼此离开过。那个姑娘秋波盈盈眼珠子闪出亮光，她露出急不可耐的神色，颇有点坐立不安的架势，忽然之间火车到孔斯巴卡车站的汽笛拉响了。他一把抓住了她的手朝她使了个眼色，他们俩都心领神会尽在不言之中。等到火车刚一靠站停下，他们俩匆匆跳下火车，她飞似的奔在前头，朝着"女用"那里奔过去,他大步流星地追赶她紧随不舍……糟糕,真是要命!他走错门了,居然也踏进了"女用"!他们俩把身背后的门迅速关上。就在这一刹那,全城到处教堂钟声响成一片,因为这是一个星期日的傍晚。他们俩走进去之后,教堂钟声一直在回旋萦绕。三分钟、四分钟、五分钟过去了……他们俩究竟在捣什么鬼?他们俩仍旧关在里面不出来,教堂钟声嘹亮得响彻云霄敲个不停。上帝啊,在天之父才知道他们到底会不会误了车!后来他终于把门打开,探出头来向外窥望。他脑袋光秃秃,她站在他的身背后,头上却戴着他的军帽。他转过脸去对她粲然一笑,然后他快步跳下台阶,她紧随在他身后一边用手将她凌乱不堪的衣衫又捋又捆。他们俩喘吁吁地回到自己的座位上,竟然没有一个乘客,没有一个乘客除了本人之外,留神注意到他们俩。那个姑娘朝我瞟了一眼又微笑了一下,她的眼神里一片金光灿烂。她那个儿不大的胸脯在急促地弹跳着,绷高起来又伏落下去,绷高起来又伏落下去。几分钟之后,他们俩都睡意蒙眬打起盹儿来。经过那番旅途上的燕尔之乐以后,想必他们俩都倦怠犯困了,该美滋滋而甜蜜蜜地睡上一觉。

先生们,女士们,我的故事讲完了,不知诸位有何想法?我不得不怠慢一下那边的那位卓越的女士,女士戴着夹鼻眼镜、身穿男式竖领衫的蓝袜子①,也就是说女才子。我先对诸位当中的两三位申明一句,因为你们尚未曾咬紧牙关地将你们的生命消磨耗费在社会公益活动上。要是我得罪伤害了任何人的感情,我还望诸位多多海涵包容,尤其要

① 蓝袜子(bluestocking),18世纪中叶,伦敦文学圈女性昵称蓝袜子。她们衣着潇洒,穿蓝色绒线袜。

向那位尊敬的戴夹鼻眼镜的蓝袜子女才子女士致以特别的道歉。看哪，她站起身来了，她站了起来！老天爷哪，大事不妙！要么她愤而退场扬长而去；要么她开口引用哪个人的名言箴语，她引用那些至理名言大概是要对我痛加批驳。她会这么说道："哼，"她会说。"这位绅士竟然抱有我至今闻所未闻的最粗野下流的大男子人生观。难道这就是人生吗？我真不晓得这位绅士是不是无知透顶乃至于连一位世界上最伟大的思想家在生活这个主题上的那番宏论吗？他说道：'人生乃是一场在心灵和头脑最深处同妖精开仗的战争'①"……

人生是一场同妖精开仗的战争，一点不错。而且还要在心灵和头脑最深处才算数哪。先生们女士们，有一天挪威车夫彼尔·休斯卡弗尔②为一位大诗人驾辕驱车。他们一路行来之际，头脑简单的彼尔·休斯卡弗尔不禁动问："恕我冒昧多嘴，我想请问当个诗人在您看来究竟是什么意思？"那位大诗人撇撇嘴角，把他的鸡胸挺到再鼓不能鼓的地步，随口甩出了这样一句话来："当个诗人意味着对你自己举行末日审判。"听罢此言，挪威人彼尔·休斯卡弗尔如雷轰顶，浑身关节被打击得似瘫了一般。

十一点钟啦，我的皮鞋，我的皮鞋究竟在什么地方，真是见鬼……啥事都不顺遂，真是叫人火冒三丈，气不打

---

① 诗句系引自易卜生的《诗集》（1871），原诗为：
　"人生就是蛊惑心灵的巫术和
　脑袋里的朗朗乾坤之间的战争，
　写作就是把末日审判
　自讨苦吃强加给自己"。
　这里和下文的"伟大诗人"，都是暗指易卜生。
② 休斯卡弗尔（Skyskaffer），挪威语本意即为"车夫"。

一处来。

一个身材高挑、脸色苍白的女士，浑身皂黑装束，脸上却荡漾着一股最迷人的微笑，她好心好意拉拉我的衣袖，试图要我就此住口不要再说下去。"干吗你不学学那位诗人摆出一副架势，"她说道。"那样一来你就起码有资格掺和进来一起高谈阔论了。"

"嘻嘻，"我回答道。"我这个人连一个诗人都无缘相识，甚至没有同哪个诗人说过话咧。我这个人是个农学家，我从小至今一生之中尽同鸟粪和糠麸糊糊打交道。我这个人连一首写把阳伞的诗都写不出来，更甭说要写什么生与死和永恒的和平安宁啦！"

"行啦，行啦，再不就学学别的大人物，"她说道。"你不妨以你自己的不可一世的架子招摇过市，把所有的大人物统统都视为尘土踩在脚底下。不过那些大人物照样屹立不动，活得比你还潇洒，你瞧着吧。"

"女士，"我尊敬地鞠了一个躬，回答说道，"仁慈的主啊，你的这番宏论在我听起来真是多么牛头不对马嘴，可见知识上是何等浅尝辄止。我很抱歉把话说得这样直爽坦率。多亏您是位女士并不是男人，否则我非要说你是个左派分子不可，而这样的指责是非我所愿的，我不想把所有的大人物踩到脚下去，况且我判断一个人的伟大并不是按照他着手创建的丰功伟业来评价的。我自有我的一套标准来做出裁判，就是用我自己的小小的脑子来辨别，用我的智力悟性来评估。不妨这么说吧，我是按照他的一举一动在我嘴巴里留下的味道来对他做出评鉴判断的。这倒并不是我一厢情愿的僭越自大，而是我血液里的主观逻辑的表现。到头来至关紧要的是不至于掀起一种运动，让金果①的赞美诗遭受来自利勒桑市的霍伏格教区的兰德斯塔德②所倾轧排挤掉。这压根儿不是在一帮子律师、新闻记者或者加利利海③渔民中间惹是生非起哄闹事儿，或者是出版一本论述小拿破仑④的专著。要紧的是影响和教育**强权者**，那些精选出来的超人，生杀予夺在握的人生之主，有权势的大人物，大祭司该亚法⑤、彼拉多⑥，还有皇帝⑦。反正不管我如何尽心尽力做了所有的事情，到头来免不了还是要钉到十字架上，试问我在这些群氓野民之中煽起点骚乱闹事又有什么用处呢？你可以纠集多如牛毛的百姓大众，人多势众拼死拼活争到手一星半点权力；你可以将屠刀塞进他们手里命令他们去砍砍杀杀，你也可以挥舞鞭子驱赶他们在选举投票中赢得上风。但是要赢得胜利，赢得原教旨精神成长的胜利，为造福世界赢得尺寸之功，那是群氓望洋兴叹无可奈何的。大人物固然是茶余饭后闲聊交谈的绝妙话题，但是却连那个超人，还有他手下的超人们和主人们，

---

① 金果（Thomas Kingo，1634—1703），丹麦诗人，奥登塞主教，擅长写作巴洛克诗体的圣歌和赞美诗。

② 兰德斯塔德（Brostrup Landstad，1802—1880），挪威民歌收集家。

③ 加利利海，即巴勒斯坦的太巴列湖（Tiberias sea）。

④ 小拿破仑（Napoleon petit），即拿破仑三世（1808—1873）。

⑤ 大祭司该亚法（Kaifas），系犹太教法利赛派首领，力主逮捕并亲自审判耶稣，见《新约·马太福音》第 26 章 57—68 句。

⑥ 本丢·彼拉多（Pontius Pilate），公元 26—36 年任罗马帝国驻犹太撒玛利亚、以土利亚总督。他判决耶稣钉十字架。见《新约·马可福音》第 15 章第 15 句。

⑦ 系指罗马帝国皇帝提比略（Tiberius Keisere，公元前 42—公元37）。

那个骑在马背上的世界灵魂①都不得不停下来陷入回忆，苦苦思索力求记忆起来、想起来被提到的这位有名有姓的所谓大人物究竟是何许人。这样一来大人物便同那帮子乌合之众，毫不足道的百姓大众搅和到一块儿去了，那些律师、教员、新闻记者，还有那位巴西皇帝，等等，皆因为他们都是他的崇拜者②。"

"算了吧，"那位女士语带讥讪地说道。就在这会儿工夫，那位主席举起槌子敲敲桌子要求大家保持肃静，可是那位女士却自顾自说下去："算了吧，既然你并不刁难所有的伟人，那么可否带出几个你心目中颇有好感的人来，哪怕一个都行。这倒是最叫人感兴趣和想要知道的。"

我答复如下："鄙人乐意效劳。然而实情是：有鉴于你将蛮横无理之至地曲解在下所说的每一句话，因而恕难从命。如果我提到了一个、两个或者十个人的名字，你将会认定除了我所提到的人之外对别的人便一无所知了。再说我凭啥要这么做呢？假如我提出几个人来，比方说列夫·托尔斯泰、耶稣基督和康德③之间做出选择。甚至连你在他们之间做出正确挑选之前恐怕也要再三犹豫煞费踌躇。你恐怕会说所有这几位都是伟人，仅仅只是模式不同而已，于是所有的自由主义和进步报纸便会应声附和一致赞成你……"

"那么以你看来这几位当中谁最伟大？"她冷不丁插进

---

① "骑在马背上的世界灵魂"系德国哲学家里格尔（Georg Hegel，1770—1830）用以描写拿破仑·波拿巴的词句。

② 巴西皇帝系指巴西最后一个皇帝彼得罗二世（Pedro Ⅱ），他于1889年被废黜，因而亦归入了"毫不足道的百姓大众"之类里去了。

③ 康德（Immanuel Kant，1724—1804），德国哲学家，德国古典唯心主义哲学创始人。

来问了这么一句。

"依我愚见，女士，能够算得上最伟大的倒并不是那位最擅长创造交换价值的人，尽管他总是在世界上引起最多混乱骚动。不是的，我血液里的声音告诉我说，唯有那位对人类生存做出最有根本价值的、最有切实益处的贡献的人，他才是最伟大的，最大的恐怖分子才是最伟大的，一股聚沙成塔的能量积累，撑起整个星球的擎天柱。"

"可是，在方才提到的那三位当中，只有基督才……难道是基督吗？"

"正是基督，一点不错。"我赶紧说道。"你说得很对，女士，我真高兴我们起码在这一点上相互谈得很投合。不不，我素来自问立身处世和传道说教的能力浅薄低下，至于布道嘛，那压根儿就是嘴巴一张话就来，口若悬河呗，要有信口开河滔滔不绝的那种外形上看来确有非凡天赋的本事不可。一个传道士，一个职业传道士是何许人？他是一个起到中间经纪人作用的反面角色，一个推销商品的中介代理人。他依仗着促销挣到手的钱愈多，他在全世界范围内的名声就愈煊赫！嘻嘻，这就是生财之道。他越是大吹大擂招徕顾客，他的生意营业就越发兴隆扩大。不过究竟怎样向我的好邻居奥勒·诺迪斯蒂恩①宣讲浮士德关于人生的见解才能切中要害呢？那会改变下个世纪的想法吗？"

"不过奥勒·诺迪斯蒂恩将会变成什么样子，要是没有人……"

"让奥勒·诺迪斯蒂恩滚进地狱里去吧！"我打断了她的话头。"反正奥勒·诺迪斯蒂恩在这个世界上再也没有别

---

① 奥勒·诺迪斯蒂恩（Ola Nordistuen）为挪威人最常见的姓名，用以泛指挪威人。

的事情可做，只能逛逛悠悠等着去死，也就是说撒手人寰让出道来，而且愈早愈好。奥勒·诺迪斯蒂恩生来就是要归于尘土沤化为肥，他是拿破仑策马驰骋时铁蹄践踏下的士兵。这就是奥勒·诺迪斯蒂恩……现在你晓得了吧。奥勒·诺迪斯蒂恩，见鬼去吧，事情都还没有起头开始，哪谈得上有什么结局后果。他连那本伟大的书[1]上的一个逗号都不是，充其量只不过是纸上的污斑而已。那就是奥勒·诺迪斯蒂恩……"

"嘘，嘘，看在上帝的分儿上，"那位女士吓得要命地说道，一边端详着那位主席，看看他是否要把我轰出门外。

"行啦，"我回答道。"哈哈哈，行啦，我不再多费口舌啦。"就在此时此刻，我惊鸿一瞥地注意到她的两片可爱的朱唇。于是我说道："我很抱歉，女士，我胡说八道讲了那么一大堆废话，占了你那么多时间。不过要多谢你的好意。你嫣然一笑之际，你的嘴唇是那么天仙般美丽。再见。"

可是这当儿她的粉脸蓦地涨得绯红，她还邀请我登门做客，说白了无非就是约好了到她住的寓所里去幽会。嘻嘻嘻，她家住在某某街某某号。她非常想就此事与我再展开更多的讨论，皆因为她并不赞同我的看法，故而势所难免地会提出一大堆反对意见。如果明天晚上我光临寒舍，她必定会孤身一人恭候大驾。请问明天晚上我肯不吝赐教屈驾来寒舍一叙吗？"好哇，多谢啦，那么到时候见。"

结果是什么风流韵事都没有，她只是想展示给我看看一条新的软茸茸的毛毯，一种民族图案，是哈灵达尔峡谷[2]地方手工编织的。

---

① 伟大的书，系指《圣经》。

② 哈灵达尔峡谷（Hallingdal）在挪威东部，以编织手工艺品著称。

唱一声嗨嗬，

太阳便从草地上升起。

他起身跳下床来，卷起百叶窗，朝外张望。一轮红日高照在集市广场上空，是个无风的好晴天。他摇响了叫人来服侍的铃声。他想要利用莎拉今天早晨忘了把皮鞋送来的玩忽职守这档子事儿来做文章，同她套近乎有点更亲热的关系。让我们瞧瞧她究竟是哪门子货色，这个目光流盼、眼波里漫溢着十足性感的来自特隆海姆的村姑下女。说不定还真是个坑人钱财的烂污货哩！

一句话，他伸出双臂把她拦腰紧紧搂住。

"哎哟，滚开，"她怒冲冲地叫起来，死命地将他推开。

于是他板起脸来，冷冰冰地责问道："凭啥你不早点把我的皮鞋送来？"

"哦，真对不起，我没有把鞋送来，"莎拉嘟哝道。"今天是洗涮日子，我们手头上活计干不过来。"

他在他的房间里一直待到十二点。一到时间他就下楼出门到教学墓地去参加卡尔森的葬礼，他和往常一样身上依然穿着那套色彩光鲜亮丽的米黄色套装。

五

纳吉尔来到教堂草坪的时候，那里却连个人影儿都见不着。他径直走向墓穴，伸头朝里面窥视，但见在墓穴坑底并放着两株白色鲜花。是谁把它们撂在那里的呢？用意又何在呢？"我早先曾经见到过这些白色的鲜花，"他暗自想道。骤然之间他脑筋一转想到自己早起至今还尚未刮脸。他掏出表来看看，又沉吟了片刻，然后疾步匆匆又折身返回到市区去。去集市广场的半道上他看见法院推事迎面向他走过来。纳吉尔自顾自笔直朝他走去，目光炯炯地瞪着他。但是这两位仁兄都没有开口说话，也没有相互打个招呼。纳吉尔踏进了理发店，就在此时教堂钟声大作宣告葬礼开始。

纳吉尔消消停停地歇了口气，他没有同任何人讲话。闷声不响连一口大气都不吭。他先打量了一遍那店堂里的挂画，目光从一面墙到一面墙扫视过来，然后又一幅幅地品鉴玩味。最后终于轮到他了，他便仰躺到理发椅上。

他刮脸修面一切收拾停当便举步走出店门重新回到街上，这时候他再一次同法院推事狭路相逢。这一回那位推事似乎有备而来专诚等候什么机会。他左手执着一根手杖，一眼瞅见纳吉尔的身影出现，马上就把手杖换到右手上挥舞起来。他们两人相互渐渐走近。"我刚才碰见他的时候，他手上分明没有拿着手杖嘛。"纳吉尔自言自语道。"这根手杖不是新的，他不是买来的而是去问人借来的。哦，是一根藤制的手杖。"

霎时间他们俩走到一块儿来了，那个法院推事停下脚步，纳吉尔也忽然站稳不动，他们两人几乎同时立停下来。纳吉尔伸手轻推了一下他的天鹅绒便帽，仿佛要搔搔脑袋勺一样，旋即又把便帽扶正。法院推事却把他的手杖往鹅卵石上用力一戳，将全身斜倚在手杖上，他如此光景站立了几秒钟，仍然一言不发。倏忽之间他站直起来，转过身去背对纳吉尔竟自扬长离去。半晌之后，纳吉尔才目送他消失在理发店拐角处。

这一幕哑剧落在好几个人的视线里。他们当中有一个是卖彩票的，恰好端坐在彩票票站里把这个场面尽收眼底。再过去一点坐着一个卖石膏像的，他也领略到了这一桩咄咄怪事的全部情景。纳吉尔认出来那个卖石膏像的原来就是头天晚上在酒吧里泡着的顾客之一，此人亲历了整个事件的原委始末，并且在事后站在他这一边向旅馆老板提出申诉。

当纳吉尔第二次来到教堂墓地时，牧师已经在念颂扬逝者亡灵的悼词了。那地方围着一大堆浑身着黑的人，纳吉尔并不走到墓穴去，而是自个儿找了一块平放着的又大又新的大理石板坐定身躯。那块大理石板板面上镌刻着这样的碑文："威尔海明娜·米克，1873年5月20日出生，1891年2月16日去世。"墓碑志全文仅此而已。这块大理石板是崭新的，而大理石板底下的草皮也是刚刚新铺的。

纳吉尔向一个小男孩招招手。"你可见过那边的那个穿棕色外套的人吗？"他问道。

"那个头戴尖顶帽的，当然见过，那是米纽坦恩。"

"快去把他叫到这边来。"

当米纽坦恩走过来的时候，纳吉尔一边站起身来一边朝他伸出手去，一边问道："你好，你好，我的朋友！我真高兴又见到你了。你得到那件上衣了吗？"

"上衣？没有，尚且还没有。不过我早晚会得到的，没有问题，"米纽坦恩回答说。"我想感谢你昨天晚上的盛情款待，你行侠仗义所做的一切。唉，今天我们安葬了卡尔森，唔，他蒙主宠召啦！我们自己也只能听天由命。"

他们两人坐到那块崭新的大理石板上闲聊起来。纳吉尔从他的衣兜里掏出一支铅笔在石板上信手涂鸦。

"埋在这里的是谁？"他问道。

"威尔海明娜·米克。不过我们干脆只叫她的简称明娜·米克。再说她还只是个孩子。我想她没有活过二十岁。"

"是呀，按碑文上说的她还没有到十八岁哩。她大概也是个好人吧？"

"你这话说得真出奇离谱，不过……"

"那是因为我已经注意到每逢谈起不管哪个人的时候，你总是一开口就净说人家的优点长处。"

"要是你认识明娜·米克的话，想必你也会赞同我所说的话。她真是一个心灵善良得与众不同的好姑娘。倘若有人是上帝的天使，那么她现如今就是一个天使。"

"她订婚了吗？"

"订婚？说哪儿话来。据我所知没有。我想她是不会订婚的。她总是不断地在诵念祈祷经文还大声同上帝谈话，而且常常是在当街人人能听得见她的地方。大家往往停下脚步来听她讲话，所以人人都疼爱明娜·米克。"

纳吉尔把铅笔放回到衣兜里。石板上赫然一行大字草书，尽管抄录的是一句诗，可是涂写在白色大理石上看起来毕竟不雅观。

米纽坦恩说道："你引起了大家的注意。方才我站在那边听着牧师念悼词的时候就注意到起码有一半人心不在焉眼睛直盯在你身上。"

"盯着我？"

"是的，有几个人还交头接耳在相互打听你是谁。就是这会儿工夫他们也在朝这边窥看。"

"那个帽子上饰有一大簇黑色羽毛的女士是谁？"

"是不是拎着白柄阳伞的？那是弗蕾德丽卡·安德雷森。这位安德雷森小姐我曾向你谈起过。那位站在她身边目光朝这边瞟过来的是警察局长的千金，她的芳名是奥尔森小姐，古德隆恩·奥尔森。嘿哟，她们我统统都认识，达格妮·基兰德小姐也在这里，她今天穿了一件黑色裙袍，这对她来说要比任何人都更合适，你可注意到她了没有？嗨哟，对啦，今天她们个个都身穿黑色裙袍，这原本是不消说的，下葬出丧嘛，我满嘴净是废话。你看到那位身披藏青色风衣戴着眼镜的绅士了吗？那是斯坦纳森医生。当地的地区医生并不是他，不过他在这里开了一家私人诊所，去年刚结了婚。他的妻子站在靠后一点。我不晓得你是不是看见了那位个子娇小玲珑的黑发女士，她的黑色裙袍上镶有一道银色的绲边的那位夫人？对呀，那就是斯坦纳森夫人。她身子骨差有点弱不禁风，所以总是把自己裹得严实暖和一些。法院推事也来了，站在那一边……"

"你能指给我看看基兰德小姐的未婚夫吗？"

"汉森中尉，不行。他不在这里，他正在海上航行。他出门好几天啦，订婚仪式之后就动身了。"

沉默半晌之后，纳吉尔说道：

"墓穴底上摆着两株花，两株白花……想必你知道这花打哪儿来的，对不对？"

"哦，是的，"米纽坦恩回答说道。"那是……啊，你是在问我吗？这是个问题吗？……说起来我真该害臊，我悔不该没有先向人家央求一下，要不然人家说不定会答应让我把花摆放在棺材顶上的，而不是像现在这样随手一摆扔到墓穴坑里就算数。不过话又说回来，区区两朵花又有什么用呢？甭管我把它们摆放到哪里，总归还只是两朵花而已。今天清早三点多，倒不如说是昨天深夜里，我就起床赶到这里把花摆在墓穴坑底里。我甚至爬下去，下到坑底把花摆放整齐。我还站在墓底对那个故友一连告别了两遍，高声地呼唤他的亡灵。我心里难过极了，后来在回家的路上我不得不走进森林里去双手捂住了脸放声大哭一场。说怪也真怪，杰斯·卡尔森那么优秀，要比我强出千百倍，好端端的一个人却就此永别了，他仍然是我的好朋友。"

"那么说来，花是你送的喽？"

"是的，那花是我送的。不过我这么做并不是想要出出风头，上帝明鉴，可以给我作证。再说这么一桩小事情也不值得小题大做再多谈论。我是昨天晚上离开你那里回家以后才买的。是这么一回事：我把你给我的钱拿回去交给了我叔叔，他给了我半个克朗让我当零用钱。他高兴之际手舞足蹈，险些把我撞倒了。他一定会来当面向你道谢的，是的，我知道他一定会来的。不过当他给了我这半个克朗之后我忽然想起来我还没有为葬礼买点花，于是我就直奔码头区……"

"你到码头区去啦？"

"是的，去找一个住在那里的女人。"

"是住在一幢平房里的吗？"

"是的。"

"那个女人长着白头发？"

"不错，满头白发，你已经见到过她啦？她是一个船长的女儿，不过她家已败落，也是个穷光蛋。起先她不肯收下我那半个克朗，尽管她几次三番硬不肯收连声说不要，我还是把钱留在一张椅子上了。她是那么磨不开，我想她吃苦头就吃在太逆来顺受了。"

"你知道她的姓名？"

"玛莎·古德。"

"玛莎·古德。"

纳吉尔掏出记事本来，记下了她的姓名，并且问道：

"她结过婚吗？她是寡妇吗？"

"没有结过婚。她一直跟着她的父亲走南闯北，她父亲生前有条船指挥的时候她就在海上过日子。自从她父亲去世后，她就住在这里。"

"她有什么亲戚吗？"

"我不晓得。没有，我想她没有。"

"那么她靠什么生活呢？"

"天知道她靠什么生活来着。没有人知道是怎么回事。不过也说不定她得到点什么扶贫救济金。"

"听着，你到过那位女士的家里，那位玛莎·古德，对不对？那屋子里究竟是什么样子？"

"穷家穷户呗，哪来啥讲究说头。房里有一张床，一张桌子、两把椅子。让我再想想，我想是三把椅子，因为在床头的旮旯里还有一把椅子，是红色绒面的。不过那把椅子只能倚靠着墙，要不然就要散架的，糟朽得都不行了。屋里头就这些东西，我想不起来再有什么别的啦。"

"真的就这点点再没有别的东西啦？难道墙上就没有挂着钟、一幅旧画片或者别的什么玩意儿？"

"没有，你问这干什么？"

"那张缺胳膊短腿的椅子就是那张红绒布面的椅子，是怎么个样子？是不是旧得要命？为什么倚在床头呢？既然没法坐，摆在那里干啥？是一张高背椅吗？"

"是的，我想是高背椅。我记不太清了。"

墓穴周围大家齐声唱起歌来，一边撒土填平墓坑如仪。待到歌唱完之后有片刻肃穆沉寂，然后人们朝四处散开去。他们多半人朝向墓地大门口走去，还有些人驻足伫立低声交谈。有一行绅士淑女朝米纽坦恩和纳吉尔这边走来，个个都是年轻人，女士们都秋波盈盈地打量着他们两人，仿佛突然发现他们在场而星眸一闪。达格妮·基兰德两颊微微绯红，但是目不斜视双眼直直地盯住正前方。法院推事亦其如此，自顾自同一个女士低声悄语只当没看见他们。

当这群人走过他们身边的时候，也在那群人里的斯坦纳森略一踌躇便停下脚步，向米纽坦恩招招手，米纽坦恩赶紧站了起来，纳吉尔独自端坐不动。

"请告诉那位先生……"他听见医生说道，再多他就听不见了。可是后来却听见他的名字被大声提到，于是他只好勉为其难地也站了起来，脱下便帽，深深鞠了一躬。

医生先表示抱歉，然后说，他受到一位随同前来的女士，米克小姐的委托，不得不承担起这桩令人不愉快的任务，就是要求这位先生切莫失于检点，千万不要一屁股坐到人家的墓碑上去，况且这块石板还是最近刚刚放上去的，底下的墓基泥土尚未干透，新铺的草皮非常松软，经受不住分量，那么重压之下就会全部稀巴烂了。这一要求是逝者的姐姐提出来的。

纳吉尔一听苗头不对，便赶紧一迭声表示道歉请求谅宥，这都怪他粗心大意未加留神，一个疏忽便铸成大错。他完全理解那位年轻女士对那块石板的担心忧虑，他也向医生表示了感谢。

他们一边说着一边溜达过来。他们走到大门口时，米纽坦恩便告辞分手。医生和纳吉尔两人一路联袂而行。直到此时他们方始通名道姓自报家门。

医生问道："说不定你大概还要在这里待上一段时日吧？"

"是的，"纳吉尔回答道。"入乡随俗嘛，按规矩回国后都要先到乡间来休闲度假，放松一个夏天，好积蓄点力气对付冬天，那时候又要回去忙碌操劳啦……你们这个小城真是不错。"

"可以请问你家乡在何处吗？我一边听着你讲话，一边在辨别你讲的是哪里的方言。"

"我原本是芬马克①人。我是芬兰后裔，不过我到处漂泊在许多地方居住过。"

"你刚从国外回来？"

"只是从赫尔辛基回来。"

他们起先提到了不少杂七杂八的街谈巷议，话锋一转便交谈起别的话题来，诸如：选举、俄国的粮食歉收、文

---

① 芬马克（Finnmark）是挪威最北部的一个郡，在北极圈内。

学和卡尔森之死。

"你对此事有何高见……请问你们今天下葬的是一个自杀者吗？"

医生无言以对，索性避而不答。那桩事情与他毫不相干，故而他犯不上去蹚这浑水。"反正众口纷纭说啥的都有。至于就事论事而言，为什么就不可以是一桩自杀呢？所有的神学家应该统统都去自行了断算啦！"

"究竟为了啥？"

"为了啥？因为他们的作用已经发挥得精光，因为我们的世纪早把他们贬斥为多余无用的人。民众开始用他们自己的脑袋来思想，而宗教信仰正在走下坡路，愈来愈萎缩，直至消失。"

一个左翼分子！纳吉尔想。他无法理解把人生的所有信条、所有诗意统统剥夺殆尽究竟对人有什么好处。何况只要宗教信仰尚且没有败落到山穷水尽的地步，这个世纪是不是已经早把所有的神学家贬斥为多余无用的人的武断是令人大可置疑的。

当然在下层民众之间状况还并非如此，宗教信仰尚且吃得开，就算在那里也有愈来愈多的人不信了。可是在有教养的开明知识阶层里，宗教信仰分明正在衰落消亡。

"不管怎样，我们不必再对此多费口舌啦，"医生不大痛快地突然打住了话头。"反对我们的观点相距何止十万八千里！"好在医生是一位不信教的唯理性主义者，这类反对意见无法敬谢不敏只得领教而已，大概早已记不清有多少回了，耳朵里都快磨出茧子来了。那么横遭异议可曾使他回心转意想要皈依宗教？二十年来他依然故我。作为一个内科医生，他一直致力于用匙子把民众的"灵魂"一匙一匙地提取出来！不会变的，他早已超然物外摆脱掉了迷信……

"请问你对这次大选有何高见？"

"大选？"纳吉尔莞尔而笑。"我抱有最乐观的希望。"

"我亦其如此，"医生说道。"本届政府①已经提出了这样一个彻底民主的纲领，如果还竟然赢不到手多数票的话，那太不争气了，把脸丢尽了，真寒碜死啦。"这位医生自从知书达理以来就一直是个左翼党人而且是激进派。他对布斯克吕郡担心害怕得要命；对斯莫兰纳郡他索性抱放弃态度。"不妨实言相告，"他说道。"我们左翼党景况拮据缺乏经费。你和其余的阔绰宽裕的有钱人理应义不容辞慷慨解囊资助我们。说到底这可是关系到我们国家前途的大事。"

"我？我有钱？"纳吉尔问道。"天哪，我是个手头上很紧一点也不宽裕的人。"

"嘿呀，并不见得你非要是个百万富翁不可。有人说你是个成色十足的资本家，比方说，你拥有一处价值六万两千克朗的房地产。"

"哈哈哈，我从未听说过如此荒唐的笑话。那未免过于夸大其词了，事实只不过是我刚从母亲那边得到一笔小小的遗产，区区几千克朗罢了。仅此而已。可是我并不拥有房地产呀，那倒真是神神道道的，把人给弄蒙了。"

他们两人已经走到了医生的寓所，那是一幢漆成土黄

---

① "本届政府"系指 1884—1889 年左翼党政府。当时挪威两大主要政党：右翼党（即保守党），左翼党（即自由党）。左翼党领袖约翰·斯维德洛普（Johan Svedrup, 1816—1892）为挪威著名政治家，在他的领导下，左翼党经过长期斗争，于 1884 年迫使右翼党政府总辞职，并且首次成功组阁，但 1889 年大选失利，保守的右翼党重新上台。文中的"这次大选"亦指的是 1889 左翼党失败的那次大选。

色带有一个阳台的两层楼房。房墙有好几处地方斑驳剥落。檐槽水落管已经锈蚀不堪。屋顶阁楼那层上有一扇窗子掉了一块玻璃，窗帘远远谈不上干净。这幢房子污垢不洁的外形使得纳吉尔从心里产生一种倒足胃口的感觉，便打算拔脚离去，却不料医生盛情挽留说道：

"难道你不肯光临寒舍吗？不进去啦？那么我希望改日再恭候大驾。我和我妻子都深感荣幸，倘若你来登门拜访我们的话。难道你真的不情愿现在就进去同我妻子打个招呼吗？"

"你的夫人去参加葬礼了，不是吗？她这时候大概还没有回到家吧！"

"还真给你说着了。她同别的人一块儿走的。算啦，你有空路过顺便来坐坐。"

纳吉尔信步溜达，消消停停地走回旅馆。不过他刚要抬腿踏进旅馆大门，猛地心里打了个激灵。他捻动双指，打了个响指，发出一阵短促而轻微的笑声，然后大声说道："大事不妙，倒真要去看看那句诗还在不在那里！"说罢他立即转身折回到教堂墓地，在明娜·米克的墓碑石面前站停脚步。墓地寥廓空旷阒无一人，可是那句诗却不翼而飞。究竟是谁把它擦掉的呢？他奋笔疾书的墨宝竟连半点雪泥鸿爪都不曾留下。

六

　　第二天早晨，纳吉尔一觉醒来心境舒畅情绪亢奋。这种好心情是在他躺在床上的那会儿就来光顾他的。倏然之间他房间的天花板升高起来，升得愈来愈高，不断地往上升直到变成一个清澈明亮、邈远深邃的苍穹。他马上觉得清风徐来甜沁沁地吹在他的脸上，恰似他正躺在如洗澄空底下的碧油油的大草地上。苍蝇在房间里营营嗡嗡地飞来飞去。这是一个炎热的夏日早晨。

　　他急忙起身匆匆穿好衣服，走出旅馆大门，连早饭都顾不上吃便上街到城里溜达去了，不过此时已经钟敲十一点了。

　　从一幢房子到另一幢房子，从一个街区到另一个街区，都有钢琴声从敞开着的窗户里飘逸出来，弹奏的曲调不尽相同，然而余音袅袅不绝，回声往复萦绕，街边上有一条狗神经质地做出反响，猖猖狂吠不已。纳吉尔心头上乐陶陶美滋滋，情不自禁地柔声哼起歌来。当他走过一个向他打招呼的老头身边时便兴冲冲地朝那个老头手里塞了一枚硬币。

　　他走到了一幢大宅邸跟前。二楼上有扇窗旋即打了开来，一只纤纤素手在钩子上停住不动。纳吉尔有一种感觉：窗帘背后有人在窥视他。他停住脚步，抬头仰望，把这个姿势保持了一分多钟，却不见有人。他看了看门上的铜牌："F. M. 安德雷森，丹麦领事官邸"。

纳吉尔举步欲行。正当他刚要转身，弗蕾德丽卡小姐将她那典雅姣好的脸庞从窗户里探出来，惊喜而又狐疑地瞥了他一眼。纳吉尔又一次驻足伫立。他们俩四目相视，眼光碰到一起去了。她的双颊上顿时飞起两朵红云，但是她迫于无奈只得硬撑下去，于是她只好卷起衣袖将她的胳膊肘儿支在窗槛上向外眺望街景。她就摆着这副姿势待在那里很长时间纹丝不动毫无表情。后来纳吉尔实在撑不住了，只得自行告退，不再奉陪下去了。就在这个当儿，一个离奇古怪的问题出现在他的头脑里：那位年轻的小姐莫不是跪在窗背后的吧？"倘若果真如此，"他想道，"那么领事先生官邸里房间的天花板大抵高不到哪里去的，因为那窗户本身充其量也就是六英尺光景，再加上延伸到屋檐底下的墙壁只仅仅一英尺左右。"他禁不住对他自己这种蓦地钻出来的胡思乱想粲然一乐笑出声来。"安德森领事官邸里天花板的高矮与尔何干，关你个屁事！"

他继续信步逛游。

在码头区一众人等正热火朝天地干得欢。货栈工人、海关官员和渔民们连奔带跑忙作一团。船长们在大声吆喝施号发令。有两艘蒸汽轮船几乎同时响起了离港出航的汽笛声。大海波澜不兴，纹丝不动似死一般平静。烈日当空，流金铄石，直晒得水面恍若一张毫无皱纹的黄金被单，听凭大小舟楫搁置其上并且把它们的半个肚皮浸泡溶化在这层被单里。从远处一艘硕大无朋的三桅帆船上传来了颇为喑哑还有点跑调儿的手摇风琴声。趁轮船汽笛声和船长的吆喝声停下来的空当，它那呜呜咽咽的音调才能让人听得真切，活像一个少女在悲戚戚地嘤嘤哀鸣，那娇啼声如怨如诉听得几乎令人鼻酸心碎。即便是那些乘风破浪闯荡江湖的船上人家也照样要找点乐子开开心，大概正随着这呜咽似泣的乐曲声在跳个欢快的波尔卡舞哪。

纳吉尔一眼瞅见了一个孩子，一个小不点儿的女孩子，她的双臂紧紧抱着一只猫，那只猫整个身子都直直地吊了起来，只不过却耐心十足地一动不动。纳吉尔拍拍那女孩子的脸颊，问她："是你的猫吗？"

"是的，2、4、6、7。"

"哦，你还会点数哪？"

"是的，7、8、11、2、4、6、7。"

他再朝前溜达，朝向牧师住宅方向走去。一只被烈日晒得昏头昏脑的鸽子好像是醉醺醺地掠过天空，歪歪斜斜地消失在树梢背后，它看起来仿佛一支锃光瓦亮的银箭嗖地射了出去便不见了踪影。远处某个地方传来了啪的一声枪响，短促而轻得几乎听不见动静，随后在海湾对岸的树林里冒起了一缕青烟。

纳吉尔一直走到最后一个泊位，又在不见人影的栈桥上踱来踱去巡弋了几个来回，然后他心不在焉地登上小丘，走进了森林里。他一口气走了半个多钟头，愈来愈朝向森林深处进发，最后他终于在一条林间羊肠小径前站停下脚步。山野空寂密林幽谷，四周见不到有一只唧啾的小鸟，抬头望不着天上有一片云彩。他迈步跨出小径找到一块干燥的地方，四仰八叉地平躺下来。在他右侧是牧师宅邸，在他左侧是城区，在他头顶上是浩瀚大海般的碧空蓝天。

倘若一个人能到那上面去遨游一番那多来劲哇，在各个恒星之间盘旋翱翔，感觉到彗星拖着的长尾巴在撩拂自己的前额！地球变得多么小呀，至于说人嘛，就如同一颗颗尘埃；一个挪威国度，二百多万人，分布在各个郡里，有一家抵押银行在相帮着饲养他们。做人一生只不过如此而已。你推我搡人挤压着人往上爬，用足力气满头大汗拼命奋斗，不也就是活在世上那区区的若干年工夫，最后还不得呜呼哀哉化为尘土吗！大家都一样，无一幸免！纳吉尔捋了捋自己的头发。哎，真是要命，到头来结果反倒是他自己要滚出这个世界，魂归离恨天才算做出了断！那么他当真要在某个时候做出这个了断吗？是的，以上帝在天之父的名义，他到时候决计不会畏葸退缩的。不过此时此刻他依然心迷神醉于这样超凡脱俗而返璞归真的朴素生活之中。由于心情激动他的双眼里充盈着泪水，他的呼吸变得愈来愈鼻息咻咻。他似乎游荡晃悠在天宇苍穹的澄海碧波之中，一边伸出一只银钩在垂钓，一边哼着歌曲。他的小船是用芳香浓郁的贵重木材制成的，双桨如同雪白的翅膀一样熠熠生辉，而风帆是用天青色的绸缎做的，剪裁成蓝色的半月形……

　　一股动人心魄的愉悦如雷殛电闪般击中了他的全身，令他记不起来他自己这时候究竟身在何处，他觉得自己恍恍惚惚被扛了起来，搬运过去，一直隐藏到刺目的烈日阳光的内侧深处。宁静使得他觉得心满意足之极，没有任何动静来打扰他；只有，只有在空气中似乎可以听得飒飒作响，一种柔和的飕飕声，一种脚蹬鼓风机的响声，上帝亲自在蹬踩它的机轮。四周丛莽万籁俱寂，寂静得连一片树叶、一根针落地的声音都清晰可闻，然而却既没有落叶也没有针落地。纳吉尔十分称心地把身子蜷成一团，双手紧抱住两腿，身子惬意地微微颤动。有人在叫他的名字，他随口应了一声，他双肘支地抬起身来朝四周环视。却见不到一个人影。他再次应了一声又侧耳细听，但是却仍没有人出现。真是好生奇怪！他分明如此清晰地亲耳听见有人在叫他。不过他不再多加思索，兴许是一时的幻觉。无论如何他的好心情没有受到打扰，他心理上洋溢着一种不可思议的愉悦，整个身心都荡漾在难以言表的欢乐之中，他身体里的每根神经都清醒过来，他察觉到音乐在他的血液里淌流，感受到与大自然的天地万物、同太阳以及其他所有一切之间的休戚相连的关系，觉得自己被那种从树木、蓬蒿和青草绿叶上折回到他身上的自我感觉所萦绕包围。他的灵魂变得膨大丰盈起来，恍若有一架管风琴在他的凡胎肉身之中发出庄严肃穆的乐声，他将永不忘记这股轻柔温和的音乐甘泉怎样在他的血液之中徐徐滑动流淌向前的滋味。

他在那里躺了很长一段工夫，置身在世外桃源的氛围里，尽情享受着天地之间唯我独自一人的孤寂清福。蓦地空谷足音跫然而至，这一回他听得十分真切，脚步声是从林间幽径上传来的，是真正的脚步声而并非幻觉，他不至于弄错的。他抬起头来，果然看到有一个壮汉从城里那边回来。那个壮汉腋下夹着长长的一条面包，还用绳子牵着一头母牛。由于天气燠热的缘故，他不断地擦拭脸上的汗水而且还敞开着衬衫胸襟，可是脖子上却围着一条厚实的红色羊毛围巾而且还绕了两圈。纳吉尔悄悄地打量着那个农夫。总算开了眼见到了一个在塞特斯峡谷的夏季牧场里饲养牲口的长工，乡土味道十足的典型挪威土著，哈哈哈，真的，土生土长的乡巴佬，怀里还揣着一条硬皮面包，身背后还牵着一头奶牛。哦，那副活僵尸的怪模怪样值得一瞧，让人大饱眼福。哈哈哈，哈哈哈，还是让上帝降恩赐福帮你早点解脱吧，我的苟延残喘至今的高贵的古代挪威海盗！不妨松一松你的围巾，把你身上的虱子放出来给它们留一条生路，你看怎么样？反正你再也存在不下去了，你何不趁早多吸点新鲜空气，然后就呜呼哀哉寿终正寝呢？于是报纸上就会大书特书热闹之至，哀悼你英年早逝痛惜你过早成殇；还要身后哀荣风光一番，为你的驾崩而出一期大专刊哪。不过为防止此类悲剧重演，自由主义党派议员威特莱·威特莱森会特意提出一项动议，要求通过一项严格保护我国民族虱子的法令。

纳吉尔的脑海里闪过一个又一个荒诞可笑的讽刺挖苦的念头。他站起身来往旅馆走去，在归途上却神情沮丧起来，窝了一肚子火。不行，他总是正确的，这里除了无处不在的虱子、陈年旧奶酪和路德派的教义问答之外啥都没有了，真可谓一无是处呀。这里的人都是挤在三层的窝棚里自得其乐的中庸俚俗的小市民。他们自奉甚俭，舍不得吃喝，可是却要硬撑场面，一边啜着兑了水的烈酒一边高谈阔论选举政局。他们买来用的是蹩脚的绿肥皂、不值钱的黄铜梳子、不吃肉而只吃鱼，因为鱼价便宜，日复一日天天如此。但是到了夜里每逢有雷鸣电闪的时候，他们照样吓得要死，心惊胆战地躺在床上念着约翰·阿伦德①的布道集。哦，给我们来一回真正的例外吧，哪怕绝无仅有的唯一的一次也行，让我们长长见识，看到坏事毕竟可以干得成的！比方说吧，给我们来一桩谋划老到标新立异的犯罪行为，一桩头等一流的罪孽！不过千万不要玩你那种小市民的小家子相十足的不检点行为，不要玩你那种叫人笑掉大牙的初级

---

① 约翰·阿伦德（Johann Arendt，1555—1621），德国路德派牧师，他著的教诲性宗教著作影响颇大，广为流传。

入门 ABC 式的小打小闹。不行，要玩就要动真格的，要来一场非常罕见的令人毛发直竖的纵情声色放荡淫逸，要来一场优雅别致的腐化堕落道德沦丧。一次惊天动地的罪孽，骨子里充满了淫秽猥亵的邪恶光彩。不行呀，这里所有的一切都那么小家子气。"你对本届大选有何高见，先生？""我对布斯克吕郡最为担心害怕……"

但是当他再次走过船坞重新看到他身边喧腾繁忙热火朝天的景象时，他的心情徐徐开朗起来，他重又兴高采烈地哼起歌来。在这样的天气里犯不上心情别扭生闷气，这是一个蓝天上见不到一丝云彩的大晴天，一个碧空如洗骄阳似火的六月天。整个小城在阳光照耀下熠熠生辉，恰似一座令人心迷神醉的都市一样。

当他重新踏进旅馆大门的时候，他心里的所有的不痛快早已一扫而光。他心里不再沮丧消沉，他的头脑重新又一片灿烂辉煌，充满了用芳香贵重木材制成的小船和剪裁成半月形的天青色绸缎风帆的光辉形象。

整整一天他都保持着这种好心情。到了傍晚时分他再次出外溜达，顺着原路朝向大海走去。沿路发现有千姿百态的旖旎风光使他心迷神醉。太阳正在渐渐落山，火辣辣的酷热阳光变得温和起来，柔情蜜意地把万顷澄波辉映得波光潋滟；连停泊着的船舶上发出的喧嚣杂闹声也降低了不少。纳吉尔看到沿着海湾到处升起了国旗，在城里有不少住宅里也飘扬着国旗。过了不久码头上的所有劳动活计便都戛然而止。

他心无旁骛便重又直奔森林而去，在踯躅徘徊来回良久之后他走到了牧师宅邸的外屋面前，并且探头朝院落里张望了一番。然后他从那里又折回到树林里，一头扎进他能够找到的树荫最稠郁黝黑处，在一块岩石上坐了下来。他一手托住腮帮子，另一只手轻轻地叩击着他的膝盖。他就这副姿势坐了很长时间，也许有个把钟头，待到他终于站起身，打算要离去的时候，太阳早已没入了地平线。苍茫暮色的第一片荫翳已经笼罩住了小城的上空。

一个巨大的惊喜在等待着他。刚刚一走出森林，他就发现四周的山城上燃烧着一堆堆火焰，大概有二十来堆大型篝火，熊熊燃烧的火堆如同一个个微型太阳，火光炽旺耀眼得叫人几乎无法睁眼正视。水面上聚集着一大群船只，船上都点燃着发出红色或绿色火光的松明火把。其中有一艘船上坐着一个四重唱乐团，他们正在放声歌唱，船上还不时放射烟火。岸边人头攒动站满了从四面八方赶来看热闹的人。蒸汽轮船停泊处更是黑压压地坐满了人，还有些人正在往这边走过来。

纳吉尔禁不住发出一声短促的惊呼。他朝一个男人转过身去问人家燃烧篝火和升旗究竟为的是啥。那个男人瞅了他一眼，啐了一口口水，又瞅了他一眼，然后回答说道今天是 6 月 23 日，圣·汉斯之夜①。哦，原来是圣·汉斯之夜，怪不得哩，对呀，当然一点都错不了的，按日期推算也该到时候了。只消想想今宵何夕，竟是圣·汉斯之夜。一桩好事再加上一桩好事，额外还添来一个圣·汉斯之夜，真是喜上加喜！纳吉尔兴高采烈地揉搓着双手，像其他人一样朝着蒸汽轮船停泊地大步走过去，一边嘴里几次三番地自言自语地说道，也真是走运之至，好事都让他赶上了。

① 圣·汉斯之夜（St.Hans Afton）系北欧宗教节日，亦称为"仲夏之夜"，一般在 6 月 23 日左右，有时提前或错后一两天。

他远远地看到达格妮·基兰德的那把血红色的阳伞撑开在一群男女中间，当他一眼发现斯坦纳森医生也在他们之中，他便毫不犹豫地朝他走过去。他脱下便帽向医生打招呼握手，并且有很长一段时间不把便帽戴上，光着脑袋站在那里。医生把他介绍给大伙儿。斯坦纳森夫人也同他握了手，他便在她身边坐了下来。她脸色苍白，皮肤有点发青，一副不胜娇慵的病态，年纪很轻，大概二十还没有出头，浑身裹得厚实严密。

纳吉尔戴上便帽，说给所有人听："我不揣冒昧闯了进来，打扰了诸位雅兴，真不好意思。务请诸位原谅我这个不速之客的轻率鲁莽……"

"天哪，说哪儿的话，大驾光临叫人高兴都来不及哪，"斯坦纳森夫人亲切地插嘴说道。"也许你肯赏脸高歌一曲给我们饱饱耳福？"

"不行哪，我无法从命，"他回答说道。"对于音乐我是一窍不通的。"

"恰恰相反，你来得正好，我们正在谈论你来着，"医生接过话题说道。"你难道不是拉小提琴的高手，对不对？"

"不是，"纳吉尔再次推却，摇了摇头又莞尔一笑。可是倏然之间不知道出于什么缘故他来劲儿了。他站起身来大声说道，双眼炯炯发亮："我今天真是高兴。整整一天心里都一直美滋滋的，从清早醒来睁开眼睛起，整整十个钟头我全都在一个最美丽的梦境里漫游。你们能想象得出来吗：可以确实毫不夸张地说有一个念头萦绕在我脑际，那就是我发现自己坐在一艘用贵重的香料木材制成的小船里，船上的风帆是天青色绸缎的剪裁成半月形状。难道这不是很美吗？我简直无法将那艘船的香味形容出来，尽管我使尽了周身本事，尽管我是遣词造句的能手，我仍旧说不出来这种芬芳浓郁的香气。我依稀觉得自己是出来钓鱼的，我正在用一只银钩垂钓等着鱼儿上钩哪。对不起，女士们，难道在你们的眼里看来，起码不是……嗯……算啦，我不知道……"

一众名媛淑女个个脸色尴尬难堪不已，她们面面相觑竟无一人应声搭腔；她们彼此在递着眼色，似乎在询问究竟该怎么办才好。可是最后她们终于忍俊不禁，一个接着一个扑哧扑哧笑出声来，哪一个都憋不住了，于是爆发出一阵哄堂大笑，咯咯的曼声娇笑铿然如铃。

纳吉尔将她们挨个儿看过来饱啖秀气，真是夭桃秾李一个个活色生香。他的双眼依然炯炯发亮，他的脑筋显然还滞留在带有天青色风帆的小船上，一时拐不过弯来。他的脸上泰然自若，不过他的双手已经在簌簌颤抖。

正在他一时语塞之际，医生出来解围了，说道：

"这是精神亢奋所产生的某种幻象……"

"不是的，对不起，"他回答说道。"行呀，倘若你乐意的话，为什么不可以呢？我巴不得这是幻觉现象哩！你把它随便叫作什么都行，反正我整整一天都心境绝好，不由得飘飘欲仙起来，不管是还是不是精神亢奋所产生的幻觉现象。这种心境是从今天早晨我还躺在床上的时候就开始的。我听到一只苍蝇在营营嗡嗡地飞来飞去，这是我一觉睡醒过来第一个神志清楚的想法。然后我看见一缕阳光从窗帘的一个小洞里透射进来。于是一种微妙的喜洋洋乐融融的情绪便在我心田油然而生了。我在我的心灵上有了夏天的感觉，只消想象一下和煦的暖风瑟瑟地轻拂过青草，这股和风也同样轻柔地煦拂过你的心头。精神亢奋所产生的幻觉——不错，也许就正是它，我分辨不清，不过千万要注意我是已经处在一种既定的自作多情的状态之下，不早不迟恰恰正好在那当儿我听见了苍蝇的营营嗡嗡，而就正是在那当儿我恰恰需要那样的光线，而且不多不少就只要那么一点点，也就是说从窗帘的小洞里透照进来的那一缕阳光，等等。后来我起床出门，我所见到的第一个景致便是有一扇窗户里的一位绝色佳人，"说到这里他朝向安德雷森小姐扫视了一眼，但见她悄悄将一双美目低垂下去。"接着我看到了许多船只，还看到了一个小女孩把一只猫紧抱在怀里，如此这般不一而足，所有这一切都令我留下深刻的印象。不久之后我走进森林，就在那里我见到了那艘带半月形风帆的船，是我席地平躺仰首问天的时候见到的。"

女士们仍在咯咯娇笑不停，医生似乎也受到了她们的笑声的传染，亦解颐开颜微微一笑，问道："那时候你正在用一只银钩钓鱼，对吗？"

"是的，是用一只银钩子。"

"哈……哈……哈……"

忽然之间达格妮·基兰德满脸绯红，悄声说道："我能够懂得这样的想象……就我来说，我能够清楚地看到那艘船还有天青色半月形的风帆就在我的眼前晃动……想想看，一只白晃晃亮晶晶的银钩子就这样垂入水中！我觉得真是美得不得了！"

她情绪亢奋不已，愈讲愈结巴，后来就干脆一时说不出话来讲不下去了。

纳吉尔立即出来替她解围说道："可不是吗，难道不正是这样嘛！当时我马上就告诫自己说：千万当心留神呵，这是一个白日梦，一个预兆性的托梦。它是来向你提出一个警告，那就是钓鱼必须用心诚则灵的干净钩子，一尘不染的纯洁钩子。医生你问我是不是拉小提琴？不，我不会演奏小提琴，我对此一窍不通。我随身带着个小提琴匣子到处拖来拖去，但是那里面装的根本就不是小提琴，匣子里面塞满了我的脏衣服！说出来真是要命，我只不过想要在我的行李里有一个小提琴匣子可以显摆显摆，所以我就买下了那个匣子。我不知道这会不会使得诸位对我留下一个很差劲的不良印象。可是没有办法，事实毕竟是如此，尽管自揭老底使我心里很难受。不管怎样这不是那只银钩子闯的祸，怨不到它头上去。"

名媛淑女们愕然莫名相顾失色，再也笑不出声来。甚至连医生、法院推事赖纳特，还有中学教员也惊诧得目瞪口呆张大了嘴巴。他们个个都双眼怔怔地盯住了纳吉尔，医生显然捉摸不透他在想些什么。这个陌生的外乡人到底在捣什么鬼？纳吉尔他自己却悄然坐下，好像没有话再要说了。这种令人难堪的沉寂似乎漫长得毫无止境。后来斯坦纳森夫人出来打破了僵局。她和蔼可亲俨然是所有人的妈妈一般，然而她又八面玲珑善于察言观色，不会让任何一个人感觉受到了轻慢。她存心蹙额颦眉，装出一副要比她年龄大得多的模样来，这就使得她说出来的话更有分量。

"你是从国外回来的，不是吗？纳吉尔先生？"

"是的，夫人。"

"从赫尔辛基，我听我丈夫是这么说的，是吗？"

"是的，从赫尔辛基。我最近刚从赫尔辛基回国。我是个农学家，在那里留学了一段时日。"

冷场。

"那么你喜欢这个城市吗？"斯坦纳森夫人问道。

"是赫尔辛基吗？"

"不是，我说的是本城。"

"哦，这是一个出色至极的城市，一个魅力十足的地方！我真情愿永远在这里待下来，此生再也不离开。嘻嘻嘻，但愿这句话不要把诸位吓着了。我毕竟还是要动身走的，至于时间早晚那要视情而定……顺便说一句，"他一边说一边又站起身来。"我衷心抱歉做了不速之客打扰了诸位的雅兴。其实诸位居然肯让我分享一席之地与诸位高攀结交，我真是求之不得。身在异乡客地举目无亲无友，没有什么人结交往来，所以落下了自言自语有话只顾自己说的毛病。倘若你们能够完全不介意我待在你们眼前，你们就像我没有来之前一样地谈笑风生，那么我就欣慰之至了。"

"你分明是来捣蛋的，闹得我们大为扫兴，"赖纳特语气刻毒地挖苦说道。

对此纳吉尔回答说道：

"不错，对你这位法院推事先生，我个人欠下你一笔债尚未了结，我该向你致歉谢罪，会尽量满足你的要求做出弥补，但是要另找时间私下了结，不要在此时此刻，行啵？"

"行呀，这里倒还真不是地方，"法院推事满口答应。

"何况今天我那么高兴，"纳吉尔继续说道，一个温馨的笑容掠过他的脸庞，有一瞬间他看起来活像个小淘气包。"这是一个妙极了的美好夜晚，一会儿星星就要出来了。四周山坡上到处都是火光熊熊的篝火，大海唱出了雄浑深沉的歌声。听听看，真是不赖。我并不是内行，可是也听得出来这真是天籁之音，美得不得了，难道不是吗？这有点使我回想起一个地中海之夜，那是在突尼斯海滨。在船上有上百个乘客,都属于一个从撒丁岛①某地来的一个合唱团,他们引吭高歌。我既同他们不合群又不会唱歌,于是我只好坐在顶层甲板上倾听着从下面交谊大厅里传来的他们没完没了的歌声,他们一直唱到快天亮,我永远没法忘记那个闷热的夏夜里的歌声是多么悦耳动听。我蹑手蹑脚地过去,通往交谊大厅的几扇门统统关上,可以这么说吧,想把歌声关在大厅里面,这一来不打紧,歌声仿佛是从大海底发出来的,那条船似乎在萦回缭绕的音乐声中朝向永恒来世翩然远航而去。只消闭目遐想一下:在歌声回荡嘹亮的海洋里航行,一个地下之声的合唱团。"

那位紧挨纳吉尔坐着的安德雷森小姐情不自禁地冲口而出:"哦,天哪,那真是天上人间太美妙啦!"

"我倒有过唯一的一回听见过比这更美妙的声音,那是在梦中。不过说来话长,那个梦是我还是个孩子时候做的。当你长大成人之后,就再也不会做这样美妙的梦啦。"

"不会了吗?"安德雷森小姐问道。

"哦,不会了。不会那当然是夸张了,不过……我仍旧那么清晰地记得我最后一次的梦;我看到一片开阔的沼泽地……哦,对不起,我一直只顾自说自话,害得你们非听我说不可。时间一长难免惹人生厌。我素来沉默寡言不这么絮絮叨叨……"

于是达格妮·基兰德开口发话道:"我想这里没有一个人不情愿听你讲话而想要由她自己来夸夸其谈。"然后她转过身去朝斯坦纳森夫人悄声耳语:"难道你不能讲句话让他再说下去,亲爱的,快点试试看吧!你听他的嗓音有多棒!"

---

① 撒丁岛(Sardinien),意大利地名。

纳吉尔微笑着说道："我倒是很乐意唠叨下去的。总而言之，今天晚上我就是啰啰唆唆爱说话，老天爷才知道我落下了什么毛病……行呀，其实那场小小的梦原本没有多少可说的。言归正传，我在梦境里看到一片开阔的沼泽地，没有一棵树，周围到处但只见树根纵横交错，形状离奇古怪，活像是蜿蜒蠕动的蟒蛇一般。这时候走来了一个疯子，他绕着这些七歪八扭的树根走过来。我眼前至今还看得见他的容貌，脸色苍白发灰，留着深色的唇髭，但是下巴颏儿上的胡须那么短细稀疏以至于连皮肤都露了出来。他睁圆双目瞅着我，他的眼神里充满了痛苦。我猫在一块岩石背后，叫了他一声。于是他马上就将目光对准了那块岩石，似乎毫不怀疑声音就是从那里发出来的，就好像他心里十分有数我必定躲藏在那块岩石背后。他一直目不转睛地盯住了那块岩石。我想他无论如何发现不了我的容身所在，即便出现最糟糕不过的情况，就算他发现我躲藏的地方，我还可以拔脚开溜。尽管我腻烦他直怔怔地瞪着我，我仍然再次叫了他一声为的是逗弄他一下。他朝着我的方向往前迈了两三步，张大嘴巴做出一副准备咬人状，但是他却难以举步，因为树根狼藉横陈乱堆在他的面前挡住了他的去路，他趑趄不前脚步踟蹰退缩。我再一次叫喊他，一连串叫了好几声，为的是要激得他火冒三丈。果然他着手清除路障把树根一捧一捧地抱开扔掉，他步履蹒跚使出牛劲捧着树根扔掉了返身再捧，如此来回却似乎白费力气一般，树根一点不见减少，于是他开始咆哮呻吟，其声如嗥。我离他那么远都能够声声入耳听得非常分明。他那双瞪圆了的怒目由于痛苦而眦眦欲裂。我看到自己确实安全无虞，便站立起来朝他挥舞我的便帽，整个身体全都露出在明处，连

084

声朝他喊'喂，喂'，还一边蹬脚一边高声'喂喂'，存心想要激得他怒气冲天。为了更残忍地戏弄他，我不惜走得非常靠近，我伸手把拇指搁在鼻端扇动其余四指做出一副蔑视小看他的姿势，并且无礼地凑到他耳朵跟前去大呼小喊地作践他'呸呸，嗨嗨'。然后我赶紧往后退回几步，这一来可以使得他明白过来我曾经挨得他那么近。但是他并没有灰心放弃，他仍然不折不挠地把树根搬开，他清理路障真是吃尽了苦头，手上脸上拉了一道道口子，脸颊刮得伤痕累累鲜血淋淋。后来他踮起脚尖站得笔直，朝我纵声长啸！是呀，你们不妨想象一下：他居然站得笔直朝着我纵声长啸起来。他额头上豆大的汗珠滴滴答答洒落下来，那是花了九牛二虎之力却不讨好的结果，因为他费尽了劲照样没有能够逮住我。为了要再撺掇戏谑他一下，我朝前走得更靠近了，就在他鼻子面前捻了个响指，嘴里还以最带侮辱性地吆喝牲口那样的叫声'驾……吁……'。我顺手捡起一根树根朝他扔了过去，正好命中他的嘴巴，差点儿击得他往后仰倒下去，不过他只是啐出了嘴里的鲜血，用一只手捂紧了他的嘴巴，又弯下腰去继续埋头捡拾树根。于是我就不识相了，心想爽性冒个风险，伸出手去捅他一下又待何妨。我本当打算用我的手指去戳他的额头然后再缩回手马上撤身就走。却不料这一回竟然失算，他一把抓住了我。天哪，当我落入他的手掌之中的时候，这一吓真是吓了个半死，我险些吓掉了魂。他狂暴地紧揪住我并且还牢牢抓住我一只手不放。我拼命挣扎尖叫，不过他却只是牢牢地攥住我的手跟着我走。我们两人走出了那片沼泽地，打从他抓住我的手那一刻起，那些树根便不再和他作对磕碰缠绊他的双脚了，我们两人来到我早先藏匿在背后的那块

085

大岩石跟前。我们一到那里，他就匍匐在地跪倒在我面前，并且连连亲吻我走过的地面。他满脸伤痕斑斑，鲜血淋漓，在我面前长跪不起，感激我对他如此仁慈善良。然后他为我祝福并且祈祷上帝也赐福庇佑于我。他的目光坦荡率真，洋溢着祈求上帝给我降恩赐福的光芒，他不亲吻我的手，甚至连我的鞋也不亲吻一下，而只亲吻我的鞋子踩过的地方。'为什么你恰恰总是亲吻我走过的地面？'我问道。'因为，'他回答说道。'因为我的嘴在流血，我不情愿弄脏你的鞋子。'他竟然不肯把我的鞋子弄脏！我再问道：'那么为什么在我伤害你弄痛你之后，你还感谢我呢？''我感谢你，'他回答道。'是因为你没有使得我更加痛苦，你心地那么善良没有苦苦折磨我。''就算这样，'我说道。'那么你为啥要朝我大呼小叫而且还张嘴要咬我？''我不是要咬你，'他回答道。'我张大我的嘴巴是向你求救，可是我讲不出一句话来，所以你弄不明白。后来我高声叫嚷那是因为我忍受不住巨大得不得了的痛苦折磨。''就是为了这个缘故你才大呼小叫？'我问道。'是的，为了这个缘故。'……我看着这个疯子，他仍然啐出鲜血来，不过依旧为我而向上帝祈祷。我认出来了，我以前曾见到过他，同他有过一面之缘。他是头发灰白的中年人，留着一撮少得可怜的胡须。他就是米纽坦恩。"

纳吉尔闭嘴不语。他的听众吃惊得不知所措，赖纳特推事先生低沉下双眼，久久地凝视着地面。

"米纽坦恩？那么说原来是米纽坦恩呀，"斯坦纳森夫人说道。

"是的，正是他，"纳吉尔回答道。

"哦，哦，你真吓得我汗毛直竖，浑身起鸡皮疙瘩。"

"嘿呀，我倒认识他，"达格妮·基兰德冷不丁说道。"从你在讲他跪下身来亲吻地面那会儿我就认出他来了。我告诉你真的认出他来了。你是不是同他长谈过？"

"没有，我只碰见过他一两回……不过话又说回来，我似乎扫了大伙儿的兴，斯坦纳森夫人，你的面色变得相当苍白！真是天晓得……这只不过是一个梦而已！"

"不错，真是令人扫兴，这样可不行，"医生应声附和道。"那个米纽坦恩与我们有什么相干，真是活见鬼，就算让他把挪威的所有树根都吻个遍，那也犯不着大惊小怪。你看看把安德雷森小姐吓得花容失色，都快要哭鼻子啦。哈哈哈。"

"我才不会哭哪，"安德雷森小姐反唇相讥道。"在我身上那是不会发生的。不过我情愿承认这个梦的确使我印象深刻感动不已。我敢说你大概也是如此吧。"

"会叫我感动不已？"医生叫了起来，"当然不会，一点也不会。哈哈哈，莫非你们诸位也都疯了不成？现在让我们去散会儿步吧。起立，大家全都起立。有点寒气逼人啦。你冷吗，杰塔？"

"不，我不冷，我们就在这儿待着吧，"他的妻子回答道。

但是医生拿定主意非要散会儿步不可，他一再坚持要这么做。寒气愈来愈重，他反复说道，所以他务必活动活动腿脚，哪怕他一个人自己去也行。于是纳吉尔站起身来陪他一块散步。

他们两人沿着码头信步走了一两个来回，在人群中挤来挤去，一边闲谈聊天一边对人家向他们打招呼给予还礼。他们两人这样走了半个来钟头，斯坦纳森夫人便把他们叫了回来。

"现在你们马上就回来！你们能猜得到方才你们两人走开那会儿我们想出了一个什么主意吗？猜不出来吧！我们决定明天晚上在我们家里为纳吉尔先生举行一个盛大的接风聚会。你，纳吉尔先生，务必要光临寒舍！不过我丑话说在头里，在我们家里举行盛大聚会那就是说饮食吃喝都只有少得不能再少的一丁点儿……"

"不过情趣兴致将会多得不能再多，这是不消说的，"医生乐呵呵地接过话头。"我知道必定是这样的。好呀，这真是一个挺不赖的好主意嘛，虽说我也曾听见过你出的一些馊主意，杰塔，"医生忽然之间情绪高涨，满脸堆笑兴冲冲地盼望着这次聚会。"千万别迟到，"他嘱咐道。"但愿那时候没有人叫我出诊才好。"

"可是我能穿着这身装束出席吗？"纳吉尔问道。"我没有别的行头了。"

众人一阵大笑。斯坦纳森夫人回答道："当然可以，你这个人真有趣。"

在回来的路上，纳吉尔发现他自己竟然走在达格妮·基兰德身边。他倒并非存心想要一近芳泽，只不过碰巧凑到了一起，况且基兰德小姐也没有先发制人闪躲开去。她落落大方地说道，她很盼望明天晚上的聚会，因为在医生家里总是十分愉快而且随意自在的，一点都不会让人感觉受到拘束。他们两口子是那么出色的主人，他们知道怎样使得他们的客人享受到交际应酬的乐趣。刚说到这里，纳吉尔忽然压低了嗓门冲口说道：

"小姐，我真但愿你能够宽宏大量，原谅我那天在森林里的卑劣的调戏行为。”

他说得那样痛心疾首，言辞恳切，而且悄声细气得如同耳语一般，以至于逼得她非回答不可。

“哦，我不会计较的，”她说道。“现在我对你那天晚上的举动有了更好的了解。你似乎和其他人大不相同。”

“谢谢你，”他悄声说道。“哦，我一生之中从来没有像对你这般如释重负地感谢过别的任何人。至于说到为什么我不同于其余人呢？你要知道，小姐，整个晚上我都在竭尽全力来缓解中和你所得到的对我的第一印象。我方才滔滔不绝讲的那番话，没有一句不是有心说给你听的。不晓得你对此有什么说头？务请记住，我曾经亵渎得你够呛，所以我必须做出点什么来忏悔。我承认那天我一整天都心绪坏得超乎寻常，但是我存心要使自己显得比我的本来面目还要坏得多。我一直在玩着一场非常不光彩的游戏。我一门心思想使得你相信我真的是有点喜怒无常不可捉摸，我真的胡闹成性任意惹事闯祸。我指望这样一来可以更轻易地博得你对我的谅宥。这也是为什么我半当腰在错误的时间和地点大谈特谈我的梦境。唉，我甚至还不惜脸面地揭自己的老底，把那个小提琴匣子的秘密捅穿了。我这样当众出丑都在所不惜，连脸面都顾不上是心甘情愿的，虽说我并不是逼得非这样做不可……”

“对不起，”她语气生硬地打断了他的话。“可是你为什么偏偏非要对我挑明所有这一切，把整个事情都糟蹋得一塌糊涂呢？”

“不是的，我没有糟蹋任何事情。要是我爽性对你说明白上一回在森林里我盯梢追逐你，那真的出自一时冲动而存心撒野故意胡闹的话，你不见得肯相信，而当时我确实只不过心血来潮无非想吓唬吓唬你，因为你慌了神儿一心只顾脱身溜走。何况那时候我同你还素昧平生。如果换到了现在这时候，我告诉你我跟其余人没有什么两样的话，那么你也就会理解的。今天晚上我让我自己成了大家的笑柄并且以最偏执古怪的行为使得人人都感觉到惊讶，无非借此向你赔礼谢罪，但求你不再嗔怪我，至少我向你做出解释的时候你还情愿听进去。现在总算如愿以偿，你已经听我把那桩事情解释清楚，并且对我有所了解。"

"不对，老实对你说我一点也不了解你。但是事情过去就算啦，我反正不会再斤斤计较的……"

"当然，这样最好，何必再要为这桩无头公案去煞费脑筋呢？不过明天晚上这个聚会之所以能商定举行，无非就是因为你们人人都把我看成是一个不可思议的离奇古怪的家伙，事实的真相难道不是这样吗？也许我会使你们失望，也许我只会一味打哈哈，也许我就压根儿不来。真是天晓得。"

"哦，你当然一定要来。"

"我非来不可吗？"他问道，双眼逼视着她。

她未置可否。他们俩仍旧并肩而行。

他们俩走到了牧师宅邸路。基兰德小姐站停脚步，爆发出一阵银铃般的咯咯笑声，说道：

"我从来不曾听到过这样匪夷所思的话！"

她旋即摇了摇头。

她在等待落在后面的那伙人赶上来。他本当想要问问她可不可以由他陪伴她回家，并且刚刚准备冒一下风险启

齿开口，不料她忽然离开他身边，转过脸去朝那个教师招
呼说道：

"快来呀，教书先生，快点！"

她朝他热切地挥手要他加快步伐。

七

　　第二天傍晚六点钟，纳吉尔踏进医生家的客厅。他本当以为自己来得太早，却不曾想到头天晚上的那帮子人早已都集合在那里了，还有两三个别的客人：一个律师、一个碧眼金发的年轻大学生，等等。有两张桌子上，大家正在喝着兑了苏打水的白兰地。在第三张桌子上，女士们、赖纳特先生和那个大学生交谈甚欢。那位教员原来是个沉默寡言的人，很少开口甚至一声不吱，这时候却已经喝得醺然微醉，由于不胜酒力和氛围热情炽烈，他脸泛酡颜，嘴里呱啦呱啦讲个不停，从一个话题跳到另一个话题，喋喋不休地大发宏论。比方说塞尔维亚吧，那里百分之八十的人口是文盲，既不会念也不会写，难道就差劲到已经无法活下去的地步却还得照样活着不成吗？是呀，他只是提出问题而已！他环顾四周，龇牙咧嘴做出一副痛心疾首状，尽管没有人搭理反驳他。

　　女主人招呼纳吉尔过去，在女士们的桌上给他腾出了地方。他想喝点什么呢？他们正在谈到克里斯钦尼亚①，她说道。这真是个怪得出奇的念头，纳吉尔既然有自己做主选择的余地，他居然不到克里斯钦尼亚去，却偏偏到一个

_____

　　① 克里斯钦尼亚（Kristiania），1924 年前奥斯陆的旧称。

偏远小城来住。

可是纳吉尔并没有觉得这个主意有什么怪得出奇之处，他到乡下来是度假休闲。况且他压根儿就不情愿在克里斯钦尼亚居住，克里斯钦尼亚是他最不肯选择的地方。

真是吗？随便怎么说那里到底是首都哇。首善之区嘛，乃是全国精英荟萃群贤毕至的所在，全国大人物、名流雅士都云集在那里，有艺术也有剧院，要啥有啥。

"是呀，所有的外国人都川流不息地、源源不断地到那里去！"安德雷森小姐说道。"外国的演员、歌唱家、音乐家、艺术家还有剧团真是五花八门，多得不得了哇！"

达格妮·基兰德竖耳聆听，一言不发。

"嘿呀，那倒一点不假，"纳吉尔承认说道。然而不知道为了什么，连他自己也解释不清楚的缘故，每逢提到克里斯钦尼亚这个地名的时候，他的眼前总是会见到格兰森大街的一角，鼻子里还会闻到一股挂在屋外晾晒衣物的潮湿气味。这确实是真正的现实，而并非他凭空捏造出来的。反正他入目所见的只是一个目空一切不可一世的小城市而已，那里只有三两座教堂、三两家报纸、一家旅馆和一家城市抽水站而已，不过却见到了住在那里的全世界最伟大最优秀的市民，他从来没有见到过像克里斯钦尼亚人那样的自鸣得意狂妄自大的市民。天晓得当他住在那里的时候不知道有多少回但愿他自己远远离开那个鬼地方才好。

法院推事先生实在无法理解怎么可能会产生这样的反感厌恶，并且还不是对哪一个个人而是对整个城市，何况这个城市又是全国的首都。如今克里斯钦尼亚其实已经不算小了，足以与其他有名的大都会比肩并列而无愧色可言。它怎么能是一无是处，甚至连鼎鼎大名的格兰德咖啡吧①也给说得一钱不值。

纳吉尔起初没有为自己对格兰德咖啡吧的说法做出一句辩白。可是过了片刻之后他蹙住额头紧皱双眉，为了让大家都听得见故意扬声说道：

"格兰德可谓是个独特非凡、无与伦比的咖啡吧。"

"你恐怕是言不由衷吧。"

"对啦，格兰德可是那个城市里口碑载道的出名老字号，大大小小的伟人莫不攒聚在那里。光顾那里的吃客有全世界最伟大的画家、全世界最有出息的年轻人、全世界最时尚的名媛淑女、全世界最精明干练的编辑，还有全世界最伟大的作家！嗨嗨，他们端坐在那里相互吹捧彼此奉承……每一位都被别人吹捧得心里乐陶陶的，领情都来不及。我看见每一个坐在那里的顾客莫不扬扬得意内心窃窃自喜，因为他知道其余的每个人都在注视着他。"

此言一出激起莫大公愤。那个法院推事更是探身侧倚到基兰德小姐的椅背上，相当大声地说道：

"我可从来不曾听到过这样自命不凡的废话！"

这句话听得她打了个激灵回过神来，她美目顾盼，匆匆扫视了纳吉尔一眼：他分明听见了法院推事的刻薄话，然而他竟若无其事，装出一副漠然处之的模样。他反而倒同那个大学生一起边喝酒边聊天，以无动于衷的神气开始谈起另一个毫不相干的话题。她也被他那副倜傥不群的摆谱劲儿所激怒了。他居然敢于如此架子十足，对他们大家说出这样一番见过大世面的轻蔑闲话来，那么天晓得他在心里把他们大伙儿鄙视成什么样的乡巴佬了，他同他们周

---

① 格兰德咖啡吧（Grand cafe），奥斯陆最有名的餐厅，在挪威王宫附近的格兰德大酒店里。

旋无非只是居高临下，屈尊俯就敷衍一番。有多么轻狂张扬，有多么不可一世！所以当法院推事问她"你对此有何想法？"的时候，她当即以嗔怒愤懑的口气朗声回答说道：

"我有什么想法吗？我以为克里斯钦尼亚对我说来是再好不过了。"

纳吉尔镇静自若仍然泰然处之。当他听见这句她存心提高了嗓门有一多半是说给他听的气话的时候，他转过脸去以若有所思的眼神瞅了她一眼，似乎在反躬自问究竟在哪点儿出言不逊闯下祸冲撞了她。他的目光在她脸上停留了一分多钟之久，惊愕地眨巴着眼睛陷入了沉思，在此同时他的脸上流露出了一副惆怅迷惘的神情。

就在这当儿，那位教员也已经听到了方才的那一番口水之争的来龙去脉，他断然抗议克里钦尼亚要小于比方说贝尔格莱德的说法。总起来说，克里斯钦尼亚绝不比别的幅员差不多大小的国家的首都小到哪里去……

这番高论招来了哄堂大笑，人人乐不可支。那位教员双颊如同被发高烧染得血红血红，并摆出一副为了自己的信念而不惜与人争个青红皂白的架势，这副模样真是发噱得足以令人喷饭。那位律师汉森先生是一个秃脑门，戴着一副金丝边眼镜的矮矬胖子，他一股劲儿狂笑不止，拼命拍打着自己的膝盖，前仰后合地笑个不停：

"幅员差不多大小，幅员差不多大小，"他叫喊起来。"克里斯钦尼亚绝不比别的尺寸大小相同的国家的首都小不到哪里去，也不比别的尺寸上完全一样的国家的首都小到哪里去。反正小不了就是啦。哦，真有你的！干杯！"

纳吉尔重新同那个大学生奥耶恩交谈下去。想当初他纳吉尔年轻气盛的那会儿，也曾对音乐抱有忘乎所以的强烈爱好，尤其是瓦格纳。叹如今随着岁月悠悠他的兴趣日趋淡薄消退，以至于他的音乐才能从未超越过学会看乐谱，还有会叩出几个和弦。

"在钢琴上吗？"大学生问道，弹钢琴他很在行。

"哎呀，不是！是在小提琴上。不过我说过我不可能会有多少出息，所过不多久我就撒手放弃了。"

他的眼光无意之中落到了安德雷森小姐脸上，她同法院推事凑在壁炉旁边已经唧唧哝哝交谈起码有一刻钟之久。她美目流盼迎住了纳吉尔的眼光，虽说只是一掠而过并且是无心碰巧的，但是四目相视之际竟然使得她在椅子上烦躁不安地扭动着身躯，心慌意乱地竟然刹住了自己的话头。

达格妮娴雅端坐，伸出一只纤纤素手在一张对半折叠的报纸上轻轻弹叩。她那修长白嫩、凝脂柔荑般的手指上竟会没有一枚戒指。纳吉尔偷偷地觑了她几眼。天哪，今天晚上她真是美极了，真是秀色可餐哪！在朦胧的光线下，以深色墙壁为衬托，她那条浓密的金色发辫越发金光灿灿炫目耀眼。在她坐下来的时候她的娇躯丰腴圆润、挺实饱满，当她一站起来这种丰盈的感觉顿时消失，代之以窈窕身段的曲线玲珑。她走起路来柳腰款摆双臂徐舒，飘然轻捷，好像她惯于长途溜冰，时常在冰面上翩然滑行驰骋。

纳吉尔站起身来走到她跟前。

她不禁抬头，用她的蓝湛湛的星眸打量了他一下。他不假思索立时惊呼：

"天哪，你真是美极啦！"

她被这一句直截了当的露骨恭维话弄得惝惝然，一时间她六神无主、目瞪口呆，竟然不知如何办才好。于是她悄声呵斥道：

"请放尊重些！"

稍后不久她站起身来走向钢琴，她在那里摆弄翻阅一些乐谱，她满脸涨得通红，赧颜如同火焰在燃烧一般，双颊上的红潮久久不退。

医生议论政治的谈兴大发。他心痒难抵，终于按捺不住，突如其来地冲着大家问道：

"诸位可曾念过今天的报纸？《晨报》①这段日子发表的一篇篇文章真叫我气破肚皮。那写的真不像话，净是些什么玩意儿，根本就不适合有教养的人士阅读，从头到尾满纸粗言俚语还外加破口大骂。"

可是没有人接茬儿搭腔，起来与他争辩，于是他自觉没趣不好再多讲下去。律师汉森察觉了这一尴尬场面，便城府深沉却又不动声色地应对道："难道我们不可以说毛病两个党派都有，要怪的话也不要护短才好……"

"哦，你是这么看的，"医生叫喊着蹿起身来。"依你之见岂非要各打五十大板喽……"

席面已经摆好。大家鱼贯而入走进餐厅，医生仍然在喋喋不休地唠叨着。这场争论在饭桌上继续下去。纳吉尔的座位被安排在女主人和警察总监的女儿、年轻的奥尔森小姐之间，他超然物外没有卷到这场争论中去。在这段时间里宾主双方都已经心不在饭桌上，而是神游天外，深深陷身于远离身边的欧洲政治旋涡之中难于自拔。他们高谈阔论评述时事，各自发表对当前局势的看法，诸如对沙皇②、

---

① 《晨报》（Morgen bladet）是挪威保守党报纸。

② 沙皇系指俄国沙皇亚历山大三世（Alexander Ⅲ, 1845—1894）。

对康斯坦斯 ① 和帕纳尔 ②，等等，不一而足。当他们谈到巴尔干问题时，那位醉醺醺的教员又捞到另一次机会来大谈塞尔维亚。他刚刚从《统计月刊》③ 上读到那里的状况糟糕透顶，学校教育完全遭到忽视……

"有一桩事情使我开心之至，"医生说道，他的双眼竟然有点泪汪汪。"也就是说，格拉德斯通仍然活着。先生们，请斟满你们的酒杯，让我们为格拉德斯通而碰杯，对为格拉德斯通，这位伟大而纯洁的民主主义者，一位代表现在和未来的伟人，干杯！"

"请等一等，我们也来凑个份儿，"他的妻子叫道，然后她将摆在一个大托盘里的女士们的酒杯统统斟满葡萄酒，心急慌忙地竟斟得都快溢出来了，待到斟好之后她用颤巍巍的双手逐一传给她们。

于是他们大家一齐干了这一杯。

"他可是一个真正的男子汉！"医生继续说道，咂了咂嘴巴又伸出舌头舔了舔嘴唇。"可怜的老头儿，他不久前刚得了一场感冒，总算有望快要痊愈了。尚还活着的政治家之中，我最不情愿失去像格拉德斯通这样的人物。天哪，当我一想起他来，他就像一座灯塔出现在我眼前，用它的光芒照亮了全世界！……你看起来，心不在焉，纳吉尔先生，莫非你不同意吗？"

"对不起，你说什么来着？哦，我当然完全赞同你说的

---

① 康斯坦斯（Jean Constans，1833—1913），法国政治家，于1889—1892年任法国政府内政部长。

② 帕纳尔（Charles Parnell，1846—1891），爱尔兰民族主义运动领导人，因成为婚变案被告而闹得满城风雨，以致失势潦倒。

③ 《统计月刊》（Statistische Monatschrift），奥地利刊物。

话喽。"

"当然，俾斯麦①亦是一个风云人物，有不少作为使我留下深刻印象，不过格拉德斯通毕竟就是格拉德斯通。"

医生这番高见卓识仍然无人闻声应战，反正人人都深知他那要命的犟劲儿。这场交谈愈来愈乏味，到了最后竟没有一个人吱声了。于是医生便提议摆下牌局来消遣消遣。有谁愿意打牌的吗？就在这个节骨眼儿上，斯坦纳森夫人从餐厅另一端娇声高喊起来：

"我说咱们先别打牌！你们想知道方才奥耶恩先生告诉我什么来着吗？纳吉尔先生，其实你对格拉德斯通的评价一直远不如今天晚上那样出色，难道不是吗？奥耶恩先生在克里斯钦尼亚有一回曾听到过你把格拉德斯通臭骂了一通，是在工人协会②里，对吗？你真是个好样儿的！这是真的吗，果然真有其事吗？哦，你真是胆量不小，你真是敢作敢为哪！"

那位夫人说这番话是诚心诚意的，嘴角上挂着微笑，还竖起食指诙谐地朝天指指，她重新又追问了一遍，非要逼他交代明白此事是否真实。

纳吉尔大吃一惊，回答说道：

"那一定是以讹传讹。"

"我倒并没有说你谩骂过他，"奥耶恩说道，"反正你措辞激烈地反对他。我记得你说他是个冥顽不化、一意孤行的老顽固。"

---

① 俾斯麦（Otto von Bismarck，1815—1898），德国政治家，以"铁血首相"闻名于世。
② 工人协会指挪威工人协会，成立于1864年，为1887年成立的挪威工党的前身。

"一个老顽固！格拉德斯通居然冥顽不化一意孤行！"医生叫嚷起来。"真是胡扯，莫非你喝醉了酒在满嘴说胡话！"

纳吉尔只得苦笑。

"那倒没有。不过也许是酒后失言，我记不清了。"

"一听就是喝醉了酒在胡说，"医生虽然余怒尚存，但是毕竟挣回面子也就趁势落篷。

纳吉尔不再辩白解释，他不情愿再多纠缠下去。可是达格妮·基兰德偏偏不依不饶，一股劲儿撺掇那位夫人再鼓一把劲儿：

"非要逼他说出他的那句话是什么意思不可，那必定十分滑稽有趣的。"

"行，那么请问你说这句当时心里是怎么想来着，你究竟作何所指？"那位夫人步步进逼。"既然你站出来反对他，你心里必定有自己的主见，不妨讲出来让我们大家饱饱耳福嘛，再说你也可以让我的女客开开心，因为你们男人家一打牌，我们就没有啥消遣，会无聊憋闷得慌。"

"要是让你们大家开心一番，那又另当别论了，"纳吉尔说道。

他郑重申明在先，究竟是打算嘲笑一下他自己抑或他即将扮演的角色呢？他自己也不得而知，于是便轻蔑不屑地往上噘了噘嘴唇。

他的开场白是说他已经记不清楚奥耶恩先生所谈到的那个场合……"你们当中有人见过格拉德斯通或者听到过他演说吗？他言谈中让人留有最深刻印象的是他那耿直坦率的男子汉节操，他那伟大的正义感。这种光明磊落的胸襟令人毫无疑问地联想到他必定有一颗清白纯洁的廉耻之心。试问这样一位人物怎么可能居心叵测、行径邪恶犯下悖逆上帝的滔天大罪来呢！他本人沉湎于自己问心无愧的良知，所以他先入为主地以为他的听众亦必然是良知清白的，确实心安理得地预先假定他的听众都有一颗清白无辜的良心……"

"那何尝不是他身上的优秀品格？那显示出了他为人正直和富有人情味儿，"医生插话道。"我从未领教过这样荒谬的悖理！"

"我亦有同感，我只不过提到一句用来表明他形象的一个侧面，他的一幅面目清晰轮廓精确的写照。嘻嘻嘻，我不妨引用我刚刚想起来的一桩事情来举个例子，不过我大概用不着把整个事件的来龙去脉统统再叙述一遍，我只消提一下凯里①这个名字。我不知道诸位是否还记得格拉德斯通在他首相任上的时候曾经怎样接受那个叛徒凯里的出首告发，事后他帮助告密者远走非洲，以便躲过芬尼亚兄弟会②组织的报复行动。不过扯远去了，这桩事情和要讲的正题一点不搭界，是另一档子事儿。我素来并不看重这类小过失：当个首相嘛，备不住有时候会逼得闹出点岔子来。行啦，现在言归正传，事实上格拉德斯通作为一个演说家来说有着一颗最清白纯洁的良心……倘若你见到或者听到过格拉德斯通演讲的话，我只消提醒留神一下他在演讲时的脸部表情就得啦。他对自己清白的良知是那样确凿自信，

---

① 凯里（James Carey，1845—1883），爱尔兰恐怖组织"隐身勇士团"成员，因向政府告密出卖同伙而被芬尼亚兄弟会党人枪杀在逃往开普敦的船上。

② 芬尼亚兄弟会（Fenian），爱尔兰争取民族独立反对英国统治的正统派组织。

以至于他的眼神、他的声音、他的仪容姿态、他的手势无
一不反映出他的这种自信心。他的演讲深入浅出简明易懂，
他字斟句酌，娓娓道来讲得十分缓慢，冗长得无止无休。
哦，那么，不，仿佛他满肚子的话永远说不完似的。你们
应该见识见识他演讲起来对大厅里的所有听众都能照顾得
无微不至：有几句是对这边的五金商人讲的，有几句是说给
那边的皮货商人听的，那才叫本事哪。他八面玲珑讲得处
处讨巧卖乖，分寸把握得游刃有余，他的本事已经达到如
此炉火纯青的地步，以至于他大概觉得他讲出口的每一个
字都理应起码估价为一克朗大洋才算物有所值。是的，一
点不错，听他的演讲真是耳目并用的莫大享受。格拉德斯
通果然名不虚传，是一位无可争辩的正确立场的骑士，他
也是为公正真理的事业而献身的斗士。他根本没有动过要
对谬误做出妥协让步的念头。这就是说：一旦他自以为他
这一边是正确的时候，他便会毫不留情地使唤这种正确性，
使出全身本事来炫耀卖弄它，把它吹捧上天，一股劲儿地
在听众眼前挥舞卖弄它，使得他的反对者相形见绌自愧弗
如。他的道德品行是那种最健康和最经得住时间考验的高
风亮节：他为基督教、为人道主义和文明而奋斗。要是有
人向这位先生提出表示愿意出成千上万英镑来把一个无辜
错判的妇女从绞刑架上救下来的话，他会先救下那个妇女，
并且不屑一顾地拒绝接受那笔钱财，事后还要关照大家不
要把这份荣耀算在他的头上。一点也不要，他并不喜欢居
功出点风头，他就是那样的谦谦君子。他是一个永不知疲
倦的战士，永无休止地为造福于我们这个星球而一往无前
地奋斗不息，时刻准备着为正义、真理和上帝而献身。他
打赢了一次次多么漂亮的胜仗呀！2乘2等于4，真理赢得

了胜利，荣耀归于上帝！……哦，对啦，格拉德斯通的智商要远远高过于 2 乘 2，有一回我听见他在预算辩论里随口演算出来 17 乘 23 等于 391，于是他赢得了又一次决定性的重大胜利。再一次证明了他是正确的，正确性在他的双眼里炯炯发光，使他的嗓音微带抖颤，并且将他升华到伟大的境界。不过到这会儿我真的不得不停下来倒抽一口冷气对此公高山仰止一番了。我理解他确有一颗清白纯洁的良心，然而我仍免不了停下来倒抽一口冷气。我站在那里估算掂量起他脱口而出的 391 这个数字来，细细心算一遍居然毫厘不差，完全正确，可是我却仍然把它翻来覆去在我脑袋里转了几遍，然后对我自己说道：不，等一等，17 乘 23 是 391！我知道那应该是 391，一点都错不了的，可是我不管三七二十一，偏偏要说成是 97，而不是 91，为的是存心要找这位一贯正确派的茬儿，非要同这位永远站在正确立场上的行家里手较较劲儿不可。我内心里有个声音在召唤我：起来，起来，起来同这个永远错不了的一贯正确派对着干一下。于是我就起来同他较劲儿作对了，我之所以知错就错地喊出 97 而不是 91，那完全出自我内心里一股炽烈的紧迫感的需要，为的是防止我自己的是非感被此公倒腾得鸡零狗碎或者是贬得一文不值，因为牵着我鼻子走的这个人总是不可争辩地站在正确立场这一边……"

"真是见鬼，我这一生中要是曾经听到过此类奇谈怪论的话，那我就不是人，"医生忍不住大呼小喊起来。"请问格拉德斯通一贯正确又怎么同你过不去，逼得你非自寻烦恼不可？"

纳吉尔莞尔一笑——究竟是出于温良恭让还是以友情为重那就很难说了。"倒不是逼得我自寻烦恼，"他继续说道。"我宁愿说那使我感到沮丧泄气。算啦，反正我也不指望在这桩事情上取得人家的理解，不过那无伤大雅。须知格拉德斯通乃是一位堂堂的代表着正确真理的游侠骑士，所以他脑筋僵化刻板地钉在确已公认的结果上，2乘2等于4对他来说乃是天底下最伟大的真理。那么我们是不是要否定2乘2等于4呢？当然用不着，我讲讲这段逸事无非是要显示一下格拉德斯通是如何的一贯正确。问题在于你是否已经被真理痴迷到人云亦云不管是什么都可以囫囵吞下去了，你的头脑是否麻木迟钝到被这样的一个真理糊弄得不知所措，只好乖乖儿听凭鞭子驱赶着走。这就是症结之所在……不管怎么说格拉德斯通是如此一贯正确，他的良知是如此清白无辜，以至于他根本没有想到过要自觉自愿地歇手不干停止造福于我们的星球。他不得不孜孜不倦宵衣旰食，无时无刻不在操劳忙碌，哪里都少不了他，缺不得他呀。他以他的聪明才智从伯明翰、从格拉斯哥耳提面命全世界，把一个切割软木塞的工匠和一个律师在政治观点上提高到同样的水平，为了他所信奉的事业而进行坚持不懈、舌敝唇焦的斗争，他把他那上了年纪却又充满信念的双肺扩张到最大程度，声嘶力竭地喊出每一句话，唯恐那一字千金的宝贵语言有哪一句被他的听众所疏漏掉。后来整个表演至此结束，在大家欢呼声中格拉德斯通频频鞠躬。他回到家里上床睡觉，先双手合十背诵祈祷经文然后就呼呼入睡，在他心里全无半点疑心，压根儿想不到在伯明翰和格拉斯哥会留下哪点丢人现眼的印象，凭什么会丢人现眼？他只是觉得对他的同胞尤其对他自己尽到了应有的责任而已，所以他心安理得地睡了应该睡的一大觉。他决计不肯自甘堕落地觉得自己罪孽深重到敢于对自己承认说：

老兄，你今天的演讲有点儿差劲哪，坐在最前排的那两个纺纱工人已经听得不耐烦了，你害得其中有一个哈欠连连，他决计不肯对自己承认这一点的，因为他没有把握能确信这是真有其事。而他又拒绝说谎，因为说谎是一桩罪孽，而格拉德斯通是不情愿犯下罪孽的。行呀，他于是这样说道：我似乎看到有个人打哈欠；说也奇怪，居然还有人打哈欠了，不过也许我看错了，那个人大概不是在打哈欠。嘻嘻嘻……我记不清了我在克里斯钦尼亚讲的是不是这些东西，不过那没有关系。不过我承认：格拉德斯通的伟大思想无论如何总给我留下势不可挡压倒一切的印象。"

"可怜的格拉德斯通，都给糟蹋成什么样儿啦，"法院推事赖纳特说道。

对此纳吉尔未予理睬不作回答。

"不是的，你在克里斯钦尼亚讲的不是这些，"奥耶恩说道。"你把他在爱尔兰问题上的伎俩和对帕纳尔的行径大肆痛斥了一顿，其中说到此公谈不上有什么伟大的思想，我记得很牢，你当时的确是这么说的，他是一个有用的大人物，却只不过是极端平凡庸碌之辈的强权势力。你还说他只配当那位比肯斯菲尔德①的那双硕大无朋的巨灵掌的一根小指头。"

"我记起来了，那一回不许我再讲下去了。嘻嘻嘻……好吧，我赞成，为什么要不赞成呢? 不让发言就不发呗，再坏也至多如此而已，真是把人看扁了。话虽如此，不过我还是希望诸位从轻发落我。"

---

① 比肯斯菲尔德（Beaconsfield），是英格兰白金汉郡的一个市镇，这里代指英国保守党领袖迪斯累里（Benjamin Disraeli，1804—1881），他曾两次出任英国首相，并被封为比肯斯菲尔德伯爵。

这时候斯坦纳森医生急不可耐地发问：

"快告诉我，你是保守党吗？"

纳吉尔一时摸不着头脑，惊愕地瞪圆了眼睛，旋即他爆发出一阵哈哈大笑，回答说道："那么依你看来呢？"

就在这个节骨眼儿上，医生诊所的门铃响了。斯坦纳森夫人跳起身来；这下子医生又不得不出诊去了，真是倒霉。不过随便哪一个都不许走，不行，一个都不走，起码到十二点之前不散伙。于是安德雷森小姐只好乖乖儿重新坐下。女佣安娜端来了更多兑酒用的开水，大量的开水。时钟刚敲十点整。

"法院推事先生，你怎么停杯不喝啦？"

"喔，在喝哪，反正我不会亏待自己的。"

"不管怎么着，我不会让你们散伙的。你们个个都得留下，一个都不许提前离开。达格妮，你怎么闷声不响？"

"我跟往常一样不爱说话呀。"

正说之际，医生从诊所折身返回。务请大家海涵，他不得不去出诊，是个重病号，出血症，好在路不算太远，两三个小时之内大概赶得回来，希望回来时还能见到大家仍在这里。"回头见，诸位！回头见，杰塔！"

医生匆匆离开。一分钟之后但见他和另一个男人连奔带跑朝向码头疾行而去。

医生夫人发号施令：

"现在让我们挖空心思想出点什么新鲜话题来聊聊吧……唉，我简直没法子告诉你们有多少回我丈夫出诊去的时候我一个人待在家里真是孤独无聊得发慌。最糟糕的尤其是漫长的冬夜，而我又常常不晓得他要忙到什么时候才能回来。"

"你们还没有孩子，对吗？"纳吉尔问道。

"没有，我们还没有……好在如今我多少习惯了孤身独对这茫茫长夜了，起初那会儿真是要把人吓掉魂，我老实告诉你们，我既提心吊胆还又怕黑，真是要命，我就是怕黑。有时候我在房里实在待不下去，只好起床跑到女佣房里去和她同睡……现在该你说说话了，达格妮，你在想些什么，是在牵挂你的心上人吧，对不对？"

　　达格妮满脸羞红，难为情地笑了一声回答道：

　　"一点不错，我惦记着他，这是情理之中的。不过你为什么不问一声赖纳特推事先生在想些什么呢？他整个晚上都默默无语的。"

　　法院推事对此提出异议，说他一直陪着女客奥尔森和安德雷森小姐在聊天，怎么是默默无语，甚至可以说是十分活跃哩。再说整个这段时间里他一直留神细听着旁人的政治论争，总而言之……

　　"基兰德小姐的未婚夫又出海去啦，"那位夫人对纳吉尔说道。"她的未婚夫是个海军军官，他这一趟差事是去马耳他……是去马耳他吗？"

　　"是的，是马耳他，"达格妮回答说道。

　　"没错儿，这些当海军的小伙子订起婚来都是快得一眨眼工夫就办成了。他回家来探亲，在他父母家里住了两三个星期，后来有一个晚上就把事儿办了……嘿，这些中尉们！"

　　风流倜傥行事潇洒的公子哥儿！纳吉尔暗自思忖道。这号子人通常是英俊的帅小伙子，由于日晒雨淋而肤色健美，性情欢快讨人喜欢，脸上开朗坦诚。再说他们的制服是那么笔挺讲究，穿在身上气派十足。是呀，海军军官总是使得他心仰神慕。

　　忽然之间基兰德小姐转过身去，朝奥耶恩面带微笑地问道：

"方才那些话都是纳吉尔先生这会儿讲的。那么他在克里斯钦尼亚究竟讲了些什么话呢？"

一阵哄堂大笑。律师汉森醉醺醺地叫喊起来：

"不错，他在克里斯钦尼亚究竟讲了些什么话……在克里斯钦尼亚讲了什么？纳吉尔先生在那里究竟讲了什么？哈哈哈，哦，天哪，干杯！"

纳吉尔同他碰了杯一饮而尽，说他素来对海军军官心驰神往仰慕不已。他是如此之心仪以致可以说，要是他是个姑娘的话，那么非海军军官不嫁，否则宁肯一辈子不作嫁人的梦想。

"所有的中尉都被认为是毫无才华可言的，难道你竟然不相信这种说法？"

"那是无稽之谈，"他说道。倘若他是一个姑娘的话，那么宁可选择一个英俊的美男子而不是一个才华横溢的才子。连躯体都没有，光有一个脑子顶什么用？那么有人也许会说只有躯体而没有脑子又待如何？嘿呀，那可是天大的差别。看看莎士比亚的父母都不识字，唔，是呀，连莎士比亚本人恐怕也识字不多，然而他毕竟青史留名流芳人间。且不说这些，要知道一个姑娘当然会更快地对一个有才气的丑八怪男人感到腻烦而不是对一个憨痴的美男子感到讨厌。必定如此不会有错的，所以倘若他是一个妙龄女郎而且可以自己做主选择的话，那么首选必定是个美男子。至于说此人对挪威政局、对尼采哲学和对三位一体①的

---

① 三位一体系指基督教教义中说：上帝只有一个，但包括圣父、圣子耶稣基督和圣灵三个位格。《新约圣经》为三位一体的教义提供了信仰根据。

观点看法等统统挨一边去吧。

"我来给你看看基兰德小姐的中尉，"女主人当仁不让地拿出了一本相册。

达格妮跳了起来，一声"不要"刚刚脱口而出，旋即又缩了回去坐下身来。"嗯……这张照片照得太不灵光，"她支吾说道。"其实他本人要好看得多。"

纳吉尔看到一个留着络腮胡须的年轻人。他端坐在一张桌子旁边，身材笔直从容自如，一手按在他的军官短剑上。他那略嫌稀疏的头发留了个小分头，一副英国式气派。

"不错，这倒是真话。他本人要比照片上帅得多，"那位夫人也说道。"我自己也曾暗恋过他，不过那还是在我情窦初开的少女时代……不过你难道不仔细看一眼他身边坐着的那个男人吗？那就是刚去世的年轻的神学家。卡尔森，他姓卡尔森。一星期前出的事，真是一桩令人悲伤的惨事哪。怎么啦，好吧不说啦。前天下葬的就是他。"

那是一个面带病容憔悴枯槁的家伙，双颊瘦削得塌凹进去，嘴唇单薄而干瘪就好像在他的脸上画了一道线似的。他的双眼大而黑，他的前额高而开阔，可是他的胸脯扁平，他的肩胛不比一个女人的宽到哪里去。

原来这就是卡尔森，卡尔森就是这副模样。纳吉尔陷入了沉思，暗自联想到一双发青的骨瘦如柴的手还有神学。纳吉尔刚要张嘴评论说这是一张挺吓人的脸，但见赖纳特推事把他的椅子拉近达格妮身边，开始同她交谈起来。于是他闭口不语，继续将那本相册翻来翻去地浏览个不停，免得打扰他们。

"既然你抱怨说我今天晚上默不作声，"法院推事说道。"那么你兴许可以允许我给你讲一段德国皇帝来访期间我的亲身经历，一个真实的故事。我是刚刚想起来的……"

达格妮打断了他的话头，正颜作色却轻柔缓慢地说道：

"你倒不如讲给我听听整个晚上你在那边的角落里叽叽喳喳说了些什么插科打诨的胡话来取笑别人。我说你一直没有开腔说话我只是给你提个醒儿，你那种糟蹋戏弄别人的毛病又犯啦。你在那边模仿人家的样子来，出人家的丑，多么摆不上台面。那真是不知自爱。他老要炫耀摆弄他小手指上戴的那枚铁戒指，时不时地竖起指头来看看，还用手去擦擦。那倒果然一点不假，不过人家这副做派是无心的不经意举动。不管怎么说，他的行为举止并没有像你存心出他洋相那么怪模怪样。话又说回来，他那副轻狂张扬的架势又还有点疯疯癫癫，惹人厌也是自作自受活该如此。还有你古德隆恩竟然笑成那副样子，太过分了真不成体统。他必定会留神注意到你是在嘲笑他。"

古德隆恩也卷进他们的谈话中来，她口口声声为自己辩白说怪只怪法院推事，全都是他的不好，他讲得那么怪腔怪调，实在太发噱，逗得人禁不住要笑出声来。听听他是这么学舌来着："格拉德斯通的伟大从来不曾给我留下任何印象……我……我……"

"嘘，你讲话又这么大嗓门，古德隆恩。他听得见你的，不错，他已经听见了，他扭过头来了。不过你们注意到了没有，逢到别人插嘴打断他的话头，他从来就没有发过脾气，对不对？他在被人打断话头的时候也只是瞅了我们一眼，流露出几乎是伤心难过的眼神。哦，真是要命，我开始觉得有点不对劲儿，因为我们居然也在对人家说长道短起来。这样吧，法院推事先生，你不妨把那个德皇来访的故事讲给我们听听吧。"

于是法院推事便讲述那个故事。那个故事里没有什么宫闱秘闻隐私忌讳之处，只讲到一个女人和一束花，连一句荤话都没有，所以他愈讲声音愈响，到了后来人人都听得见。那个故事冗长无趣，喋喋不休讲了好几分钟。他刚一讲完，安德雷森小姐便忙不迭启口说道："纳吉尔先生，你可记得昨天晚上你讲给我们听的那个地中海上的合唱队的故事吗？"

纳吉尔急忙把相册合上，用几乎受宠若惊的表情环视四顾。他是在佯装惊喜，还是真的凝神在看相册一时没有反应过来呢？他柔声细气地回答说道，他大概有两三个细节记得不大对头；不过那不是故意的，那个故事不是他胡诌瞎掰的，而是确有其事。

"哦，请别见怪，我倒不是在说你信口胡侃，"她粲然一笑回答道。"可是你能记得起来当我说道那真美呀的时候，你回答了什么话吗？你回答说在此之前你只有过一回听到过比这更美的，那是在一场梦中，对不对？"

嗯嗯，不错，他记起来了，他点了点头。

"那么难道你不肯把这场梦也讲给我们听听吗？哦，请吧，你讲起故事来是那么与众不同。我们大家都求你赏个脸。"

不过这一回他却托故推辞了。他提出了种种借口作为挡箭牌，他说那仅仅是一桩不值得看重的糊涂梦，如同一缕轻烟般的梦幻待到睡醒之后就烟消云散了，这是无法用语言所能表达的。人人都知道这些朦胧不清一闪而过的知觉只能如同电光火石般在脑袋瓜儿里停留片刻，旋即就消失掉了。任何人都知道整个事情是多么无聊愚蠢，因为这场梦是在一个纯白的银色森林里做的……

"喔，原来是银色森林之梦，那么后来呢？"

"没有啦，"他摇了摇头。

他心甘情愿为她随便怎样出力效劳，是的，她可以爱怎么样就怎么样考验他。可是他实在讲不出那个梦来，她务必相信他。

"行呀，那么讲点别的什么吧。我们恳请你，我们人人都巴不得。"

他实在无法从命，起码今天晚上不行，真抱歉。

随后是几句无关痛痒的话，一两个幼稚傻气的问题和回答，完全胡侃瞎掰。达格妮忽然问道：

"如此说来，你心甘情愿为安德雷森小姐随便怎样出力效劳喽，对吗？那么你究竟想要出点什么力，效点什么劳呢？"

对于这个奇妙的怪念头大家都哈哈大笑起来，连她自己亦忍俊不禁噗嗤地笑出声来。纳吉尔稍一迟疑便回答说：

"不过，对你，我却可以坏事做绝。"

"对我坏事做绝，行呀！不妨说出来听听。比方说谋杀，对不对？"

"不错，我会杀掉一个爱斯基摩人，剥下他的皮来给你做一个书信篓。"

"真有你的！那么对安德雷森小姐呢？你究竟要为她做些什么呢？想必是好得不得了的好事吧，对吗？"

"也许我会做，我不知道。顺便说一句，方才讲的爱斯基摩人的事是我从别处看来的。你们不要以为是我挖空心思想出来的。"

冷场。

"你们都是仁义厚道的大好人，"他继续说道。"你们总

112

想要推我出头露面，总想多给我点机会让我比别人多说一些话。这仅仅因为我是个外乡人的缘故。"

教员偷偷瞅了一眼他的怀表。

"你们大家都要明白，"女主人说道。"在我丈夫回来之前你们一个都不许走。严令禁止离开。你们干什么都可以，不过就是不可以离开。"

咖啡端上桌来。氛围顿时变得愈来愈活跃。那位律师一直在和大学生争论不休，闻听此言狂喜得连连鼓掌，并且跳了起来，虽然他体态胖墩墩，却跳得翩然轻快如同一根羽毛似的。那位大学生也摩拳擦掌，走过去在钢琴上叩出了几个和弦。

"啊哈，"女主人叫了起来。"我们竟然忘记了你会弹钢琴。快弹下去，你务必赏脸弹给我们听。"

大学生心里当然求之不得要献艺一番，不过嘴上仍谦让说他实在不精于此道，若是他们不介意听肖邦的曲子或者是一首拉纳的华尔兹舞曲……

纳吉尔为弹奏的音乐而热烈鼓掌，他对达格妮说道：

"听此类音乐，最好是在稍远点距离之外，比方说在隔壁房间里，双手相握、四目相视，默默相对、侧耳倾听，难道不是吗？我不知道，不过我总是想象这样的情境才妙不可言。"

她朝他投来了一个察言观色的眼色。他讲这句废话究竟是什么意思？不过从他脸上倒看不出半点讽刺嘲笑的味道。于是她便顺着他的那副腔调敷衍了几句陈词滥调的俗套话。

"是呀，不过灯光不能太亮要朦胧点，难道不是吗？椅子最好相当低矮而且要软绵绵的。窗外应该是烟雨蒙蒙而且夜色如晦。"

今天晚上她分外明艳照人，一对明亮澄澈的湛蓝大眼睛在秀丽妩媚的俏脸庞衬托下自有一股摄魂夺魄的魅力，让人不禁心动神移。她的一口皓齿虽然说不上像碎玉细贝般皎洁但却也雪白整齐，她常常发笑，甚至对一些无足轻重的小事也会露齿而笑，她的朱唇丰满匀称叫人一下子就会把眼光盯了上去。不过最引人瞩目的也许是她腮带桃花的潮红，每一回她开口讲话时双颊上总是要泛起浓浅不同的红晕然后徐徐退去。

"哎哟，教书先生又不见了，"医生夫人叫喊起来。"当然，当然，他这个人就是这副样子，总是留神提防着还是给这家伙开溜了。法院推事先生，我但愿你走之前起码同我说声再见吧。"

教员是从后门溜出去的。他一喝醉就倦怠疲乏，由于熬不住夜缺少觉睡脸色发青，他过去也常常这样觑个空儿不言一声就拔脚开溜，而且走了之后再也不会想到要回来向主人告个别。纳吉尔一听到这个消息脸部表情骤然大变。他灵机一动突发奇想：他何不趁此机会干脆豁出去要它一把表示愿意陪伴护送走过教员住处附近的那片森林。事不宜迟说干就干，他毫不拖延地马上向她提出了这一请求，他低头说着，一边用恳切的眼光盯住了她，他最后说道："我会规规矩矩乖乖儿的。"

她娇声俏笑回答说道："行呀，多谢你啦，只要你答应乖乖儿的。"

从这会儿起他就一心一意等待着医生快点回家，这样他就可以起身告辞。一想到那将陪伴着她走过森林的情景，他浑身充满了劲头，变得既活泼又快乐。他同客人们天南海北地胡侃闲聊了一通，逗得他们哈哈大笑，显得那么讨人喜欢。他是那么喜滋滋、乐陶陶，甚至一口答应改日再来看看斯坦纳森夫人的花园做一番检查，因为他毕竟也算得上有半个园艺家的资格，他可以察看一下花园南边角落里的好多棵红色醋栗树究竟是什么缘故长势欠佳呈现病态，检查一下那片灌木丛底下的土壤质量。他务必会把那些附在醋栗上的那些虫虱一窝窝统统消灭干净，即便他不得不念起驱邪被魔的符咒来镇魇住它们。

难道说他居然连魔法也精通在行吗？

他对五花八门的行当都稍加涉猎，不过浅尝辄止略晓皮毛而已。诸位可以看到他手上戴着枚戒指，一枚再普通不过的铁戒指，然而休要小觑了它，它却具有不可思议的非凡魔力。难道有人会从它的毫不起眼的外表模样上看得出来它那神奇的力量吗？不过要是他哪天，比方说吧晚上十点钟，把这枚戒指弄丢了，他就千方百计务必要在当晚子夜前把它找回来，否则他就要倒大霉会有大难临头。这是一个须发斑白的希腊老头儿，比雷埃夫斯一家店铺的老板赠送给他的。喔，礼尚往来嘛，他也给人家一听烟丝作为对这枚戒指的回敬。

那么他到底真的相信吗？

不可全信也不可不信，有点儿相信，果真不赖！那枚戒指曾经治好过他的病。

从海滩那边传来了一只狗的猎猎吠声。医生夫人朝挂钟瞅了一眼，那是医生在归途上，错不了，她对那条狗的叫声耳熟得很。真是好极了！才刚十二点他就回来了。她摇铃吩咐再上点咖啡。

"那枚戒指竟然如此神奇，难道是这样吗？那么说来，想必你坚信无疑喽，纳吉尔先生，对吗？"

"毫不含糊有点相信，"或者毋宁说他有足够的理由对它不抱怀疑。甭管怎么说，其实信也罢，不信也罢，都无关紧要；只要一个人心里相信某样事物要比别的更灵光，那有什么坏处呢，心诚则灵嘛，反正这枚戒指治愈过他的神经紧张，使得他重新生龙活虎精神抖擞。

医生夫人纵声大笑了很长时间，然后开始措辞激烈地反驳他，说她恰恰最听不进此类冷嘲热讽的挖苦话，很抱歉，然而她还是要说是冷嘲热讽的挖苦话，她觉得纳吉尔先生嘴上所讲的并不是他心里所想的真话。试问连有教养的精英分子都在讲这类荒诞不经的事情，那么平民百姓又该如何呢？那还有什么盼头，岂不只能完事大吉，医生们只好把自己的诊所全关门打烊。

纳吉尔为自己做出分辩。确实是那样：相信某样事物要比别的更好一些，没有什么坏处，心诚则灵嘛！要治愈疾病靠的是病人的意志、信念和毅力，不过医生也犯不着因此而把诊所关门打烊。他们有他们自己的信徒和追随者，他们得到那些人的信任，那些人也就是受过教育的人士。换句话说，受过教育的人士是靠吃药来治病，而平民百姓是靠相信铁戒指、焚烧过的死人骨灰和教堂墓地的泥土来治病。有些地方病人靠喝下去通常喝的凉水居然也治好病，因为他们相信这凉水乃是包治百病的最不得了的灵丹妙药，这类例子难道还少见吗？不妨再看看有多少人由于吃药治病而吸食吗啡，成了染上毒癖的瘾君子，此类经验教训难道还见得少吗？那些不懂医道的门外汉在尝到了那种飘飘欲仙的奇异滋味之后便一发不可收拾，他以此来表明个人在医学科学信念上的独立性，其实他并没有给人留下他深知其中利害的印象，因为他尽管上瘾成癖却毕竟还是个门外汉，毫无半点专业知识。最后他又说他唠叨了这么老半天全都是因为他此时此刻情绪是如此高涨的缘故，并不是存心要招惹人腻烦，务请女主人见谅，亦请在座诸位海涵。

他不时地掏出怀表来看，并且已经把他上衣的纽扣全都扣整齐了。

医生是在这段对话讲到半当中的时候闯进来的。他神色紧张，表情忧郁，但是强作欢颜同他的客人们打招呼并且感谢他们待了那么久。嘿呀，那个教书先生嘛，真是拿他没有法子，但愿他平安入睡吧。好在除了他大伙儿全都在。是呀，人生在世就是一场奋斗终生的斗争。

他接着谈起了此番出诊的经过，这是他久已养成的习惯。他脸上的那副酸不溜丢的神情是由于他的病人们害得他失望之至，他们个个都显得像是白痴或者是蠢驴，他真但愿把他们打发进监狱才好。只消想一想，他方才踏进去的是一幢腌臜得狗窝不如的破屋！那一大家子的当家女人病着，那女人的岳父病着，那女人的大儿子也病着。整幢屋里弥漫着叫人受不了的臭气臊味！可是全家别的人却照样健健康康，脸蛋红扑扑的，那一群小崽子个个生龙活虎身体壮实得很，这真是不可思议的，反正他是弄不明白。那个当岳父的老头儿躺在那里，一个流血创口足足有这么大。他们已经派人叫来了一个在自己家里配制包治百病的土方草药的女人来。她倒还真把血给止住了，一点没错血确实止住了。可是她用什么灵丹妙药止血的呢？那土方子真是叫人恶心，况且还触犯刑律；简直真叫人没法说。那股子熏得人喘不过气来的臭味哟，而且伤口已经出现了坏疽的症状。倘若今天晚上他没有及时赶到的话，天晓得会发生什么！是呀，应该大力加强法律对江湖郎中、用土方和草药骗人的游方庸医的管制才行，不能让病人落到这帮子人的魔掌里去……唉，血总算止住了。接下来是那个儿子，一个三大五粗的愣头青，他脸上起了一大片皮疹，在此之前我给过他软膏，还特意关照明白：那黄色的软膏是一小时搽一回就够了。你们猜他怎么做来着？不消说，当然是颠三倒四喽。他把那白色软膏每天只搽一回，而把那灼烫排脓的黄色软膏昼夜不停地搽。他一连搽了两个礼拜。可是最不可思议的是那家伙居然痊愈了，尽管他傻得用错了药，竟然痊愈了。一点疤痕都没有留下。真是一头公牛，一头壮实雄健的公牛！任凭他怎样不管三七二十一往脸上胡搽，他居然好了。他今天晚上给我看了他的脸，不要说疤痕了，就是连一道皱纹都没有留下。真是走运，真是侥幸，真是活见鬼！他这样胡搽原本会造成终身毁容的恶果，可是那小伙子听了这话连眼睛都不曾眨一下。现在要给这家子的主妇那个女人看病了。她病恹恹的，浑身不舒服，疲怠虚弱，头晕目眩，焦虑烦躁，脾胃胀痛，头晕耳鸣，真是病势不轻哇！"洗个澡，"我吩咐说道。"洗个澡，往你自己身上洒点水把浑身污垢都冲洗干净，真是见鬼。然后煎块小牛肉吃使你皮包骨头的身体上长点肉。再把窗户打开让屋里通通风有点新鲜空气。不要老待在潮湿阴冷的屋里出去走走。快把约翰·阿伦特的那本巫术邪术扔掉，干脆烧掉拉倒！"我如此这般嘱咐了一番。"不过最要紧的是洗浴、淋浴、再洗澡。要不然的话，我的药对你不见得有多少功效。"哎呀，小牛肉她可吃不起，这倒是句大实话。那么就先洗澡吧，她还真洗澡了，洗下来了不少污垢，直到她受不了为止。她冻得浑身簌簌发抖，牙齿直打战，她浑身裹着的那一层污垢一洗干净便冷得扛不住了。浑身干干净净反倒叫她受不了，于是只好泼水停浴。那么后来呢？后来她抓起一串铁链往自己颈脖上套进去，就是那种所谓的镇风湿避邪气的锁链，也叫作伏尔塔十字架的玩意儿。我向她要来看看那东西：一个小锌盘、一片破布、一两个大铁钩子、一两个小铁钩子，统统就是这些。"真见鬼，这些破玩意儿对你有啥用？"我说道。哦，还真管事儿，一戴上去就舒服多啦，缓解了她的头痛还使她重新觉得有了点暖意。哦，真的，那些钩子和那个锌盘已经使她舒服多啦！你说对这号人有什么法子？我哪怕随便拣一根木棒来啐上一口口水，送给她再告诉她说这根棒棒已经施过法术可以包治百病灵验得很哪，她也会从心底里相信保准管用。可是要想跟她说清道理那真是休想。"把这些破玩意儿扔掉，"我说道。"要不然我就不给你治病了，我就扔下你不管了。"你猜她怎么着？她紧紧捏住她的锌盘，却叫我滚。嘻嘻嘻，她居然叫我滚！我的老天爷哪！真是气人，当医生的居然敌不过走江湖的巫师……

医生端坐在那里心情愤愤不平地啜着咖啡。他的妻子同纳吉尔相互交换了一个会意的眼色，笑吟吟地说道："纳吉尔先生却同那个村妇一样地心诚则灵哪，方才你来之前我们正在议论着。纳吉尔先生不相信你的那套科学。"

"什么，纳吉尔先生居然如此！"他回答得十分唐突无礼。"唉，纳吉尔先生究竟相信什么那只好悉听君便。"

医生默默无话自顾自慢悠悠地啜着咖啡，似乎由于碰到了这几个浑噩无知的村愚而窝了一肚子火，更因为受到了坏病人不肯听话并且顶撞了他而恼火不已所以独自在生闷气。他对人人都看着他也觉得忍受不了。"想点什么花样，出来玩玩好不好！"他说道。不过喝完咖啡之后他情绪渐渐地又开朗起来。他同达格妮聊了一会儿，又同那个来接他去出诊的划船汉子开了几句玩笑。不过他依然对这次出诊的遭遇耿耿于怀，过了一会儿又把话题拉了回来，大叹当医生的苦境并且再次大发其火。他实在无法忘记病人错用软膏的过失；这全都是粗野不开化、迷信和白痴愚蠢行为。总而言之，在普通百姓中间愚昧无知已糟糕到惊人的地步。

"不过那个人毕竟还是好了不是！"

达格妮说了这句话，医生恼火极了恨不得咬她一口。他把腰板挺得笔直。那个人是好了，那又怎么样呢？这并不排除平民百姓中间确实存在着可以激起公愤的愚昧无知。那个人固然是好了，但是万一他把整个下巴颏儿都灼烫烂了呢？难道她是想要为那家伙像头蛮牛一样的愚蠢辩护吗？

那个乡巴佬完全不听从他殷殷嘱咐，自己错用药膏还居然痊愈了，这桩意外的挫折害得他大丢脸面下不了台，他对此事看得很重，一直耿耿于怀愠怒不已。他眼镜背后的那双眼睛平日里总是温文尔雅的，此刻却迸发出狂怒的火花。他居然会浅沟里翻船！且不说那个锌盘和喝令他滚出去等等的老大不痛快。他喝完了咖啡又闷闷不乐地喝了一杯烈性酒，这才缓过劲儿，脑筋不再纠缠在那档子窝心事情上，他忽然说道：

"杰塔，我给了方才来摇船载我去出诊的汉子五个克朗，你知道了就行，我素来出手大放。哈哈哈，我从来不曾见过那样的家伙，他裤子的后裆都快磨成丝缕缕啦。可是他浑身有使不尽的力气，摆出一副与世无争的架势，多给少给点都毫不计较。他一路划船一路歌唱。他还坚信他要是站在埃特约山峰之巅只消伸出他的钓鱼竿往上指指就可以捅破天。我对他说：'那你可够不着，你还非要踮起脚尖来不可。'这句话他就听不懂了。他把这句开玩笑的话当起真来，他咒天诅地说道他可以跟别的任何人一样踮起脚尖。哈哈哈，真是闻所未闻！他真是令人发噱。"

最后安德雷森小姐终于站起身来要走了，于是大家都站起身来告辞。当纳吉尔向男女主人告别时，他感谢得那么衷心热烈，那么发自肺腑，以至于医生尽管在最后一刻有点生他的气，这会儿也变得心平气和了。"欢迎很快再来！再来支雪茄怎样？""不，不必再点上一支。"医生逼得他只好折回身去又点燃了一支新的雪茄。

在那当儿，达格妮已经围好披肩站在台阶上等着了。

八

白夜

一个美好的夜晚。

街上仍旧可以见到两三个行人，他们看起来都兴高采烈心情欢快。在教堂墓地，有一个汉子推着独轮手推车过来，柔声哼着歌。除此之外万籁俱寂悄无声息，他们入耳所闻的就只有这歌声。从医生住宅附近的坡地上居高临下放眼眺望，但见整个城市宛似一只硕大无朋而形状奇异古怪的大爬虫，一只神话传说中的怪诞不经的大虫子，四仰八叉地平躺地上，把它的肢爪、触角和触须蜿蜒伸向四面八方，仅仅这里那里有点脱节断线接不上茬儿，或者把爪子往里缩了进去。——靠海边有一条细小的蒸汽流悄无声息地滑过海面，沿着海湾迤逦而行，在深色的水面上划出一道黑白分明的沟壑。

纳吉尔的雪茄青烟袅袅。他一边走一边呼吸着青草树木的芳馨薰香，一种浓郁的满足感、一种强烈的殊非寻常的愉悦感油然而生，他不禁热泪盈眶，几乎透不过气来。他居然同达格妮并肩偕行，虽然她一直闷声不响。在走过教堂墓地之后，他曾开腔说话，盛赞了医生两口子几句，可是她却没有搭理。今宵何夕，夜的宁静恬适和朦胧的美

122

景使他如此深深地陶醉，使他如此深受感染浸濡，以致他呼吸加快，双眼蒙上了一层水雾。哦，这白夜，何等良宵美景呵！"只消看看，那边远处起伏绵延的山峰是何等清晰入目啊！"他扬声说道。"我是那么快活，基兰德小姐，务请你不要介意今天晚上多让着点我，你知道我这个人一高兴起来就会惹事闯祸。你看见那些松树，那些岩石，还有一丛丛的青草和一簇簇的杜松灌木吗？在这夜色如画的朦胧光线里，它们看起来活像坐着的、站着的大活人一样。夜晚是那么清凉澄澈，稍有一丝寒意，但是却并不使我们感到压抑忧郁，并没有觉得有什么神秘的不测之虞，也根本没有什么秘密正在酝酿以及要有闹乱子的危险。难道不正是这样吗？这会儿千万别绷着脸，不要被我缠得你心烦，你千万不要气恼。我觉得就好像有好多天使在我心头飞翔而过唱出了一曲动人的歌谣。我吓着你了吗？"

她早已站停脚步不再往前了，这就是为什么他问是不是吓着她了。她美目流盼，湛蓝色的大眼睛瞟了他一下，不禁粲然一笑，旋即收敛笑容，又板起脸来说道："我一直在揣摸你到底是什么路数的人。"

她说这话的时候仍然伫立不动，用双眼打量着他。在整个这段路上，她就开口讲了这句话，讲话的声调既清脆却又带有颤抖，仿佛她是又怕又喜。

随后他们之间开始交谈了，虽说他们俩走得很慢，但是直到走出森林尽头还在唧唧哝哝说个不休，谈话从一个主题跳到另一个主题，从一种情绪变化到另一种，不知怎的他们俩都觉得有一种感情上的焦躁不安。

"你一直在揣摸着我，是吗？真的吗？不过我大概也在揣摸你，而且心仪得很久了。我来到的时候就已经久仰大名，我在蒸汽轮船上就已经在无意中听说过你的名字，因为我碰巧听见了别的人的交谈中提到你。再说我是在 6 月 12 日上岸的，6 月 12 日……"

"什么，你说你是 6 月 12 日来的吗？"

"是的，那天我看见全城到处旗帜飘扬，我想这个小城真是讨人喜欢，于是我便下船上岸来到了这里。不久之后我听到了更多的关于你的事情……"

她笑嘻嘻地问道："是嘛，我猜你多半是从米纽坦恩那里听来的吧？"

"不是，我听说你被人人所喜爱，被全城所喜爱，你受到所有人的崇拜……"忽然之间纳吉尔想起了那个为她殉情自杀的学神学的卡尔森。

"告诉我，"她问道。"你方才说的关于海军军官的那番话是出自真心的吗？"

"是呀，怎么啦？"

"没什么，我们想法一致的。"

"为什么我说的不是真心话呢？我对他们抱有热情，我向来如此。我羡慕他们自由自在的生活、他们的漂亮制服、他们的蓬勃朝气和大无畏精神。再说他们当中大多半都是极其惹人喜爱、人缘极好的男子汉。"

"不过现在让我们来谈谈你吧，你到底同赖纳特推事有什么过不去结下了什么怨？"

"你说同赖纳特推事吗？啥事都没有。"

"昨天晚上你为了某个过节请求他原谅，今天晚上你几乎不曾同他讲过一句话。你是不是养成了老毛病总要先招惹是非把人人都得罪尽了然后再到处求饶赔不是呢？"

他莞尔一笑，低头看着路面。

"事情的真相是，"他回答道。"全怪我不好冒犯冲撞了那个推事。不过我敢肯定只要我有机会同他推心置腹地谈一次，那个疙瘩是可以迎刃而解的。整个事情经过是他在走进大门的时候推搡了我一下，我又过于急躁，发作了一下把话讲得太直通通了。那原本是鸡毛蒜皮小事一桩没啥大不了。在他来说是粗心大意的行为，可是我却小题大做，像疯了那样，马上跳起身来，追着谩骂他，把我的啤酒杯伸到他鼻子底下去恫吓他，还砸凹了他的礼帽。于是他就离开了，身为一个有教养的绅士他只好一走了之。不过事后我对自己的行为有失检点后悔莫及，我决心要做出弥补同他摒弃前嫌。当然我也找得出各种各样的借口。那天我太神经过敏了，而且恰好碰上了好几桩不痛快的事情。不过没有人知道这些事，再说也不便讲，所以我就索性把罪咎全都应承下来算了。"

他讲得毫不拖泥带水，没有半点支吾含糊，态度绝对坦白诚恳，好像尽量要力求做得不偏不倚。他的表情泰然自若并没有泄露出任何蒙哄隐瞒的冀图。可是达格妮猛然站停脚步，惊诧不已地逼视着他的面孔，冷冷地说道：

"不对……当时发生的事情根本不是这样的。我听到了另一种说法。"

"那是米纽坦恩在撒谎！"纳吉尔气急败坏地叫了起来，脸却涨成紫色有如在发高烧一般。

"米纽坦恩？我可不是从米纽坦恩那里听来的。你为啥总要往自己脸上抹黑，把黑锅往自己身上背呢？我是在集市广场听人说的，那个卖石膏制品的人告诉了我所有一切。他从头到尾都看见了。"

冷场。

"为什么你总是要往自己脸上抹黑呢？这真使我百思不得其解，"她继续说道，双眼没有从他脸上移开去。"我今天才听说了是怎么回事，这使得我心里真快活。就是说，我觉得你是个好样儿的，敢于见义勇为出头来打抱不平。而且一点儿也不欺软怕硬。这完全符合你的个性。要是我今天早上没有听到这个故事的话，这会儿我是不敢让你陪伴着走这么一段路的。我说的全都是真心话。"

冷场。

后来他开腔说话了："由于这件事现在你钦佩我了不是？"

"我不知道，"她回答说。

"哦，没错，你钦佩了。"

"听着，"他继续说道。"这从头到尾全都是一场胡闹。你是一位诚实的人。我蒙哄欺骗你是违心的；我不妨将整个事实告诉你。"

于是他就恬然坦荡，毫无掩饰地讲出了他心里是怎么蓄意谋划的。

"不瞒你说，我用我自己的方式介绍同那个推事之间的那场冲突的时候，我确实歪曲了一点事实，并且往我自己脸上抹了点黑。我之所以这样做从根本上来说——说到底——无非是出于纯粹的推测，想要碰碰运气，我尽可能要从这件事里捞到一点好处。你看我直言无忌，对你什么都坦白交代了。我估摸着迟早会有人把事情真相告诉你，这是势所必然的意料中事。既然我从一开头就把我自己说成坏得要命，所以我稳当当是赢家，可以赢得个大满贯。我既可以博得拥有见义勇为的伟大品格，又可以博得拥有宽容大度的高尚雅量，这真是一箭双雕再也没有什么能比得上的美事啦，难道你不同意吗？……不过这要做得成功全靠着先要来一个如此庸俗、如此粗鲁的蒙哄欺骗，那样你在听说真相之后才会大吃一惊。我觉得非要把这一切和盘托出用以弥补我的过失不可，所以我做了这番开诚布公的坦白忏悔，因为你是那么正直坦率值得我向你做出老实交代。可惜我玩了这一招儿究竟能落下什么好处呢？看来结果当然只会是把你从我身边推向千里之外，害得你见了我就忙不迭退避三舍，真是枉费心机可悲可叹。"

她的那双明眸一直盯住了他，她在细细品味这个人，掂量捉摸他讲的每一句话，反复思考想要形成一个看法。她究竟应该相信他讲的话吗？既然他如此开诚布公，那么他究竟用心何在？忽然之间她又停住脚步，双手一拍，爆发出一阵清脆响亮的银铃般笑声。

"哎呀，你真是我所见过的脸皮最厚的家伙！想想看，居然说得出口这样的事情，一桩比一桩更令人作呕，而且还绷着脸装出一本正经的样子，无非就是想把自己骂得不像个人样儿。可惜你机关算尽却终究无法自圆其说，还是到处露出马脚来！我从来不曾听到过这样悖谬之极的荒唐话。请问你怎么十拿九稳料准了我迟早一定会弄明白这桩事情的真相呢？快讲给我听听！哦，算啦，住嘴吧，什么话也甭说了，说出来也只不过又是一句谎言而已。呸，你真卑鄙，哈哈哈，哈哈哈。不过听着：既然你蓄意谋划，盘算着该这样做，把每桩事情都安排得熨帖妥善，为的是捞到你想要到手的好处，那么为啥你后来总是要自我交代你的欺诈哄骗，或者拿你自己的话来说，作了开诚布公的忏悔，从而把这些谋划全部都揭穿老底呢？昨天晚上你分明玩的就是这一套同样的把戏。我真的弄不懂你。你怎么能把所有别的事情都蓄意谋划得万无一失，到头来却偏偏没有算到你自己会露馅交底呢？"

他决不肯轻易言败，略为思索片刻便回答说道：

"其实我在通盘筹划时已经算到了这一点，你自己也可以明白过来。当我忏悔的时候，就像此时此刻我正在做的那样，我其实并没有冒什么风险，起码没有多少就是了。你看，首先我估摸着那个听我做忏悔的人不见得一定肯相信我，比方说你吧，此时此刻就压根儿不相信我。那么会造成什么后果呢？没错儿，其结果必定是我的赚头会翻一番，我会赢得盆满钵满，我会赢得有如雪崩一样财源滚滚而来，我的伟大品格会变成高山仰止那样不得了。是的，再说其次，退一步来说，万一我真的碰不上运气当不上赢家的话，也就是你果真相信了我的话，你正在摇头，对吗？哦，千万请不要摇头。我通常是按照这一推测假设来行事的，那么我可以向你保证我总是笃定能有好处到手。要是你相信我的忏悔都讲的是真话，你起码会对我的直率坦诚留下深刻难忘的印象。你会说，嘿呀，他害得我上了一当，不过他事后向我说明白了，其实他原本用不着告诉我的。他的脸皮之厚真是神秘得不可思议。他绝对没有闪避毫不闭口不谈哪桩事情。他的直言不讳反倒使我深信不疑他的坦白交代！简而言之，我逼得你狠狠瞪着我，逼得你把你的好奇心全都放到我的身上来，我惹得你气恼发怒。一分钟之前你还在自言自语说道'我真弄不懂你！'听听，你说出这句话来就是因为你在煞费脑筋一心想要破解我究竟是什么样的人。这又使得我心痒难禁，确切地说其实是使我心头泛起一丝甜蜜。所以甭管怎么说，我反正赢到了好处，不管你信还是不信。"

冷场。

"你口口声声这么说无非是要我相信,"她说道,"你的骗人鬼话,你的花言巧语都是老谋深算,事先都已经筹划考虑得天衣无缝,对吗?你早已料到你会碰到措手不及的偶然变故,所以连防范应付的对策也事先考虑得一周二到,对吗?哈哈哈,哈哈哈!你说出口的随便哪句话都不再会使我感到吃惊意外了,从现在起我有了思想准备你爱说啥都无所谓了。算了吧,别再多费口舌了。反正你比一个睁眼说瞎话的说谎者要远远坏得多,你真狡猾透顶。"

他依然固执己见一点都拗不过来,说她下了这个决心之后,他的高尚品格更加有如一座高山般凸现出来。为此他要多谢她啦,嘻嘻嘻,嘻嘻嘻。他今天晚上旗开得胜获取到手他原本早已算计好想要得到的一切成功。这都全仰仗她太善良太好说话的缘故……

"行啦,"她打断了他。"此后再见分晓吧。"

不过这一回却轮他站停了脚步。"我再一次告诉你我使你上了当!"他说道,两眼炯炯地盯住了她。

他们俩四目相视对看了一会儿,她的心开始突突地加快跳动,她的脸色变得相当苍白。她不禁感到怀疑:为什么他那么看重此事非要让她相信他是无可救药的再坏不过的坏蛋呢?他在别的事情上处处心甘情愿地做出让步,可是偏偏在这一点却犟劲十足寸步不让。他怎么这样冥顽不灵,这样愚蠢鲁莽!她恼羞成怒,粗着嗓门说道:

"我真无法理解你为什么在这一路上要把你满肚子坏水统统朝我泼过来。你不是答应过要好好对待我的吗?"

她这一回是真的光火了,她已经被他的顽固不化弄得不胜腻烦连脑袋都开始发胀了。他的那份傲慢狂狷、他的那份顽固执拗反倒使得她一时间拿不定主意了。她觉得自己这样莫名其妙地被他胡搅蛮缠一通是遭到了戏弄受到了侮辱。她嗔怒不已，边走边用手拍打着她的阳伞。

他顿时吓慌了神，赶紧讲了许多毫无用处的讨好俏皮话来对此做出解释。最后她终于又破颜一笑，并且让他明白她没有把这事情当真。他的确是无可救药，而且也会一直是无可救药，再说是他自己想要无可救药的。行呀，他要是觉得这样闹着玩十分有趣很中他的意的话，那么悉听君便，他不妨自己再玩下去好了。不过这会儿不许再提到一句他脑袋瓜儿里那个一成不变的想法，一个字也不许提……

冷场。

"这里是我们初次相遇的地方，"他说道。"你可记得吗？我决计忘不了。你逃走的时候那种翩若惊鸿飘逸似仙的姿势，真像一个林中仙女，一个圣迹显灵般的幻觉……不过现在我想讲给你听一桩我亲身经历的奇遇。"

说是奇遇其实很无趣，讲起来也不消多长时间。有一个秋天的夜晚，天气尚还温和，那是八年前在1883年的事情。他当时住在一个小城里，不是在挪威，至于究竟在什么地方那无关紧要。他坐在他自己的房间里，背对着房门在看书。

"你点灯了吗？"

"点了灯，屋外夜色已经漆黑一片。我正在看书。后来有人在外面走动，我能够清晰地听见上台阶的脚步声，我也能听见有人在敲我的门。'请进！'没有人进来。我打开房门……外面没有人。也没有任何迹象表明有人来过。我摇铃召唤侍女。有人从这个楼梯上来过吗？没有，没有人爬过楼梯哇。'好吧，谢谢你，'侍女走了出去。

"我重拾旧章继续念下去。后来我忽然觉得一股凉气，似乎有人在喘气呼吸。我耳际响起了轻声低语'来！'我抬起头来朝四处看看，房间里没有一个人。我又继续看我的书，不过心里烦得要命，情不自禁随口咕哝了一句'真是活见鬼'。此言一出，我就看到在我身边站着一个个子矮小脸色苍白的男人，他蓄着红色的胡须，一头蓬松乱发像是倒竖的硬毛一样。那个男人站在我的左首。他朝我眨眨一只眼睛，我亦报之以朝他眨眨眼睛，尽管我们以往彼此不曾见过面，但是我们却相互眨巴眼睛。我用右手把书合上，那小个子朝着房门那边挪动身子倏忽不见了。我一直目送着他，看着他从我眼皮子底下消失了踪影。我这才站起身来走到房门口，我耳际又响起了那个轻声低语的声音'来！'行呀，来就来怎么着。我披上了外衣，套上套鞋，走了出去。这时候我念头一转，你该点支雪茄呀，于是我返身回到我房间里点上一支雪茄，还顺手往口袋里揣上了几支。天晓得我当时究竟为什么要这么做，反正我那么揣上了几支，转身就走了出来。

"外面一片漆黑，伸手不见五指，我什么东西都看不见，但是我可以感觉得出来那小个子就在我的身边。我伸出双手在周围摸索想要一把揪住他，我铁了心非要把他抓住不可，便坚持不懈地四处搜寻，除非他开腔求饶我才肯歇手，可是却怎么也找不到他。我甚至在黑暗中朝他眨巴眼睛巴不得他能够看到，可是都无济于事。'没啥了不得，'我说道。'我又不是为你的缘故才出来，我是为了我自己才出来的，我是出来溜达溜达的，我出来走走散散步。'我大声讲道。这样他大概能够听见我的话。我走了好几个钟头，已经走到乡下来了，走进了一个森林，我感觉得到带着露水珠儿的潮湿树枝和树叶在抽打我的脸。'算啦，'我终于说道，一边掏出怀表来装作看看钟点的样子。'算了，我回家去吧！'但是我却并没有朝回家的路走，我无法转回身去，有一股巨大的力量在驱使着我，把我推得鬼差神使般往前走。不管怎么说我只好安慰自己说天高气爽熙和宜人，在这么一个好天气里你可以走上一个或者两个夜晚，你反正有足够的时间！话虽如此，可是我已经疲惫不堪而且周身被露水所湿透。我点起了一支雪茄，那小个子仍然在我身边，我可以感觉得到他在朝我身上吹着气。我只得身不由己地往前走，不管朝哪个方向都行就是能返身往回朝城里去。我的双脚开始隐隐作痛，我的双腿被露水浸泡得湿漉漉，一直湿到膝盖，我的脸被潮湿的树枝抽打得痛得不得了。在这样一个半夜三更我居然在遛弯儿兜圈子，真是匪夷所思，我对自己说。话又说回来，我从小就养成习惯，喜欢挑最大的森林在晚间一头扎进去，在林间绕圈溜达。我咬紧牙关，奋力向前仍旧脚不停步走下去。后来城里的教堂钟声响了，钟敲十二点，一下、两下、三下、四下，一直到十二下，我一下一下数着钟声。那个熟悉的声音使得我精神振作情绪高涨，又同时使得我沮丧不已，因为我发现尽管劳碌奔波了这么老半天，我竟然没有走出城镇，可以说几乎是在原地踏步不前。嘿呀，教堂钟声刚敲完十二下，那小个子神形兼备地出现在我面前，他笑眯眯看着我，他那副神采奕奕的模样真叫我终生难忘。他有两颗门牙掉了，双臂挽在他背后……"

"且慢，既然四周漆黑一片你怎么能看得见他呢？"

"他浑身闪闪发亮，他是被一种似乎是由他身背后发出来的光芒所照亮，一种光芒由他身背后朝向四周扩展开来，把他照映得通体明亮叫人看得一清二楚，甚至他身上的衣服也像白天那样分明，他的裤子已经快磨烂了而且也太短了。我是在一秒钟里看清这一切的，因为那光芒真着实把我惊吓了一下，我不由自主地闭上了眼睛，并且本能地往后倒退了半步，待到我再睁开眼睛那小个子已经踪影全无……"

"啊……"

"还有下文哪！这时候我已经走到了一座教堂钟楼面前，我脚步踉跄、跌跌撞撞地走了进去；我愈来愈能在暗中看清物件了。这是一座八角形的塔楼，就同雅典的'风之塔'一模一样，要是你见到过那座尖塔的画片的话。我从未听说过在那座森林里有这样的一座塔楼，然而眼见为实：我明明站在这座塔楼跟前。我又听见了一声'来！'，于是我便走了进去。我进去之后，大门并没有在我身后关上，这使我放心得多。

"在钟塔楼里的拱道上我再次同那小矮个子相遇了。有一面墙壁上点了一盏灯，在灯光下我能够把他看得更清楚；他朝着我迎了过来，仿佛他一直就待在那里面不曾出来过似的，他站在那里直怔怔地瞪着我，嬉皮笑脸地在偷偷窃笑。我直视着他的那双眼睛，我觉得他的眼神里包容着他毕生之中用这双眼睛曾见到过的所有令人毛骨悚然的可怕东西。他又朝我眨眨眼睛，可是这一回我不再报之以眨眼睛了，他朝前进一步我便朝后退一步。忽然之间我听见身背后有轻微的脚步声，我转过脸去，看见一个年轻女子进来。

"我看着她，心头掠过一阵惊喜。她一头秀发赤红似火，一双黑色大眼睛滴溜滚圆，不过她身上穿着破烂不堪，光着双脚走在石板地面上。她的双臂赤裸在外，肌肤平滑腴润全无半点瑕疵斑痕。

"她细细端详了我们两个约莫半晌工夫，接着先朝我深深一躬到底，然后走到那小个子身边。她一言不发解开了他的衣服纽扣，伸手就上下前后周身摸了一遍，好像她在搜查什么东西。果真给她找到了，她果然从他的外套衬里中抄出来一样正在燃烧着的发光物体，那是一盏明晃晃的小风灯，如今挂在她的手指上。这盏风灯发出的光芒远远明亮得多，墙上的那盏灯显得黯然无光了。那小个子站着不动，如同在遭到抄身搜检之前一样仍然在偷偷窃笑。'晚安，'那个女子说道，伸手朝一扇门指指，于是那小个子，那个可怕而神秘的半人半兽便乖乖地走了，只剩下我独自面对着那个新来者。

"她朝我走了过来，又对我深深一鞠躬，然后她既不带笑容也不提高嗓门问道：'你从哪里来？'

"'从城里来，好姑娘，'我回答说道。'从城里一直走到这里。'

"'陌生人，原谅我的父亲吧，'她冷不丁说道。'千万不要由于他的缘故而伤害我们父女俩。他有病，他是个疯子，你从他眼神里就可以看得出来。难道不是吗？'

"'是的，我看到了他的眼神，'我回答说道。'我觉得那眼神有股子邪乎劲头，叫人身不由己地跟随他走，我就是这样稀里糊涂地跟他来到了这里。'

"'你在哪儿碰见他的？'她问道。

"'在家里，在我的房间里，'我回答说道。'当他进来的时候我正在看书！'

"她摇了摇头，低垂下双眼。

"'不要为了这件事而感到过意不去，好姑娘，'我说道。'我很高兴出来遛遛，我又没有失去什么，更没有什么可惜的，我遇见了你，满心欢喜都来不及哪。为什么你也不笑

一笑？'

"可是她却没有露出笑容。她说道：'脱下你的鞋。你今天晚上甭走啦，我替你把衣服烘烘干。'

"我低头看看我的衣服，浑身湿淋淋没有一处干的地方，我的那双鞋已渗出水来了。我按照她的吩咐做了，把我的鞋脱下来递给她。但是我把鞋递给她之后，她就一口气吹熄了那盏灯，说道：'来！'

"'等一等，'我说道，伸手阻止了她。'既然我不是睡在这里，那么你又何必立时三刻这会儿就叫我把鞋脱下来呢？'

"'那个你就用不着知道了，'她回答说道。

"她愣就没有告诉我。

"她领着我穿过一扇门，走进一间黑房间，那里面发出一阵阵呼哧呼哧的声音，仿佛有人气咻咻地在嗅着我们的气息。我感觉到有一个柔软的手指压到我的嘴唇上，那个姑娘的声音旋即响了起来，声音响亮清脆：'是我呀，爸爸。那个陌生人走了，走了。'

"可是我又一次听到呼哧呼哧的声音，分明是那个面目可憎体态畸形的疯子仍在嗅闻我们的气息。

"我们往上走了一段楼梯，她一直牵着我的手，我们两人谁都没有开口说话。我们走进另一间拱顶的房间，四周没有一丝光线，到处是黑沉沉的夜。

"'莫出声！'她悄声低语说道。'这边是我的床。'

"我摸索寻找那张床，终于找到了它。

"'现在把你身上剩下的衣服全都剥下来，'她悄悄耳语吩咐道。

"我遵命行事，把衣服全都脱下递给她。

"'晚安,'她说道。

"我一把将她拉回来,央求她留下来:'等一等,千万不要走。现在我明白过来方才你在楼下为什么叫我把鞋脱掉。我一定不会弄出动静的,你父亲听不见我的,来吧!'

"她没有来。

"'晚安,'她又说了一遍就离去了……"

达格妮此刻已经满脸涨得通红如火烧般滚烫,胸脯起伏不已,她的鼻翼急促翕动。她一时情急竟脱口而出问道:"她走了吗?"

冷场。

"我的午夜惊艳奇遇到这会儿就变调了,变成了一个神话故事,一个玫瑰色的追忆。你想想,一个白夜,一个白夜……且说那会儿我孤身一个,被四周黑暗所笼罩,那黑暗厚实而浓密就好像天鹅绒一般将人劈头盖脸紧紧裹住。我已经累极了疲乏得双膝止不住打哆嗦,而且觉得头昏脑涨。那个疯子真不像话,领着我在潮湿的草地兜了好几个钟头的圈子,领着我转悠而我活像一头不会说话的畜生只会盲从他的眼神和那句'来,来!'的口令行事。下一回我非撕破他手里的风灯砸烂他的下颌才解心头气!我愈想愈生气,恨声迭迭之中点燃了一支雪茄上床去。我躺在床上看着我雪茄的火光,发了半晌愣,后来我听见大门'砰'的一声响,一切都归于沉寂。

"十分钟过去了,千万记住:我是仰躺在床上,睁着眼睛醒着在抽一支雪茄。

"突然之间,拱顶上充满了窸窸窣窣的嘈杂声。我赶紧以肘支床抬起身来把雪茄掐灭。我在黑暗中朝四周瞪圆眼睛瞅了一通,啥也没有发现。我又躺了下来侧耳细听。我似乎听见很远的地方有某种声音在啾啾唧唧作响。一种奇妙不已的成千上万个喉咙里发出来的乐声从我身体之外的某个地方飘溢，也许从万籁俱寂的天际飘移下来，成千上万个嗓音汇成珠圆玉润的婉转歌声，轻柔悠扬得真是声如天籁。这一乐声延绵不断，飘移得愈来愈靠近，到了后来就在我头顶上洋溢起伏，就在塔楼屋顶上萦绕回荡。我又支着肘抬起身来。于是我看到了时到今日，一想起来依然如同甘泉凛冽的心曲一般，令我陶醉的一种见所未见的超自然的、神秘的现象：一束流光溢彩忽然降临到我头上，这个光速是由光怪陆离的小人儿组成的，他们个个都是天使，成千上万、数不胜数的纯白色的小天使，无数个天使从上往下蜂拥而来，他们组成了一道呈斜矩形的光墙。他们把拱顶都挤满了，少说也有上百万吧，反正是无数个吧，他们在房里从天花板到地板无处不在，像波浪一样地飘浮蠕动。他们一边浮动一边唱着歌，他们唱呀唱呀唱个不停。他们个个都是赤身裸体，个个都浑身雪白。我的心静止如水，到处都是天使，我倾听他们的歌声，而且非常真切地听见了他们的曼声轻歌。他们扫过我的眼睑，他们钻进我的头发里。整个拱顶都氤氲弥漫，充满了他们小嘴里吐出来的芬芳馥香。

"我靠双肘支撑倚坐在床上，朝他们伸出手去，有的居然星星点点落在我手上。可是当我侧身凑近他们朝他们双眼细看时，这才发觉原来他们双眼全都是瞎的。我放走了这一拨七个，又逮着了另一拨七个，他们也全是瞎的，天哪，他们全都是瞎的，整个塔楼里充满了唱着歌的瞎眼天使！

"我僵卧不动，看明白了眼前的景象之后几乎连气儿都喘不出来了。一股悲痛的冲动在我心灵上油然而生，我为这些瞎了的眼睛而伤心哀怨。

"一分钟过去了。我正躺卧在那里谛听着动人的歌声之际,猛然间一声如同闷雷般的深沉响声不知从什么地方敲响了。那响声是如此清脆听得叫人毛骨悚然,而且余音袅袅,久久回绕。这是城里报时的钟声敲响了。钟敲一点整。

"天使们的歌声顿时戛然而止。我看着他们排成整齐队形飞走了。他们一群群密集在天花板底下如同一面熠熠发亮的光墙,顶开天花板便飘逸出去了。我目送他们离去,他们所有人在临别之前都扭头朝我看。最后的那一个又转过脸来再多看我一眼,尽管他和他们一样都是瞎的。

"这是我记得的最后一个情景:那个天使扭过头转过脸来朝我看了一眼,尽管他是瞎子。随后我一头倒在床上睡熟了……

"等到我醒来时,那已经天光大亮了,我仍然独自躺卧在拱顶穹窿之下,我的衣服叠得整整齐齐放在床前的地板上。我伸手去掸了掸我的衣服,还有点潮气,不过我还是把它们穿上了。后来房门推开,前一夜见到的那个少女再次现身。

"她径直走到我的面前,我问道:'你从哪儿冒出来?你昨晚在哪儿过夜的?'

"'在那上面,'她回答道,伸手指指塔楼屋顶。

"'难道你一夜未睡?'

"'没有,我没有睡,我在熬夜守着哪。'

"'可是昨夜你听见音乐了吗?'我问道。'我听见了美妙得无法用言辞讲得出来形容。'

"'哦,是呀,那是我在弹琴唱歌,'她回答道。

"'是你吗?告诉我,姑娘,真是你吗?'

"'是我呀。'

"她把手伸给我，说道：'来吧，我送你一段路。'

"我们两人步出塔楼，走进了森林，手牵着手。阳光把她的满头金发和她的那双大眼睛辉映得令人心荡神移。我情不自禁地伸出双臂把她拥在怀里，在她额头上吻了两下，然后跪倒在她面前。她用颤抖的双手解开她头上戴着的黑色蝴蝶结，把它缠在我的手腕上。可是她在这样做的时候却忽然间悲不自胜竟嘤嘤哭泣起来。'你为什么哭了？'我问道。'要是我做了什么伤害你的事情，请原谅我！'

"可是她仅淡淡地回答道：'你看得见城里了吗？'

"'不能，'我回答说道。'我看不见，你看得见吗？'

"'站起来。我们走吧。'她说道，领着我继续往前走。走呀，走呀，她再一次停住了脚步。我把她紧紧地抱住在我胸前，说道：'你使得我爱上了你，你给我怎样的幸福呀！'

"我感觉得到她在我怀里浑身簌簌哆嗦，但是她却仍旧淡淡地说道：'我要回去了，这会儿你看得见城里了，难道不是吗？'

"'对呀，'我回答说道。'你大概也看见了吧？'

"'没有。'她回答说道。

"'为什么没看到呢？'我不胜惊诧。

"她抽身离开了我，用她那双大眼睛瞅了瞅我，在离去之前对我深深地鞠了个躬算是告别。她走出几步开外，又转回身来再朝我看。

"这下子我才看明白，她的双眼原来也是瞎的……

"到这会儿工夫已经足足十二个钟头过去了，可是对我来说这段时光竟一掠而过，成了逝水不再的回忆。我不知道他们父女俩究竟怎样了。我坐立不安，用拳头捣着自己的脑壳责问自己：眼看十二钟头过去了，而你却仍一筹莫展，他们大概居住在这里哪个地方。他们只不过深居不出隐藏起来而已，我一定找得着他们。我非要找到他们不可……

"又一个夜晚来到，一个温和宜人而黑暗阴沉的秋夜。我坐在我的房间里，手上拿着一本书。我朝自己的双腿看看，它们看上去依然潮湿乎乎，我把眼睛转向手腕，赫然入目的是我手腕上缠着的那个黑色蝴蝶结。所有这一切都是千真万确的。

"我摇铃召唤侍女，问她这里附近一带可有一座塔楼，在森林某个地方，一座八角形的黑色塔楼。使女点点头回答说道：'有哇，倒还真有一座那样的塔楼。'……'里面有人住吗？''有人住哇，有个老男人一直住在那里，不过他病得不轻，他是中了邪被蛊惑住了。大家都管他叫"鬼火小老头"来着。鬼火小老头有个女儿也住在那座塔楼里，除了那父女俩再也没有旁人住在那里。''很好，谢谢。'

"于是我便上床。

"第二天一大清早，我便动身出发直奔森林里去。我沿着相同的路，看到了相同的树木，而且我终于找到了那座塔楼。我走进大门，亲眼看到了一场叫我呼吸立时停止的景象：在地上躺着那个盲眼姑娘，脑浆迸裂，肢体狼藉，是从高处跌落下来已经摔死了。她僵直地躺在那里，嘴巴张开，在太阳下她的金色秀发染成一片血红。在屋顶边沿上，她裙子上的一缕碎布条依然迎风飘扬，那是她摔下来的时候钩住在屋檐上的。屋檐底下的卵石甬道上，那小个子也就是她的父亲在踱来踱去。他的胸脯一阵阵痉挛抽搐，由于悲痛而浑身战栗，他放声哀号，他大概实在想不出来要干什么事情，所以只好在她尸首身边来回徘徊，瞪大着眼睛连声干号。当他的眼光落到我的身上时，我在他那双令人毛骨悚然的眼睛面前吓得簌簌发抖，我转身就没命地逃回了城里，我吓坏了，几乎要支撑不住吓瘫下来，自此之后我再也不曾见过他……

"这就是我神话故事一般的历险奇遇。"

接下来是长时间的沉默。达格妮脚步蹒跚走得出奇地慢，双眼一直盯住着地面。最后她开腔说话："天哪，一场多么令人难过的古怪奇遇。"

又是另一段长时间的沉默。纳吉尔想方设法了好几次想要打破这种缄默无言的尴尬，他提到了森林之中深邃无比的宁谧恬静的氛围：

"你闻得出来这一片森林的草木清香吗？哦，咱们在这儿略坐一会儿好吗？"

她坐了下来，依然缄口不语，依然若有所思面容凄楚，一副郁郁不乐的样子，他在她对面坐了下来。

他觉得他责无旁贷，应该义不容辞地再鼓起他的如簧之舌使她高兴起来。他说道："说到底这其实并不真正是一个悲惨的童话故事，反倒是相当轻松愉快的。哎呀，若是印度神话那又另当别论喽。大凡印度的神话故事几乎一多半恐怖得叫人毛骨悚然，浑身都起鸡皮疙瘩，非要吓掉你的魂让你惊恐个半死不可。印度童话大抵分成两类：一类是超凡脱俗的头戴光轮赞美荣耀的，讲的是窖藏钻石的洞穴、隐居深山老林的王子、来自海上的妖媚诱人的美女、天兵神将和地妖山魔、珍珠筑成的宫殿、西天极乐世界的亭榭楼阁、驰骋天空的飞马和金银珠宝堆砌的森林，等等。另外一类则偏重于志怪灵异故事描述那些磅礴雄壮的气势、千载难逢的缘分和神怪玄虚的奇迹，等等。总而言之，东方人的才华是无可匹敌的，他们具有才华可以舒展自如地开动他们的发烧狂热般的脑筋，育出令人叫绝的幻觉妄想、创造出神奇的作品来。在这方面没有人是他们的对手，因为首先他们本来就在一个童话般的世界里生活，所以他们能够轻而易举地随口说出高山背阴处的妖魔鬼怪的宫殿，说出朗朗乾坤里的哑巴巨人，还有妖孽作乱天庭，饕餮啃嚼星星的巨大邪恶势力，等等。这全都是因为那里的人们生活在一个不同的太阳之下，他们素食，只吃果蔬不吃牛排。"

"可是难道我们就不曾有过我们自己的神话吗？"达格妮问道。

"有精彩得不得了的神话。只不过是完全另一种格调。我们没有那样一个可以光熠四射烧毁苍生万物的太阳。我们的山林女妖的传说故事是同土地不离不弃的，其实是待在地下的。这些故事是那些身穿皮衣裤、居在屋顶上装着排气烟囱的原木农舍里熬过茫茫冬夜的人的想象力所孕育出来的作品。他问她可曾念过《一千零一夜》？居德布兰河谷的传说故事①之所以脍炙人口乃是因为它们浸润饱含着农民的诗意气息和粗俗的想象力，它们才是我们的，是我们的精神。我们的神话故事不会听得人毛发直竖浑身打哆嗦，它们是心情舒畅、愉快有趣的，它们使得我们发笑，我们传统故事里的主人公并不是什么显赫荣耀的王子而是心眼儿

---

① 居德布兰河谷（Gudbrandsdal）是横贯挪威中部乌普兰郡的一道河谷，因其丰富的民间传说而闻名。挪威戏剧家亨里克·易卜生（Henrik Ibsen）的名剧《培尔·金特》（Peer Gynt）即根据该河谷流传的《培尔·金特的传说》改编而来。

多、耍计谋的教区执事。对不起，你说什么我没听清。哦，你问的是诺尔兰①传说故事，那难道有什么两样吗？否则的话，我们面对着大海的神秘和粗野的美丽岂非束手无策不知道怎么办才好了吗？多亏有了诺尔兰传说这类单桅帆船，它成为独一无二的传说故事的舟楫，成为一艘幽灵鬼怪般的幻象之舟把我们载向东方。请问她可曾见到过这样的单桅多帆的船吗？哦，没见过吗？此类帆船看起来好像有雌雄性别之分，而单桅多帆的小船是一头巨大的母兽，它绷得鼓囊囊的肚皮像是怀着幼崽，它的相当扁平的船尾就好像随时就想坐下身去。它的鼻子指向天空，好像想把风从四面八方招引过来……唉，我们居住得实在太靠北了。哦，这只不过是身为一个农学家的我对地理现象的鄙薄管窥之见而已。"

想必她对他喋喋不休的唠叨有点厌倦了，所以她那双湛蓝的大眼睛里流露出了一丝谴意，问道：

"究竟几点钟啦？"

"几点钟？"他心不在焉地说道。"一点钟刚过几分钟吧，夜尚未央，还早着哪，钟点又算得了什么。"

冷场。

"你对托尔斯泰有何高见？"她问道。

"我不大欣赏他，"他不假思索地回答道，果然毫无提防地咬下这个钓饵。"我不喜欢《安娜·卡列尼娜》，还有《战争与和平》，还有……"

"那么你对持久和平有何高见？"她笑吟吟地问道。

这个似嗔非嗔的问题出其不意地太煞风景。他一下子

---

① 诺尔兰（Nordland）系挪威靠西北的一个郡，位于北极圈内，面朝北海。是人迹稀少的拉普族混杂聚居区。

给喧住了，懵懵懂懂不知如何接茬儿才好，脸上表情霎时大变，张口结舌，满脸迷茫，狼狈不堪：

"你这是作何所指？……嘿呀，莫非我啰啰唆唆害得你腻烦得要命，对吗？"

"我是方才顺便想到的，我可以向你保证，"她匆匆补上一句，脸颊泛起了红晕。"你不用瞎猜疑，犯不上多心介意。事情是这样的：我们即将要举办一个义卖游艺会，一次晚间娱乐性活动来为国防经费作募捐。方才这桩事情刚好从我头脑中一闪而过。"

冷场。忽然之间他目光灼灼地盯住了她。

"我不妨直言告诉你，今天晚上我真高兴结果大概难免话匣子一打开就收不住了。我之所以得意忘形首先在于我有此荣幸居然能够陪伴着你散步到这里。不过使我高兴不已的也还在于今夜是我所见到的最美好的夜晚。我无法弄明白说清楚，就好像我成了这座森林或者这片原野的一部分，一棵松树上的一根株权，或者是一块石头，对呀，一块石头；为什么不是呢？不过是一块浸润满了围绕在我们周围的所有的幽幽清香和微妙的宁谧安静。看看远处天际，晨曦微露，已经有了一抹银色的天光。"

他们俩一块儿抬头朝那一缕白光的方向看去。

"今天晚上我也很高兴，"她说道。

她说这句话倒不是虚与委蛇，假惺惺地作态，而是按照她的自由意志，出于她自己的本能冲动，而且似乎对敢于说出这句话显得有点自鸣得意。纳吉尔朝她细细地察言观色了一番之后，认准了他的磨坊里要碾磨的东西还在源源不断地送来，出气的机会眼看要到手了。他不无神经紧张却又全凭一时间兴致所致地在圣·汉斯之夜这个话题上大做文章借题发挥，森林是怎样地迎风摇曳，松涛飒飒作响，远处天光破晓又是怎样地使他顿觉换了人间，新的力量以不可阻挡的势头在他心里蔓延开来使他浑身都有劲。正如格隆德维格 [①] 所唱："我们是阳光之子，欢庆黑夜已过去！"不过他要是滔滔不绝讲得太多惹她厌烦的话，他不知道可不可以用小草和细树枝来表演给她看看小草是怎样比树枝更强壮有力。只要逗得她高兴他什么把戏都情愿玩的。"看哪，让我指给你看看，那个最小的却留给我最深印象的东西。你看那边那一簇孤零零的红松，它岂不是在向我们频频点头，它的模样看起来是那么和蔼可亲。再看看那只蜘蛛，它把蜘蛛网从一棵松树上织到另一棵松树上。那些蜘蛛网看起来真像是一件精致动人的中国工艺品，就像一个个从水里钻出来的太阳。你难道没有觉得凉吗，没有吧？我深信此时此刻我们四周有着许多热情似火的小女妖在围绕着我们欢笑舞蹈，不过要是你感到寒冷我就生一堆火……哦，我忽然想起来：难道卡尔森不就是在这附近被发现的吗？"

这一句话岂不是给他方才中了她的招数出了怨气吗？他觉得自己真是无所不能呀！

她怫然作色，面带愠怒地回答说：

"不要去打扰他啦，我请求你。怎么扯到那事儿上去啦！"

"真对不起，"他忙不迭抱歉说道，见势不妙便立即往后退缩。"只不过大家都议论纷纷，说是他迷恋上了你，我想这不怪他……"

"迷恋上了我吗？难道他们还没说到他由于我的缘故才

---

① 尼古拉·格隆德维格（Nikolai Grundtvig, 1783—1872），丹麦诗人和教育家。

断送了他自己，用我的削铅笔刀来殉情自杀吗？哼，我们走吧。"

她倏地站起身来。她说话的口气有点黯然神伤，却丝毫没有窘迫局促或者故作镇静来为自己掩饰开脱。他莫名其妙惊愕之至。她明明晓得有一个她的崇拜者被她逼得走上了绝路，可是她却无动于衷，既不把这桩事情当成话把笑柄来渲染挖苦，也不利用它来抬高自己的身价。她只是以平常心态度之，把它看成是一桩令人悲痛的意外事故来说道说道，也就仅此而已。她的金色长卷发垂到她衣裙的领口上，她的双颊红扑扑显得分外亲切热情，洋溢着一股青春活力，而且由于被露华正浓的苍茫夜色所笼罩自有其朦胧之美。她走起路来柳腰款摆肥臀高翘。

他们俩走出森林来到一处明亮的开阔地。一只狗猎猎吠叫，纳吉尔说道：

"我们已经走到牧师宅邸了。它是多么巍巍壮观哪，在华盖亭亭的浓密森林之中有着这么一片宏伟的白色建筑物，还有着花园、狗屋和旗杆。小姐，难道你不感到日后你离开这个地方的时候你会想家害上思乡病吗？我说的是你结婚之后另居别处，不过这当然要看夫家住在哪里喽。"

"我根本没有往那处想过，"她回答说道。随后又加上了一句："到时候说不定我会为此而苦恼发愁的。"

"到时候你只怕高兴都来不及哪！"他说道。

冷场，她若有所思，似乎在细细玩味他的那句话。

"听着，"她说道。"你用不着对我在如此深夜同你一起散步而大惊小怪，我相信你还不至于。我们都历来如此的。你要知道我们这一带地方都是农民，都是大自然之子。我同教书先生时常沿着这条路边走边谈直到天光破晓。"

"那位教员？我觉得他好像是个沉默寡言的人。"

"不错，我必须承认大多半时间是我在说话，也就是说我在提出问题，他做出回答……你回到旅馆将做些什么？"

"做什么？"纳吉尔不解其意。"在我回去之后将做什么？我上床睡觉，嘿哟，一觉睡到晌午时分，睡得挺香，睡得像块石头，或者像个死人，连一次都不会起夜，也不会做梦。你将做什么呢？"

"不过你难道没有想到会躺在那里辗转反侧久久不能入眠，杂七杂八地思绪万千无法不想吗？你真的一下子就睡熟吗？"

"马上睡熟。难道你不是吗？"

"听哪，有一只小鸟已经在歌唱了。喔哟，时间要比你说的晚得多。我可以看看你的表吗？天哪，已经三点多，快四点钟啦！你为什么方才还说只有一点来钟？"

"请你原谅，"他说道。

她朝他瞅了一眼，没有流露出任何不悦之色，又漫不经心地说道："你用不着哄我上当，倘若我不乐意我才不会那么晚还待在外面，这是我说的大实话。我但愿你不要挖空心思往邪里多想。我没有多少娱乐活动可言，凡是我能够想得出来我都会伸出双手去接受它。从我们家搬到这里来之后，我一直是这么行为举止的，我想还没有地方可以让人戳脊梁骨的。当然我还是会听到什么风言风语，不过那没有什么关系，起码爸爸一直没有指责过什么，而我总是以我爸爸作为判断是非的准则的。来吧，我们再往前走一段。"

他们走过牧师宅邸，又走进另一侧的树林里。鸟儿已经纷纷啼啭，东方那一道白色天光正在愈变愈宽。他们之间的交谈变得杂乱无章，天南海北无所不谈。

后来他们转身朝向牧师宅邸街方向走来。

"我到家了，狗狗，"她朝那条正在奋力要从拴狗的皮带里挣扎脱身的狗招呼说道。"谢谢你送我回家，纳吉尔先生。这是一个极好的夜晚。现在我给我的未婚夫写信有东西可写了。我可以告诉他说你是那类事事处处同人人都闹别扭的人，他会吃惊得直发愣。我眼前就可以见得到他趴在信上，一副摸不着头脑的模样。他倒是与世无争从不同任何人顶撞的。真可惜你在这里的时候没有能同他碰上头。晚安。"

"晚安，晚安。"纳吉尔回答说道，目送她的身影消失在那幢宅子里。

纳吉尔摘下便帽拿在手里穿过树林。

他恍恍惚惚、心事重重，有好几回走着走着忽然站停下来，抬起头来目不转睛地盯住正前方，瞪眼看了半晌然后再迈出短促而缓慢的步伐。何等美妙的嗓音，她的嗓音何等美妙！有谁曾经听见过这样珠圆玉润、略带颤音似歌声般悠扬的嗓音！

九

次日，晌午。

纳吉尔刚刚起床，不吃早饭便走了出去。他一口气走
到了闹市中心，阳光灿烂的好天气和码头区的嘈杂忙碌使
得他兴致勃勃。忽然间他转身向一个行人打听法院办公院
在哪里。那人指点给他看了地点。纳吉尔便径直往那里
走去。

他敲门而入，绕过趴在办公桌上抄录誊写的先生，走
到法院推事赖纳特先生面前，要求同推事找个地方私下谈
谈，时间不会长。推事相当勉强地站起身来，领他到另一
个房间。

他们走进那间房间之后，纳吉尔说道："我很抱歉不得
不再次旧事重提……还是关于米纽坦恩那档子事儿，这你
是知道的。我谨此向你致以最深刻的歉意。"

"我认为既然你在圣·汉斯之夜当着大家伙儿的面做出
道歉，此事就算一了百了啦。"

"行呀，那真太好不过，"纳吉尔说道。"可是我并不满
足于这样的了结，推事先生。也就是说，我对我的这部分
得到解决感到满意，可是关系到米纽坦恩事情并没有解决。
我衷心地希望米纽坦恩也能够得到补偿，而你就是那个能
帮他得到补偿的人。"

"你莫非在说我因为开了几个玩笑就要去向那个白痴赔礼道歉不成,你说的是这个意思吗?你最好还是先管好你自己,千万不要多管闲事,否则……"

"当然,当然,这样的话我们早已领教过了!不过言归正传,你把米纽坦恩的上衣撕破了,你亲口答应过要给他一件新的来代替,你可记得?"

"现在我告诉你一件事:你是站在政府机关的一个办公室里,却唠叨不休一桩私人的琐碎小事,而这桩鸡零狗碎的小事甚至同你毫不相干。这里可是我的地盘。你放老实点用不着再穿过那个办公室,从这扇门出去也能够到街上。"

法院推事打开了一扇小门。

"谢谢,不过说正经的,你应当毫不拖延地把你亲口答应给米纽坦恩的那件上衣送去。他急需这件衣服,你知道,他相信你是说话算话的。"

法院推事把那扇门开得笔直说道:"请走!"

"米纽坦恩把你当作一个正人君子,"纳吉尔继续说下去。"所以你就更不应该诓骗他。"

不过这时候法院推事已经打开办公室的门去招呼那两个同事过来。纳吉尔只好戴上便帽二话不说抽身就走。

这一趟跑得吃力不讨好,自找了个没趣。要是他早就干脆撒手不管,事情或许要好得多不会弄得这么僵。纳吉尔回到旅馆吃了早饭,念了报纸,逗那条小狗雅可布森玩了半晌。

到了下午,他从他房间的窗户里望出去,看到米纽坦恩背着一个沉重的麻袋从码头上过来,在卵石铺面的大街上蹒跚而行,不消说他背的是一麻袋煤。他的身体完全变成了弓形,无法看到是在朝哪里走,因为背上的重负压得他几乎是在匍匐着行走。他走路的姿势难看之极，撇歪着两条腿扭来拐去以至于他裤子的内侧裤裆都磨得破烂不堪快成丝丝缕缕了。纳吉尔出去追赶他，在邮局门口找见了他，米纽坦恩放下麻袋在那里歇歇脚喘口气。

他们两人见面后彼此深深一鞠躬。当米纽坦恩直起身子的时候，他的左肩明显地深深塌陷下去。纳吉尔突然伸出手去揪住他的这只肩膀，气势汹汹毫不拘礼地紧揪不放。他神情烦躁，语带责怪地问道：

"你可曾饶舌碎嘴把我给你钱的事逢人就说，招摇得满城风雨尽人皆知？"

米纽坦恩大吃一惊，回答道：

"没有哇，我没有，确实没有说过。"

"那么我奉劝你一句，"纳吉尔继续说道，情绪激动得脸色都发白了。"要是你敢把我给你那几文小钱说出去一个字，我非把你宰了不可，宰了你！老天爷明鉴！你听懂了吗？还有叫你的叔叔也闭上嘴巴。"

米纽坦恩目瞪口呆地站在那里，不时结结巴巴迸出一句话来，他决计不会说的，一个字都不说，他做出允诺，这是一个誓约。

纳吉尔大概是为了要开脱一下自己情绪激动紧张的缘故，又马上补充了一句：

"这个城市是一个大空洞，是一个马蜂窝，到处是陷阱圈套。不管我走到哪里，站在哪里，总是有人瞪大眼睛盯着我，我压根儿就无法动弹寸步难行。我不喜欢到处有人盯梢，我对什么人都不在乎，让他们统统见鬼去吧。现在你已经得到了警告，我还要给你叮嘱一句：比方说我有足够理由相信牧师宅邸的基兰德小姐太聪明伶俐，她会哄得你把什么话都对她说。可是我无法容忍她好打听爱管闲事。我简直受不了。顺便说一句，昨天晚上我碰见她了，她可是一个卖弄风骚的轻佻女子。行啦，那是毫不相干的另一码事。我只是再一次要求你对我们之间的那些鸡毛蒜皮的小事保持沉默。我这会儿碰巧遇见了你倒也来得正好。"纳吉尔继续说道。"有另外一桩事情我想跟你谈一下。前天我们两人在教堂基地里一起坐在一块墓碑石上。"

"是的。"

"我当时在那块石头上写下了一行诗句，我承认那是一句很蹩脚又不合时宜的诗，不过那无关紧要，反正我写下了那句诗。当我离开的时候，那句诗还好好儿地在那里，可是我几分钟后返回到那里那句诗已经被擦掉了。那可是你干的吗？"

米纽坦恩双眼注视地面，回答道：

"是的。"

冷场。米纽坦恩对自己犯下了鲁莽无礼的不端举动却又在现场被抓获这桩要命的麻烦事做出解释，于是结结巴巴说道：

"我是想要防止……你不认识明娜·米克，毛病就出在这里，要不然你也不至于这么做，写下了这句要命的诗句。其实我那时一直在想：他是可以原谅的，他在本城是个外地人嘛。我是住在这里的本地人，不用费力气就可以把这个毛病改正过来，为什么我不应该做呢？我就把那句诗擦掉了，没有人念到过。"

"你怎么知道没有人念到过呢？"

"没有一个大活人念到过。在陪你和斯坦纳森医生走到大门口之后，我马上就转回身去把它擦掉。我只不过离开那里才几分钟工夫。"

纳吉尔双眼看着他，握住他的手紧紧地捏了一下，没有说什么话。他们两人相互对视了片刻，纳吉尔的嘴唇在微微颤抖。

"再见，"他说道。"喔，想起来了，你得到那件上衣了吗？"

"嗯，我十拿九稳在我需要穿它的时候会得到的。大概三星期……"

刚说到这里，那个白头发的卖鸡蛋女人，玛莎·古德走过他们身边，那只篮子罩在她的围裙底下，她的黑眼睛向下看着。米纽坦恩向她打了个招呼，纳吉尔也作同样的表示，可是她却没有搭理，从他们身边擦肩而过，步履匆匆朝向市场而去，她在市场上三个、两个地把鸡蛋兜售完了之后手捧着一把铜板又转身回去了。她身上穿着一件很薄的绿色裙衫。纳吉尔两眼一直不曾从那件绿裙衫上移开过。他说道：

"那么说来你在三星期之后要穿那件上衣，是吗？在三星期之后有什么大事呀？"

"有一场义卖游艺会，一次盛大的晚间娱乐活动，难道你没有听说吗？我要参加舞台形体造型演出了，达格妮小姐已经选定了我。"

"原来如此！"纳吉尔若有所思地说道。"好吧，反正你很快就会得到一件新上衣，用来换掉那件旧的。法院推事今天对我说的，这个家伙倒真的还不算太坏……不过听着，千万牢记你不应该感谢他，不，决不可以。你在任何场合下都务必不要提到那件上衣是他给的，他不要任何感谢，你明白吗？他说一提起那件事就丧气败兴。我想你自己也悟得出来，旧事重提该有多么不得体，因为那天他喝得醉醺醺，他戴着有凹痕的大礼帽走出旅馆。"

"是的。"

"你对你叔叔也不要说你从哪里得到那件上衣的，法院推事亲口说得斩钉截铁，不许让任何人知道。你一定可以理解，倘若闹得满城风雨，到处传说他有这个老毛病，就是先是酒后失态随便哪个人都得罪，随后又送件上衣去赔不是，这让他怎么下得了台。"

"我明白，真的。"

"听着，我忽然想起一桩事：你干吗不推辆车到处送煤呢？"

"我落下了残疾没法子推车。只要我背上肩的时候多加小心，扛点分量还是吃得消的，可是要我不管是推车还是拉车走那么长路，我没有那份劲头。要是我那么做，说不定早晚有一天要力气不够而摔得鼻青脸肿的，倒不如用麻袋背来得痛快。"

"好吧，有空再来找我。记住 7 号房间，只管推门进来好了。"

他一边说着一边往米纽坦恩手里塞进去一张钞票，然后快步沿着大街朝向码头走去。他方才眼光一直没有从那件在他前面晃悠的绿裙衫上挪开过，此刻他尾随而来。

当他来到玛莎·古德的小屋跟前，他停下脚步朝四周环顾一番。没有人在窥视他。他伸手敲了敲门，没有回答。他曾两次来敲过她的门，都没有人应声。可是这一回他分明看得清清楚楚她是从市场上径直回家来的，他不进屋里不死心。于是他便用力推开门排闼而入。

她站在房间中央看着他。她脸色发青神色不安。她怯生生地双手往前一摊，战战兢兢不知所措。

"请原谅我擅自闯入，"纳吉尔说着非常彬彬有礼地鞠了一躬。"倘若你不见怪肯允许我同你交谈片刻，我将高兴之至。不必提心吊胆，我办完正事很快就走。我先前来找过你两回，只有今天才算走运赶上你正好在家。我的名字叫纳吉尔，我在这里是个外地人，眼下住在中央大旅社。"

她仍旧默不作声，但是给纳吉尔搬过一张椅子来，她自己侧身倚靠在厨房门上。她腼腆得要命，一边望着他一边用手指卷着围裙的边沿。

那间房间如同他脑海中所浮现出来的一模一样：屋里别无长物，只有一张桌子、两张椅子，还有一张床。窗户上有些开着白花的花草，不过没有窗帘，地板并不干净。纳吉尔注意到除了这些东西之外，在靠床的角落里倒真有把陈旧不堪的高背椅子倚墙而立，那张椅子残破不堪快要散架了，只剩下了两条椅腿，椅子底座上盖着一块红色的绒布。

"我请你尽管放下心来，小姐！"纳吉尔再说了一遍。"你知道我通常登门拜访的时候人家总不会这样吓得要命的，嘻嘻嘻，你知道这又不是我在这里第一次到人家家里去。你也不是唯一的一家受到我的打扰。我串家走巷到处碰我的运气。好吧，说不定你已经有所耳闻，听到点关于我的营生行当的事吗？没有吗？甭管怎么说这是真的，我干的就是这一行：我是个收藏家，你要知道我收藏各类老货，买进古董文物，按货色的价值付出应有的价钱。不过你用不着害怕，小姐，我不会在走的时候偷偷摸摸顺手牵羊的，嘻嘻嘻，我当然没有这样的坏毛病。你尽可以放宽心。要是我出了大价钱还是买不到手的话，那也只好撒手罢休。"

"可是我什么老货都没有哇，"她终于开口说话，满脸无奈相。

"大家都总是这么说来着，"他回答道。"可也是，我承认对一样东西未免总会日久生情，难离难舍，挺舍不得的，人的一生之中身边总会有几样就手常用熟得不能再熟的东西，还有像父母亲留下来或者甚至祖父母留下来的传家宝。可是另一方面来说，这类要扔的东西放在那里一点用处都没有，所以凭啥要让它们空占着地方又坑死了一笔钱哪？你看，那些无用的传家宝把多少家当变成了死钱，到头来它们糟朽得散了架只好往屋顶阁楼上一扔。所以为啥不趁它们还能值几个子儿的时候赶快脱手卖出点钱呢？有人对我一来就生气，冲着我说道他们不指望变卖破烂来过日子。那好，随你的便，我鞠个躬回身就走。真是一点都没有法子。还有些别的人窘相毕露，十分尴尬，比方说很不好意思地拿出一个掉了锅底的油炸锅来给你品鉴。这些头脑简单无知的人根本就不晓得古董的行情，不知道收藏古董的狂热癖好已经发展到了怎样高的程度。我存心用了狂热癖好这个词，因为我明白正是这种纯洁而简单的狂热癖好在驱使着我，所以我就直言相告这无非是狂热。不管怎么说，这种狂热只牵涉到我一个人，那是我自己的事啦。我想要说的是：那些不舍得把古董拿出来给人品鉴的人既可笑又愚蠢。不妨看看那些古代坟冢里出土的武器和戒指，它们的外表实在不像样子，难道它们就不值钱吗？一点不错，小姐！你应该看我的收藏品，比方说奶牛挂铃。我有一只挂铃，顺便说一句它只是一片铁板而已，可是它却被印第安的一个部落崇拜为无所不能的神物。只消想一想，它在他们营地的一根帐篷支柱上不知挂了有多少个年头，岁月悠悠无穷无尽，受尽了善男信女的馨香祈祷和供奉祭品。你看这有多么不得了！可是现在我扯开去了。一说到我的铃儿这个话题，我便会扯得老远，忘记正事了。"

"可是我真的没有像这样的老货呀，"玛莎·古德说道。

"那么，"纳吉尔摆出一副十分内行的架势慢吞吞地说道。"那么，比方说，我可以看一眼那边的那把椅子吗？这只是问问而已，除非得到你的允许，否则我不会去碰它一下的。我进来坐下以后就一眼看上了它。"

玛莎大为迷惑不解，她莫名其妙地回答说："那把椅子……你要看只管看好啦！椅子腿都折了。"

"不错，椅子腿都折了！那碍什么事吗？一点都没有关系！说不定恰恰正是因为这个缘故，正是这个缘故！我可以问问这把椅子你是从哪里得到的呢？"

说这句话的时候，纳吉尔已经把那把椅子举在他手里，扭过来歪过去，从每个侧面每个拐点细细缜密查看。那把椅子没有镀金装饰，只有在椅子背上有一处简单的点缀，一种用桃花心木雕刻出来的花冠状饰物，而且椅子背上还留着用刀子砍划的累累伤痕。坐垫四周围的框架上有好几处地方曾被用来垫着切割烟草，斑驳疤痕赫然入目。

"我们是在海外哪个地方得到的，究竟哪个地方我说不上来。我的祖父有一回买回家来好几把椅子，不过只有这把椅子残留下来了。我的祖父是个水手。"

"真的吗？你的父亲，他大概也是个水手吧？"

"是的。"

"很抱歉我要请问一句，那么说不定你也随着他出海航行，是不是？"

"是的，我随着父亲在海上航行多年。"

"真的吗？太有意思啦！你见识过许多地方吧，就像人们常说的：驾舟犁海劈波斩浪。嘿呀，你真是见多识广哪。后来你就又在这里安顿下来了不是？对呀，没错儿，千好万好总归不如家好，唉，有个家呀……顺便问一句，你已经记不起来你祖父是在哪里买进这把椅子的，对吗？我告诉你弄清货色的来历就我而言是至关紧要的，可说是摸清它的生命历史吧。"

"不知道，我不知道他在哪里买到它的，那是老辈子的事情，日子太久远了。兴许是在荷兰吧？不，我说不上来。"

他很高兴看到她变得愈来愈活泼开朗起来。她渐渐将身子挪向房间的前半部分。这会儿几乎快站到他的身边来了，而他正忙碌不停地摆弄那把椅子，左看右看仿佛总是看不够似的。他嘴里滔滔不绝地说呀讲呀，对椅子的做工是否精细讲究大发议论，他在椅子背的反面发现了一个镶嵌的圆盘，而圆盘里又挨次镶嵌着另一个圆盘，便不禁如获至宝……瞧瞧，这做工这差劲干的活计真糙，简单粗俗毫不雅致，再说尺寸也不合适。那把椅子已经糟朽不堪，所以他摆弄的时候总是小心翼翼倍加留神。

"行呀，"她接口说道。"要是你真的想要……我的意思是说要是你觉得拥有这把椅子才称心如意的话，那么我情愿让你把它拿走。如果你说定了，我就自己把它送到你旅馆去好了，反正我留着它也没有什么用处。"忽然之间她对他一心想要得到那件陈旧破残的旧家什而表现出的一副猴急相禁不住解颐而笑。"其实那把椅子只一条腿还像个样子，"她说道。

他看着她。她的头发是白色的，可是她笑起来依然生气蓬勃神采飞扬。她的一口牙齿皓洁整齐。她笑起来的时候，双眼湿润润似乎有点泪珠晶莹的样子。这个黑眼睛的老姑娘也真是的，弄不清她的来路！纳吉尔毫不动容，神色自如。

"我很高兴，"他用干巴巴的腔调说道。"你总算下了决心把这把椅子让给我。现在我们来谈谈价钱。先别张嘴，请原谅，先等一等让我把话说完：我不想由你给我出价钱。我素来是自己定价的。我品鉴好了货色，开出多少是多少价钱，就这样拍板成交。你说不定会漫天要价，狠狠宰我一下，凭啥不宰一刀呢？这话不中听，说不定你会不服气，反驳说你可没有那么贪心……好吧，就算如此，我也情愿承认你不见得一定那么贪心，不过我是跟三教九流各色人等打交道的，所以我乐意由我自己来开出价钱，这样我就放心，对自己在干什么心里有底了。这对我来说是一个没有规矩不成方圆的原则问题。如果由你来出价，那么有谁能阻止你狮子大开口，张嘴就非要比方说三百克朗才肯出手这把椅子呢？要是你知道了内情弄明白了我们之间这档子交易原来是在谈一笔珍稀而贵重的罕有家什生意的话，说不定你还会一股劲儿往上抬价。可是我总归不能付一笔吓人的天价吧！我把事情摊开来谈，话说得这么直截了当，无非是想使你明白过来在价钱上不要抱有任何不切实际的幻想。归根到底，我毕竟不情愿弄得自己破产吧。我要是出三百克朗买你这把椅子的话，那我大概是神经有病在发疯。一句话，我出你二百克朗买这把椅子，一口价再多一文钱都不行。我出价总归是按值论价的，但是多一文钱也不肯出的。"

她瞪圆了双目盯住他，半晌说不出话来。后来她做出判断料定他是在调侃说笑话，于是她又笑了起来，倒不是哈哈大笑而是迷惑不解的憨笑。

纳吉尔若无其事地从他的钱包里掏出红色大钞，在她面前晃了几晃，在这当儿他的视线依然不曾从那把椅子上挪开去。

"我并不否认这一事实：你从另外一个买主手里会得到更多一些也说不定。我做生意素来实在，所以我并不避讳这一点：你也许会到手稍多一点儿。不过既然想好了二百克朗这个一口价，我就不会再往高里抬价了。当然，你卖不卖那是你的事儿，但是先想好喽。二百克朗到底也是一笔钱哪。"

"不卖，"她怯生生地微笑说道。"留着你的钱吧。"

"留着我的钱吧！你这是什么意思？我可不可以问一句这些钱怎么啦？你以为它们是私下印制的假钞票不成？再不然你就是怀疑我是偷来的赃款？哈哈哈，真有你的！"

她已经再也笑不出来了。这个人求货心切看来是真心想买，于是她开始动起脑筋来。这个疯疯癫癫的怪人出手这么大方，莫非是另有所图想要博得她的好感？从他的眼神判断，他是有手腕啥事都干得出来的。天晓得，他脑袋瓜里在打什么主意做什么春梦。也许正在算计着怎么设下圈套。为什么偏偏挑中了她来给予恩惠，掏出大笔钱来施舍呢？她左思右想最后下定了决心，她说道：

"要是你确实动真格的，要给我钱买走这把椅子，那么就给一个或者两个克朗，我会很感谢你。可是再多我就不敢收了。"

他面露惊诧，朝前走近了一步，双眼正视着她，爆发出一阵大笑：

"不过……你认真想过没有……我搞了一辈子收藏营生还从来不曾碰到过这样的事情。算啦，我明白这是在耍手腕……"

"这不是耍手腕。我从来不曾听到这样荒唐的事情！我不是要抬价，我什么都不要。你看中这把椅子，只管拿去好了。"

纳吉尔放开嗓门扬声大笑。

"又来了不是，我明白也赞赏这套把戏，这真使我觉得高明得不得了。如果这不是鬼把戏，那怪了！我常常笑自己是个蠢货，老看不透人家在玩弄的花样。不过让我们还是做成这笔买卖吧，好不好？不妨趁热打铁，先把这笔买卖一锤子敲定了再说，免得夜长梦多伤了彼此的和气，行不行？说不定你一转身就把椅子放回到角落里，张嘴就要价五百克朗。"

"你把椅子拿去，我……你到底想干什么？"

他们两人僵立在那里，彼此瞪眼相视。

"要是你以为我除了只想用一个合理的价钱买下这把椅子之外还有什么别的企图的话，那么你大错特错了，"他说道。玛莎叫喊起来：

"看在老天爷的分儿上，把椅子拿去，快拿去！"

"对于你慷慨大方的好意我当然不胜感激心领之至。不过我们收藏者也要顾廉耻爱荣誉，哪怕往往显得吝啬小气。正是这种廉耻心、荣誉感可以这么说拖住了我的后腿，要是我想凭借欺诈去摄取到某一件珍贵的货色的时候我会退缩不前，不敢去沾边染指。要是我把一件来路不正大光明的货色摆到别的收藏品的行列之中，那么我的全部收藏品的评价在它们主人心目中，也就是在我本人的心目中就会一落千丈，变得一文不值。不管这样东西多么小，它却会害得我的每一件收藏品都沾染上邪恶，蒙上一层虚假骗人的色彩。哈哈哈，我禁不住要放声大笑，你必须承认我这是胳膊肘儿朝外弯有悖情理呀。我站在这里反倒一股劲儿撺掇着你，只为你着想，却一点也不想想我该做的是什么，不考虑一下我自己的利益好处。不过是你逼得我走投无路才这么干的。"

她一点不为所动仍旧寸步不让，他在她面前无计可施一筹莫展。她坚持她的主张：要么他给一点点钱把椅子拿走，给一个、两个克朗都行，要么他就撒手罢休。她执拗得什么好话都听不进去，到了后来他为了保全脸面只好说："拉倒吧，我们先把这事搁一搁再说。不过答应我一桩事，就是你不可以背着我另找主顾，你要把这把椅子卖出去之前先同我打个招呼，行啵？我是不甘心放手罢休的，这你心里明白，哪怕不得不再多付点钱也不心疼。甭管怎么说，我在所不惜非要同别的出价人较较劲儿不可，再说我是个先来的。"

当纳吉尔走出屋外的时候，他迈开流星大步往前走，窝了一肚子气无从发泄。真是一个脑筋拗不过弯来的犟女人，既穷得要命偏偏又疑心病重得不得了！看见那张床吗？他对自己说：下面连稻草都不垫，上面连床单都不铺，光秃秃的，只撂着两件衬裙，待到天气一冷说不定她白天都得穿在身上，晚上既当铺垫又作被盖。落泊清贫到这个分儿上却又如此心存畏惧唯恐卷进什么不清不白的暧昧事中去，所以一口回绝了最好的价钱。不过真是活见鬼，请问一下，这同他有什么相干？一点都不相干，其实这关他个屁事，他犯得着操那份心吗？她真是个活见鬼的犟女人，难道不是吗？不妨设想一下：假使他派个人去对那把椅子出个价，把价钱抬上去，这样做也会引起她的疑心吗？真是个白痴，真是个笨蛋，居然想出这么个馊主意来！千不该万不该，谁叫他自己鬼使神差地找上门去，结果被人一口拒绝，自讨没趣真是活该！

正在他陷入深深懊丧而不能自拔之际，他已经走到旅馆门前，但是他自己尚且毫不察觉。于是他立时刹住脚步折回身去，心急火燎地迈着同样大的步伐从原路沿大街走回到汉森裁缝店。他走进店堂找到了裁缝本人便把店门关上，店堂里只有他们两个人，纳吉尔提出要定做一件上装，款式要如此这般的，他还吩咐裁缝务必不要将这份订单声张出去，对任何人都不准透露半点风声。一旦上装做好了就毫不拖延地送到格鲁高德家里去，交给米纽坦恩，就是那个腿残疾的运煤脚夫……

"这件上装是给米纽坦恩做的吗？"

"嘿呀，怎么回事儿？不要问长问短，不要多管闲事。你干吗非要打听这些呢？"

"嗯，不过量尺寸怎么办呢？"

"原来如此，好吧，就算是给米纽坦恩做的吧。行呀，叫他来给他量尺寸，为什么不呢？不过有一句话并非是无关紧要的多余话，不许对他挤眉弄眼，透露半句风声……明白了吗？那件上装什么时候能做得？一两天之内，很好嘛！"

纳吉尔马上掏出钱来支付讫清，说声再见就走了。他心头的烦恼一扫而光，擦擦双手哼起歌来。不错，真的，他还真行……还真行！你只消走着瞧吧！当他回到旅馆后，他大步奔回他的房间，摇起呼叫服务的铃，他的手由于不耐烦而颤抖起来。房门刚一打开，他就大呼小叫：

"莎拉，快给我拿几张空白的发电报用纸来！"

莎拉进来的时候，他已经把小提琴盒子打开了。出于莫大的好奇，她忍不住朝盒里瞟了一眼，因为她一直小心翼翼地把它捧来挪去。叫她大吃一惊的是盒子里装的不是小提琴，只有脏衣服和一些纸张还有一捆文具之类的东西。有片刻工夫她怔怔地站在那里，瞪着盒里的东西发愣。

"空白发电报纸！"他大声重讲了一遍。"我要几张空白发电报纸！"

当他终于拿到发电报纸后，他大笔一挥给在克里斯钦尼亚的一个熟人发去一份指示，吩咐此人匿名而秘密地给本市的某个名叫玛莎·古德小姐的当地居民汇来二百克朗，但不要留下任何笔墨文字。"务须守口如瓶保守秘密。约翰·纳吉尔。"

可是这行不通哇。不行，他再一转念，觉得此计不妙只得作罢。倒不如写封信来得更详尽，并且把那笔钱附上，这样岂不是可以确保钱一定能送到吗？他把那份电报撕碎付之一炬，又狂书疾草写了一封信。是呀，这样更好些，信毕竟是信，不管多么简短，总归还有头有尾叙述完整。说不定还真能奏效。哼，务必向她讲清理由，让她明白过来……

在他把钱放进信封把信封封好之后，他端坐在那里沉吟片刻，前前后后重新斟酌一番。他对自己说道：她兴许会产生疑心觉出苗头不对，二百克朗又是一笔整数，况且他方才还曾把那几张钞票在她鼻子底下摇晃挥舞过。不行，此计虽说可取但仍有欠佳之处。他从衣袋里又掏出另一张钞票，十克朗的钞票，打开信封，把钱数换成了二百一十克朗。随后他在信封上打上火漆封缄，叫人送走。

整整一个小时过去了，他一想到这件事情仍旧认为自己做得天衣无缝，此计妙哉。那封信仿佛就像天堂来鸿，奇迹般地降临到她手上，自天而降，自上而来，从无名氏的手里掉落到她手上。只消想想看，她收到那一大笔钱会说些什么！可是他再追问一遍自己，她对整个这件事情会说些什么东西，会有什么反应的时候，他觉得心头陡然一沉，顿时沮丧泄气了：这个计划太危险，也太冒失了，这是个愚蠢透顶的馊主意。它有蹊跷之处，存在明显的隐患，怕就怕她一点都不通情达理，而是蠢得像一只鹅。当这封信送到她手里时，她根本就看不懂，只好拜托别人来念给她听。说不定她在邮政局柜台上就把那封信拆开来，这样一来马上就闹得满城风雨；说不定她会把整个事情向那个邮政局职员和盘托出，当场就要求那位仁兄帮她出主意想法子；说不定她甚至还顽固任性地叫嚷起来："留着你的钱吧！"于是那位邮政局职员用手捏捏鼻子叫喊道："等一等，稍待片刻，我自有主意！"他顺手就打开他的收件登记本，赫然发现同一笔数目是几天前由本市寄出的。那笔数目相同的钱虽然钞票已经不同了，是寄给克里斯钦尼亚的某某人，再由那里转寄过来的。最初的寄信人查明是目前暂时住在中央大旅社的一个外地人约翰·纳吉尔……一点都错不了，此类邮政局职员鼻子灵着哪，什么都能嗅得出来……

纳吉尔再次摇铃，叫旅馆的看门人立即去把方才送走的那封信追回来。

到了末了，纳吉尔在经历了整整一天的激动焦虑之后已经头昏脑涨浑身倦怠。实话实说，他这整整一天没闲着却无事忙，哪件事都同他不相干！好比说仁慈的上帝安排在遥远的美国腹地伊利湖铁路上发生一起许多人罹难丧命的火车相撞大事故，那同他有何相干？没有，一点都没有，那是毫无疑问的！而他呢，只不过同本市的一位品行端正的女士玛莎·古德有笔小交易而已。

足足有两天工夫，他没有踏出旅馆一步。

十

星期六晚上，米纽坦恩踏进了旅馆里纳吉尔的房间。他身着他的新上衣，高兴得容光焕发。

"我同法院推事行了个照面儿，"他说道。"他一点都不露声色，毫无表情地问我这件上衣是谁给的。他是那么滑头存心装腔变着法儿来考验考验我。"

"那么你怎么回答的呢？"

"我笑了笑回答说我不告诉你，也不告诉任何人，敬请原谅，再见……我就是这样回答他的。看看，还是在十三年前我曾经得到过一件新上装，我已经核算过了好几遍，确实熬过了那么多年头……我来谢谢你最近一次给我的钱。这对一个残疾人来说又太多了，我有那么多钱干什么用呢？你那么好心眼儿真是使得我不知道该怎么办才好，心里在直打鼓，就好像浑身松动畅快得再也平静不下来似的。哈哈哈，求求上帝保佑我，我快活得像个孩子。一点不错，我十拿九稳总归有朝一日会得到这件上装的，通常再拖一段时间，不过我不会白等的。汉森中尉有一回答应给我两件他再也不穿的羊毛衬衫。那是两年前的事情了，不过我还是深信我要穿的时候是会穿得上身的。事情往往就是这样，时机一到人家迟早会记得起来我要等着穿哪。不过你看看我穿上了这么气派挺括的衣服是不是像换了个人？"

"你好久不来看我了。"

"说实话，我是在等这件上装。我拿定主意不再穿着那件旧上衣前来见你。我也有我自己的怪毛病，穿件破衣烂衫去登门做客总觉得心里不是滋味。天晓得这是什么缘故，就好像我一下子失去了我的自尊一样。请原谅我在你面前讲起什么自尊心来了，就好像是件无价之宝似的。不是的，远远不是，我的自尊心算得了什么，不过我有时候确实这么感觉来着。"

"你要来点葡萄酒吗？不喝，那么抽支雪茄好吗？"

纳吉尔摇铃要了葡萄酒和雪茄。两样东西送来之后，纳吉尔马上独自大口猛喝起来，米纽坦恩坐在那里抽着烟看着他，一边嘴不停口地唠叨，似乎一点没有想要停下来的打算。

"听着，"纳吉尔忽然之间问道。"你左等右等大概还是没有把那两件衬衫等到手吧，对不对？随口问问不要见怪。"

米纽坦恩慌忙说道：

"我不是为了这个缘故才提到那两件衬衫的，一点不假，就像我坐在这里一样地千真万确。"

"当然不是！你干吗要大呼小叫呢？倘若你不介意的话，你是不是可以让我看看你的新上装里面穿的是什么？"

"很乐意，嗯，很乐意，很乐意。你看好啦，这一边挺不赖，那一边也差不多……"

"唔，等一等，我看那一边怕是要差劲儿得多，快磨烂了吧，对不对？"

"不过你还能有更好的指望吗？"米纽坦恩叫喊起来。"不，我现在不缺少什么衬衫，我真的不急需。我甚至还可以说像这样的一件衬衫对我来说实在是太好了。你猜得着是谁给我的吗？斯坦纳森医生，不错，是斯坦纳森医生亲自给我的。我想连他的妻子恐怕都不知道，虽说她也是乐善好施的。我是在圣诞节得到这件衬衫的。"

"圣诞节得到的？"

"你觉得时间太久了吗？我很爱惜衬衫，干活的时候都留神着不要像牲畜一样把它撕得稀巴烂，我不会任意糟蹋随便把它磨出破洞来，所以晚上我是光着身子睡觉的，因为犯不着再毫无必要地磨损它。这样我总还可以自由自在地在人前人后地走动走动，不至于因为连一件像样的衬衫都没有而丢人现眼。那场舞台形体造型眼看就快到了，要是能够得到一件我能够穿得出去的衬衫那真是帮了我的大忙呀！达格妮小姐仍旧坚持非要我登台演出不可。我昨天在教堂里碰见她了。她还问起你来着……"

"我给你，再给你一条裤子。能看到你在大庭广众出头露脸花点钱也值得。既然法院推事给了你一件上装，我不妨给你一条裤子，这一来就扯平了。不过我还是按照往常的条件办事……就是你必须守口如瓶。"

"行呀，行呀。"

"我想你应该喝点葡萄酒。哦，对了，随你便吧，反正今天晚上我要借酒浇愁，因为我觉得焦躁不安心里难过。请允许我问你一个个人问题好吗？你晓得人家给你起了个外号吗？他们管你叫米纽坦恩，你知道吗？"

"我当然知道喽。起初听了真受不了，我为了这事特意向上帝祈祷乞求神的保佑。我撒丫子在森林里茫茫然地来回狂走了整整一个星期日，在仅有的三块干燥的地方长跪不起，因为那时正好是春天融雪的季节，不过那是老早以前的事情喽，许多许多年前的事了。如今没有人不管我叫米纽坦恩的。叫就叫呗，也没什么不得了的。为什么你想知道我晓不晓得这桩事呢？我晓得了又有什么法子呢？"

"那么你是不是也知道人家为什么给你起了这么一个可笑的绰号呢？"

"不错，我知道。说来话长，还是在我成了残疾人之前的事，不过我记得很清楚。那是有一天傍晚，或者说是有一个晚上，在一个单身汉的聚会上。你兴许曾经留神看到过海关大楼旁边的那幢黄颜色的房子，当初那会儿它是刷成白色的，本市警官就住在那里。他是一个光棍，名叫索伦森，一个真正的大活宝。那是个春天的晚上……我正从码头上回来，我在那里蹀来蹀去，观看船只进来出去。当我走到那幢黄房子跟前的时候，我敢断定里面聚着不少人，因为那股子喧闹嘈杂声还夹杂着几个人的狂笑。我走过窗户的当儿，他们一眼瞅见了我，便敲击窗玻璃。我走进去一看，里面有科尔比医生、威廉·普朗德船长和海关官员福尔格达尔，还有许多别人……顺便说一句，他们如今不是已经去世就是离开了本市，不过大概有七八个人吧，他们个个喝得烂醉。这帮子家伙为了寻开心就砸椅子，这正是警官所求之不得的。他们把玻璃杯统统摔碎了。于是我干脆就凑着酒瓶子喝。我也参加进去喝得醉醺醺。然而那场狂欢并没有至此尽兴。那些人脱掉衣服光着身子在房间里裸奔起来，而且我们根本连卷帘窗都不曾拉下来。我不肯跟着他们起哄瞎闹，他们人多势众，强行揪住我扒掉我的衣服。我又打又踢尽我的力气挣扎，可是一点用处都没有。我只好向他们赔个不是，我握住他们的手向他们赔不是……"

"凭啥反倒是你要向他们赔不是？"

"我生怕有哪句话说得不得当已经得罪惹恼了他们，所以他们才朝我扑了过来。反正我向他们赔了不是，还同他们握手，这样他们大概会手下留情尽量少伤害我一点。可是却一点都不管用，他们照样把我浑身上下扒个精光。那个医生在我衣袋里发现了封信，他就念给别人听。这时我神志清醒了一点儿，因为那封信是我母亲写来的，当我出海的时候她常给我写信。总之一句话，我骂他来着，我骂他是个黄汤灌不够的大酒鬼。人人都知道他是个贪杯的酒囊饭袋，'你是个十足地道的大酒鬼，'我骂道。这弄得他恼羞成怒，要来拧我的头颈，可是总算给别人拉住了。'我们一起来灌醉他！'警官说，就好像我喝得还不够醉似的。他们逼着我把好几个酒瓶子里的酒一股脑儿都喝下去。后来有两个人，我记不清楚是谁了，反正有两个人端来了一木盆水。他们把木盆放在房间中央，说是要给我施洗礼。其实他们人人早就在等着看我施洗礼的热闹场面了，所以他们一听到宣布这个异想天开的怪念头便一齐大喊大叫欢呼起来。他们还想出了各种刁钻、促狭的法子来捉弄人，他们把水搅得肮脏不堪，把什么东西都往水里倒，这且不说，还往水里吐口水，泼喝剩下的烧酒，甚至到卧室里去把他们寻找得到的最污秽的东西都倾倒进水里，最后还从火炉里铲来了两铲子炉灰洒在水里，把水弄得更混浊来整治我。待到一切就绪，施行浸洗礼就要开始了。'干吗你们不另挑个别人去浸泡浸泡？'我抱住警官的双膝询问他道。'我们都早就受过洗礼啦，'他回答说。'而且都是按同样规矩施洗礼的，'他又加上一句。他这句话我倒相信，因为他素来要那些入他伙同他一起鬼混的家伙都行洗礼。接着警官吩咐说：'来呀，我要你跪在我的面前。'我却不情愿过去，照样站在原地不动，手捏住了门把手。'来呀，马上过来给我跪下，小不丁点儿！'他喝令道。他来自内地，是居布兰河谷一带的人，讲话就是那副腔调，乡土口音很浓，把小不丁点儿发音发成了米纽坦恩。于是普朗德船长念道：'小不丁点儿，米纽坦恩，就是他！他应该受洗起名叫米纽坦恩，不错，就叫米纽坦恩好了。'人人都同意我受洗的名字叫作米纽坦恩，因为我个子那么矮小。这当儿有两个人把我生拉硬拽按倒在警官面前，由于我生得矮小，警官一个人就毫不费劲地把我面朝下浸泡到木盆里。他把我的脑袋揿到木盆底上，把我的鼻子在铺满煤渣子和玻璃碎片的木盆底上蹭来磨去，然后把我抱了起来，又朝我诵念了一段经文。接着教父教母来干他们的拿手绝活了。他们两人把我从地板上高高抬起来再重重地蹾一下。待到他们两个蹾我蹾累了、玩腻了，他们就排列成行，分成两队把我像一只皮球一样从一队抛向另一队，说是为了让我身上的潮气吹干，他们就一直这样抛来抛去，直到他们玩够了玩累了。于是警官发令说声'停！'他们这才放我下来，管我叫米纽坦恩。他们人人都上前来同我握手，嘴里都管我叫米纽坦恩，说是要确认我已成功地接受了洗礼。这确认的最后一道坎儿是由科尔比医生来操办。他把我举起来再次扔进木盆里。他大概不曾忘记方才我骂他是个大酒鬼，所以使出了浑身蛮劲把我扔下去，结果害得我磕伤了肋骨……自此之后，我的外号就黏牢在我的身上了。第二天全城都知道我到警官家里去领受洗礼，并且得了个受洗的名字。"

"你的肋骨受了伤。可是你的头磕伤过吗，我指的是有没有内伤呢？"

"这已经是你第二次问我脑袋受过伤没有，兴许你的问话是另有所指的。不过那一回我脑子倒没有磕伤，要是你担心会不会落下病根的话，那一回倒还没有磕得脑震荡。不过我磕得可惨啦，是胸部先撞到木盆的，磕断了两根肋骨。不过后来治好了，这次骨折是科尔比医生治的，没有收钱白给治的，我倒没有落下什么残疾。"

米纽坦恩在说话的时候，纳吉尔一直不断地在痛饮。他摇铃要了更多的酒，继续痛饮着。他忽然说道：

"我刚想到一件事要问问你：你有没有觉得我是一个独具慧眼见人便识的高手呢？不要那么一惊一乍地瞅着我，这无非是好友之间推心置腹地问问而已。依你之见我是不是有能力一眼就把我与之交谈的人看个透呢？"

米纽坦恩留神谨慎地在察言观色，他颇为惊诧地瞅了纳吉尔一眼，不知该怎么回答才好。纳吉尔继续说道：

"顺便提一下，我还欠下一笔债该向你补赔个不是。上一回我有幸在我这里接待你来访的时候，我也问了一些极其愚蠢的问题闹得你很不痛快。只说一桩事情吧，你可记得我给了你一点点钱就摆出一副老子训孩子的架子来，嘻嘻嘻。不过当时之所以闯下这么大的一个祸那是因为我那阵子对你一点都不了解的缘故，可是甭管怎么说，到了现在，我对你已经极其了解而且还非常尊重，我却又在重新捅娄子，这大概不能不惹得你吃惊的。今天我表现得有点烦躁不安，那完全是因为我神经紧张，喝了几杯闷酒来借酒浇愁，喝得有点上头的缘故。这就是我要做出的解释。事情是明摆着的，我喝醉了，烂醉如泥。你当然一眼就看得出来，为什么要假装不说呢？可是我方才在说什么来着，哦，对了，我很有兴趣想知道你究竟认不认为我有看得透人的灵魂的本事。嘿嘿！比方说吧，我觉得我能够分辨得出同我说话的那个人的话音中所潜藏着的微妙的言外之声，我有着好得不可思议的听觉。我在同人家讲话的时候用不着眼睛看着他就可以领悟到他说话的居心何在，我可以马上听出来他是在把我当冤大头来耍呢，是满嘴胡诌瞎掰。声音这东西真是一个危险的表达工具，不过千万不要误解了我的意思：我所指的并不是发音器官发出来的嗓音，嗓门的大小高低，音质的浑圆低沉还是尖锐刺耳，我亦不是指音色是否优美动听，语气声调有无抑扬顿挫，等等……不是的，我指的是嗓音语声背后的神秘之处，发出语音的那个世界……哦，让那个世界见鬼去吧！为什么每样东西背后都要有一个神秘世界呢？干吗我非要追根到底去发现这些神秘之处呢？让它们统统见鬼去吧！"

纳吉尔又仰饮了一杯酒，继续说道：

"你干吗一声不吭默默无言呢？千万不要让我自吹自擂说能够一眼看透人的灵魂的那些大话把你吓着了，你心里直打哆嗦以至于转念一想还是少开口为妙，嘿嘿，这样一来就岂非识相知趣了，难道不是吗？可是这会儿我连自己打算要说点什么都已经忘得一干二净啦。算啦，我还是讲点什么别的吧，说点我压根儿不放在心上，可是不说出口转眼就忘记干净再也想不想来的事情吧！我的天哪，我东侃西侃胡扯一通都扯到哪里去了，聊点什么才好呢？你对基兰德小姐有何看法？让我听听你对她是怎么想的。在我看来，基兰德小姐里里外外就是一个卖弄风情的轻佻女子。要是有多少尽多少别的男人，包括我在内，也心甘情愿为了她而自杀，她保准心里会美滋滋乐不可支的。这是我的看法。她很可爱，她的确是个讨人喜欢的甜姐儿，这是毫无疑问的，所以遭受到她的脚后跟践踏大概确实是一种甜蜜的痛苦。有朝一日说不定我也会要求她来用脚后跟踩踏我，我不敢保证我不会这么犯贱。不管怎么说眼下尚且还不至于，我有的是时间……可是上帝保佑，我相信我一定把你吓着了，看看今天晚上我大发牢骚可把你吓成了一副什么模样！我没有得罪你吧，我指的是你个人？"

"要是你能亲耳听见基兰德小姐是怎么夸赞你的那一句句好话，那么你就不会发这番牢骚啦。我昨天下午碰见过她，她同我聊了好一阵子……"

"告诉我……唔，对不起我打断了你的话，莫不是你也有听话听音的本事，所以你才能够从基兰德小姐的娇滴滴的嗓音里揣度得出来究竟什么缘故才发出颤抖的吗？好啦，现在我又在满嘴废话了不是，你保准能听出来的，对不对？好呀，甭管怎么说，要是你也有看透人的本事，我高兴都来不及，这样一来我就可以祝贺你，说：起码有你我两个人懂得这个诀窍，我们不妨联起手来，形成一种伙伴关系，一个小小的社团，我们两人决计不利用我们所通晓的门道来对付彼此，决不你我作对，相互拆台，明白吗……比方说，我决不会把我懂的那一门道用来要你的好看，虽说我能够彻头彻尾地把你看个透。别那样，又来了不是，这会儿你又用那种小心翼翼的眼神在瞅着我，而且又显得坐立不安起来！你千万不要被我的自吹自擂所要弄了，我喝醉了不是……不过这会儿我忽然回想起来方才我们在聊点什么了，我刚开了个头扯到了基兰德小姐身上，其实我压根儿就没有把她放在心上。况且你又不曾打听过我对她的看法，我凭啥要话一多就难免说漏了嘴，一不留神醉后吐真言把我对她的看法和盘托出呢！看来好像完全扫了你的兴害得你心情不痛快了，你可记得一个钟头之前你刚到这里时心情有多么欢畅吗？胡侃了这么多废话全都是喝闷酒喝得上了头的缘故……可是再次趁我还没有忘记之前赶紧把想到的话都说完。你方才告诉我那次在警官家里举行的单身汉聚会，就是你接受洗礼给起了名字的那一回，你可记得？说也奇怪，我想起了一个主意，我也来搞它一个单身汉聚会，对，好歹都得风光一场，一个只请几个客人参加的单身汉聚会。不行，我不会让步的，非搞不可，由我来一手操持筹办。你一定要大驾光临喽，而且我已经把你算在一定会来的人数里。你不会再一次受到洗礼和改名字的，你在这一点上只管放宽心好了。我会留神当心，务求使你得到最殷勤最周到的礼遇和尊重。再说也不会发生砸烂桌椅板凳之类的混账胡闹。不过我十分乐意在哪天晚上请几个朋友来一起聚聚，愈早愈好，让我们说定在本周末，你觉得行吗？"

纳吉尔又开怀痛饮，一口气灌下去了两大杯。米纽坦恩闷声不响没有作答，他起初那种穿上新衣服的孩子气般的狂喜心情显然已经消失殆尽，他洗耳恭听他的东道主漫无边际的胡侃瞎聊似乎只是出于礼貌客气。他仍然一口拒绝喝酒。

"你忽然一下子变得出奇的默默无言，"纳吉尔说道。"真是滑稽可笑，可是你要晓得，你这蔫头耷脑的模样活像是挨了顿剐，或者说是像被哪句话击中痛处似的，其实往往言者无心听者有意嘛。一点不错，你蔫头耷脑，活像挨了剐似的！我留神到你身子一凛，像是有话要说，难道不是吗？没有吗？那么是我眼花了。你有没有感到好像想要知道一下一个秘密的造假者的心情吗？如果有朝一日那个秘密的造假者忽然面对一个侦探，那个侦探把手搭在他的肩上，双眼紧紧盯住了他却又一言不发，他会有什么感觉呢？……你愈来愈无精打采沉闷忧愁，我能为你做点什么呢？我今天神经紧张不安之至，连累到你也跟着受罪，可是我必须说个不停，我一喝醉酒就犯话多的毛病，你千万不可以走，因为你要是一走我找谁去尽情倾诉呢？总不成找那个收拾房间的侍女莎拉来聊上个把钟头吧，非但要害人家厌烦得要命先不说，况且也不大合适吧。请允许我给你讲讲我亲身经历的一桩小事情，好吗？我的故事本身毫无意义，说出来听听无非博你一笑，我找个乐子罢了，只不过这个故事表明了我能够看透人的智能也极其有限。哈哈哈，从这个故事里你可以明白过来若是说天下世界真要有个最没有本事看透别人的人，那么此人必定非我莫属了。说不定吐露这个真情会使得你高兴起来亦未可知。长话短说：我有一回到伦敦去……也就是三年前吧，不会更久了……我在那里有缘结识了一位风华正茂、艳丽迷人的妙龄女郎，她是我生意场上一个熟人的千金。一来二去地我就同她混熟起来了，有三个星期时间，我们天天都在一起，所以我们就结成知己好友。一天下午她拿定主意要我观光伦敦，于是我们俩便步行着，参观了好几处博物馆、美术馆、气派宏伟的高楼大厦，还逛了公园，到了傍晚时分我们掉头往回走。正是在这当儿，造化开始捉弄人了，说白了，就是我内急得不行，走了整整一个下午哪有无此需要之理，而且愈来愈憋不住了，那我怎么办呢？我既无法偷偷地溜走，又不好意思张口要求为此绕道而行。一句话，我只得随遇而安听天由命吧。结果是可想而知的，当然只落得身上湿淋淋连我的鞋也浸泡个透湿。可是要不然又怎么办呢，说给我听听！亏得那天我穿的是一件非常长的风衣，我但求能够把我的这副狼狈样遮蔽掩藏过去。这会儿我们俩正

176

走在华灯初上的大街上，碰巧走过一家灯火辉煌的糕饼点心店，我的那位女士站停了脚步，上帝救救我，她竟然要我去给她买点什么吃的。哎呀，这个要求合情合理无可厚非，我们已经走了半天，累得要命而且饥肠辘辘。然而我却偏偏不得不托故推辞掉这份差事。她莫名其妙地看了我一眼，似乎是怨气冲天，我料想她大概以为我吝啬小气透顶居然连她的这点要求都一口拒绝，于是她问我为了什么，'唉，'我那时说出了这样那样的借口，'我身边没有带钱，身上连一个子儿都没有，连一分钱都没有带！'这真是再硬不过的道理了，完全站得住脚，这是无可否认的。再巧不能的是那位女士身上竟也没有带钱，连一个子儿都没有。于是乎，我们两人只好站在那里对我们身上莫名一文的穷困窘境相顾而笑。不过她居然想到了一条出路，她朝街上几幢房子瞅了一眼后说道：'在这里稍待片刻，我有个朋友就住在那幢房子里，住在二层上，她会掏点钱给我们的！'话音刚落，那位女士便迫不及待地匆忙疾步而去。她才走了几分钟，可是这段时间对我来说真是漫长难熬呀，我心烦意乱经受着无法想象的痛苦折磨。她拿了钱回来我究竟该怎么办？我万万不能踏进糕饼点心店里去，那里灯火通明，再加所有在那里购物吃喝的绅士淑女！我非立时三刻当着那些女士们先生们的面被哄出来不可，这一来我岂非处境更狼狈尴尬吗！我不得不咬紧牙关，只好恳求她照顾我的脸面不要我奉陪她自个儿进去买一下得了，而我会在外面等着她。又过了两三分钟，我的女士回来了，她满面春风，对，甚至可说是脸露喜色地说了一句她的朋友不在家。那就无法充饥了呗。反正她想想再多挺几分钟也没有什么不得了，因为至多只消走一刻钟就可以回到自己家里消消停停地坐下来享用晚餐了。她还对让我久等而表示歉意。我也是高兴得什么似的，尽管这一路我身上透湿，那份活受罪的滋味真难挨难忍。不过现在才讲到最精彩的地方，唉，说不定你早就猜着了，是吗？一点不错，我相信你肯定猜得着。不过我不卖关子，还是由我来讲下去吧。直到今年，也就是1891年，我才恍然大悟：我真是个大笨蛋，傻到竟然吃了那么大一个哑巴亏还在自以为得计。我把这件事重新再细细斟酌推敲了一遍，这才发现有一连串的细节对不上茬儿，而这些貌似无聊遭人忽视的琐碎细节对我说来又偏偏正是具有最深长意味的蛛丝马迹：那位女士根本就不曾上过什么楼梯，她也不曾去过什么二楼。当我回过头来看的时候，我回想起来，她打开了一扇直通后院的门悄悄地溜了进去，而且我还怀疑她是由那扇门里回身出来的，也一样悄无声息地掩身而出。那又证明了什么呢？当然啥也没有证明。可是不上到二楼去而是一头钻进人家的后园里，难道这不惹人好奇吗？哈哈哈，你已经完全明白过来是怎么回事儿了，可是我却直到1891年也就是整整两年之后才恍然大悟的。你会不会心存疑窦，猜度我大概事先苦心策划安排停当这一切的，比方说尽量拖长走路的路非要逼得那位女士走投无路不可，又比方说，我在一个博物馆里见到了一头洞穴鬣狗的骨骼化石看入了迷，实在舍不得离开，竟又折回身去一连看了三遍，不过唯恐走失顺便在眼角梢上一直紧盯着那位年轻的女士害得她没有可能抽空溜到后院去一趟。诸如此类的小动作不断，难道不是吗？当然，你不见得一定非起这类疑心不可，对吗？我并不否认还真就有这样邪心眼儿的色情狂，他宁可自认倒霉活受罪，从裤腰往下全都水淋淋湿成一片，却始终不肯放弃亲眼观赏一个可爱的妙龄女郎被内急憋得娇躯抖动扭摆不已的那份神秘的满足感。不过话又说回来,我只是今年也就是那件事发生后的第三年上,我才悟出了这点门道。哈哈哈,你有何看法?"

冷场。纳吉尔鲸饮一杯后继续讲下去:

"现在你也许会问这个故事同你我还有那场单身聚会有什么相干。没有关系,我最好的朋友,一点不假,毫不相干。不过我还是拿定主意要讲给你听,为的是表明一下我自己在关系到人的灵魂方面有多么糊涂迟钝,唉,人的灵魂这码子事儿!比方说你对这件事又有何高见:有一天清早我一眼看到我自己,没错,就是我本人,约翰·尼尔森·纳吉尔在那边山坡上,安德雷森领事官邸门前踱来踱去,一心想要弄个明白:他们家的客厅从天花板到地板究竟有多高?请问你对此有何高见? ……要是按照我的说法……这又是人的灵魂在作祟。要知道没有一桩琐细小事会和它毫不相干的,什么事情都是意味深长的蛛丝马迹……不妨再请问一下,你对这事是怎么看的:比方说你整天操劳奔波,忙碌于经营自己的合法生意,往往要劳碌到半夜三更才回家。有一天深夜你刚开完一个会议或者出差归来,在快到家的街拐角上你冷不丁一头撞到了一个人身上,原来那个人是被派来盯梢监视你的密探,在你走过他身边的时候他一直旋转着他的脑袋把你置于他的视线之中,可是他始终一声不吭,只是目不转睛地盯住你看,那你心头是股子什么滋味?我不妨再加一句:要是那个人身披全套黑色行头,你只能看到他的脸和双眼,请问那又会是什么滋味?嘿呀,人的灵魂究竟有谁能够参详得出那里头的奥秘! ……比方说,有个晚上你去参加个社交聚会,假定说已经来了十二个，而那个第十三人呢……也许是一个电报局的女报务员、一个法律学校的穷毕业生、一个办公室职员，或者是一个蒸汽轮船船长。总而言之，一个无关紧要的角色……此人独自向隅，既不周旋交谈也不发出一点声息，可是这个第十三人依然有他存在的价值，非但由于此人本身如何，也还由于他毕竟是一位座上嘉宾这一事实本身，他甚至几乎是那次社交聚会上左右一切的支配势力。正是因为他穿着这身或者那身服装；他落落寡合默不作声；正是因为他那样蔫头耷脑以空虚无聊而又迟钝呆滞的眼神瞅着身边别的客人；他在整体上所扮演的那个角色是那么微不足道……恰恰正是因为如此这般，他才有资格能够赋予这次社交聚会以界线分明的一大特色。恰恰正是因为他黯然无语搭不上嘴去，他才产生出了反面的效果，使得屋里蒙上了一层朦胧模糊而又大反其常的忧郁压抑的情调，以至于害得其余客人都觉得非要放开嗓子把话讲得声音响点儿，然而嗓门又不宜太大，说话像叫喊总归不合适。难道我说得不对吗？就这样，那个人差不多可以说成了那次社交聚会上权势最强大的一霸了。也正如我已经说过那样，我虽然并不见得善于识别人，但是我常常留神观察琐碎小事所包含的巨大价值，因为正是细枝末节有时隐藏着意味深长的蛛丝马迹，我还把这种癖好当成是乐趣无穷的消遣。结果有一回我真的亲身领教到了一个金口难开的外国穷工程师……不过那是另外一档子事，同眼下讲的这码事毫不相干，只不过两者都曾在我脑海里一掠而过，留下了它们的痕迹而已。不管怎样，这码事倒真可以用来隐喻一下眼面前的状况：今天晚上正是你的沉默寡言反倒赋予我说的话以某种特定的语气腔调以至于我的话听起来怎么说都带有言外之音，谁知道是不是呢？当然罪责在我，都只怪我喝得过量，醉后管不住嘴舌的缘故。有谁知道，难道不正是你此时此刻那副脸部表情，你那副半是小心翼翼半是装糊涂的眼神拼命激得我毫无顾忌地把心里的话都直说出来就像我这会儿正在做的那样。这是十分合乎常情，也可说是天经地义的。你是在听我说话，是在听一个醉鬼的满嘴醉话……然而不晓得什么缘故你就坐不住了，受不了啦……不妨套用一句我曾说过的现成话：你时不时地觉得被击中痛处啦;这样一来我就来劲儿啦，我给激得更想要讲下去，更想要再当面把你数落上另外十来句。我之所以又提及这句话无非是用作例子来说明琐碎细事的价值。千万不可掉以轻心，忽视了细枝末节里的蛛丝马迹，亲爱的朋友！看在上帝面上，琐细小事的价值大得不得了哇……请进！"

敲门的是莎拉，她来通知晚餐已经准备好了。米纽坦恩马上站起身来。这会儿工夫纳吉尔越发醉态毕露，说起话来口齿含糊不清，而且前言不搭后语，大着舌头满嘴嘟哝着不知道什么东西。他太阳穴际青筋绽起，一副茫然若失的神色叫人看得出来他心事重重脑袋里有许多想法在翻腾争斗。

"算啦，"他说道。"你想要趁此机会溜之大吉，我一点也不觉得意外，今天晚上你不得不一直忍受住烦得要命的唠叨。不过且慢，还有些别的事情，我很想听听你的高见。例如，我问起的你内心深处到底对基兰德小姐有什么看法的问题，你至今不曾松口做出回答。在我看来，她是一位最难得遇上却又可望而不可即的绝色佳丽，她俊俏可爱，一颦一笑都那么妩媚动人，清纯洁白得如同积雪一般……不妨想象一下，真正清纯的积雪，如同丝绸一样。这就是

181

我脑海中想得出来的她。要是你从我的讲话里得到另外一种印象的话，那就大错特错啦！……且让我趁早你还在这里喝完最后一杯酒，干杯！……不过这会儿我又想起了另一件事情。要是你有耐心再待一两分钟的话，我会真的非常感谢你。此事的实情是……凑得我再近一点，这幢房子的墙壁很薄……好啦，此事的实情是我已经无可挽回地爱上基兰德小姐啦。真要命，我怎么不打自招了呢！反正一两句话说不清，干巴巴的语言哪能说得出来，恐怕只有吾主在天之父才能详察明鉴我爱得她多么发狂，我为此遭受多少熬煎。不过那是另一码事，我爱恋也罢，痛苦不堪也罢，统统都行，但是却不是我想要说的只是说着说着就离了题。我希望你能慎守秘密，切莫辜负了我对你直言相告的一片信任，你能答应我吗？谢谢你，亲爱的朋友！不过，你说，既然方才我骂她是一个搔首弄姿的风骚妞儿，那么我怎么还能够爱上她呢？首先，要爱上一个大骚货毫不费事，人家在朝你卖弄风情哪。不过我并非仅仅着眼盯住这一点，不管怎样还有别的缘故。究竟怎么样啦，你是不是觉得你有本事看透人了。要是你果真是善于识人的话，那么你不消说得也能够心领神会，我要告诉你的真相实情：我方才讲基兰德小姐是个卖弄风情的妞儿并不是由衷之言，我并非真心是这么个意思。恰恰相反，她天生自然朴实率真，举止落落大方毫不做作……比方说你只消想想，她一点都不在乎地张嘴哈哈大笑，让人家看得见她那口并不洁白的牙齿。可是我却照样尽我所能地散布基兰德小姐是个善解风情的女子的这种印象，而且我这样做心里一点没有什么内疚不安。我之所以心安理得因为我这样做并不想伤害她或者报复她，而是力求使我自己不要沉迷得无法自拔，是出于自爱的缘故，即使我使出浑身解数去追求她博得她的青睐那也只是痴心妄想一场空而已，因为她已经名花有主，她已经订了婚，……对我来说她已经同我失之交臂，同我没有缘分。如果允许的话这可说是人的灵魂的另一种背离常理的畸形变态。我会在众目睽睽之下把她堵在大街上，表面上看起来似乎只是调戏骚扰她一番……我会盯住她一本正经得要命地对她说：'你好，小姐！我祝贺你换了一件干净的内衣衬裙！'你能够信吗？不过，我会做得出来的。那么随后我会做出什么事情来呢……究竟我会一口气奔回家捂着手帕大哭一场，还是掏出我马甲口袋里随身带着的那个小瓶子来往嘴里滴上一两滴……那我就直奔阴曹地府一命呜呼啦！正是怀着同样的情绪，我会在哪个星期天走进教堂，正当她父亲基兰德牧师对教众宣讲天父的圣谕训诫的时候，我站停在基兰德小姐面前放开嗓门声音响亮地大喊道：'请允许我闻闻你的芬芳香气好吗？'你觉得这句话是否说得尚还得体？所谓'一亲芳泽'，其实我脑子里并不是弦外有音另有所指，只不过想要把她闹个大红脸才随口脱出的一句话而已。'请允许我闻闻你的芬芳香气吗？'我会这么说的。随后也许我会跪倒在她的面前，苦苦哀求她朝我啐点吐沫来拯救我使我得福……这会儿你当真给我吓着了。算啦，我必须承认我在放肆地胡说亵渎不敬的混账下流话，更糟糕的是我当着一位牧师少爷的面去对一位牧师千金评头论足。对不起，我的朋友，这并非出于恶意，不是存心不良蓄意而为的，只不过我烂醉得活像一头乱放臭屁的黄鼠狼……听着，我有一回结识了一个年轻人，他偷了一盏煤气灯，他把它卖给了一个废品商，换来的钱全都灌了黄汤，好家伙，这是真事！其实他是我的一个老熟人，是已故的赫莱姆牧师的一个亲戚。那么这同我和基兰德小姐的关系有什么相干？一点不错，这一回你又对啦！你尽管什么话都没有说，可是你站在那里嘴巴不停翕动，看样子就是有话要说，而且说出来必定是十分正确的话。至于同基兰德小姐的关系嘛，她对我来说是全完了，有缘无分呗。我并不为了她的缘故，而是为了我自己感到懊恼惋惜。你滴酒未沾头脑清醒地站在那边，况且你又有看得透别人的本事，所以你是明白事理的。有朝一日倘若我在全城散布一个流言蜚语，说基兰德小姐已经被我拥抱入怀坐到了我的大腿上，我曾一连三个晚上在森林里某个地方同她幽会缠绵，后来她又接受了我的馈赠。你是会理解的，难道不是吗？当然如此，谁叫你善于察言观色，能把人看透来着，我的朋友，你真的就是如此，推托回避是没有用处的，那是掩饰不住的……你难道没有碰上过这样的事情？有哪一天你走在大街上，边走边沉思，想些无伤大雅的事情，忽然间在你明白过来之前人人都竖眉瞪眼瞅着你，从头到脚地打量着你。你莫名其妙，尴尬得不得了。你觉得挺害臊的，于是赶紧上下前后捆捆你的身上，还偷偷地朝你衣服上瞟了一眼看看裤裆是不是忘了扣扣以致豁开了。你满腹狐疑忐忑不安，甚至摘下你头上的帽子来检查价格标签是不是忘记摘掉，仍旧挂在上面，尽管这是一项旧帽子。真是白费力气一点没有用，你周身的衣帽穿着挑不出半点瑕疵来，可是你照样不得不耐着性子忍受着每个裁缝的学徒、每个中尉的竖眉瞪眼让他们爱瞪多久就瞪多久……不过要是忍受地狱般的熬煎呢，我最好的朋友，比方你被传唤去过堂呢？……这会儿你又愣了一下，是吗？哦，不是，你没有吓了一跳，那是我看花眼了，因为我似乎分明看见你震颤了一下，唉，真是的，面对着气势如虎狼般的最狡黠诡谲的警官，在大庭广众的法院里接受盘问还要进行对质，仅仅为的是查明探清十来条秘密途径最初是从哪个起点出发的……唉，只消想想，法院旁听席上的那些听众是多么优游自得，他们坐在那里既听到了本案的全部案情又与本案毫无牵连之处，真是优哉游哉好不轻松！难道不是吗，你说我说得不对吗？……我不晓得瓶中剩酒还能斟满一杯吗，要是我使劲拧拧这酒瓶的话？……"

他把酒瓶里最后的剩酒一饮而尽，继续说道：

"附带说说，我很抱歉不断在更换话题。我想这部分地是因为我喝得烂醉所以头脑里的思路突如其来地跳东跳西，不过部分地也是我的一个惯常的老毛病。事实上，我只是一个头脑简单的农学家，一个从牛粪学院毕业的大学生；我是一个从来不曾学会过思想的思想家。算啦，我们犯不着对这些专业的知识去进行深入的探讨，反正你对那些玩意儿不会有多少兴趣，而我既然明白了自己当前的情境我当然对它们亦极其深恶痛绝。你要知道，当我独自一人闷坐在这里思绪翩跹地遐想种种不同事情，对我自己毫不留情地作反躬自省的往事回顾的时候，我常常会大声地把自己叫作罗奇福特①，我时常会失头忘脑把自己叫作罗奇福特！你对这桩事有什么要说的，如果我告诉你有一回我定做了一个带着一只刺猬作印纽的印章？……这使我以往曾相识的一个熟人，一个德国大学里的严肃正经、相当平凡庸碌、却又很受尊敬的哲学学生。这个人蜕化成了一个颓

---

① 罗奇福特（Henri De Rochefort，1831—1913），法国著名新闻记者，思想激进，为巴黎公社的积极支持者和鼓吹者，曾多次入狱和流放。

废派，才两年工夫就把他造就成了一个酒鬼和小说家。如果他遇见一个陌生人问他是谁的话，他狂妄自大傲气十足地信口回答说：'我是一个客观存在！'唉，算啦，这对你毫无兴趣可言……你方才有没有谈到过一个没有学会思想的家伙？再不然就是我自己提起来的？我很对不起，你瞧瞧，我醉成什么样子了。不过没有关系，用不着操心。不管怎么说，我很乐意解释给你听那个不会动脑筋的思想家是怎么回事。要是我理解得正确的话，我从你的说话里听得出来，你是想狠狠地把那家伙剐一顿的。别，别，先别不承认，我是从你说话那种嘲弄的腔调里的确得出这样的印象。不过你所提到的那个人怎么着也该受到正确的看待。首先，他是一个大笨蛋。不，不，我不会改口的，他就是一个笨蛋。他总是挂着一条鲜红的长领带，并且纯粹出于虚荣心而笑容可掬。他是那么爱好虚荣以至于每逢有人看到他的时候，他几乎都在埋头读书，虽说他从未读进去什么。还有，他从来不穿袜子，这样才买得起一朵玫瑰插在他的衣襟纽扣洞里。这就是他的为人之道。但是最出色的在于他有许多肖像画，都是一些面容姣好的工匠的闺女的肖像，他却在这些肖像上冠以地位显贵、名声赫赫的家族的姓氏，借此炫耀他结交了多么气派的红颜知己。在有一张图片上他用工整清楚的字体写着'斯坦格小姐'，让你信以为真她大概是那位首相①的亲戚，其实那个姑娘充其量不过是姓赖伊或者豪格②的小家碧玉而已。哈哈哈，对此类冒充做作能

---

① 斯坦格首相（Emil Stang，1834—1912），挪威保守党领袖，在19世纪80、90年代曾两度出任首相。

② 赖伊（Lie）和豪格（Haug）是挪威平民的普通姓氏。

说些什么呢？他总是以为人家在同他过不去，在背后说他坏话。'大家都在诽谤中伤我，'他说。哈哈哈，你真的相信有什么人会自惹麻烦去诽谤中伤他吗？于是有一天他走进一家珠宝店，抽着两支雪茄烟！两支一起吸！他是手上拿着一支，嘴里叼着一支，两支都是点燃着的。他要着两支烟一起抽的把戏大概连他自己都不曾留意，倒亦未可知。再说身为一个没有学会思想的思想家，他也不会提出任何问题……"

"我真的该走啦，"米纽坦恩最后轻声细气地说道。

"你得走了？"他说道。"你真的要离我而去啦？好吧，我想要是把怎么正确看待那个人的故事原原本本一口气讲完，那未免太长了。行呀，留待以后什么时候再说吧。那么你是非走不可了，是吗？听着，多谢来访，承蒙你光临使得这个晚上过得很愉快。你听得清吗？我真不能相信几杯闷酒下肚竟然说话都口齿不清啦，我究竟醉成了什么模样？你不妨伸出个大拇指，放到一面大镜子底下去照照，会见到一副什么样的德行，呃？哦，我懂得你脸上这副尴尬不已的表情，因为你是一个非常聪明的智者，格鲁高德先生。细细观察你的眼睛，那真是一种享受，因为你的双眼是那么清白无辜。你走之前再来根雪茄烟。你什么时候再来看我呢？哎呀，天哪，我差点儿给忘掉了，刚刚才记起来你务必要光临我的单身汉聚会，你听清楚了吗！决计不会损伤你一根毫毛的……我跟你说，那将是一次轻松舒适的小型晚会，一支雪茄烟，一杯酒，随便聊天交谈，并且九乘九次为祖国，还有为斯坦纳森医生而祝酒干杯……行吗？会搞得蛮不错的。至于说我们方才谈到的那条裤子你会得到的，只管放心好啦。不过当然还是那条老规矩，就是不可以说出去。多谢你今天晚上的耐性。让我同你握握手！再来根雪茄烟，老伙计……听着还有一句话：难道你就再没有什么事情想要问问我吗？因为如果要问的话，哦，那么就算啦……好吧，悉听尊便吧，晚安，晚安。"

十一

到了 6 月 29 日，一个星期日。

那一天发生了两桩非同寻常的事情，城里出现了一个陌生人，一个戴着面纱的女人。她先到旅馆去拜访了一下，待了两个来小时就不见了踪影。

那天清早，约翰·纳吉尔就愉快地在他房间里又是哼歌又是吹口哨。他在穿衣服的时候哼起了欢乐轻快的曲调，似乎他由于某件事情而兴高采烈。自从上星期六同米纽坦恩在一起的时候那番狂饮之后，他前一天就足不出户，在房间里大步踱来踱去还喝了大量的水。星期一清晨当他走出旅馆的时候他嘴里还哼着歌曲，一副扬扬自得的样子。他乐滋滋的，禁不住走近台阶下站着的一个女人，朝她掌心里塞了几个铜板。

"你能告诉我哪里能借到一把小提琴吗？"他问道。"你知道不知道城里有哪个人拉小提琴？"

"不晓得，我说不上来。"那个女人惊奇地回答道。

她不知道，不过他心里一高兴便照样给了她几个铜板就慌忙快步往前走去。他已经瞅见了达格妮·基兰德小姐撑着她的红色阳伞从一家店铺里娉婷而出，他急匆匆地追赶上去。她只一个人。他朝她深深一鞠躬便开腔找话说。她的俏脸蛋一下子涨得通红，为了遮掩脸上的红晕她把阳

189

伞倾侧过来。

他们俩起先谈到了他们两人上一回在森林里的信步漫游，她那时太粗心大意没有把夜寒当回事，结果尽管天气那么暖和她还是患了一场感冒，至今还没有好利索。她说得那么坦率真诚，就好像是在对一个老熟人倾吐心曲一般。

"那么你感到后悔了不是？"他直截了当地问道。

"没有，"她回答道，脸色颇为惊诧。"没有，我没有感到后悔。你怎么会这么想呢？那是一个很愉快的夜晚，我是这么认为来着，虽说老天爷哪，你在给我讲那个身带风灯的疯老头的时候我着实吓得不轻。我甚至连做梦还梦见他，一个可怕的梦！"

他们谈了一会儿关于那个身带风灯的疯老头。纳吉尔今天谈兴极佳，他承认说他往往也给一阵阵荒诞不经的恐怖所魇住，为一些莫名其妙的事情而害怕得不得了。比方说，他走楼梯的时候时常走上一个台阶就一回头，唯恐背后有人盯他梢。这是怎么回事？哎呀，这是怎么回事？是某种神秘的、阴森可怕的东西在作祟，而对于这样的怪诞吓人的东西，我们的"全知全能的"科学却太古板、太粗鄙以致无法理解领会，这乃是某股无形的势力的气息，乃是隐蔽的生命力的影响。

"你要知道，"他说道。"此时此刻我恨不得转身走出这条街而拐到另外一条街上去，因为你看到的这些房屋，左首的街沿石，还有法官官邸花园里的那三棵梨树……所有这一切都灌输给人以面目可憎的厌恶，使我不由自主地产生反感，使我心头溢满了沉闷无聊的苦恼。所以我独自一人逛街的时候，我决计不走这条街，躲得它远远的，哪怕要绕道兜个大圈子也在所不惜。你把这种心境说成什么呢？"

达格妮咯咯一笑。

"我不知道。我猜想斯坦纳森医生大概会把它说成是神经质或者迷信。"

"一点不错,他保准会这么说的。唉,多么的牵强附会,多么的愚昧无知!有一天晚上你来到一个陌生的城市,不妨说就是这座城市吧,为什么不可以呢?对,就是本城吧!第二天你溜达一圈,大街小巷到处走走,来得到对这个地方的第一印象。在你逛街的时候,你对有些街道心里油然而生出一种说不清道不明的憎厌,而对另外一些街道却觉得颇为吸引心境痛快,是神经质吗?不过现在我假定你是具有钢铁一般的神经,所以你甚至不会知道究竟什么才是神经质。我们不妨再说下去吧。你仍旧穿街走巷沿着那条大街溜达过去,你碰到了上百个行人,在他们身边无动于衷地走过。忽然之间,正当你走到码头区的时候你在一幢简陋的平房面前站停了脚步,那幢陋屋窗户上没有窗帘却置放着几朵白花。……有一个男人朝你迎面走来,不知怎么的他立即给你留下了深刻的印象。他身上没有什么与众不同之处,只不过穿着褴褛显得一副穷酸相,还有走起路来稍为有点弯腰拱背。这是你第一次和他不期相遇,可是你却有一种奇怪的直觉在告诉你那个男人的名字叫约翰纳斯。约翰纳斯果然不错,正是如此。那么究竟为什么你会觉得他的名字就是约翰纳斯呢?这连你自己都说不上来,不过你可以从他的眼神之中暗自察觉得出来,从他的手势中冷眼旁观得出来,你也可以从他的橐橐脚步声中屏息谛听得出来;这倒并不是因为你曾经遇见过某个别的人,容貌同他很相像,名字也叫约翰纳斯,不是的,不是由于这个缘故。因为你从来不曾碰到过哪个相识会使你想得起来方才说到的那个人，然而你却偏偏会产生那种诧异和神秘的感觉，真是无法做出解释。"

"你在城里碰见过这样一个人吗？"

"没有，没有，"他赶忙回答道。"我只是推测猜想而已……那幢平房、那个男人全都是我凭空设想出来的。可是很离奇，难道不是吗？……也还有一些别的稀奇古怪的事情会发生。假定说：你来到一个陌生的城市，走进一幢陌生的房屋，比方说一家旅馆，反正一个你过去从来不曾到过的异乡客地的一幢生疏房子。你马上就有一种明确的感觉，就是这幢房子，说不定多年之前曾经开过一家药店。那么什么缘故会使得你有此感觉呢？一点征兆迹象都没有，没有任何人告诉过你，房子里也没有半点药品气味，墙壁上没有留下被药架子弄脏的污斑，地板上也没有留下放过柜台的痕迹。然而你心里依然清楚地知道，在多少多少年前这幢房子里曾经开过一家药店！你一点没有错，感觉得准得不得了，那是因为这一刹那你的内心里充满了一种神秘的知觉，这种知觉向你启示隐藏的秘密。说不定这样的状况你从来就不曾亲身体会过，对吗？"

"我以前没有往这上头想过。不过你如今这么一提起，我倒相信我也有过这样的感受。不管怎么说，我起码怕黑，没有什么名堂就吓得不得了。不过这大概是另一回事。"

"只有上帝才分得清究竟是这回事还是另一回事。天地之间有那么多匪夷所思的神秘事情，奇特无双而又无法做出真正具有解释性的表述，那种莫名其妙的恐惧会吓得你浑身难受坐立不安，却又说不出来，只好暗自震颤发抖。只消想想看，在月黑风高更深人静的夜里，你听见有人贴着墙根儿鬼鬼祟祟地溜了进来。你神志十分清醒，正端坐在餐桌旁抽着烟斗，但是你却放松了警觉，因为你满脑子都是要大展宏图的计划，在苦苦思索怎样才能将这些计划付诸实现，所以你呕心沥血地深思熟虑，你要万无一失地去实施你的那些计划，考虑得面面俱到，哪怕连每个最小的细节都不漏过。正在细细斟酌之际，你猛听得而且是非常分明地听得有人贴着外墙墙根儿在蹑手蹑脚地潜行过来，甚至贴着护墙板溜进你的房间里来，就在靠火炉那边，你可以看见防火墙上有一个影子。于是你把油灯的灯罩卸下来使得屋里更明亮一点，然后走到火炉边去。你一站到那团黑影面前，果然看见一个你素不相识的人，一个身材不高不矮中等个头儿的人，脖子上围着一条黑白相间的羊毛围巾，两片嘴唇完全是青紫色的。他的模样长相活像挪威扑克牌里的梅花杰克。我可以姑妄猜度此时此刻你是好奇胜于恐惧，当时你就气势汹汹地朝着那个家伙步步进逼，想要用你的恶狠狠的眼神把他横扫出去，但是他却毫不动摇，虽然你已经靠得他那么近你甚至可以看清楚他在翻白眼，这使得你明白无误地认识到他确实是一个像你自己一样的大活人。于是你就试图用一种诙谐幽默的手段来同他打交道，你说你尽管以前同他从未谋面，'你的姓氏难道碰巧正是霍曼吗？莫非你是本特·霍曼？'你说。既然他闷声不响没有搭腔，你就拿定主意管他叫作霍曼，你说：'真是活见鬼，凭什么你不是一个本特·霍曼呢？'于是你轻佻地逗弄戏耍他，但是他依然不为所动，弄得你智穷才尽不知道该拿他怎么办才好。于是你倒退一步，伸出你的烟斗柄去磕碰他，嘴里还发出'砰'的一声响。但是他却没有破颜一笑。哎呀，真是要命！你恼羞成怒，便用足力气猛地捅了他一下。尽管他就在你身边，可是这猛然一捅却对他毫发无损，他非但没有跌倒，反而两只手深深地插在衣兜里，耸耸双肩，摆出一副架势仿佛在说'那又怎么样'，他一点都不在乎你这一猛捅。'又怎么样！'你又气又恼地回敬了一句，在他肚脐眼儿上又狠狠地戳了一下。这一戳不打紧，竟然使你亲眼看到了接下来的场面：在最后戳了这一下子之际，那个人便开始蒸发消失；你看着他，他就在你的眼前徐徐变得模糊不清，一点一点地淡化消失，后来这个人全都失去了踪影。只剩下了他的肚皮，片刻之后这个肚皮也终于消失掉了。但是他始终保持着双手插在衣兜里的姿势，用他那种一成不变的毫不服气认输的蛮横眼光正视着你，似乎在说：'那又怎么样呢？'"

达格妮又一阵哈哈大笑。"哦，你莫非真的亲身经历了这桩离奇的咄咄怪事！是呀，那又怎么样呢！后来又发生了什么，结果怎么样呢？"

"唔，是呀，当你重新在餐桌旁边坐停下来时，你这才发现你的指关节里生生作疼，原来方才是朝着防火墙上在捅呀、戳呀，把自己的指关节伤得不轻……不过这还不是我要说的正题，我要说的是：第二天快把这桩事情告诉你的相知熟人，那才说长道短什么话都听得着哩。'你必定睡过去了，'他们会说。哈哈哈，一点错不了，你睡熟了，尽管上帝和他的天使们都知道你明明没有睡过去，连一点睡意都没有。事实上你明明神智完全清醒地站在火炉旁边，边抽着烟斗边同一个人说着话，而人家非一口咬定说你是在梦乡之中，这岂非只是幼稚浅薄再加上武断妄言，除此之外还能做出什么别的解释吗？随后，有个医生开了金口，须知他是一位优秀杰出的医学专家，代表着科学，此公一言九鼎盛气凌人。'这桩病例嘛，'他说道。'无他，仅系神经质。'哦，天哪，多么滑稽可笑的闹剧！一点不错，'明白无误的神经过敏症状。'他说道。在这位医学专家的头脑里，脑子只是一个器官，一样尺寸多少大小，高宽各多少的东西，一样你可以捏在你的掌心里的东西……上面布满了粗细大小一厚层神经而已。所以他就在一张单子上大笔一挥写下了铁多少奎宁多少，你就会立等可取地霍然痊愈。此事就这么了结啦。但是有多么僵硬呆板，是什么样的农民逻辑哇！……把他的尺寸大小和奎宁强加于人，硬自闯入一片哪怕连最敏锐最聪明的智力都无法做出任何解释的领域之中。"

"你有一颗纽扣要掉下来啦。"她说道。

"我有一颗纽扣要掉下来了吗？"

她微微一笑，指着他的上装上那颗只靠着一线维系的那颗纽扣。

"为啥不干脆把它拧下来算了，反正眼看着它就要掉了。"

为了迎合她，他从衣兜里掏出一把小刀把那颗纽扣割了下来。当他掏刀子的时候，几枚小钱和一枚挂在磨损得惨不忍睹的绶带上的奖章也跟着从衣兜里掉落出来。他迅速地弯下腰去把那些东西捡了起来，而她眼睛很尖站在旁边早已看清楚了。她不禁说道：

"一枚奖章，不是吗？可是你怎么这样对待它，瞧瞧那绶带！这是一枚什么奖章？"

"这是一枚救生奖章……哎呀，不要以为是凭借了我的功劳它才到我的口袋里来的，那只是一个炫耀摆谱的样子货。"

她瞅了他一眼，他的面容完全泰然自若，他的眼神坦诚率真，似乎说假话的念头从来不曾闯进过他的头脑里。她伸手一把抓过那枚奖章，把它托在她手掌上。

"你又要来这一套啦！"她说道。"倘若不是你自己去挣来的，那么这东西怎么会到你的手里，也许你还佩戴过它哪，对吗？"

"是我买来的！"他说道，哈哈一笑。"它是我的，我的财产，我拥有它，就像我的小刀，我的纽扣一样。所以干吗我非要扔掉它呢？"

"不过你怎么竟然能买到一枚奖章呢？"她问道。

"唔，反正就是炫耀摆谱的儿戏罢了，我毫不否认，不过这类儿戏也不是经常玩得了的。在一个场合我把它挂在胸前了一整天，来夸耀夸耀它，我甚至为它祝酒干杯，哈哈哈。有一种骗人儿戏不见得比另外别的差，难道不是吗？"

"奖章上的姓名给刮掉了。"她说道。

他的神色骤然一变，不由自主地伸手去索取那枚奖章。

"哦，姓名刮掉了吗？那不是不可能的，让我看看。大概是放在衣袋里的缘故吧，我一直把它同我的零钱铜板混杂在一起。"

达格妮朝他投过去满腹狐疑的一瞥。于是他忽然之间捻了个响指大声惊呼起来：

"我真是失头忘脑，粗心之至！那上面的姓名的确是给刮掉的，你是对的，我怎么竟然忘记了这码子事，嘻嘻嘻，那是我自己刮掉的，一点没错，就是那么回事。反正奖章上不是我的姓名，那上面铭刻的是奖章得主的姓名，就是那拯救溺水者的见义勇为者。我一得到它就把原来的姓名刮掉了。我很抱歉方才我没有能回答上来。我并无意于说谎。

你要知道我有点心不在焉，因为我正在想着另外一桩事情：你怎么会对我上衣上有颗纽扣快要掉下来那样地神经紧张呢？就算掉了又怎么样呢？难道这就是你给我方才讲到的神经过敏和科学等等的回答吗？"

冷场。

"我必须说你今天一直对我十分开诚布公，"她侃侃而言，却并没有正面回答他的问题。"我摸不清你究竟出自什么意图。你的见解真是难得少有的；方才那会儿你还在试图说服我相信，世间所有事情说到底其实都只是儿戏，没有任何事情是高尚的，是伟大的。这是你的真实想法吗？请问：花上那么多克朗去给自己买回来枚奖章，还是凭仗着自己的功劳去挣来，这两者能毫无区别吗？"

他没有吱声回答。她继续讲下去，语调缓慢口气却非常一本正经：

"我真摸不透你是怎样一个人。有时候我听你东拉西扯我就免不了要问问自己你到底是不是神志健全头脑清楚。请原谅我这么说话！我们两人每见一回面你就使得我更增添一分忧虑担心，也更加震颤战栗。不管你嘴里在侃的是什么，你总是非要把我搞蒙不可，要说得我把每件事情都黑白混淆是非颠倒。这究竟是怎么回事？我从来不曾遇见过一个像你那样使我从内心深处感到抵触的。告诉我，你嘴里讲的究竟有多少是你的真心话？有哪些是你内心里所坚定不移的理念？"

她提出的问题是那么认真严肃，那么情深意切，他也不禁吓了一跳。

"如果我是一个神的话，"他半晌之后说道。"一个被我敬重为真正崇高无比至神至圣的神，那么我就可以向这位

197

神灵发誓：我对你说过的每一桩事都是我的真心话，绝对是每一桩事，况且我把你搞蒙了的话那也是因为我抱有最美好的意图。上一回我们在一起散步的时候，你说过我代表着一种与每一个别人都格格不入的矛盾见解。不错，这是真的。我承认我就是一个活生生的矛盾，我自己也弄不明白是为什么缘故。我仅仅只是理解不了为什么每一个别的人都听不进去我的见解看法。在我看来所有的问题似乎都是那么简单明白、一目了然，我一眼就能够看透它们的条理性和一致性。这就是我内心深处所坚信的理念，但愿小姐你能相信我，现在和永远都如此。"

"现在和永远……我不情愿做出许诺。"

"这对我来说是要紧之极的。"他说道。

这时候他们已经走进森林。他们两人走得那么贴近以至于他们的衣袖常常摩擦到对方的，四周的氛围安静宁谧，他们可以娓娓而谈，却仍旧能彼此听得见。偶尔有一两声小鸟的啁啾。

忽然之间他伫立不动，害得她也只好停下了脚步。

"最近这几天里我饱尝了对你的相思之苦哇！"他说道。"别这样，别这样，千万不要一副吓掉魂的样子。我什么也没有说，况且也不想要得到什么；我一点都不抱幻想，起码至今还没有。再说，你甚至一点都不了解我，初次相遇时我就闯了祸，弄得开头很糟糕，还有我往往容易失言，口无遮拦地说出一些言不及义的话来……"

趁他默然的瞬间，她立即搭上话头：

"你今天真怪！"

她一边说一边挪步往前去。

可是他又阻止了她。

"亲爱的小姐，请稍待片刻，今天务必请你对我忍耐一点。我有话要说，却又害怕说出口，我生怕你会打断我的话头，一声喝令叫我'滚开！'而这些话都是我好几个不眠之夜辗转反侧时心里所想的。"

她用愈来愈怀疑的眼光盯住他，问道：

"这和我们有什么相干吗？"

"和我们有什么相干吗？你肯不肯让我直言相告呢？那和我们俩有关联……关联就在于我爱你，基兰德小姐。不错，我真的看不出来你为啥要那样大惊小怪。要知道我是血肉之躯，我有缘同你相会，拜倒在你的魅力之下情难自制地爱上了你。这一点没有什么可奇怪的，不是吗？至于我也许本来不应该当面向你直诉衷肠，那是另外一回事了。"

"不，你不应该。"

"这就表明了一个人是可以给逼到不顾一切的地步的。我甚至在背后诋毁你，那是出于对你的爱。我曾经把你称作一个爱调情卖俏的姑娘，尽力来贬低你，只是为了使我自己得到安慰，弥补我的损失，因为我知道你已经名花有主，可望而不可即。这一回是我第五次和你相会，我毕竟等到第五次相会时才向你吐露心曲，虽说我本当在初次见面时就能够这么做的。再说今天是我的生日，我二十九岁了。今天早晨我一睁开眼睛就唱着歌心里喜洋洋的。我想到……唉，真是可笑，当然真是荒唐，我居然想出这么个馊主意来，但是我确实自思自量想到要是今天你能够见她一面，你务必倾吐胸臆，我估摸着大概不至于伤害到她的感情使她因为受到冒犯而心里难过，更何况今天还是你的生日。要是你让她知道这一点，她说不定看在今天是你生日的分儿上会更情愿原谅你一些。你在微笑是吗？一点不错，这是很荒唐可笑的，我知道，不过我已经山穷水尽，毫无法子啦。我只能像所有别人一样向你献上我的一片痴情吧！"

"真叫作孽，你偏偏挑了今天这么一个好日子来做这番手脚，未免太糟践可惜啦，"她说道。"你今年的生日真不走运。这就是我对眼前这桩事情所能够说的。"

"是呀，当然喽……上帝呀，你怎么具有那么大的支配力量！我完全能理解一个男人为了你的缘故而被逼得走向任何极端。甚至就是现在这会儿，你方才讲出来的那几句话，话虽然说得一点不客气叫人听着心里毕竟不大是味，可是你的嗓音腔调却仍是那么悦耳动听，就像听你在歌唱那样，我觉得我的心里好像有鲜花在怒放。这是有多么奇怪！你要知道，我一直在晚上到你家门前来回徘徊，希望在哪一扇窗户上能看到你的倩影。我还一直在这片森林里双膝跪下为你的缘故而祈祷上帝，虽说我并不大相信上帝。你看到那边的那棵杨树了吗？我就走到那里为止，因为我一夜又一夜地跪倒在那棵杨树下，心乱如麻，绝望到只觉得走投无路，痴情到犯傻发狂，失落到迷茫不知所措，因为我实在没有法子把你从我的脑海里驱赶掉。每天晚上我都要在这里向你道一声晚安，我匍匐在地祈求风和星星把我的问候带给你，我相信大概你在睡梦中也会感觉到我的一片赤诚。"

"为什么你要跟我絮叨所有这些？难道你不知道我……"

"哦，知道，知道，"他插嘴进来打断了她的话头，情绪极度烦躁不安。"我知道你是要说：你已经名花有主，很久以来你就属于另外一个人了，如今到了这工夫上，我却硬要挤进来插上一脚，未免卑鄙无耻不光彩之极，何况木已成舟我再来横刀夺爱，亦为时太晚……我事先怎么能知

200

道呢？那么我为什么要把这一切都告诉你呢？无他，只是想要对你施加影响，给你留下点印象，甚至使你感动得要重新权衡考虑。上帝作证，我讲的句句都是真话，除此之外我别无他法，因为现在我知道了你原来已经订婚即将出阁，而且你热恋着你的那个年轻小伙子，这就表明我在你面前是吃不开的。然而我仍旧不死心，还是想多少给你施加一点点影响，我拒不放弃希望，这样也许会使得你更好地了解我。方才我说过我并不抱有任何指望，那是一句假话，我是在说违心的谎话，当然我这样说仅仅是为了使得当时你能心里稍许安定一些，以便我争取到时间把话说出来，要不然你马上就会过分惊慌而不许我讲下去的。亲爱的，我做错了什么呢？我并没有打算要说你总归会给我希望的，我也没有想象过能够挤掉别人取而代之。天哪，这个念头我从来就不曾有过！不过正当一筹莫展之际，我并没有万念俱灰，我自思自量：行呀，她已经订婚，她行将离家出阁嫁为人妻，从此一别成永诀相逢再无期。可是她对我来说毕竟还尚未完全失去，她尚不曾离开嘛，她尚不曾结婚嘛，也还好端端地活在人间嘛，所以谁知道会发生什么？只要我尽了人事说不定还有一线之机！你已经成了我恒定不变的长相思，成了无时无刻都萦绕在我心头的挥之不去的迷恋魔念，我在每样东西上都看到你的情影，我把每条湛蓝的溪流都叫作达格妮。我相信这几个星期以来没有一天不是在我对你苦苦相思之中度过的。每天不管我几点钟离开旅馆，只要我一打开大门踏到台阶上，我的心里便油然而生一个希望：说不定此时此刻正好能碰巧遇见她！我伸长脖子四处寻你。我也弄不明白自己怎么竟痴迷似狂到这般地步，可是我一点法子都没有。请你相信我，我这样乖乖儿地缴械投降的确并不是没有经过剧烈斗争的。可是心里真不是滋味呀，因为明明知道你自己的挣扎顽抗是毫无用处的白费劲，可是仍想咬紧牙关非要再软磨硬泡死死忍住不可，这就是为什么竭力顽抗一直熬到最后关头，可是到头来照样自制不住仍旧泄了气，什么努力都不管用，究竟怎么才好呢？当你忍受着一个又一个不眠之夜的煎熬，坐在你房间里的窗户旁，你凭空梦想出各种各样的事情来！你手上拿着一本书，可是你并不阅读；你一次又一次咬紧牙关，只念了三行就再也念不下去了，只好摇摇头把书本撂下，你的心在狂野地跳动着，你温柔而轻声地对自己吐露出几个甜蜜而秘密的字眼儿，呼唤着一个名字，在心眼儿里亲吻着它。钟敲两点、四点、六点；于是你拿定主意赶快结束这场甜蜜的折磨并且做出忏悔……这会儿我对你有所求的话，那就是不要作声听我讲下去。我爱你，不要作声，不要说话。再等上三分钟。"

　　她一直完全惊慌失措地神情十足尴尬狼狈地在倾听他讲话，没有发出一点声息搭腔。他们两人一直纹丝不动站着没有挪动过脚步。

　　"你莫非发疯了不成！"她终于摇摇头开腔说道，神情痛苦，脸色苍白，湛蓝的星眸里闪过一道坚冰冷雪似的寒光。她又加上一句："你明明知道我已订婚，你记得很清楚而且也不打自招了……"

　　"当然喽，我知道！我岂能忘得了他的那副尊容和那套制服吗？说到底，他毕竟是个英俊潇洒的小伙子，倒并不是我在他身上发现了什么毛病，然而我还照样希望他死去或者失踪了才好。讲这些有什么用，我已经对自己讲过成百上千遍啦。相反地我尽量想要回避开去想这些不可能。

我告诉我自己说，哦不错，我说不定还有点盼头，也许她会芳心暗许，世间万事殊难意料，以为不可能的事却偏偏会发生，仍旧还是有希望的……还是有希望的，对吗？”

“不对，不对！千万不要逼得我失望透顶！”她叫喊道。“你究竟要我做什么？你究竟在想什么？你真打算我应该……上帝啊，我们不要再谈下去了，求你行个好吧！你走吧！你的这几句无聊的蠢话把所有一切全给糟践了，你非但破坏了我们的谈话，而且从此以后我们不能再见面了。为什么你要这样做，你的居心何在呢？唉，要是我早点有所察觉就好了！算啦，不要再来这一套了，我求求你既是为你好也是为我好。你心里明白得很，我是决计不会和你有什么的。我搞不懂你究竟怎么会起这种念头的。所以长痛不如短痛，让我们就到此为止吧！你务必回到你的房间里去反省自责吧。天哪，我实在为你感到过意不去，可是除此之外我别无他法。”

“难道非要在今天就分手诀别吗？难道今天就是我最后一次和你见面吗？不行，我说不行，你可听见！我做出承诺一定保持冷静，讲点别的你爱听的事情，决计不再触犯这一禁忌；那样我们就可以再见面了，是不是？也就是说等我平静下来之后，行吗？有朝一日也许你对我说的别的一切都已经听得烦腻厌倦了，到那时候再说……反正只要今天不是最后的日子。你又在摇头了，把你的可爱的脑袋摇得像拨浪鼓一样。天下万事真是何其荒唐可笑……即便你不允许同我再见面的话，你何妨好歹说上一句行吧，说句假话哄我高兴高兴总可以吧？你要知道，你这一句话把今天这个好日子变成了一个悲哀的日子，非常可悲的日子，尽管我今天早上还唱歌来着。就再见一次！”

"你不应该对我提出这个要求，因为我无法答应。再说又有什么用呢？走吧，你快走！说不定我们还会碰头打个照面，我不知道，不过很有可能。现在你走吧，你听清啦，"她不耐烦地呼喊道。"就算你对我行行好吧！"她又加上了一句。

冷场。他怔怔地站在那里，痴呆呆地看着她，胸脯急剧起伏不已，后来他定了定神重新振作起来，朝她深深一鞠躬。他的便帽跌落到了地上，他伸出手去，不是捡起便帽，而是出其不意地一把抓住了她的纤纤玉手，尽管她并没有把手伸给他，他却把她的玉手紧紧地捏在他的双手之中。待到她发出一声短促的惊呼时，他立即放开了她，脸上一副苦恼相，显出由于使得她被捏痛而感到真正的失望。当她举步离开时，他站在原地不动，目光一直盯住了她，目送她渐行渐远。再走几步，她就会消失踪影。他的脸颊骤然涨得通红，他咬住自己的嘴唇直到一缕鲜血徐徐淌下。他想要转身就走再也不理睬她了，他此刻是真正怒火中烧了。既然什么好话都说尽，苦苦哀求也无力回天，那么拉倒吧，就此作罢算啦，说到底他毕竟还是个男子汉大丈夫，一切都想得开，世间万事终究要有个了局，此刻一别竟成陌路⋯⋯

正在此时，她忽然转过身来说："还有，你千万不要深更半夜到牧师宅邸四周去逛悠。你真的不要去，我求求你啦！原来我的狗狗一连几个晚上吠叫得那么凶竟是由于你的缘故。有天晚上我爸爸都急得差点儿就要下床出门去查看动静啦。你不可以那样做，你务必听话！不管怎么说，我但求你不要惹事给我们两人都招来麻烦。"

就是这几句关照，没有更多的话。然而尽管如此，一听到她的娇柔清脆的嗓音，他的满腔怒火顿时化为乌有了。他摇了摇头。

"可惜今天还是我的生日！"他说道。他把整张脸蛋掩埋在胳膊肘儿里就离去了。

她眼看着他走开，踌躇了半晌，便快步朝他追了上去。她一把抓住他的手臂。

"我很抱歉，不过只能如此没有别的法子哇。我跟你不能够有什么。但是也许我们以后某个时候可以重新见见面，你说呢？好了，我得走啦。"

她转过身去匆匆离开了他。

十二

一位戴着面纱的女士从码头上走过来，她刚刚从蒸汽轮船上下船登岸。她径直往中央大旅社而来。

纳吉尔正好站在他房间的窗户旁边朝外眺望。在此之前他一直烦躁不安地在房里踱来踱去，整个下午都是如此，只不过偶尔停下来一两回喝了一杯水。他的双颊异常潮红，如同发烧一般地赤红。他的双眼恰似两团正在熊熊燃烧的火球。时光一个小时又一个小时在流逝，而他心里却只想着一件同样的事情：他最后一次同达格妮·基兰德的相会。

有过片刻时间，他力图说服自己：他只消离开这个地方便可以忘掉整件事情，从此一了百了。他打开他的衣箱，把箱子里的东西统统取出来，有一些文件纸张、两件铜管乐器、一支长笛、几张乐谱、几件衣服，包括另外一套和他身上穿的一模一样的套装，还有杂七杂八的其他零星物品，他把这些东西摊了一地。不错，他要动身离去了，这个城市再也不能多待下去了；既没有旗帜飘扬，街上也一片死寂，所以凭啥他非要再待下去，离开这里岂不是更好吗？千不该万不该，凭啥他当初要多管闲事一头扎进这个鬼地方来呢？一个闭目塞听的老鼠洞，一个毫不起眼的僻壤小镇，城里就那么一丁点居民，可是个个长着一双顺风耳。

但是他却也心知肚明，他舍不得离开，他这番做作无非只是耀武扬威鼓鼓自己的劲头来哄弄一下自己而已。于是他又只好垂头丧气地把所有东西捡起来扔回衣箱里，再把衣箱放回原处。在做完这一切之后，他实在心神烦乱，既无所事事又坐立不安，他只好步履匆匆地在房门与窗户之间踱过来又踅过去，楼下的大钟每隔一个小时便敲响一次，最后钟敲六点……

当他站停在窗户旁边时，他一眼瞅见那位戴着面纱的女士正在踏上旅馆的台阶。他顿时面容失色神情骤变，拼命地搔了一两次脑袋，哎呀，这真是冤家路窄，不过凭啥她就不能来呢？她和他有一样的权利可以到此地来观光游览嘛。无论如何，她的行踪与他无关，他眼下还有别的事情要操心担忧，更何况她和他早已恩尽义绝两不相干了。

他马上强迫自己镇静下来沉住气，在一把椅子上坐定身躯，随手在地板上捡起一张报纸，煞有介事地看东看西宛如在浏览阅读一样。一分多钟至多不到两分钟后，莎拉推开门递进一张名片，上面用铅笔赫然写道："卡玛"。果然是卡玛。他站起身来走下楼去。

那位女士伫立在旅馆大堂里；她仍旧戴着面纱。纳吉尔一声不吭地朝她鞠了个躬。

"你好，西蒙森！"她声音高亢情绪激动地招呼道。"西蒙森，"她又说了一遍。

他猛然一愣，惊恐失色，但是旋即强自镇定。他吩咐莎拉："有哪个地方可以让我们稍待片刻？"

他们被带到餐厅隔壁的一间房间里。当房门在他们身背后关上之后，那位女士便迫不及待地一下子瘫倒在一把扶手椅子里。看样子她正处在极度的情绪骚动之中。

他们之间的交谈是断断续续和含糊不清的，往往话说半句只有他们两人才能心领神会地明白个中意思，而且还有不少地方隐隐约约提到过去的陈年往事。反正他们俩早就认识而且相互熟稔得很。他们此次邂逅相逢，谈了不到一个小时光景。那位女士讲的更多的是丹麦语而不是挪威语。

"请原谅我仍旧把你称呼为西蒙森，"她说道。"多么惹人喜欢的旧时昵称呀！多么好听的昔日爱称！每一回我对自己呼唤这个名字时你就出现在我眼前，生龙活虎和其人一样！"

"你什么时候到此地的呢？"纳吉尔问道。

"刚到，就是方才，刚到了一会儿，我是乘蒸汽轮船到的……对了，我一会儿马上就走。"

"马上就走？"

"听着，"她说道。"你是巴不得我马上离开才好，难道你以为我看不出来吗？……不过告诉我，我对我的胸部究竟该怎么办才好呢？摸摸这里，不，再高点儿！对啦，你觉得怎么样？我相信现在更加糟糕了；我的意思是自从我们上次见面以来状况急转直下更糟得不可收拾了，难道不是吗？唉，好赖就是那么回事，反正听天由命吧……我的模样儿看起来是不是有点儿衣着凌乱？如果是的话就照实说好了。我的头发看上去怎么样？说不定我还弄得很肮脏，真正的污秽不堪。要知道我已经出门旅行了足足二十四个小时啦……你还是老样子，一点没有变，你就跟过去一样冷冰冰的，一样冷淡疏远……你是不是身边碰巧带着一把梳子？"

"没有……我怎么会想得到你会来呢？究竟是怎么……"

"彼此彼此，就是说你怎么会偷偷溜到这么一个地方来了呢？不过你不相信我照样还是能够把你找出来！……听着，你在这里成了一个农学家，呃？哈哈哈，我方才在码头那边遇到个人，他说你是个农学家，已经为某位斯坦纳森夫人效劳收拾她的花园。你只穿衬衫干活干得挺卖力，一连干了整整两天帮她摆弄整治好了几株醋栗树。真是什么样的馊主意！……我的双手冰凉，唉，我一心烦意乱动起气来就总是双手发凉。尽管我像以往那样管你叫西蒙森而且见到你面就欣喜若狂，你却对我连一点点爱惜怜悯都没有，难道不是吗？今天早晨我还躺在我的舱位卧铺上，我就在自己思忖着：他究竟会怎么对待我，我心里拿不准；我想他起码不会不叫我的闺名吧，不会不拍拍我的下巴颏儿吧。我几乎敢肯定你是会这么做的，但是我想错了。记住，我现在并不要求你这样做了，请你留神记牢，到这时候再献殷勤为时太迟了，我无福消受……告诉我，为什么你老是一刻不停地眨巴着眼睛？你这样心不在焉莫非你不在听我讲话而是另外有什么心事？"

"我今天心里很不好受，卡玛，"他轻描淡写地说道。"难道你不能马上就告诉我你究竟为什么老远来看我？你说清楚了让我放心，这才算是帮了我一个大忙。"

"我为什么跑来看你？"她叫喊起来。"天哪，你真是能把一个人的感情伤害到极端吓人的地步！莫非你害怕我是来问你要钱的，非要把你身上搜刮光不可吗？要是你心里果真有这样肮脏的想法，你只管照实说出来好啦！……至于说我为什么老远跑来看你？猜一猜吧！你想想今天是什么日子，什么日子呢？你大概连你自己的生日都忘记掉了？"

她嘤嘤啜泣起来，合身扑倒在他面前双膝跪倒，紧紧抓起他的双手揞到她的脸庞上，然后又搂到她的胸脯上。

　　说来不可思议，他当即被这种他已经再也不抱任何指望的强烈的柔情脉脉所感化了，他一把搀起她来，把她拥坐在自己的双膝上。

　　"我忘不了你的生日，"她说道。"我总是牢记在心。你根本就不会想到有多少个夜晚我想你想得无法入眠，常常半夜梦回哭醒在枕边，为了你而哭泣，淌了不知多少流不尽的眼泪……我亲爱的小伙子，你仍旧有着那么红的嘴唇！我在船上魂牵梦绕地想到了许多往事。我不晓得他的嘴唇是不是依然那么红艳……你的眼神怎么那样游移不定！你愈来愈不耐烦了，是吗？除此之外，你还是老样子，模样依旧可惜眼睛走了神，就好像明摆着你是在煞费苦心想要找出法子尽快摆脱掉我的纠缠。还是让我坐到你身边的那把椅子上去吧，那样你会感到好受一些，难道不是吗？我有那么多、那么多的话，满肚子的话要对你讲，可惜我不得不匆匆而去，因为那艘蒸汽轮船很快就要起航开船，而这会儿你那副无情无义的架势又弄得我心慌意乱不知所措。我究竟能够讲些什么才能使你端坐不动认真细听呢？你甚至连我记得你的生日老远跑来看你都无动于衷毫不领情感激……你收到许多鲜花了吗？我确信你一定收到了。斯坦纳森夫人也会记得你的，对吗？告诉我，你作为农学家为她出力干活的那位斯坦纳森夫人究竟长啥样子？哈哈哈，男人就是这副朝三暮四的馋相！……我本应给你带点花来，可是我手头那么拮据实在买不起呀……天哪，为啥就这么可怜的短短几分钟你都不肯听我说说话，难道不是如此吗？唉，世态炎凉，冷暖自知吧。难道你不记得有一回……算啦，此一时彼一时，明摆着你记不起来了，再说对你旧事重提已经毫无意义了。想当初有一回你仅仅从我帽上插的羽毛就能够从老远认出我来，你一看见那根羽毛便奔跑一长段路来到我的面前。你知道我讲的都是真事，对不对？那一回是在古堡那里。不过我再也记不起来为什么我总是要提到那根羽毛的事了，想当初我只是拿这桩事情来取笑你一下，作为一个很好的证据而已……怎么啦，为什么你跳起身来？"

他冷不丁蹿起身来，踮着脚尖悄悄地走到房门口，猛地把房门拉开。

"莎拉，餐厅里一直不断在摇铃叫你！"他朝门外高声喝道。

当他返身回来在自己的椅子上坐定之后，他朝卡玛点点头，悄声嘱咐说：

"我敢肯定她站在门外从钥匙孔里偷听偷看。"

卡玛变得愈来愈不耐烦了。

"就算她在偷听偷看又怎么啦？"她说道。"你为什么对这类没啥不得了的琐细事放心上，看得很重呢？我已经坐在这里一刻多钟了，你却至今不曾请求我除下面纱。不过你也用不着再假惺惺地提出这样的请求了，那是多此一举了。你心里根本体会不到在这样大热天里脸上罩着一层冬天才蒙的面纱有多么难受。算啦，我这是自作自受在犯贱作孽吧，究竟为什么我要大老远跑来讨个没趣！方才你询问那个侍女说有什么地方可以让我们稍待片刻，我又没有听漏掉。稍待片刻，是你亲口说的！这话的意思就是你心里分明早就拿准了要在一两分钟里结束谈话把我打发走。哦，我不是埋怨你，只不过这种口气害得我心里有股子说不出的怨气和悲哀，上帝救救我吧……为什么我当初硬是不肯放你走呢？因为我知道你发疯了，你的眼神里就透着那股子狂气……是的，只消想想看我所听到的那些话，而且我真的十分相信。不过我仍旧还是放你走了。尼森医生说你发疯了，天知道你真的发起疯来跑到这么一个地方安顿下来还自称是个农学家。有谁听说过这类事情！况且你手上还戴着那枚铁戒指，身上还穿着那花里胡哨黄得耀眼的行头，除了你没有人敢把这种衣服穿上身的……"

"尼森医生说我疯了吗？"他问道。

"尼森医生就是直截了当这么说来着！你想要知道他是对谁说的吗？"

冷场。有片刻工夫他低头陷入了苦思冥想之中。然后他抬起头来问道：

"老实告诉我，卡玛，难道我不能够给你点钱帮你个忙吗？你知道我是做得到的。"

"决计不要！"她说道。"决计不要，你听清楚！你究竟凭啥要将一个连一个侮辱朝我脸上扔过来！"

冷场。

"我不明白，"他说道。"为什么我们要坐在这里弄得彼此都不痛快……"

在这当儿，她泪光莹莹地插嘴进来打断了他的话头，而且已经顾不得她在说些什么了：

"谁不痛快啦？难道不是我吗？你怎么在短短一会儿工夫里说变脸就变了呢！我到这里来仅仅是为了一桩事情，那就是……反正我并没有指望你对我回心转意，你也知道我不是那类跑上门来求告乞讨的货色，但是我还是希望你大发善心地对待我……天父在上，我的命真是苦唆，我这一生真是一场十足不幸的大灾难！按理说我应该把你从我心里驱除干净，可是我做不到，相反我还追随在你身后，拜倒在你脚下。你可记得那一天在德莱曼大街上有一条狗朝我跳起来的时候，你啪地一巴掌打在狗鼻子上。哦，这都怪我不好，我尖声高叫起来是因为我唯恐那条狗要来咬我。不过，它不是，它是要来嬉戏玩耍。你用劲敲打了它之后，它非但没有逃跑反而蜷缩在地下翻滚着肚皮。那时候你感动得流出了眼泪，你爱抚着那条狗暗自哭泣起来，这些细节我都冷眼旁观看在眼里。可是现在我却看不见任何泪花，虽然……唉，这并不是拿来做比较。你千万不要以为我说这话的意思是将我自己比作一条狗，对吗？只有上帝在天之父才能揣摩得透你的盛气凌人的架势背后究竟隐藏着什么想法。我心里十分明白你摆出这副架势装得风流潇洒的真正用心何在。我看见你偷偷地在发笑，不错，你还笑得出来，你做得出来，你居然当面嘲笑挖苦我！倒不如我干脆把话挑明了说……不，不，不，不行，请饶恕我吧！我现在这副样子是因为我又绝望透顶了。你要知道在你面前的是一个悲痛欲绝的女人，我已经完全心碎了。把你的手伸给我吧！哦，你决计不肯把我的那个小过失忘记掉的。说到底你只要心平气和地想一想这毕竟只是一时的阴差阳错。那天晚上我没有到你那里去，是我犯浑发怵，尽管那当儿你做了一个又一个手势，然而我却仍然没有搭理照样没有敢去。我至今还直后悔。上帝知道，我后悔得心酸！但是他并没有像你以为的那样不在我的身边，其实他一直就待在我的身边，只是那当儿他不在，他离开了一会儿。我向你坦白交代这一切，恳求你仁慈怜悯宽恕我了吧！不过我本应该赶他早点出门才对，是的，我应该想法子让他早点动身，我承认这一点，我什么都不在乎了，连这样的事情都承认了，我本不应该失约不来的……唉，我真的不明白……我弄不明白怎么会是这样的……"

冷场。屋里的死寂偶尔被卡玛的抽噎声和餐厅里的刀叉磕碰声所打断。她继续在哭泣，不时用手绢在面纱底下擦拭她的脸蛋。

"你要知道，他已经无药可救到了极点，"她说道。"他甚至连想回敬报复都没有那份能耐。有时候他拍着桌子凶巴巴地叫我滚到地狱里去，是的，他怨气冲天对我破口大骂，说我害得他堕落把他给毁了，说我举止毫不端庄淑静连个粗蠢婆娘都不如，可是转眼之间就泄了气，唉声叹气心碎欲绝，愣是硬不起心肠来同我一刀两断。叫我看着这么一个窝囊废有啥法子？我就这么想离又离不开他不死不活地拖了下来，心里惨兮兮的一点都不快活……不过你犯不着为我感到难过，只要你敢于抛开那股傲慢蛮横劲头肯对我表示一点点怜悯，我就心满意足了！不管怎么说，他毕竟比大多半男人好，况且他曾经给过我幸福，他给我的快乐要比其他任何人多得多，这也包括你在内。我至今仍旧一样地爱着他，你要明白这一点。我并不是跑来背后说他坏话的。我回家一见到他就会把方才讲的那番话全都告诉他，还要在他面前长跪不起请求他饶恕。我是会这么做的。"

纳吉尔说道：

"亲爱的卡玛，还是合乎情理想得开一点吧！你听着，让我来帮你点忙吧！我相信你是有急用的。为什么你不肯让我尽点心意呢？我现在尽点心意是很容易做得到的事，况且我又真心诚意非常乐意，所以你再要拒绝那就太不通情达理了。"

他一边说着一边掏出钱包。

她怒气冲冲蹦了起来发作道：

"难道我说过不要啦！难道你听见我说要啦，唉，你这个人真是的！"

"那么，你要多少呢？"他问道，脸上哭笑不得，显得很不自在。

她坐回到她的椅子上，停止了哭泣，她似乎对自己勃然大怒有点后悔。

"听着，西蒙森……请允许我再一次叫你西蒙森，如果你答应不发火的话，我倒要问你一桩事情来着。你在这样一个地方安顿下来究竟有什么不同凡响的抱负，究竟为什么你要这样做呢？人家说你发疯了，那真是不足为怪，对不对？我甚至连这个小城的地名都记不住，除非苦苦想上老半天。这里小得要命，你却偏偏就待在这里，用你那些异想天开的离奇古怪的荒诞念头上演一出好戏，弄得这里的居民吃惊不小。难道像你这样一个人就不能想出点什么别的更好的事情来做吗？……算啦，反正与我不相干，我不想管这份闲事。我只不过看在昔日情分上才不得不问问……唉，你觉得我的胸部会怎么样？我老觉得它快要胀破了一样！你是不是认为我还应该再看医生？可是以上帝的名义我身无分文，哪里来钱看医生呢？"

"可是我已经说过我十分乐意借一笔钱给你，你先用着等哪天你手头上方便了你再还我就是了。"

"唉，其实我看不看医生已经无所谓了，"她像是一个任性执拗的孩子一样说下去。"要是我死了有谁会哀悼悲伤？"……可是忽然之间她改变了主意，仿佛她思忖再三之后终于想通了，她说道：

"我转念再一想，觉得凭啥我不应该接受你的钱呢？为什么现在就不能像以前一样延续下去呢？说到底，我毕竟不是富得流油所以才不得不为了这个缘故……哼，别看你一次又一次自告奋勇表示愿意给予周济，其实那是装装样子。你是趁着我在大发脾气之机提出来的，因为你料定我会拒绝的。一点没错，你事先料定了。你周密算计好了，无非是舍不得这几个子儿，想要省下点钱而已，虽说你现在钱多得足够你大手大脚挥霍的。难道你以为我不曾留神到你那份抠门小气劲儿吗？即便适才你又提出了一遍，那也无非是假惺惺地为了要再让我出丑丢脸一回，你幸灾乐祸地看准了我到头来还是会被逼得接受的。不过这实在是没有办法的事，随便怎么说我都不得不接受你的周济，而且对你怀着感激的心情。上帝垂怜，我真不愿再要你来周济，可是办不到呀！可是你千万要明白我今天并不是为了这缘故，不是为了要钱起见，不管你信还是不信。我也不相信你会庸俗到有此想法……不过你能匀得出多少给我呢，西蒙森？天哪，你不要弄得自己手头太紧绷绷，我求你啦，你应该相信我是真心实意的……"

"那么你到底需要多少呢？"

"哦，我到底需要多少！……仁慈的上帝，我会不会耽误了蒸汽轮船呢，不会吧？……我需要一大笔钱，不过也许几百克朗就能凑合对付，再不行……"

"听着，你大可不必觉得接受了这笔钱就丢脸出丑了。如果你同意的话，这笔钱是你自己挣来的。你可以帮我一个非常大的忙，要是我可以请求你出点力的话……"

"要你可以请求我出点力！"她叫喊起来，她已经高兴得忘乎所以，因为用这种两全其美的办法来解决使得她顿时如释重负。"天哪，瞧你怎么这样说话！要出点什么力，帮点什么忙，西蒙森？我干什么都在所不辞，哦，我最亲爱的小伙子……"

"在蒸汽轮船离港之前，你尚还有三刻钟时间……"

"是吗，那要我做点什么呢？"

"你要去拜访一位女士，为我办一桩差事。"

"一位女士？"

"她就住在码头区的一幢小平房里，窗上没有窗帘，她通常在窗台上放几朵白花。那位女士名叫玛莎·古德，古德小姐。"

"那么说来就是她喽……难道竟不是那位斯坦纳森夫人？"

"哎哟，你瞎猜得太离谱啦，古德小姐大概年近四十啦。不过她有一把椅子，那把高背扶手椅我一心一意想要弄到手。就是为了这桩事情我才要麻烦你出点力。你快把钱收起来，我再原原本本给你说清楚。"

天气渐渐暗下来。住在旅馆里的客人纷纷离开餐厅，发出了一阵很大的喧嚣。纳吉尔却只顾细密周到地解释关于那把旧扶手椅的每一个细节，告诫她务必要谨慎从事，不宜招摇张扬，出手过分大方反倒会弄巧成拙，等等。卡玛对这趟暧昧得颇成问题的差事却心情愈来愈急切，跃跃欲试，想要一现身手。她高声大笑，不断询问她是不是需要乔装打扮一下，起码要戴上副眼镜。难道他从前不是有过一顶红帽子吗？她可以戴上那顶帽子……

"不必，不必，你用不着玩什么花招。你只消对那把椅子出个价，把价钱抬上去就行了。你至多出到二百克朗，嗯，出到二百二十克朗，不能再高了。不用担心，你不会给缠住脱不了身的，你也不会买到手的。"

"天哪，一大堆的钱哪！啥道理我要出二百二十克朗的天价去买一把椅子呢？"

"因为我对它有优先购买权。"

"万一她拿我的话当真呢？"

"她听不进你的话。好啦。现在去吧。"

在最后告别之前，她再次问他借用了梳子，并且念念不忘她身上的衣裳是不是揉皱了。

"一想到你和那个斯坦纳森夫人那么经常相见我就受不了，心里真不是个滋味，"说罢她又检查了一遍她的钱是不是藏好了。

"你真讨人喜欢，给了我那么一大笔钱！"她欢呼道。她以一个迅雷不及掩耳的快动作掀起她的面纱，在他嘴唇上亲吻了一下，她的嘴唇扑哧一声砸到了他的嘴唇上，不过只是浅浅地触碰了一下。不过她的全部心思依然投放在去对付玛莎·古德这桩差事上。她问道：

"我怎么能让你知道事事都进行得挺顺遂呢？这样吧，要是你觉得行的话，我就让船长鸣汽笛，长鸣四五下，你看怎么样？你看看，我机灵着哪，一点也不笨，你只管对我放心好了，我是靠得住的。我起码要把这桩事情办好为你稍尽绵薄之力，既然你对我这么大方……听着，我今天大老远跑到这里来可不是为了钱的缘故呀。千万相信我。好吧，让我再一次感谢你！再见，再见。"

她又检查了一遍那笔钱是否藏得稳当。

半小时之后，纳吉尔果然听见有一汽笛长鸣了五下。

❦　十三　❦

　　两天过去了。

　　纳吉尔足不出户待在旅馆里，走来逛去，满脸苦相，一副烦扰不堪和备受折磨的样子，在这短短的两天里他的双眼失去了光泽。他一句话都不同人讲，连旅馆的上下人等也不讲。他一只手上缠着布条，那是有天晚上他通宵外出直至次日清晨方始返回，一只手却裹在手帕里。他说那两处伤疤是因为他在码头区失足误踩在一把扔在地上的钉耙所造成的。

　　星期四早上天下起雨来，阴沉难受的天气愈发使他郁闷消沉。然而他在床上念完了报纸并且观赏了一番法国商会代表处那边的旖旎景色之后，他猛地捻了个响指跳下床来。他究竟为啥要这样垂头丧气呀！大千世界如此广袤、丰饶和欢快，天地万物如此美好令人赏心悦目，千万不可想不开觉得活腻了！

　　在他穿戴整齐之前，他忙不迭地跑去告诉莎拉说他打算今天晚上邀请几个人来做客，大约有六七个人光景，都是想要在这个泪水溪谷一般的人间尘世上来寻欢作乐痛快一番的男子汉，都是能诌善侃爱逗乐子的热闹家伙：斯坦纳森医生、汉森先生、那位律师、那位教员，等等。

　　他当即发出邀请。米纽坦恩答复说他一定会来。法院推事赖纳特也在邀请的客人之列，但是却托故不来。到了五点钟，所有客人都已聚集在纳吉尔的房间里。雨仍在淅淅沥沥下个不停，天色晦暝黯黑，所以房间里点上了灯并且拉下了百叶窗。

于是酒神的飨饮款待开始了，一场足以成为这座小城人今后若干天街头巷尾或茶余饭后的谈资的放纵滥觞开怀狂饮开始了，一场花费不菲的如同阴曹地府里的鬼哭狼嚎般的嘈杂喧闹开始了……

当米纽坦恩踏进房间时，纳吉尔赶紧离座迎上前去，向他道歉说道上一回讲了太多的糊涂话。他紧攥住米纽坦恩的手并且由衷地同他握手。他也把米纽坦恩介绍给了大学生奥耶恩，因为此人是在座的人里唯一不认识米纽坦恩的。米纽坦恩悄声同纳吉尔咬了个耳朵，为了新裤子而向他致谢。这会儿他站立那里从头到脚一身新装煞是光鲜。

"你仍还缺少一件马甲，不是吗？"

"不用，这真的用不着。我又不是什么爵爷贵族。我可以给你打包票我真的用不着。"

斯坦纳森医生早已把他的眼镜摔碎了，这次是带着一副夹鼻眼镜来的，那副夹鼻眼镜不断往下滑落下来。

"你想要什么尽管开口说就是了，"他说道。"因为我们生活在一个解放的时代，只消看看本届选举并且用它同前一场比较一下就行喽。"

人人都在一杯接一杯地开怀畅饮，那位教师早已只能用单音节的词来发言吐语，而且口齿不清地拖着长音。律师汉森无疑在来之前就喝了几杯，如同往常一样同医生抬杠拌嘴，反害得他自己成了一个惹人讨厌的角色。

至于说到汉森，他是一个社会主义者，而且可说是火候有点过头的那一类。他对本届选举感到满意高兴。试问本届选举代表了什么样的解放，有哪位能够告诉他吗？嘿，真是活见鬼！满嘴漂亮话说什么当前正是大好的解放时代！难道像格拉德斯通这一号子人没有用道义为借口发动一场令人作呕的战争，把帕奈尔①收拾掉吗？这真是挂羊头卖狗肉，以道义这个大名来剪灭异己嘛！真是活见鬼！

"你怎么说这种该死的废话呢？"医生马上大声叫嚷起来，"难道每桩事情都要讲究一下道义吗？"要是民众听到这些事情上毫无道义可言，那么有多少人会咬钩上当呢？你务必要玩弄花招哄骗得民众上钩，这样才能推动民众步步前进，而且你还必须处处维护道义的名誉。医生坚决支持帕奈尔，不过既然格拉德斯通发现他无药可救，要搞掉他，那么想必他自有苦衷，非如此做不可。当然他并没有把可尊敬的主人纳吉尔一视同仁，因为纳吉尔是不肯原谅格拉德斯通的那颗清白的良心的。"哈哈哈，仁慈的上帝呀！……顺便说一句，纳吉尔先生，托尔斯泰似乎也不大合你的心意，对不对？我听基兰德小姐说你对认同他颇费踌躇煞有顾忌。"

纳吉尔正在同奥耶恩聊天，闻听此言赶紧转过身来回答道："我不记得曾经向基兰德小姐谈起过托尔斯泰。我认为托尔斯泰是一位伟大的作家，也是一位哲学上的愚者……"过了片刻他又加上一句："今天晚上我们都无话不谈畅所欲言好不好，要是大家觉得这样做适合我们的话？这毕竟是个男人的聚会，况且又是在一个光棍汉的房间里举行的。我们大家都赞成吗？我此刻倒大有跃跃欲试的兴致。"

---

① 查理·帕奈尔（Charles Parnell，1846—1891），爱尔兰民族主义政党领袖，为指导爱尔兰地方自治而奋斗，但最后以失败告终。

"随你的便，"医生受到了冒犯嘟囔说道。"居然敢说托尔斯泰是个哲学愚者！"

"好呀，好呀，我们不妨各抒己见，"教员冷不丁高声大喊道。他已经到了酩酊大醉的临界状态，自此之后对什么事情都无所顾忌。"不许不让人说话，否则我们就把你轰出去。人人都可以发表自己意见畅所欲言嘛。比方说在我看来斯托克尔①是一个十恶不赦的坏蛋。我可以证明这一点……证明这一点。"

人人都乐不可支，嘻哈狂笑，待到喧闹过去他们又谈起了托尔斯泰。"他是一位伟大的作家和伟大的智者，"医生如是说。

纳吉尔顿时满脸涨得赤红。"他才不是什么伟大的智者哪。他的智慧无论从品种或者质量来说都充其量和常人一样平凡庸俗，他苦口婆心的谆谆教诲不见得比救世军的幻觉妄语有丝毫高明之处。要是没有像托尔斯泰这样的高贵的出身，这样古老贵族世家姓氏，没有他那手头上拿得出上百万卢布现款的话，一个俄罗斯人是几乎不可能凭着教会几个农民缝皮靴就享有如此盛誉的……但是来吧，让我们尽兴快活一番吧，干杯，格鲁高德先生！"

纳吉尔总是间歇不大一会儿，就抓住机会同米纽坦恩叮当碰杯。其实整个晚上他都在殷勤关照着米纽坦恩。他还请求米纽坦恩把上次他们见面时他所胡诌瞎掰的那些荒唐故事统统忘记掉。

"至于我来说，我对你嘴里说出随便什么话来都不会感

---

① 阿道尔夫·斯托克尔（Adolf Stocker, 1835—1909），德国路德派牧师，1878 年成立德国第一个排犹组织基督教社会党。1882 年在德累斯顿主持召开首届国际反犹太大会并当选为主席。

到吃惊，"医生挺胸凸肚气势旺盛地说道。

"我时不时地会有股子劲头倾向于跟人顶几句嘴闹点别扭，"纳吉尔继续说道。"而今天晚上我就特别有这股子劲头，部分是由于前天有两桩不痛快透顶的经历对我打击实在太厉害了，部分是由于这种阴沉沉的天气真叫我吃不消。斯坦纳森医生，你肯定知道一些个中原委，所以想必你会宽恕我……至于说托尔斯泰嘛；我并没有发现他的思想要比，比方说，布斯将军①。他们两人都是传道士，不是思想家，只是说教者。他们兜售推销早已存在的思想，把这些现成的思想推广普及，将它们通俗化以迎合大众之需，以便哄抬提高价格再伺机出售，并且因此在世界上造成动荡不安。但是你如果经营销售生意无非是要将本求利盈余点赚头吧，而托尔斯泰搞经销却总做的是亏损得令人吃惊的蚀本赔钱买卖。有一回有两个朋友打了一次赌，其中有一个人下了一笔十二先令的赌注，说是他能够在二十步距离之外一枪把另一个人手上托的一枚坚果打得粉碎，但是毫不损伤到那只手。行呀，赌就赌吧！他开枪了，失去了准头，非但没有命中目标，反倒一枪打穿了那只手，直打得血肉横飞。那另一个人在痛苦呻吟之中用尽最后一点力气呼喊出来：'你赌输了，快把那十二先令交出来！'他赢得了那笔十二先令的赌注，嘿嘿，快把十二先令交出来，他说道！……上帝帮帮我，托尔斯泰毫不懈怠竭尽全力地要把人的狂野欢乐人生的源泉抽干吸尽，把他们带有野性的

① 威廉·布斯（William Booth, 1824—1912），英国卫斯理宗牧师。1865 年脱离卫斯理宗，组成以慈善事业形式从事传教的基督教徒布道团，1878 年在此基础上，组成新教救世军，因而成为新教救世军创始人，布斯并自封为"大将军"。

人生源泉弄得干涸枯萎掉，再灌输以对上帝和对人人的博爱来把整个人世间喂养得心宽体胖的。这使得我心里充满了耻辱感。若说一位伯爵大人居然害得一个农学家为他深感羞耻，这听起来未免太傲慢自大狂妄无礼，但是他确实如此……我不愿谈到托尔斯泰还是一个年轻小伙子的时候，他是不是曾经也不得不经历青春期萌生的骚动，抵制种种诱惑不为勾引所动，为的是提倡高尚的道德和清白无瑕的人生。不过此公如今已垂垂老矣，尽管壮士暮年雄心不已，可是他的人生源泉毕竟快要枯竭，没有残留下一丝对人类之爱的痕迹。呃，你可以说，他的教诲已经失去方向没有什么意义了！哦，对啦，他的教诲多少也还有一点用处。只有某些自觉老年姗姗来迟而且还不肯服老的人，他们已经享受够了人生欢乐并且对声色犬马感到腻烦和冷漠，于是他们会对年轻人当头棒喝：抛开七情六欲！年轻人果真勉为其难尽力去做，再三反躬自省忏悔不已，他承认按照圣诫神谕这样做当然是正确的。然而青年却并没有放弃七情六欲，而且执迷不悟地犯罪了四十年。自然的进程原本就是这般模样嘛！但是四十年后，那年轻人自己上了年纪，于是他为他的毛色洁白的牡马备好鞍鞯，策马四处驰骋，他那瘦骨嶙峋的手里高举着十字军旗，所到之处莫不令人作呕地自我吹嘘他年轻时是怎样抵制摒弃种种诱惑，而全世界莫不严肃认真地洗耳恭听。哈哈哈哈，真是一出翻来覆去永远炒冷饭的喜剧！托尔斯泰使得我心旷神怡情绪愉快，我感到高兴的是此公年当耄耋却仍旧做了那么多好事情；他终于将跻身于上帝宠幸之列！他碰到的唯一的麻烦在于：他只不过重复了在他之前的那么多老人已经做过的，并且也重复了他身后还有那么多老人将要做的事情。是的，这就是麻烦所在。"

"让我仅仅提醒你一句……免得长篇大论……托尔斯泰显示出自己果然是那些穷苦和被遗弃的人的真朋友,难道这一点不应该考虑在内吗?不妨指给我看看在咱们本国究竟有哪个名门贵族曾经像他那样照应周济这个群体里的地位卑贱的成员。我认为,仅仅由于他的教诲没有人听从遵循就把托尔斯泰说成是个愚者,这是一种相当妄自尊大傲慢无礼的见解。"

"说得好,医生,"教员再次发出咆哮般的怒吼,他的脸已呈猩红色。"说得好!不过还应该说得更尖刻点,更蛮横点才好。人人都可以各抒己见嘛!老实说,发表妄自尊大傲慢无礼的见解的恰恰就是你!我可以证明……"

"干杯!"纳吉尔说道。"不要忘记我们聚在这里的正经事儿。你真的认为,医生,一个坐拥整整百万家资的人施舍一张十卢布的钞票是那么令人敬佩吗?我弄不懂你和别的所有人究竟是怎么看待这桩事情的。我大概是个异端另类。从我的人生经历来看,我无法看出有人起码是那些有钱人掏出点子儿来做捐赠是值得大惊小怪的。"

"这句话倒挺中听!"律师不无逗弄取笑地说道。"我是个社会主义者,这就是我的立场嘛!"

此言一出惹恼了医生,他气冲冲地转向纳吉尔大声叫嚷道:"我可以请问一下,你是否真的知道他前前后后一共交出去了多少次捐赠,而且数目有多大吗?说话终究要讲分寸有点限度,即便是在单身汉的聚会上。"

"就托尔斯泰而言,"纳吉尔回答道。"情况是这样的:赠送掉多少家财却务必要讲分寸有点限度。这就是为什么他让他的妻子代人受过来担当,不肯更多给出点的罪名!哈哈哈哈，行啦，我们还是跳过去不再深究了吧……可是一个人给出去一克朗难道果真是因为那个人心眼儿好，一个人想要做点有道德的善事吗？这种见解在我看来是多么天真幼稚。有些人就是忍不住非要给掉点什么心里才痛快。为什么呢？因为他们在这样做的时候经历了一番真正的心理上的乐趣享受。他们这样做并非出自合乎逻辑的谋划盘算，而是忽然之间心血来潮要使自己称心如意求得一时之痛快。他们不情愿公开让人知晓其事而乐于悄悄地给掉，他们从心里憎嫌张扬招摇，因为这样一来便会害得满足感大为减色。他们做此事总是背着人干的，用颤抖的双手迅速掏出去，他们的胸膛里汹涌起伏着一种连他们自己都莫名其妙的精神幸福感。他们忽然之间被一种油然而生却又无法抗拒的非要乐善好施一下的冲动所左右；这表明了它本身就是他们胸中产生的一种快感，就是他们心里萌发出来的一种神秘而稍纵即逝的愿望。这种欲念感动得他们热泪盈眶。所以他们捐赠出手东西并非出自爱做好事的厚道善心，而是出自一种迫不得已的无奈所逼迫，是为了他们个人的心安理得，有些人就是这副模样！人们在谈起慷慨大方乐善好施的人时总是怀有钦佩敬意，我却像我方才所说是另类异端，我并不赞美夸奖那些乐于施舍捐赠的人。对，我一点也不讲他们的好话。试问天下有谁不愿当那个行善于人的施恩者，而宁肯做那个乞哀告怜的求助者呢？我还要问一句，天下有哪个人不愿摆脱贫困而宁肯在贫困中挣扎呢？用你自己作为例子，医生，你不久前曾给了那个载你摆渡过河的船夫五克朗。我是无意之中碰巧听在耳朵里的。那么请问，为什么你要慷慨大方地给出去五克朗呢？肯定不是为了做出一桩善举向上帝邀功求宠，说不定那会儿你根本就连这样的念头都不曾转过，再说那个人甚至也不见得非等着那点钱来解决燃眉之急，但是你照给不误。我猜想你在当时仅仅是心里产生出一种想要减轻别人的困苦和给别人带来欢乐的快慰冲动……对我来说，将乐善好施慷慨捐助之类的慈善义举小题大做到处张扬吹擂乃是难以启齿的卑鄙勾当。有一天你正沿着大街信步漫逛，如此这般的天气、你见到了如此这般的行人，于是所有这一切在你心里形成了某种心情。忽然之间你一眼瞥见了一张孩子的面孔，一张行乞的面孔……让我们干脆直说吧……你见到了路旁的一个乞丐，他的脸使你不寒而栗簌簌发抖。一种异常陌生的不快之感在你的心灵里萦绕回荡挥之不去，于是你踯躅脚止步不前。这张面孔打动了你的某一根特别敏感的心弦，你只得把那个乞丐招呼到哪个门洞里，顺手将一张十克朗钞票压在他的掌心里。'要是你声张出去，要是你吐露哪怕一字半句，我非杀了你不可！'你悄声吩咐道，说这句话的时候你非得要咬牙切齿，做出生气发怒而流出眼泪的样子。至关紧要的是你务必这样谨慎行事才不至于被人发现。这样日复一日，天长日久地做下去，结果常常是你把你自己的积攒都给搜刮得精光精光的，到头来弄得你自己身无分文。当然我讲到的并不是我自己，而是另一个人，我所熟识的另外一个，嘿呀，说起来我有两个熟人都具有这种气质……你爱施舍就尽管施舍好啦，反正你乐意嘛，就这样！不管怎么说，我讲的不牵涉到吝啬鬼，他们是例外。吝啬鬼和守财奴素来一毛不拔，岂肯舍得掏出点子儿来那是毫无疑问肉痛心疼得不得了，所以他们的施舍捐赠才是真正的剜肉牺牲。我说这号子人才是更值得尊敬的，因为他们抠抠搜搜地忍痛割爱一奥尔钢板，要远比你、我、他这号子为了图个痛快而大手大脚使出一克朗银币分量远远重得多。请代我转告托尔斯泰，我认为他那些令人作呕的仁慈博爱的善举一文不值……除非他把他所有的全部家财都奉献出来……即便到那份火候上我也不见得……顺便说一句，倘若我冒犯得罪了哪一位，我深表抱歉敬请原谅。再来支雪茄烟，格鲁高德先生！干杯，医生！"

冷场。

"你觉得你一生之中究竟能够引导多少人弃恶从善皈依你的信仰呢？"医生诘问道。

"问得好，"教员喊道。"在下霍尔顿老师说你问得好！"

"我吗？"纳吉尔反问了一句。"没有，一个都没有。我若是靠布道改变别人信仰来谋生的话，过不了多久就非饿死不可。只不过我闹不明白的是为啥人没有一个按照我的思路去想问题的呢？所以我大概是唯独一错到底的另类。不过也不见得完全错了，我可不是全盘皆错。"

"直到此刻我未曾听到过你对任何事情或者任何人表示过赞成，"医生说道。"令人感兴趣的是很想知道有没有人合乎你的法眼，使你觉得性相投缘的呢？"

"让我把我方才的话再解释一下，一两句话就讲得清。你的意思无非是说：当心哪，这家伙对谁都不买账，他本性就是妄自尊大，他同哪个人都合不来！其实不然。我的脑袋所能涵盖的领域不深也不广，在待人接物上，既不世事洞明，也不人情练达，尽管我不善识人，但是我仍然可以举出成百上千位大大小小的、通常为世所公认的伟人来，这些伟人莫不是声誉赫赫遐迩驰名的，我的耳朵已经给他们的名声聒噪得不胜其烦。然而我仍然宁愿只提到一两个、或者三四个、或者五六个最伟大的精神英雄、半人半神的圣贤、创造价值的巨人，至于长长一大串的其他大人物，我虽然不把他们看成无名小卒，却也只是空具其名而无足轻重的虚构性存在，尽管他们各自有特色才华非凡，但是他们的名字几乎不被我提及，他们只能在我心目中存活很短时间就稀里糊涂地过早夭折了。其实我把相对来说的许多人都囊括在这一类之中。不过我可以肯定地说我是情愿把托尔斯泰忘诸脑后的。"

"听着，"医生再也按捺不住，粗暴地插嘴进来想要一言九鼎地把这场争论了结摆平，他甚至还装腔作势地耸耸肩膀。"你真的相信有哪个并不具备至尊等级的智慧的人照样可以达到像托尔斯泰所享有的那种誉满全球的殊荣吗？听你的讲话真叫人发噱好笑，可惜都是清一色的无聊废话。你的胡诌瞎掰真是令人恶心反胃。"

"讲得好，医生！"霍尔顿老师又咆哮起来。"千万不能让我们的主人把大伙儿的思想全给搞乱套！"

"老师倒一语提醒了我，我真是没有尽到东道主之谊，"纳吉尔笑呵呵地说道。"不过我会尽力当好主人的。奥耶恩先生，你的酒杯里早已空空如也，对吗？你怎么什么都不喝呢？"

奥耶恩一直默不吱声，聚精会神地坐着不动，认真谛听着这番交谈，他连片字只语都不肯错过。他眯缝着双眼显得好奇心切。他名副其实地竖起耳朵在听。那个年轻人全神贯注心无旁骛地一边细听一边饶有兴味地在捉摸着。据传言，他像其他大学生一样利用节假日的闲暇写小说。

莎拉来通知开晚饭了。那位律师原本瘫坐在他的椅子上，猛然睁大眼睛，向她匆匆投去色眯眯的眼光。当她走出房门外时，他跳起身来在楼梯边追上了她，并且以充满赞美的口气说道：

"莎拉，你真是秀色可餐，你真叫人大饱眼福呀！"

说完之后，他又转身返回房间里坐到他的位子上，若无其事地同方才一样严肃庄重。他已经醉态可掬，因此当斯坦纳森医生最后向他和他的社会主义发起猛烈攻击时，他竟然处于完全无力为自己做出表白辩解的尴尬境地。你们瞧瞧，他是一个多么出色的社会主义者呀！他其实是叮住人不放的吸血蚂蟥，一个在权势者和遭受欺凌鱼肉的百姓之间为虎作伥仗势渔利的卑劣的中介掮客，一个利用法律来混饭吃的讼棍，就是利用人家的争端从中敲诈勒索大笔费用，凡是出价高的当事人即便是强词夺理找碴儿挑刺的也照样可以官司胜诉赢得合法权利！而这号子人居然自命标榜为社会主义者！

"不过这是原则，这是原则！"律师抗议道。

啊哈，原则！医生对汉森律师的原则表现出了最大的藐视自顾自说下去。他们这些人下楼朝向餐厅走去的时候，他对汉森作为一个律师和整个社会主义本身一再发难挖苦，连连嘲弄讥笑。医生是个全心全意的自由党人，对社会主义仅略知皮毛了解得很肤浅。社会主义的原则到底是什么？让它见鬼去吧！医生趾高气扬地大发宏论：社会主义简而言之说到底就是下层阶级的大报复。不妨看看社会主义运动！一大帮子耳聋眼瞎、劣根性深重的刁民群氓跟在一个领袖背后如同乌合之众蜂拥哄挤过来，人人丧心病狂地巴不得捞到点好处而连舌头都耷拉在嘴外了。他们究竟有没有想到过鼻子底下之外的事物呢？没有，这些人是不用脑子去思想的。如果他们果真会动动脑筋的话，那么他们就会改弦更张投靠到自由党里来做点真正有益的实际工作而犯不上为着一个梦想而终生垂涎三尺。呸呸。不妨随便举个把社会主义的领袖来看看：他们究竟是些什么样的人呢？一些衣衫褴褛、瘦得皮包骨的家伙，他们围坐在哪个屋顶阁楼的木头板凳上起草出致全世界的檄文！当然喽，也许他们都是正派人，起码有谁能说卡尔·马克思并非如此呢？但是马克思此人照样坐而论道，要把穷困从存在之中涂抹掉——理论上的。他的脑筋用在计算出每一种类型的贫困，每一种程度的穷苦上。他的头脑里蕴藏了全人类的所有苦难。于是乎在火热的激情感召之下，他奋笔疾书，洋洋洒洒写出一页又一页的万言书，计算出要从富人手中夺取过来交给穷人的财富数字，也就是财富再分配的总额写在纸张上，从而把全世界的整个经济推倒重来弄得颠三倒四全乱了套，把数以几十亿计的财富交到吃惊得不知所措的穷人手上……所有这一切还都是科学，还都是理论！在说完做完这一切之后，到头来好不容易才弄明白原来出于愚钝无知，所作所为的一切皆是发端于一项彻底虚假的原则：人人平等！呸呸，一点不错，一项彻底虚假的原则！与其如此，倒不如做点很有用处的事情，如支持自由党为促进真正民主所进行的改造革新工作……

医生越讲越起劲儿，脑瓜子狂热得不知所以，便脱口而出一大堆陈词滥调和老生常谈。待到在饭桌上他越发变本加厉；大量的香槟一干而尽，情绪热烈狂野到了淋漓尽致的地步，甚至连坐在纳吉尔身旁至今尚未开过口的米纽坦恩也禁不住参与交谈说东道西起来。教员呆若木鸡直僵僵地端坐不动，一次次大呼小叫说是他打碎了一只鸡蛋溅得浑身到处都是，他是没法子对付了。于是莎拉赶忙过来替他擦拭干净。那位律师趁此机会一把抓住她，把她拥抱

231

入怀并且还对她纵情猥亵。举座为之惊骇，全桌一片狼狈难堪。

在此同时，纳吉尔发话吩咐莎拉再送一筐香槟到他房间里去。这一下解了围，随后宾主都起身离席。教师和律师臂挽着臂一起走，一边走一边快活不已地引吭高歌，医生又诲人不倦口气激烈地絮叨数落起社会主义的原则来。但是他上楼梯的时候惨遭不幸，他的夹鼻眼镜跌落下来，在此之前大概已经滑下来过十多次了，可是这一回摔得粉碎，两块镜片都摔碎了。他把眼镜框捡起来放到衣袋里，当天晚上剩余的时间里他只好像个半瞎子一样。这桩令人十分揪心的烦恼事使得他脾气更加暴躁。他正好坐在纳吉尔旁边，便不无挖苦地问道：

"要是我没有搞错的话，你准是一个虔诚的教徒，对吗？"

他问这句话态度十分严肃，一本正经地等着回答。稍微停顿片刻之后，他又说道自从他们第一次交谈之后，确切地说就是在卡尔森葬礼的那天之后，他就得出了一个印象：想必纳吉尔这个人是笃信宗教的人。

"我卫护人的宗教生活，"纳吉尔回答道。"不过并不见得非要是基督教不可，一点也不是，而是就总体上来说的宗教生活。你有一种高见说是所有的神学家都应该送上绞架。'为什么？'我曾问道。'因为他们的作用已经发挥殆尽，'你回答道。我不同意这种观点。宗教生活是一个现实。一个土耳其人会高呼：'真主伟大！'并且为这一信念而去死。时至今日，挪威人仍跪倒在祭坛前领圣餐喝基督的血。一个民族是需要一个牛颈铃或者别的什么信念来引路导向的并且极乐至福地为那个信念去死，这是他们的造化。换句话说，具有决定性意义的不在于你信仰什么，而在于你怎

232

样去信仰……"

"亲耳听到此类悖逆言论真是令我大吃一惊，"医生义愤填膺地说道。"在内心里，我不止一次地询问我自己：你这家伙从根本上来说难道只不过是一个伪装了的保守党吗？我们已经有了一篇接一篇对神学家和神学书籍大加挞伐的科学批判文章，出现了一个又一个对讲道福音书和神学论文集口诛笔伐的作家。即便如此，你却甚至不肯承认关于喝基督的血这类闹剧在我们的时代已经不再有任何价值。我真的弄不明白你的思路。"

纳吉尔略作沉吟回答道："我的思路简而言之就是这样的：如果我们毫不留情地把所有的诗意、所有的梦想、所有的美丽和神秘、所有的谎言统统从我们的人生上剥光脱尽，那么到底会对我们有什么好处呢？……请原谅我啰唆，要是我以前也曾提出过这个问题的话……即便从纯粹实用的现实来看，到底会对我们有什么好处呢？什么是真理，你能告诉我吗？要知道我们只凭借着象征符号来向前迈进，而由于我们的进化这些符号象征亦会随之改变的。不管怎么说，我们别光顾讲话，忘记了我们的杯中酒。"

医生站起来在地板上转了个身，在他的视觉之中靠房门那边的地毯皱起了一角，这惹得他心里大为光火，他甚至走过去双膝跪地想要抚平它。

"汉森，干吗你不把你的眼镜借给我用用，反正你一直在打盹儿，"他怒气冲冲地说道。

可是汉森不肯摘下他的眼镜。医生只得老大不乐意地转过身去重新在纳吉尔身边坐下。

"说的都是废话，没有别的只有一大堆无聊的废话，"他说道。"按照你的思路来说。不过大体上你所言不差，还有点道理。比方说看看那边的汉森就可以见分晓了。哈哈哈，呃，汉森，你务必要原谅我拿你寻开心啦。律师和社会主义者汉森，集两者于一身，真是发噱逗笑。大概是无论什么时候每逢两位受人尊敬的公民发生争吵并且相互打起官司来，你就会在内心里暗自偷着乐，不是吗？不，当然不是，你会在庭外给他们调解，而且不收他们分文费用！下星期天你又会亲自大驾光临劳工协会去举办讲座，题目是论社会主义国家，听众有两个手工匠人和一个屠夫的小伙计。你讲课时谈道，在社会主义国家里人人必须按劳取酬，亦即按照其生产能力来获得报酬，事事都安排得大公无私，没有人会遭受不公正对待而受损吃亏。说到此处，那个屠夫的小伙计站起身来，他同你们别的几个人相比起来可说是一个天才，真是要命！'不过我只是一个可怜的屠夫小伙计，'他说道。'我只有屠宰牲畜供给消费的能力。至于说要叫我生产出肉来，我实在没有这份本事。'嘿呀，你听到了这一番话难道不气得脸色发青两眼翻白！……是呀，你再呼噜呼噜打盹儿吧，这是你最最拿手的好戏了，一股劲地打呼噜睡过去！"医生已经喝得酩酊大醉，他的舌头可悲地变得僵硬起来，他的一双眼皮不断地往下耷拉。在停顿片刻之后，他又转向纳吉尔，继续阴阳怪气地说道："况且我想说的意思并不是只有神学家才应该自行了断送命拉倒。真活见鬼，不是的，我们人人都应该走上这条不归路，把这场好戏干脆就演到底。"

纳吉尔正好在同米纽坦恩碰杯。医生得不到回答火冒三丈大发雷霆，他大声呼喊说道：

"难道你没有听见我讲的话吗？我们人人都应该同归于尽。我就是这样说的，不消说你当然应该包括在内，你也

234

应该去死！"

"听到啦，"纳吉尔回答道。"我早已有相同的想法。至于说到自己，我缺乏这股勇气。"停顿。"也就是说，我挑明了我没有勇气这样做。不过有朝一日我当真应该这样做的话，我可以用现成买得到的手枪。而且为了确保万无一失，我总是随身携带着这玩意儿。"

他从马甲衣袋里掏出一个贴着"毒药"标签的小玻璃瓶子，那瓶子只有半满。

"纯正的氢氰酸，最高纯度的蓝色液体！"他说道。"但是我绝不会有这股子勇气，这实在太难了……医生，你大概可以告诉我这点儿是不是足以致命。我早就用了半瓶在一只牲畜身上试了试，还真奏效灵光得很哪。只不过起先痉挛抽搐了几下，再就脸上出现似真非假的滑稽离谱的表情，然后两三下急促的倒抽气，于是大功告成，一命呜呼。也就这么三步走，一条性命就完结了。"

医生拿起小玻璃瓶，凝视半晌，摇晃了几下，说道："足够啦，还太多了哪……我本要把这个瓶子从你手里没收，不过既然你无此勇气……"

"没有，我没有。"

冷场。纳吉尔将那个小玻璃瓶又放回到马甲衣兜里去。医生愈来愈瘫坐下去，一口喝干了他的杯中酒，翻着白眼朝四周张望了一遍，朝地板上吐了几口口水。忽然之间他朝着教员吆喝道："喂，你究竟打盹儿了没有，霍尔顿？你还能对'各派思想大什锦大杂拌'发表点什么高见卓识吗？因为我吃不消已经快支撑不住了。晚安。"

教员睁开了他的惺忪睡眼，伸个懒腰舒展一下，站起身来走到窗户边，他在那里站停脚步朝外瞅了半晌。当大家七嘴八舌重新进行交谈时，他觑了个机会便拔腿开溜了。他先若无其事地沿着墙壁踱过去，大家也就没有留神在意，迅速地一下打开房门趁众人还没有来得及注意到他之前就已经溜了出去。这类不辞而别是霍尔顿老师离开晚会的家常便饭之举了。

米纽坦恩也站起身来想要告辞，但是却被主人挽留住，说是请求他再多待一会儿，他碍于情面只好又坐了下来。汉森律师早已鼾声咻咻呼呼大睡，医生也朦朦胧胧似睡非睡地坐着，只有奥耶恩、米纽坦恩和纳吉尔三个人还神志清醒。于是他们开始谈起文学来。医生半闭着眼睛侧耳聆听却一言不发，不一会儿他就沉睡过去了。

大学生奥耶恩博览群书学识渊博，他力挺莫泊桑，说是无可否认：莫泊桑目光犀利地洞察识透了妇女心灵最深处的幽怨，并且在描绘情欲热恋上是无可匹敌的。他的描写有多么大胆！他对人的心灵有多么不可思议的真知灼见。对这句话，纳吉尔却以一种极其感情用事的、狂躁得荒唐可笑的鲁莽态度来做出回答，他又是拍桌子，又是吹胡子瞪眼睛，漫无目的地将作家们统统抨击非难一通，他势如破竹横扫一切，几乎把所有作家都一网打尽，难得有个把幸免。在此狂躁冲动之中，他似乎出于真心诚意而胸脯膨胀起伏不已，说起话来口水四溅，连嘴角上也挂着唾沫泡儿。

"作家吗？哈哈哈，一点不错，无可否认的是他们早已识破看透人的内心！他们是一些什么人，这些作家，这些自命不凡的家伙，他们早已摸透了门道从而在现代生活中攫取得如此巨大的势力，他们究竟是一些什么人？他们是社会肌肤上的疥癣或者痈疽，那一串串丘疹红肿发炎，动不动就会溃疡流脓，令人疼痒难当受难不堪，所以他们不得不被轻柔温顺地触摸，受到小心翼翼的抚弄。倘然粗手笨脚地得罪了他们，万一发作起来那就会招惹来莫大的麻烦叫人吃不消，因为作家们哪堪忍受粗暴的待遇。哦，对啦，你还非得要娇惯体贴作家们对他们大肆吹捧不可，尤其是对那几个最愚蠢的，在人情世故通权达变方面最冥顽不化的那几个，否则的话他们会含嗔带怒把满腔闷气一肚皮牢骚全都发泄到国外去！哈哈哈，发泄到国外去，准会如此！老天爷哪，真是一场难得的绝佳喜剧！如果出现了一位真正的文豪，一位受到胸中的音乐般的诗意激励而产生灵感的行吟诗人，那么你可以完全肯定他只能远远排在像莫泊桑之流的粗鄙猥亵而又粗制滥造的多产职业作家的背后，人家可以大写特写爱情，笔耕不辍地一本又一本地出书，而那位仁兄却只无可奈何，哪来什么公平对待！哎哟，阿尔弗雷德·德·缪塞[①]就像一颗在夜空中闪闪发光的明亮小星星、一个尽其所能写出优美作品的真正诗人。在他的作品里爱情并非只是发情期间的例行公事般的好色淫欲，而是他笔下主人公心中优美炽热而又刻骨铭心的春天的旋律，他的诗一行行一句句都是跳跃闪烁熊熊燃烧的燎原烈焰……尽管这位诗人的追随者恐怕连莫泊桑的一半都不到，但是凭借极端鄙俗下流、淫秽狎昵的邪门歪道的诗而脍炙人口的莫泊桑在他面前显得那么渺小……"

纳吉尔越说越口无遮拦毫不顾忌。他甚至伺机猛剋了维克多·雨果一顿，把这位最伟大的世界级大文豪说得一

无是处。要是大家允许他讲的话，他乐意只提供一个简短的实例来说明一下这位世界文学巨匠是何等的空洞高调而诗意上乏善可陈，大家不妨听听这句话："但愿你的钢刀像你最后那个'不'字一样锋利。大家觉得诗韵如何？难道它有什么铿锵悦耳的音调吗？不知格鲁高德先生有什么高见？"

他在说这句话的时候以咄咄逼人的犀利目光扫视了米纽坦恩一眼。他一边瞪大眼睛瞅着米纽坦恩，一边又将这句无聊的话复述了一遍，他的眼光始终盯住米纽坦恩的脸，连半会儿工夫都不曾离开过。米纽坦恩避而不答，他那蓝色的双眼由于猝不及防的惊愕而睁大瞪圆，在慌张失措之中他举起酒杯一饮而尽。

"你们谈到了易卜生，"他的情绪仍然像没有提到易卜生的名字之前一样慷慨激昂。在他看来，挪威只有一位诗人，而这位诗人恰恰不是易卜生。不是，就不是他。"人们都在谈论易卜生是一位思想家，可是我们不妨先把大众化的街谈巷议和真正实在的思想区分开，这样岂非更好一些吗？人们都在谈论易卜生的名气并且盈耳不绝地盛赞他的勇气，我们难道不应该将理论上的和实际的勇气区分开来吗？难道不应该将义无反顾、无私忘我的革命热忱同在自己家里敢闯敢闹大胆造反区分开来吗？前者光辉夺目照耀着人生，后者至多让剧场里的观众吃一惊吓一跳而已。随便哪个挪威作家如其毫不炫耀张扬自吹自擂，不去掂起一枚大头针来当成一杆锐利的长矛挥戈猛进冲锋陷阵，那么他休想成为一个挪威作家。当然他先要背靠一根门柱或者别的蔽体俨然摆好一副迎战强敌非要拼个你死我活的架势，否则的话你不会被人看成是剽悍骁勇的斗士。从远处遥望过来，那真是何等有趣的场面呵！耳边但闻得杀声震天响，眼前但见到鏖兵苦战，好一场拿破仑式的厮杀拼搏悲壮惨烈的大混战，而它的性命之虞的风险充其量只不过同点到为止的法国式双人决斗差不多，哈哈哈哈……不行，一个既然想起来造反当叛逆者的人就不能仅是一个只会伏案写作的老古董，而且只不过还是一个德国佬儿的文学概念，此人必须是一个活力充沛朝气蓬勃的，在人生的动荡骚乱之中有劲头拳打脚踢冲锋陷阵的闯将猛士，而易卜生的革命勇气是决不会引导他去履险如夷哪怕是踩一脚薄冰。他的那句要在方舟底下塞进一枚水雷的诗句[①]同生意盎然如火如荼的建功立业相比无非只是装腔作势应个景儿的一句当不得真的无聊空话。反正他们都全是低三下四、死皮赖脸地写出几本闲书来供人消遣解闷而已，其实此类搜索枯肠的伏案摇摇笔杆子原本是娘儿们才配干的窝囊活计，所以这个比那个写得更芜杂一些那也就无所谓了。不过哪怕他们写得再差劲，好赖要比列夫·托尔斯泰喋喋不休大谈不着边际的哲学废话要强得多。让他们统统见鬼去吧！"

"统统见鬼？难道一大帮子全是如此？"

"几乎如此吧！我们总算还有一个诗人，就是比昂松……在他最好的年代里。他尽管有点瑕疵，但是瑕不掩瑜仍然是我们绝无仅有的诗人。"

一个问题提向纳吉尔：难道他对托尔斯泰的大多数指责非难不正也恰恰可以用在比昂松身上吗？难道比昂松不也是一个坐而论道者、一个道德说教者吗？不也是一个平

---

① 该诗句引自易卜生的讽刺诗《致我的革命派演说家朋友们！》的最后一句："我欣然在方舟底下塞进一枚水雷。"诗中"方舟"系指《圣经》中义人挪亚率族众逃避大洪水而造的方舟。

凡庸碌、俗不可耐的老顽固、一个职业摇笔杆子的，或者诸如此类，等等。

"不对！"纳吉尔提高嗓门喊了出来，他挥舞双臂用愤怒的言辞来为比昂松辩解。不能把比昂松和托尔斯泰相比较，部分由于违反了每个人起码的农业常识，部分由于必然会遭到人的基本人性的反对。首先，比昂松是一个天才，托尔斯泰固然亦其如此。纳吉尔对大量的普通一般性才俊人物评价并不高，天晓得他居然对他们评价不高，托尔斯泰比他们的水平要稍高出一头，而比昂松则远远超过他们所有人，令他们全都难以望其项背。当然这并不排斥托尔斯泰能够写出比起比昂松的不少作品来说更为出色的好书来。可是这又能证明什么呢？毕竟丹麦的舰长、挪威的画家还有英国的家庭主妇都能写得出好书来。其次，比昂松是一个人，一个具有势不可挡的个性人格的长者，而不仅仅只是一个什么概念。纳吉尔接着说道：

"他生龙活虎地巍然屹立在我们这个星球之上，起码要有四十个人可以自由伸展臂肘的空间才能容纳得下他的存在。他并不像一尊斯劳克斯狮身人面像那样蹲在大家面前，显得自己异常伟大而神秘莫测，如同托尔斯泰在他的西伯利亚大草原或者易卜生在他的小咖啡馆里所做的那样。比昂松的头脑心智如同一座松涛飒飒的大森林，虽然木秀易招风摧，却仍能抗得住狂飙飓风的猛刮劲扫而仍立于不败之地。他是一名战士，无时无刻不在行动之中，由此而被格兰德咖啡吧座上常客的那批酒囊饭袋攻击得体无完肤，他为了事业而不惜让他自己的个人利益蒙受虽损犹荣的伤害。每一件围绕着他的事情都是那么气势磅礴雄伟豪迈，他是个一唱百和的精神支柱，一个难得的领袖人物。他只消站到讲台上摆摆手就足以制止刚要露头的作嘘捣乱。他有着一个源源不断孕育出思想理念的丰饶多产的脑子。他既赢得巨大胜利也犯有可叹的重大过失，但是两者都具有他的鲜明的个性人格和精神思想。比昂松是我们唯一的富有灵感的，或者说是受到神的启示所擦出火花的诗人。起先一开始时候他的内心里有股声音轻轻发出瑟瑟微响，就像夏日的谷粒在发芽抽长，而到了结尾末期他别的什么都听不见了，什么都听不见，只听到他自己内心里的那股声响。他的心灵旁无所骛，自始至终都受着刚开始的那个轻微声响所推动……这便是天才的创作之道。比方说，要是拿比昂松的诗同易卜生的相比较一下，便可以看出易卜生的诗纯粹就是墨守成规、机械呆板的例行公事。易卜生的诗一多半这句同那句押不上韵而拗口得佶屈聱牙。他的戏剧大多是从原木纸浆改编而成的，真是味同嚼蜡。哼，天知道大家追捧他的是作何感想来着……算啦，随它去吧，我们犯不上操那份心，喝酒干杯吧！"

钟敲两点。米纽坦恩呵欠连连，在干了一整天强度劳动活计之后难免劳累疲倦腻烦，他又站起身来想要告辞而去。然而就在他说罢再见刚走到门口的当儿，发生了一桩事情使得他站停了脚步，一桩小小的意外，然而却在不知不觉之中成了今后很长一段时日最至关紧要的重大事情：医生睡醒了，兴奋地挥舞着胳膊，由于眼睛近视看不清东西，一下子打翻了好几只酒杯。紧挨着他身边的纳吉尔被香槟泼溅了一身，他跳起身来，抖了抖湿漉漉的胸口，纵声大笑连声欢呼喝彩。

米纽坦恩忙不迭过去殷勤服侍纳吉尔，他心急火燎地走到纳吉尔面前用几块手帕和毛巾擦干他身上的酒水，他的马甲首先遭殃被淋透了，倘若他肯把马甲脱下来晾一会儿，哪怕晾上一分钟那还有救不至于走形。但是纳吉尔愣是不肯一再拒绝脱下来。律师也早已被方才的喧闹所吵醒，一股劲儿地在随着起哄欢呼，虽说他并不知道发生了什么事情。米纽坦恩再次询问说他是否可以帮着把那件马甲脱下来晾一会儿，但是纳吉尔只顾摇头。忽然之间他瞅了米纽坦恩一眼，仿佛猛然想起了什么事情，他当即把他的马甲脱了下来，把它递给了米纽坦恩，情绪显得十分激动。

"你拿去，"他说道。"刷洗干净就留着不用拿回来啦。是的，你留着穿，反正你不正缺少一件马甲吗？嘘、嘘，不必多费口舌再推来推去啦。不必废话，你尽管留着穿吧，亲爱的朋友。"米纽坦恩还在推三阻四，纳吉尔把那件马甲朝他腋下一塞，给他打开大门，然后以示友好地拍拍他的后背将他送出门去。

米纽坦恩走了。

这一切发生得那么迅速，只有紧靠门边坐着的奥耶恩才留神注意到。

律师以调侃自嘲式的幽默提议说他们何不将剩余下来的酒杯统统砸个稀巴烂，纳吉尔毫不反对。于是四个成年男子一齐动手把玻璃杯一个连一个地朝墙壁上扔过去砸个粉碎。然后他们端起酒瓶直接仰饮，而且还学着水手的模样大呼小喊，围着房间手舞足蹈。待到这场酣畅痛饮终于结束时，已经钟敲四点了。到了这工夫，医生早已醉得撒泼发酒疯了。在走廊上奥耶恩转身向纳吉尔说道：

"你刚才谈到托尔斯泰的那番宏论其实也可以用来说比昂松。由此可见，你的论点缺乏始终如一的连贯性……"

"哈哈哈，"医生如狂似癫地纵声大笑。"他还在要求什么始终如一的连贯性……到了这么深更半夜……你莫非还要谈点'大百科全书派'，亲爱的朋友，再谈点什么'各派思想什锦大杂拌'也行吗？来吧，让我陪送你回家去吧……哈哈，在这样的深更半夜！"

雨早已停了，白夜的空中却也不见一丝阳光，然而风信全无，看来次日十拿九稳是个大好天。

十四

  翌日清晨，米纽坦恩再次来到旅馆里。他悄悄地走进纳吉尔的房间，把他的怀表、几张纸条、一截铅笔头和那小瓶毒药放在桌上。正当他要返身离去之际纳吉尔蓦地惊醒过来，米纽坦恩不得不解释一下为啥擅自闯入。

  "这些东西都是我从你马甲衣兜里找出来的，"他说道。

  "我马甲衣兜里？哦，真是该死，你是对的，几点啦？"

  "八点钟了，不过你的怀表停了，我不敢给你上弦。"

  "你没有敢喝上几口氢氰酸吧？"

  米纽坦恩粲然一笑，摇了摇头。

  "没有，"他回答道。

  "连尝都没有尝一下吗？那个小瓶应该是半满的。我来瞧瞧。"

  米纽坦恩让他看看那个小瓶子仍旧是半满的。

  "好！已经八点钟了吗？该起床喽……对啦，格鲁高德，我想起了有一桩事情要拜托：你能帮我借到一把小提琴吗？我想看看我究竟能不能学会拉……唉，别装腔了！照实说吧，我不是自己要的，而是打算要买一把小提琴来送给我的一个朋友。所以你能够不管从哪里帮我找一把小提琴来吗？"

  米纽坦恩当然一口应允愿意尽力。

"那么多谢操劳费心啦。我希望只要你觉得方便的话，随时再过来坐坐。祝你过得好！"

一个小时之后，纳吉尔已经来到了牧师宅邸的那片森林里。由于头天夜间雨后新晴原野上依然潮湿而滋润。他在一块石头上坐定身躯，朝着林间幽径留神察看。他早已注意到，在潮湿松软的沙土上触目地印着两行十分熟悉的脚印，他几乎敢肯定那就是达格妮的脚印，这表明她已经进城去了。茫无目的地苦苦等了很久很久之后，他终于拿定主意不再等下去而是前去迎接她。

他从石头上站起身来折身往回走。他果然没有想错，刚走出森林边就同她迎面相遇了。她手里捧着一本书：斯克罗姆著的《格特鲁德·科尔比约恩森》①。

他们俩起先谈了半晌那本书，然后她蓦地发话说道：

"你能想得出这样的事情来吗？我们家的狗死了。"

"是吗？"他回答道。

"两天之前的事。我们发现它的时候它早就断了气啦。我真无法想象居然会发生这样的事情。"

"只消想想我总是觉得它是一条凶狠至极的恶狗。我很抱歉这么说，不过它确实是那种长着一个狮子鼻一张扁平而满脸横肉的人脸似的獒犬。当它盯住你的时候，它的嘴角便往下耷拉，仿佛它承受着尘世间所有的悲哀。我很高兴它脱离苦海。"

"哦，你这么说真可耻……"

但是他神色不安地打断了她的话，似乎他一心要想马上就摆脱他所忌讳谈起的关于那条狗的话题。他开始讲起

---

① 埃里克·斯克罗姆（Erik Skram, 1847—1923），丹麦作家，代表作为抨击世俗婚姻的长篇小说《格特鲁德·科尔比约恩森》。

有一回他碰见一个人。想必那位仁兄是天下难得一遇的最有趣的家伙。他接着说道："此人稍有口吃发'S'音往往卡壳憋住，但结巴得不算厉害，不过他非但不把这个毛病当作一桩隐秘来加以掩饰，反而变本加厉装得更加口吃，用以表明他缺陷昭彰，无法令人称心如意，因为他对女人抱有最特殊的偏见。无巧不成书，他常常说起在墨西哥的一段艳遇故事，不过这段故事从他嘴巴里磕磕巴巴一个字又一个字地蹦出来那就太发噱好笑了。那是在一个天寒地冻、冷得出奇的隆冬季节，冷得寒暑表一个又一个都裂掉了。人们一天到晚都躲在屋里避寒不敢出门受罪。但是有一天却不得不出门跋涉远行到邻近一个镇上去办点事，他走在光秃秃的原野上，四周寂寥荒瘠只偶尔见到一两幢小泥屋星散其间。刺骨的朔风呼号怒吼扑面劲吹，刮在他脸上有如火燎刀割一般疼痛。正当他在吓人的酷寒之中苦苦挣扎蹒跚前进之际，有一个衣着单薄得近乎半裸的女人从一幢小泥屋里急慌慌地冲了出来，紧随不舍地在他身后追赶上来，她嘴里一直在高声尖叫：'你鼻子上肿起了冻伤！多加小心哪，你鼻子上已经有了一块冻伤。'那个女人手里拿着一把长柄水勺，衣袖往上翻卷双臂赤露在外。她方才正在屋里忙着家务活计，一眼瞧见屋外走过的这个外国人鼻子上肿起了冻伤，于是她赶忙撂下手上的活计追出来告诫他一下。哈哈，你可曾听说过同样的事！她自己就这样站在寒彻入骨的朔风里，翻卷着衣袖赤裸着双臂，她的整个右边脸颊渐渐失去血色，肿起了好大一片冻伤。哈哈哈，真是令人难以相信！……除了这桩事情之外，这个口吃者还亲身经历了许多次女性心甘情愿做出牺牲的实例，但是他对女人的偏见却依然故我，决不为所动。'女人是怪异荒诞、永远无法满足的造物，'他这样告诉我说，至于她们究竟为啥是怪异荒诞、永远无法满足的，他却没有做出解释。'女人的心里充满了幻想，她们的想法往往匪夷所思，'他说道。他还讲述了这么一个故事：

"'我有一个朋友，他爱上了一位名叫克劳拉的窈窕淑女。他尽力追求想要赢得她的芳心，但是却劳而无功。克劳拉并不情愿赐给他半点青睐，尽管他是一个相貌俊美、器宇轩昂，而且名声极佳、备受尊敬的年轻精英。且说那位克劳拉有一个妹妹，一个少见的佝偻驼背的丑八怪。有一天我的朋友向那个妹妹求婚。天晓得究竟为了什么，说不定是怀着别有用心的打算，不过也许尽管她长得丑可是他却偏偏看上了她。那么克劳拉有何反应呢？就在这个节骨眼儿上，那位克劳拉禁不住醋海兴波将女性心态毕露无遗出面来插上一手了：克劳拉厉声怒斥强烈反对，掀起了一场轩然大波闹得鸡犬不宁："他要娶的是我！他要娶的是我！"她说道。"但是他休想娶得到我，我不肯嫁给他，哪怕天塌下来我都不肯嫁给他，"她诅天咒地叫喊道。嗯，尽管他其实此时早已移情别恋深深地爱上了那个妹妹，可是你想他会得到允婚把她娶到手吗？不行，他没有，这正是此事的蹊跷之处——克劳拉自己不肯嫁给他，却也不肯将他让给自己的妹妹。哈哈哈。是呀，既然他想要娶的是她自己，那么他当然就不能将她的驼背弯腰的妹妹娶过去喽，尽管她是个人人嫌忌的丑八怪。弄到头来我的朋友一个都没有娶上……'这是那个口吃者讲给我的许多故事中的一个。他擅长讲故事，尤其他口吃讲起话来那么磕磕巴巴的……不管怎么说，此人真是一个神秘莫测，像谜团一样的人……是不是我让你听得烦厌啦？"

"没有，"达格妮回答道。

"他真是一个神秘莫测的大谜团，他贪婪无度，除此之外还有小偷小摸的毛病，他甚至有本事在乘坐火车的时候居然把火车窗户口的拉手皮带都顺手牵羊撸了回来，看看能派上什么用场，真是拿他没有法子！据说有一回，他在小偷小摸时还真给当场抓获。另一方面，只要他劲头一上来，他花钱像流水毫不心疼。有一天他忽然心血来潮想组织一次规模宏大的车队巡游。他一个朋友都没有，一口气租赁了二十四辆马车，全都供他一个人乘坐。他一辆接着一辆把马车派出去，整整二十三辆空车摆成一字长蛇迤逦而行，他本人端坐在第二十四辆上也就是这一长溜浩浩荡荡的车队的最后一辆马车上，居高俯视着路上的行人，春风满面扬扬得意俨如这一列威势显赫、巍巍壮观的车队大游行中的上帝……"

但是尽管纳吉尔挖空心思想出一个又一个的话题来，却全是不如人意的徒劳之举。达格妮只是洗耳恭听他滔滔不绝地夸夸其谈，却一直没有开口接茬儿。最后他只得缄口不语来掂量思忖一番。干吗他要如此枉费心机来大讲废话，弄得自己出乖露丑闹笑话。为了巴结逢迎一位妙龄女郎，他心目中的女王，竟然犯贱到不惜信口开河地瞎掰什么鼻上有冻伤和二十四匹马车大巡游之类的胡说八道。忽然之间他回想起不久之前他曾讲过一个老掉牙的关于爱斯基摩人和信箱的故事，结果闹得下不来台尴尬至极，他怎么竟然忘记了这个教训。他一想起那一回吃了个哑巴亏，便不禁面红耳赤，他一下子省悟过来便吃惊得发起愣来，几乎站停脚步。哎哟，他为什么不早点当心提防着点！哎呀，他应该为自己的不谨慎而感到害臊。他方才喋喋不休地信口闲聊时的样子一定非常滑稽可笑，这真是太令人无地自容了，他干吗要这样作践自己呢？这会使得他自责不迭几个星期乃至几个月。再说难道她就不会看穿自己的心计吗？

"请问义卖游艺会什么时候举行呢？"他问道。

她笑吟吟地接口说道：

"为什么你要如此卖力地一口气讲个不停呢？为什么你如此神经紧张不安呢？"

这个问题问得这样突如其来以至于他猝不及防，他六神无主怔怔地看着她好大一会儿，然后柔声细气地做出回答，他的心却扑扑地跳个不停：

"基兰德小姐，上次我们在一起的时候，我已经承诺过要是允许我再见你一面，我海阔天空、天南海北什么都可以聊，唯独禁止我讲的那个话题我一句也不说。我正在竭力信守我的诺言。直到这会儿我还是不敢越雷池一步，说话没有出圈。"

"是的，"她说道。"做人务必要遵守自己的诺言，不可以说话不算话的，"她说道，这句话听起来与其是说给他听倒不如像是说给她自己听。

"我在你来到之前就已经拿定主意要尽力这样做。我早就晓得我会碰见你的。"

"你怎么会晓得的呢？"

"我看到了路上的脚印。"

她飞快地朝他瞟了一眼，不过没有说什么。

过了半晌，她问道：

"你手上绑着绷带，难道你受伤了吗？"

"是的，"他回答道，"你们家的狗咬了我。"

他们俩都蓦地站停脚步，凝目对视了半晌，他怨气冲天地捏紧了拳头倾吐自己的满肚子委屈：

"我每天晚上都来到这片森林里待很久，一天不曾落下过。我每天晚上要先看看你的窗户才能上床睡觉。请原谅我，毕竟这不是什么罪行。你关照过我不许再这么做可是我却还是照样来了，实在没有办法，情不自禁呀。那条狗蹿上来咬了我一口，它当时是拼命垂死挣扎，我杀了它……我喂给它毒药吃了，因为每当我向你的窗户说声晚安的时候，它总是狂吠不止。"

"那么说来是你杀害了那条狗。"她说道。

"是的。"他回答说。

无言冷场。他们一齐凝滞僵立，都睃睁着双眼出神地望着对方，他的胸脯急促地起伏。

"为了能够瞅上你一眼我还能干出更糟糕的事情来，"他继续说道。"你无法想得出来我所受的痛苦熬煎，我是怎样朝思暮想全身心都扑在你的身上，日日夜夜都是如此。不，你一点想不出来的。我同人寒暄应酬，同人谈笑风生，昨天晚上我甚至还安排了一场开怀畅饮同大家一起热闹到清晨四点钟，我们最后砸烂了所有的玻璃杯才罢休……可是尽管我在喝酒唱歌，你的倩影却无时无刻不出现在我的脑海中，我觉得心神不宁，我对任何事情都不再在乎了，我心烦意乱得不知道该怎么办才好。你行行好，给我一两分钟来讲一讲，就算是可怜我吧。我确实有满肚子的苦衷要对你倾诉。不过用不着害怕，我不是存心要吓唬你或者诱惑你。我只不过想对你倾吐衷情，因为我实在痛苦不堪。"

"你不可以这么死皮赖脸一味纠缠不休，你难道一点都不讲道理吗？"她猝然喝住。"你已经做出过承诺，要说话算话。"

"是的，我大概做出过承诺，我不知道是否承诺过，说不定我允诺过要讲道理，不过要我通情达理是很难做得到的，我在这方面向来很差劲儿。好吧，我尽量讲道理，你能告诉我吗？教教我怎么办吧！你要知道有一天我差点儿就要闯进牧师宅邸里去了，我要推门排闼长驱直入，哪顾得还有旁人在场！不过我还是竭力在约束克制自己，这一点你大可放心。我甚至不惜在背后诋毁中伤你，想害得你在别人心目中名誉扫地，摧毁你笼罩在我身上的那种摆布我的威力。我这么做并非出于报仇雪恨，哦，不是的，你知道，我早已俯伏在你的威力之下而沉沦。但是这样自暴自弃我又不甘心，于是我便那样做了为的是要使我自己从沉沦中振作起来，我想要咬紧牙关不要使我在我自己的眼里看来太过于巴结讨好、一副奴颜媚骨的样子。这就是为什么我要在背后说你坏话的原因。但是我真的不知道这样做究竟有没有半点用处。我也尝试过要离开这里，我真的那么做了。我开始动手打行李，但是压根儿就打不下去，我也没有走成。我怎么舍得离开这里呢？相反，即使你有朝一日不住在这里了，我也宁愿追随你而去。哪怕芳踪难觅我也会走遍天涯海角，但愿能够终于寻到你的情影。纵然我明白这是枉费苦功，徒劳无益，我也要一往直前地这么去做，或许我会愈来愈降低我的希望，这样到头来哪怕我寻找到某个时日曾和你走得近乎的人，一个曾经同你握过手或者看到过你笑靥的女友，那我都会由衷地感激涕零。这就是我的心愿所在，所以我怎么肯离开呢？再说在这个大好的夏天里，这片森林就是我的教堂，这些鸟儿都认识我了，每天清晨我来的时候，它们会伸头探脑瞅着我，接着发出婉转悦耳的啾唧歌唱。还有我永远忘不了我到达的那天傍晚全城为你升旗到处旗帜猎猎飘扬。这给我留下了最强烈的印象。说实话，这不禁使我大吃一惊，让我百感交集，我如痴似醉地沿着船舷绕了一圈去观赏这旗帜如樯的景致，然后我便下定决心在此地舍舟登岸。哦，那天傍晚真是良辰美景今夕何夕呀！……不过就是自那以后我已经享受到了许多极其快乐的美好时光。我踩在你每天走过的幽径小路上，有时候我也许好运十足能够将你的脚印看个分明就像今天一样，于是我便耐心静候等待着你的返回。自从我们俩上次交谈以来我已经见到过你两回了。有一回我足足等了六个钟头你才姗姗而来。在那整整六个小时里，我一直趴在一块石头背后，我蜷缩在那里不敢仰身起来，唯恐你会转过身发现我的行踪。天晓得，那天你干什么去了，回来得那么晚……"

"我去了安德雷森家。"她忽然说道。

"大概就是那一回，我最后总算把你等到了，看见了一眼你的背影，不过你不是独自一人身边还有伴儿。我从背后窥视过去，把你看得十分清楚，我还大气儿不敢出一声地向你问候打个招呼。也真是冥冥之中有神灵相助似的，那当儿不知你是否心里打了个激灵竟然转过脸来朝那块石头四周匆匆扫视了一下……"

"现在听着……你为什么一惊一乍的，就好像我马上要宣读你的死刑判决书似的……"

"不过你正在宣读嘛，我看得很明白，你的眼光变得冷酷似冰。"

"这桩事情终究要有个了结，纳吉尔先生。要是你再重新认真考虑一番，你就会觉得自己的行为对于不在眼前的那一方有多么不公。如果你设身处地将你自己放在那个人的位置上去想一想，难道不是如此吗？姑且不说你害得我多么不愉快。你究竟要我怎么办才是？让我干脆就此把话说绝了：我不会违背我的诺言，我爱他。这就把话挑明得一清二楚了。所以你就死了这条心吧，我真的不能让你跟我走在一起，除非你表明出对我的体恤关照。我反正已经对你直话直说了。"

她心烦意乱苦闷不堪，晶莹的泪珠险些儿夺眶而出，但是她尽力克制住了。纳吉尔仍然默不作声，她又加了一句：

"倘若你情愿的话，你可以陪我回家，陪我走完回家这一段路，只要你别弄得我们两人都挺不自在。如果你肯给我讲个故事那么我就不胜感谢了，我很喜欢听你讲。"

"当然，"他当即迫不及待地回答道，他的嗓音高亢洪亮，情绪兴奋热烈，犹如一只刚打足了气的气囊在排气一般。"没有问题，只要肯让我和你偕行！我敢保证……哦，你的话使我如沐春风，你的嗔怒使我顿时头脑清醒……"

有相当长一段时间他们俩谈论着无足轻重的日常琐事。他们俩迈出的步子既小，举步又非常缓慢，所以走了老半天其实没有走出多远。

"闻闻多么香呀！那股草木的清香！"他说道。"看看雨过之后青草芊芊鲜花怒放，大地有多么锦团堆簇斑斓多彩呵！我不晓得你是不是喜欢徜徉于草木之间，是不是对树木情有独钟，不过就我来说，我总觉得同森林里的每一棵树木都有某种神秘的亲如一家的关系，仿佛我从前曾经是属于森林的，所以当我环视四顾的时候，一种似曾相识的追忆便在我整个身心里油然而生。哦，且站立片刻！听！听那鸟儿，它们啼鸣得多么欢快，它们是在以它们的歌唱来迎接太阳。它们狂喜痴迷得到处横冲直撞，根本就顾不上看看在往哪里飞，所以它们有时竟朝着人扑面飞来。"

他们继续徐步往前漫行。

"我至今仍然禁不住在细细品味你曾描绘给我看的那幅挂着半月形天青色绸缎风帆的小船的图画，"她说道。"那情景真美啊！当天高云淡穹苍穹远之际，我似乎看见我自己就端坐在天宇之中用一只银钩子在垂钓。"

她居然还记得他在仲夏节前夜所讲的那个荒诞的白日梦故事，这句话真是沦肌浃髓使他窃喜不已，他的眼睛被泪水所濡湿，他兴奋地回答道：

"你说得对，其实你坐在那条船上真的要比我更合适。"

当他们俩在森林里走了一半路程的时候，她一时大意随口问道："你在这里要待多久？"

话刚出口，她便后悔不迭恨不得能把这句覆水难收的问话收回来才好，不过她旋即安下心来，因为他微微一笑避开了直接回答。她对他的老练得体是十分心领的，因为他想必注意到她无意之中吐露心曲所带来的尴尬。

"你在哪里我必定会追随而来，"他回答说道，"我会在这里待下去直到钱花光了。"他接着说着随后又加了一句，"不过这也不会太久了。"

她朝他看看，也面带微笑问道："不会太久了吗？不过我听说你很富有，不是吗？"

他脸上又装出一副跟过去一样的遮掩躲闪的诡秘表情，回答说道：

"我富有吗？听着，城里似乎在流传着一则无稽之谈，说我是一个资本家，除了其他财产之外还拥有一处价值可观的庄园地产。这不是真的，我请求你不要相信。那是空穴来风，在摆谱显阔，做不得真。我没有什么地产，就算有也是小得可怜，而且也不全部都归我，是由我和我的姐姐共同拥有的。何况这点点地产还资不抵债，早就被债务和各色各样的抵押所蚀光亏尽了。这才是真情实况。"

她不大相信地一笑。

"好吧，就算是吧，反正你在谈到自己的时候总说大实话。"她说道。

"你不相信我吗？你心存怀疑吗？那么我不妨直言相告，尽管说出来叫人很丢脸，让我把事情真相原原本本向你坦白交代了吧。你要知道在我到达这座城市的第一天我就走了五里路，我步行跋涉走到毗邻的那个城市从那里朝这里给我自己一连发来了三份电报，都是关于一大笔钱财和在芬兰的一座庄园。然后我把那三份电报任意摊在我房间里的桌上，摊了好几天，这样一来旅馆里上上下下人尽皆知了。现在你相信我了吗？难道我的钱财富有不就是靠这么摆阔露富吹出来的吗？"

"除非你这一回讲你自己的事情没有再讲另一个谎言，否则有谁肯相信呢？"

"再讲另一个谎言吗？你错了，基兰德小姐。上帝在天之父可以作证，我没有撒半句谎！就这么回事！"

冷场。

"那么为啥你要这么做呢？为啥你给你自己发来了那几份电报呢？"

"要是从头把整件事情的来龙去脉都交代清楚那未免说来话长了……反正我这么做无非是摆摆阔露露富，好在城里惹人显眼呗，哈哈哈，这是把话挑明了。"

"现在你又在撒谎了！"

"我要有半句撒谎就不是人！"

冷场。

"你是一个古怪的人。你想要达到什么目的大概只有上帝知道。方才一段时间你千方百计地对我倾吐衷肠，做出最热切的忏悔，但是当我刚说了一两句话要你通晓情理，你就马上改口把自己说成是最坏的角色，一个说谎者，一个骗子。你倒大可不必再多费心了，还是省点辛苦吧，反正你嘴里说出来的这件事情也好那件事情也罢，我都姑妄听之，但是却不会使我留下半点好印象。我只是一个粗俗的普通女子，所有权术诡计的把戏都是超越我的智力，我是一点心眼儿都玩不来的。"

她突如其来地发难说道。

"我此时此刻并没有刻意在玩弄心术计谋。反正早已是一场空了，我又何必再不自量力。"

"那么你干什么还要一抓住机会就大讲特讲你自己的那些邪恶的坏事呢？"她情绪激昂地喊了起来。

他镇定泰然地克制住自己，缓慢地回答道：

"为了影响感化你，小姐。"

他们两人又一起站停了脚步，木然直视相对发怔彼此盯住不放。他继续说道：

"我有幸早先告诉过你我的为人处世之道。你问我为什么肯泄露那些对我会造成伤害而原本又可以隐瞒的秘密。我回答说：'出于权术谋略、出于深思熟虑。'你看，我把宝押在我的率真坦白会使你对我留下良好印象上，尽管你嘴上否认。不管怎样，我好歹都可以想象得出我不顾一切地自曝丑行，我满不在乎使自己原形毕露，这种毫不在乎的冷漠态度也许会使你对我感觉有某种尊重。也许我想错了，以至于弄巧成拙这是很可能的，那就一点没法子挽救过来了。

不过即使我犯下了错误，你照样要输给我，因为我手上原本已经没有什么东西可以再输掉了。一个人被逼到山穷水尽走投无路的境地，他就会不顾死活地绝望挣扎，尽其所有孤注一掷。我暗中帮你罗织罪名来对我进行谴责，从而稍尽绵薄来巩固坚定你的决心，使你拿定主意非要把我撵走不可，非要把我一劳永逸地撵走不可。为什么我这样做呢？因为自己阿谀奉承自己以便从中渔利这类低劣之举毕竟违反我的这颗谦恭心灵的意愿，我羞于把自吹自擂的肉麻话从我自己嘴里讲出来。但是你会说，我岂不是以狡猾和诡计多端的手段曲折迂回兜了个大圈子，才达到别人以低劣却直截了当的手段所要达到的同样目的。嘿呀，听凭你怎么说都行，我不为自己开脱罪责，也不自行辩护。你可以把它称之为江湖骗术，为什么不呢？非常好，非常恰当嘛！我甚至还可以加上一句：它是那种最为卑劣低贱的弄虚作假。没错儿，它就是江湖骗术，我不会为自己开脱辩护的，你是对的，我的整个本性就是一个江湖骗子，但是你要知道，人人都或多或少地陷身于玩弄这种骗术之中，既然说到底统统都是骗术把戏，那么它们之间的差别只在于一种骗术是同另一种差不多，还是更高明一些而已，对不对？……我觉得我是个骗术高明的能手，因此我凭啥不骑上战马去驰骋一番过过瘾呢？然而我不肯再干了，我要甩手不干啦。天晓得，我对这一套已经多么腻烦厌倦了，过去的就让它烟消云散灰飞烟灭吧，到此完结一了百了吧！……不妨举个例子来说，斯坦纳森这一家出了点什么毛病吗？我并没有一口咬定那家子一定有什么不端之处，我只不过随口问一声，会不会有人忽发奇想竟对这个受人尊敬的家庭产生疑心。那家总共只有两个人，丈夫和妻子，连个孩子都没有，生活得无忧无虑，哪来什么严重的烦恼用得着苦苦操心。然而却有一个第三者，只有上帝才知道，不过说不定归根到底除了那对夫妇之外还多出一个人来，一个年轻人，一个对这个家庭过分热心的朋友，法院推事赖纳特。那么对此事该有何看法呢？说不定这种暧昧关系是两相情愿一拍即合的。说不定连医生对这样暧昧的状况也是心知肚明，然而却对它无计可施无可奈何。最起码是昨天晚上他拼命喝闷酒发泄一肚子怨气，对整个人世间每一桩事都抱着满不在乎的态度，他甚至提出来说人类应该用氢氰酸来自我消灭掉，让时光岁月周而复始继续下去。这个可怜的丈夫……不过像皮里阳秋双膝深陷在江湖骗术之中的远非唯独只有他，他并非绝无仅有的，区区在下纳吉尔我自己也是其中之一，而且已经在那个泥潭里浸泡到齐腰深了。我不妨再举个例子，米纽坦恩，一个值得敬重的人，一个正直的人，一个长期受病痛残疾折磨的人！每一件好事都在他那一边，但是我的眼睛照样没有放过他。我告诉你，我的这双眼睛把他盯得很准！你似乎大吃一惊了，是吗？难道我不曾告诫过你吗？是不是把你吓了一跳，我不是存心打算这么做的。不过让我马上使你放心下来好了，米纽坦恩是推不倒的，他倒是一个真正的谦谦君子。既然如此，为什么我仍然不肯高抬贵手把他放过反而要去监视他呢？我干吗还要盯住他不放呢？那是因为我在街拐角上发现他清晨两点钟才从一次清白无辜的溜达散步之后返回家来，清晨两点钟哪。为什么我还要前前后后暗中窥探他背着麻袋四处送煤时究竟做了些什么，在街上同哪些人打招呼呢？没有理由，天哪，没有理由！他只是引起了我的兴趣，我喜欢他，而且我很高兴现在可以把他说成是在所有其他的江湖骗子之中他是一个洁身自好的谦谦君子。这就是为什么我要提到他的缘故，我深信你能懂得的。哈哈哈……不过回过头来再说我自己……哦，不说啦，我真的不想再说回到自己身上来，我宁可说点什么别的而不要谈我自己！"

最后这一句呼号是那么坦诚率真、那么悔恨交迭，这不禁使她心软下来为他而感到难过。她在那当儿明白过来她不得不大费周章去抚慰一颗深遭创伤备受折磨的破碎心灵。然而他却不请自来地自顾收拾起残局把这种印象一扫而光，因为他忽然毫无来由地嘿嘿冷笑起来，又再一次咒骂说诸般万事统统都是十足的江湖骗术，于是她刚刚想要发一点点慈悲的感觉马上便杳然消失了。她疾言厉色地说道：

"你居然放出风声肆意诋毁斯坦纳森夫人，粗鲁下流得令人半点都无法容忍。你还费尽心机去奚落一个可怜的残疾人米纽坦恩。这真是卑鄙庸俗透顶！"

她又迈步往前走，他紧随不舍地赶上去陪在她身边和她齐步偕行。他没有吱声回答，只顾往前走去，他沉重地耷拉着脑袋，双肩止不住痉挛抽搐，出乎她意料的是她竟然看见大滴大滴晶莹的泪珠从他脸上滚落下来。他遽而转过脸去朝着一只啼鸟吹起口哨借以掩饰。

他们俩默默无言地走了一两分钟。她很快就动了恻隐之心，深深痛悔她方才讲的那些严厉苛刻的话。说不定他讲的还真有点道理，甚至也许是对的，她又如何得知呢？她不禁惊诧起来，真弄不明白这个人怎么会在短短一两个星期里把周围的事情看得比她长年累月的见地还更清楚得多。

他们俩仍然没有开腔说话。他恢复了平静重又摆出一副泰然自若的样子，若无其事地绞动着胸兜里的手绢。再过一两分钟，他们就可以望见牧师宅邸了。

这时候，她莺声呖呖地问道：

"你的手还疼啵？我可以看看它吗？"

她这一发问究竟是为了要使他高兴起来，还是有片刻工夫对他表示屈服顺从，这已无从查明，反正她问话的腔调是真挚诚心的，她的声音是感情洋溢的，在此同时她站停了脚步。

于是他的满腔怨气委屈顿时化为乌有。

当她低下头来只顾查看他的那只手的那会儿工夫，她站得同他那么贴近，他大口呼吸着从她秀发和颈背散发出来的芬芳馥郁的香气，他一言不发，他的爱已经升华到了狂热，到了压倒理智的地步。他把她紧紧抱住，起先用了一只胳膊，后来她挣扎反抗，他便又伸出另一只胳膊，把她紧紧压在自己的胸膛上，时间久长而情绪炽热，几乎把她双脚离地举起来。他觉得她的背脊徐徐放松下来，缓缓地顺应过来，严冰积雪终于要融于一旦了。她的娇躯多少还在相持硬撑但却又不无情意地傍靠在他怀里。她星眸半睁地瞟着他，那副眼神迷惘而又朦胧。他对她说她令人心荡魂销，她是他终生唯一、至死不渝的真爱，既然有人为她而献出了生命，他也将会做同样的事情，只消她给个最微小的暗示，发一句话就足矣。哦，他是多么爱她！他语无伦次地再三重复这句话，与此同时他越来越温存地把她紧贴在自己的胸脯上。"我爱你，我爱你！"他说道。

她早已不再挣扎，她的头轻柔地偎依在他左臂上，他狂野炽热地亲吻她，一个热吻连着一个，中间只有短促间歇用以倾吐最令人销魂的热恋语言。他有一种鲜明的感觉，那就是她自己也在将她的娇躯朝他偎依过来，她也对他们

260

之间的这种缱绻缠绵依恋之至。他亲吻她的时候，她甚至迷醉地闭上美目。

"明天在那棵树下同我相会吧，那棵白杨树，你记得那棵树的。我爱你，达格妮！你肯来和我相会吗？来吧，不管什么时候，来吧，七点钟好吗？"

她对此没有搭理，自顾自矜持地说道："让我走！"

她徐徐地从他双臂里挣脱出身来。

她怔怔地站在那里，环顾审视四周良久。她一副茫然不知所措的样子，脸上显露出来六神无主、迷迷糊糊的表情。后来她神色骤变，嘴角不由自主地一阵阵抽搐，她走过去在路过的一块石头上坐了下来，浑身战栗不已。她失声痛哭起来。

他朝她俯身弯腰喁喁细语地情话绵绵，可惜只来得及说了一两分钟。忽然之间，她跳起身来捏紧拳头，她的那张粉脸由于盛怒而变得发白失色。她将双手紧抱在胸前，横眉竖目勃然发作道：

"你是一个卑鄙的小人，天哪，你真是个不可相信的无赖！尽管你嘴上说得好听，却口是心非。哦，你怎么做得出这种事来，你怎么做得出这种事来！"

她又开始放声号啕。

他再一次劝说她平静下来，然而却毫无用处。他们俩就这样站在路边那块石头旁边纠缠得难解难分，半个多钟头过去了，却都没有立即舍此而去的念头。

"你甚至还逼我来同你幽会，"她谴责道。"不过我再也不会同你见面，我根本就不想再见到你！你是个大流氓！"

他苦苦哀求她，扑通跪倒在她面前吻她的裙裾，可是她仍然翻来覆去地骂他是个流氓，骂他犯了浑做了坏事。那么他方才究竟对她犯了什么浑做出了什么亵渎她的坏事呢？滚开，滚开！他不许再陪她往前走，一步也不许！

说罢，她便朝向家走去。

他仍旧想方设法跟随在她身后，但她却不屑一顾地摇摇手喝道：

"不许过来！"

他只好待在原地，目送她走出十到二十步开外才又捏紧拳头紧追上去，他居然不顾她的禁令，追赶上去要她暂且止步：

"我并不想伤害你，"他说道。"求你可怜可怜我吧！我情愿此时此地就自尽而死，这样就可以使你一劳永逸地摆脱我，只消你发句话就行。明天我要是见到你，我还会重复这句话。求你大发慈悲起码给我个公道。你要知道，我已经沦为只受你的权势所支配的奴才，这是由不得我自己做主的，况且你闯进我的人生中来并非全是我的过失。我愿上帝保佑你，使你免得遭遇到我此时此刻所忍受的这种痛苦折磨。"

说罢，他转过身来扬长而去。

在归途上，他耷拉着脑袋、惆怅迷惘，身体缩成一团，两只宽大的肩膀一起一落抽搐不停。他一直不朝着他遇到的任何人瞅上一眼，也认不出来任何一张面孔，直到他一脚踏上旅馆的台阶这才恢复了神智，省悟过来他原来早已穿行过了全城。

🌿　十五　🌿

　　随后两三天里，全城见不到纳吉尔的踪影。他搭乘蒸汽轮船离去了，他在旅馆里的房间房门紧锁。无人知晓此时他在何处，但是他确实登上了一艘溯江北上的轮船，说不定他外出去散散心亦未可知。

　　有一天清晨他终于重新返回到这座小城里来，那时候天色还早城里尚少有动静。他面色苍白，由于缺少睡眠而疲惫困怠。尽管如此，他并没有径直回旅馆，而是在码头上踱来踱去消磨了很长一段时间，然后折身转到一条刚刚造好的通往峡湾内侧的道路上去，在那条路上蒸汽磨坊的烟囱里已经开始冒出袅袅烟雾。

　　他走得并不太远，显而易见是在漫步溜达打发掉一两个小时时间。当集市广场上的交通往来开始热闹起来的时候，他果然现身在那里了。他站在邮政局的拐角上，仔细地观察每一个来往行人。当他注意到玛莎·古德的那件绿裙衫的时候，他抢上前去打招呼。

　　对不起，说不定她早已忘记他了不是？他的名字叫纳吉尔，他曾经出价求购她的椅子，那把旧椅子。说不定她早已把它卖出手了不是？

　　没有，她没有把它卖出手。

　　好极啦，难道再没有人登门拜访过她把价格抬高上去吗？再没有别的主顾来谈过那笔买卖？

"什么？真有过别人？你在说什么，一位女士？哎呀，这些可恶的女人们，她们伸长了鼻子到处嗅！这么说来，她大概已经听到了有把珍品椅子的风声想要抢先下手，恨不得马上吃进，一点不错，这就是女人们买进卖出的惯用窍门，所以她们才生财有道。不过她出价多少，抬价抬得多高呢？我老实告诉你：我决计不肯让这把椅子从我手中溜走，花多大价钱都在所不惜，我拼了血本也非要把它买到手，真是见鬼！"

玛莎被他的勃然发作惊得手足无措，赶紧回答说道：

"行吧，行吧，你拿去好了，很乐意奉送。"

"那么，我可不可以今天晚上来，大约八点钟左右到府上来成交这笔买卖？"

行吧，大概可以，不过最好还是她把椅子送到他的旅馆去，行不行？岂不是照样能够成交……

决计不行，根本行不通，他决不允许做此类傻事。须知此类珍贵物品务必慎重行事小心轻放，要由富有经验的行家处置才行。说老实话，他也不能容忍让无关的闲杂人等看到它的去向。他一定在八点钟到。正说之际，他猛然想起了一桩事情便关照说道：

"听着：看在上帝的分儿上，不许用抹布擦抹，不许掸掉灰尘！一滴水都不许沾上！"

纳吉尔径直回到旅馆，他连身上全套衣服都来不及脱下便和衣往床上一躺，四仰八叉地睡了一个平静而畅快的好觉，直到傍晚才睡醒过来。

晚餐用毕，他走出旅馆直奔码头朝着玛莎·古德的小屋而去。到了八点钟，他敲敲门后便排闼直入。

房间里已经收拾打扫过了，地板上纤尘不染，窗户擦得干净明亮。玛莎自己甚至在颔下挂了一串小珠子项链，显然在恭候他大驾光临。

他问候寒暄，落座之后便开门见山地洽谈这笔买卖。但是玛莎却比以前更不肯让步，相反地她要比往常还更顽固地坚持分文不取白白奉送。最后他终于忍不住发起火来，威胁说道他要给她五百克朗不管三七二十一拿起椅子就走。这笔钱本来就是她该得的！他一生中从未碰到过这种见钱不肯收的傻瓜，并且拍着桌子责问她是不是穷得缺掉心窍了。

"你知道怎么回事吗？"他说道，一边狠狠地瞪了她一眼。"你这么推三阻四不肯收钱，反倒叫我有点疑心起来。老老实实地向我交代出来，那把椅子究竟是不是用正当手段得来的呢？要知道，我同三教九流各色人等打交道，所以不得不多提防着点，小心为妙。要是那把椅子不是从正道得来的，而是通过玩弄手腕巧取豪夺或者见不得人的赃物买卖传到你手上的，那么我就不敢染指沾边了。不管怎么说，倘若我误会了你的犹豫不决，还望不要计较敬请原谅我。"

他的这番话着实把她给吓住了，逼得她不得不说出真话。

她确实被他起了疑心这句话唬得慌了神，半是害怕半是委屈，她马上开口为自己辩白。那把椅子是她祖父带回家来的，自此以后一百多年来一直是她家里的家什，所以他务必不要以为她有什么难言之隐。她说的时候，双眼里已经泪水盈盈，几乎就要夺眶而出。

好！既然如此，他不想再多讲废话，还是快刀斩乱麻成交拉倒！他伸手去摸钱包。

她迈前一步似乎想要再次阻止他，可是他从容不迫地把两张红色大钞放到桌上，然后"啪"的一声关上了他的钱包。

"请收下。"他说道。

"不管怎么说，给我五十克朗就嫌多了！"她央求道。在这当儿，她已经困惑为难得六神无主了，在慌乱之中竟然一边说着一边伸手去捋捋他的头发，大概是想要求他做出点让步。她一点都没有发觉她在做什么。她又再一次捅了捅他的头发，央求他只要给她五十克朗就足够了。这个缺心少窍的憨女人双眼里依然泛着泪光。

他仰起头来看看她。眼前这个一贫如洗、满头白色秀发的苦人儿，一个四十来岁的老姑娘，竟仍然在漆黑的瞳孔之中闪耀出一道像熊熊烈火般的明亮光芒，她的婀娜身姿竟表现出了一种庄重得体娴静优雅的气质，这种窈窕淑女的端庄典雅风范令人不禁回想起往昔年间某位风韵卓绝却又潜心苦行的修女来——她那秀发和瞳仁搭配到了一起真是别致突兀，这一异乎寻常的奇观使他勃然心猿意马，有一刹那，他竟有点不能自制。他捧起她的纤纤素手，婆娑抚摸起来，还随口说道："天哪，真是罕见的珍宝！"旋即，他敛容正色把持住了自己，迅速地从座椅上站起身来撂下了她的纤手。

"我希望你不会介意，如果我马上就把椅子搬走的话。"他说道。

他端起了那把椅子。

她明摆着不再害怕他了。当她看到他由于触摸那件旧家具而双手沾满灰尘的时候，她立即伸手从衣兜掏出她的手绢来为他掸灰。

那笔钱仍旧撂在桌上。

"顺便说一句，"他说道。"我是否可以请问你一件事情？你不认为最好把这笔交易尽量保持在你知我知的范围之内吗？毫无必要弄得人尽皆知吧，对不对？"

"是的。"她若有所悟地说道。

"要是我是你的话，我会把那笔钱马上收起来。最要紧的是，我会先找点什么挂在窗户上。把那件裙衫拿过来！"

"这么一来难道不挡亮了吗？"她说道，却还是把那件裙衫拿了过来挂在窗户上，他还帮了点忙才挂了上去。

"其实我们从开始就该挂上去的，"他说道。"要是有人看到我在这里非惹出麻烦不可。"

她对此没有作答。她收起桌上的钱，把手伸给他，两片嘴唇抽动了半响，却一个字都说不出来。

他握住了她的手，仍旧站在那里，忽然之间他未经思索便脱口而出：

"听着，我可以问一句吗？你过日子大概非常艰难吧，我说的是一旦补助救济到不了手的话……嗯，你是靠济贫救济金在生活的吗？"

"是的。"

"请勿见怪，我要再问一句。我方才忽然想起来要是他们听到了你手里有点钱的风声，他们不但会停发你救济金，而且会把你的钱全都没收去，二话不说就统统没收干净。正是这个缘故，我们之间的这笔交易务必对每一个人要严守秘密，你明白过来没有？我只是作为一个讲究实际的人向你提出一句忠告。千万不要对任何一个大活人提到我们之间的这笔生意，哪怕一个字都不要提到……瞧瞧，到这时我脑筋才转过弯来，我应该给你小面额的钞票才合适，省得你再去把大钞兑开来。"

他想得真周到，每桩事情，每一件不测的意外统统都想到了。他重新坐下身来，掏出多少张小面额钞票来，他懒得操心去仔细清点一下，反正把身上的所有小钞票都掏出来给她。他把大小不一的钞票任意叠了起来，卷成一束递给了她。

"拿着，"他说道。"现在就快收起来吧！"

她转过身去，解开紧身小背心上的衣钩把那些钱塞在胸衣里。

可是在她做完了这一切之后，他不但没有站起身来，反而坐得更稳当了。

"我想顺便问问，你认识米纽坦恩吗？"他说话的口气仿佛是漫不经心的。

他注意到她的脸顿时涨得通红。

"我见到过他一两回，"纳吉尔继续说道。"我喜欢这个人，他似乎善良得像金子一样。眼下我正委托他帮我物色一把小提琴，想必他一定会弄到手的，你难道不相信吗？不过说不定你对此人并不熟悉。"

"嗯，是的。"

"是呀，真是这样，有一回他告诉我说他曾经从你手上买到了几朵花去出席一次葬礼，是卡尔森的葬礼。告诉我，你大概同他相当熟悉，对不对？你对他有什么看法呢？你觉得他会以令人满意的态度去做好托给他办的差事吗？一个像我这样同三教九流打交道的人免不了时常要多打听着点，有时还要盘根究底弄清世态物情才行。我有一回做了亏本生意，结果亏损掉一大笔钱，就是因为我事先没有查明情况就盲目信任了一个人，不过那档子事是发生在汉堡。"

不知道出于什么缘故，纳吉尔竟然娓娓而谈讲起害得他亏损一大笔钱的那个人的故事来。玛莎仍旧站在他面前，倚靠在桌子旁边，她愈听愈坐立不安，最后终于开腔说话，语气相当强烈腔调烦躁不堪：

"住嘴，不许再说他的闲话！"

"我在说谁的闲话啦？"

"你分明说的就是约翰纳斯，就是那个米纽坦恩。"

"那么说来米纽坦恩的名字叫约翰纳斯喽？"

"是的，是约翰纳斯。"

"真的吗，他的名字真叫约翰纳斯？"

"是的。"

纳吉尔戛然失声。米纽坦恩名叫约翰纳斯这条简单的消息着实使他大吃一惊，犹如朝着他的全套想法一闷棍狠敲过来，以至于他一时之间张口结舌说不出话来，他的脸部表情也顿时改变了模样。他默默无言地坐在那里相当一段时间，后来他总算开腔发问：

"那么你为啥叫他约翰纳斯呢？既不叫他格鲁高德，也不叫他米纽坦恩呢？"

她羞答答地垂下了眼帘，怯声怯气地回答说道：

"我们俩从小就熟识，常在一起玩……"

冷场。

纳吉尔终于说话了，半开玩笑半认真地然而却极其漫不经心地说道：

"你可晓得我得到的是什么印象吗？就是米纽坦恩深深地爱恋着你。是的，这是真的，所以才使我真正大吃一惊。我并没有感到非常意外，虽然我不得不承认他颇为大胆放肆了。难道你不同意吗？首先他已经年纪老大青春不再；此外他还身带残疾。可是天哪，女人们也真怪，通常都是那么执拗任性，如果她们一心血来潮，便会不顾死活地自暴自弃，而且还扬扬得意，甚至销魂狂喜，哈哈哈，女人们就是这副样子。在1886年我目睹了一桩难得一见的咄咄怪事：我熟人的一位年轻千金小姐竟然不惜自贬身价勾搭上了他父亲身边的小听差。我永远忘记不了这桩事情。他是那家店铺里的一个学徒，一个十六七岁的半大小子，嘴唇上的髭须才刚刚露出点毛毛。他长得真是惹人喜爱，哦，我不得不承认那小后生的俊俏模样儿才真叫帅哪。于是她带着这个稚气未脱的黄口小儿私奔到国外去。想当初这段情海孽缘一时间闹得满城风雨。才刚过半年光景，她就回到家来啦，原来她对他的情意早已荡然无存。真是哀怨凄恻，难道不是吗？她的情意那么快就玩儿完！后来她收敛安生了好几个月，结婚嫁人居家过日子，这么一来大家也就闭口不再旧事重提了，那么她究竟本分下来了没有呢？她变本加厉闹出了更大的动静，她卖弄风骚，到处招蜂引蝶，去勾引那些大学生和商店店员，围在他们身后转，结果博得了个外号叫'捕猎黏胶 ①'真是既可悲又可怜！但是她却又让人再次大吃一惊：在以这种可惊又可叹的方式放纵自己寻欢作乐了两年多后，忽然有一天她开始写短篇小说了，她成了一个女作家，据说还很有天赋。她令人难以置信的乖巧伶俐，什么都一学就会，而她在同大学生和商店店员

---

① 《捕猎黏胶》，是法国法兰西学院院士、流浪汉派作家、诗人黎施潘（Jean Richepin，1849—1926）的长篇小说。该书中的女主人公淫荡成性，因到处勾引男人，被称为捕鸟者所使用的捕猎黏胶。

们鬼混的这两年里她成熟得非同凡响，自学成才掌握了写作技巧，自从那时起她就一直笔耕不辍写出了不少颇为出色的作品来。哈哈哈，这个该遭到诅咒的女人。……哦，这就是你们女人的为人之道。是的，你可以嗤之以鼻，但是你无法一口否认，起码不能直截了当。一个十七岁的小听差就可以轻易地害得她们神魂颠倒。我深信不疑只要米纽坦恩再接再厉勤奋苦干，他必定不会终身打光棍的。他身上有股子甚至可以打动一个男人的气质，不错，他给我留下了深刻印象：他心地纯正，那么挑战世道的纯正，他嘴巴里没有花言巧语难道不是吗？如果你对他有彻底的了解，你就会承认确实如此一点不错。相反地，我们怎么来评论他的叔叔，那个煤贩子呢？一只狡猾的老狐狸，我猜想此人必定是个惹人生厌的角色。我有这么个感觉，就是真正在经营生意、运转买卖的是米纽坦恩。于是我就难免发问，为啥他就不可以自谋生路另起炉灶呢？归根到底一句话：米纽坦恩总有一天会担当得起养家糊口支撑门户这副担子的……你在摇头不是吗？"

"没有，我没有摇头。"

"那么说，你大概对唠唠叨叨地说一个同你毫不相干的人的无聊闲话感到不胜腻烦了，这是很合乎情理的……听着，趁我忘记之前我要提醒你一句，不过你千万不要动气，我只不过想尽我的最大力量来帮助你而已：你应该到了晚上就把你的房门锁好以保平安。你为什么看起来吓了一大跳呢？请不要害怕，并且也犯不着对我起什么疑心。我只是要告诉你一句，你切莫对任何人过分信任，尤其如今你手上有点钱要照管。我倒并没有听说城里不太安全，不过谨慎小心总归不会嫌太多的。清晨两点钟这一带黑得吓人，就在那段时间里，我都听得见我窗户底下发出可疑的古怪动静。好吧，想必你不至于因为我的这句劝告而大动肝火吧，对吗？……那么再见！我很高兴我终于把这把椅子争夺到手。再见，亲爱的朋友。"

他边说边和她握手。在门口他又转过身来再次关照说道：

"听着，你最好说我买下这把椅子就给了你两个克朗，一个子儿都没有多给，因为要不然的话那笔钱就会被没收，千万要记住。我相信你能够做得到的，对吗？"

"是的，"她回答说道。

他转身离去，手上端着那把椅子。他满脸喜气洋洋，眉开眼笑，有时还嘻哈笑出声来，仿佛玩成了一场绝顶高招的把戏。"上帝保佑我，她此时此刻会有多么快乐！"他兴高采烈地说道。"哈哈，她发了一笔横财，今天晚上怕是睡不着觉喽……"

当他回到旅馆的时候，米纽坦恩早已在他房间里引颈鹄候。

米纽坦恩是从一次彩排那里直接过来的，腋下尚挟着一卷海报。那场舞台形体造型表演眼看着将会大获成功，他们演出历史上的片段，场面将五彩缤纷美不胜收。他自己是个跑龙套的角色。

那场义卖游艺会是从什么时候开始？

开幕式定在 7 月 9 日星期四，就是女王生日那一天。但是米纽坦恩今天晚上就要去把海报张贴满全城，他们甚至获得批准在通向公墓的那条路上也张贴……不过那是另码子事儿，他是特意前来告诉他关于那把小提琴的事，他至今无法弄到手。全城里唯一一把可供使用的小提琴属于那个风琴家拥有，是不肯出售的非卖品，他要用它来在义卖游艺上演出几个曲子。

所以毫无办法。

米纽坦恩说完就要离去。就在他手执便帽站在那里的当儿，纳吉尔说道：

"你肯赏光和我一起喝上一杯吗？我们务必喝点儿因为我今天晚上兴致勃勃，我真是走运。你要知道，我费了好大力气终于把全国再没哪个收藏家所能拥有的家具珍品弄到手啦，我敢打保票就是如此。就是这把椅子，敬请鉴赏。你可看得出它是一件宝物，一件独一无二的荷兰好货色。不到手一大笔钱财我是不肯出售转让的，天晓得我才不肯出售哩。为了庆祝一番我很乐意同你一起喝上一杯，要是你不反对的话。我打铃去订酒好吗？不行？不过你可以明天再张贴这些海报嘛！哦，我真是难以忘记我今天的好运气，你说不定知道我是个小打小闹的收藏家，我在这里待下来的原因之一就是要物色罕见的古董文物。我大概同你说起过我的牛颈铃，对不对？哦，天哪，那么你对我是何许人也尚还认识模糊。我是个农学家，这不消说，不过我还有另外的兴趣。时至今日，我已经收集了3267个牛颈铃，自从我着手在收藏这门行当上下功夫到现在已经十个春秋了。感谢上帝，我总算有了一套高水准的藏品。你能猜得出来这张椅子我是怎么弄到手的吗？纯粹是碰巧走运，全靠侥幸！有一天我在街上溜达，我走过码头区一幢小屋时，出于习惯的本能，我走过窗户旁边时禁不住斜眼朝里瞟了一眼。忽然之间我劲头来了，我窥见了那把椅子而且立即看出了它的价值。我敲敲门走了进去。一个长着满头白发年纪稍长的女士……喔，她叫什么名字来着？算啦，没关系，反正你大概不认识她。古德小姐，我相信这就她的芳名：玛莎·古德，大概就是吧。起先她不肯出让这把椅子，那也是理所当然的事，经不住我软磨硬泡费了许多口舌，她终于发话让我拿走它，今天我就把它拿来了。不过，这桩转手交易的最精彩之处在于我是不费分文白捡的，她一个子儿都不肯收，硬要奉送给我。后来我就干脆在桌上撂下了两克朗省得她后悔，要知道这把椅子价值好几百克朗哪。我请求你切莫声张出去，以免害得我留下骂名。倒不是我做错了什么事情以致咎由自取，而是那个女人憨得没有做生意的脑筋。可是我是个行家里手不得不在商言商，没有承担什么义务要替她的利益着想。说到底，眼前的良机千万莫失否则岂非成了天大的傻瓜。这原本就是一场生存竞争……现在你知道了这桩事情的真相，你还拒绝同我一起喝上一杯吗？"

米纽坦恩坚持他非走不可。

"那太糟糕了，"纳吉尔继续说道。"我一直在盼望着同你好好聊聊。你是这里唯一使我一见如故的人，也是唯一令我留意关照的人，哈哈哈，留意关照，一点没错。再说你的名字是叫约翰纳斯，难道不是吗？我亲爱的朋友，其实我已经知道了很长时间，虽然直到今天晚上才有人告诉我……哎呀，别让我这会儿吓着你。说来叫人惭愧，我总是害得人家见我害怕。哦，是的，不必矢口否认，你确实有那么一会儿工夫吓慌了神瞪眼看我不知如何是好，虽然我未必要明说我着实害得你大惊失色……"

米纽坦恩此时已经走到门口。他显然急于尽快摆脱纠缠溜之大吉。这场交谈变得愈来愈索然无味令人心头很不是滋味。

"今天是 7 月 6 日吗？"纳吉尔冷不丁问道。

"是的，"米纽坦恩回答说。"是 7 月 6 日。"

他一边说一边已经把手放到了房门把手上。

纳吉尔慢步朝他走过去，一直走到紧贴在他身边，他的双眼笔直地逼视着他，他的双手放在身背后。他保持着这个姿势不动，以低沉的口气轻声问道：

"6 月 6 日你在哪里？"

米纽坦恩大惊失色，连一个字都说不出来。被这双怒目圆睁的眼睛，还有那神秘而深沉的低喝声交汇而成的恐怖吓慌了神了，他像生怕被人捏住把柄似的压根儿就没有听明白这个盘查个把月前的某一天他在哪里的要命小问题，便迫不及待拉开房门没命地冲了出去，脚步踉跄地奔向走廊。他心急慌忙，一时间竟慌张得连楼梯口都找不着了，纳吉尔站在门口朝他叫道：

"不是的，不是那么回事，全都给弄拧了，忘掉它吧！过些天我会给你个说法，过些天……"

然而米纽坦恩已经听不到了。他三步并作两步，没有等纳吉尔说完早已奔下楼去，连头都不回——也不曾朝左或者朝右看一下——疾步奔上大街穿过集市广场，绕过庞大的全城抽水泵转身走进第一条长巷消失了踪影。

一个小时之后——约莫十点钟光景——纳吉尔点燃了一支雪茄走出旅馆。市声尚未归于平静，随处可见有不少人在信步溜达，沿着通往牧师宅邸的那条路闲逛漫步。在街道拐角处依然回荡着嬉戏着的顽童们的欢笑叫喊声。在天气熙和的夜色中，男男女女坐在门前台阶上低声聊天，时不时地隔着街道向街坊打个招呼，并且得到友好的回应。

纳吉尔朝向码头溜达过去，他看见米纽坦恩正在四处走动忙于在邮政局、银行、学校和监狱墙上张贴海报。他干得那么起劲卖力，那么仔细认真。他付出了多少力气，根本不在乎花费了多少工夫，说不定早就耽搁了他本当就缺少的睡眠时间！纳吉尔走过他身边的时候朝他点头致意，但是却没有停下脚步。

快要走到码头的时候，有一个声音从他身背后招呼他。玛莎·古德赶上来截住了他，气喘吁吁地说道：

"对不起，你多给我钱了。"

"晚安，"他回答道。"你也是出来散步的吗？"

"不是，我到市区去了一趟，到你旅馆外面候了半天。我是在等着你出来，想告诉你一声你多给我钱了。"

"那么说来，莫非我们又要把那场滑稽戏从头再来一遍，不是吗？"

"可是你明明算错啦，"她颇为吃惊地说道。"小面额钞票要比二百克朗多得多。"

"哦，原来如此！算啦，多出来两三个克朗就拉倒吧，是不是比二百克朗多出了一两克朗呢？好吧，好吧，你可以还给我。"

她动手解胸衣的衣钩，可是骤然间停住不动了，她朝四周看了半晌，不知道该如何是好。后来她终于启口抱歉说这里人多眼杂，她无法在大街上众目睽睽之下把钱取出来，因为她把钱放在贴身安全的地方……

"是嘛，"他赶紧回答说道。"那么我去取吧，没关系，让我去取吧。"

于是他们两人便一起走向她的小屋。一路上他们碰到几个行人，他们都以好奇的眼光瞅着这对男女。

当他们走进屋里之后，纳吉尔便在上一回坐过的那个

276

靠窗的老位子上坐了下来，她的那件裙衫依然被当作窗帘挂在窗户上。玛莎手忙脚乱地把钱取出来，他却一言不发。她忙活了半晌，终于大功告成，掏出了一把小额钞票，有几张是几经残旧褪色的十克朗钞票，但是全都带着从她胸脯散发出来的体温，她的诚实不允许她把它们保留下来，哪怕留过夜都不可以，她忙不迭地把这笔钱捧起来交给他。直到这时候他才开腔说话，请求她把这笔钱收下。

可是这会儿就如同上次一样，她似乎对他的用意疑窦丛生，她顾虑重重地瞅了他一眼说道：

"不行，我真的弄不懂……"

他立即站起身来。

"可是我非常清楚地懂得你的想法。"他回答说道。"这就是为什么我赶紧站起身来走到门口。现在你放心点了吗？"

"是的……不，你用不着站在门口。"其实她已经轻轻地伸出双臂，似乎想要把他推回去。这个古怪的老姑娘生怕得罪任何一个人。

"我要请你给我个面子，"纳吉尔说道，仍旧没有坐下来。"我感到非常荣幸要是你同意……好吧，我干脆直截了当地把话挑明了说：我要带你去出席星期四晚上的义卖游艺会。你肯赏光给我这个面子吗？你可以去散散心，那里人多热闹，灯火辉煌音乐悠扬还有舞台形体造型表演。你为什么发笑呢，老天爷哪，你的牙齿真白。"

"我哪儿也不会去，"她回答说道。"你怎么想得出来要我去那里呢？凭啥我要去，再说你为啥又要带我去呢？"

他向她开诚布公老老实实地解释了此事的原委始末：他早就有这个想法，他已经思考了很长一段时日，大概在两星期之前他就起了这个念头，但是直到此刻他才把他的想法说了出来。她只消在那里现现身露露脸就行，她应该光临这次大会,他要在那里见到她。倘若她不想受到他打扰,他甚至愿意不跟她讲话。他只是想看到她同别人周旋交际,听到她的笑声,看到她真正地青春焕发。亲爱的朋友,她务必要去千万不要推却。

他朝她看了一眼,她的白发皓首同她的漆黑星眸真是触目显眼。一只手在拨弄着胸衣马甲上的纽扣,一只手指修长的纤手,肤色有点发灰,说不定还不大干净,可是却给人以一种奇妙、典雅的感觉,两条蓝色的血管从手腕往上逶迤。

"好吧,"她说道。"说不定会很有趣的。"可是她没有什么可穿的,出席这么一个晚会连件像样的裙袍都没有。

他打断了她的话头:反正还剩下三个工作日哪,她可以在星期四之前把所需要的衣物收拾停当,时间足够不成问题。这么说来她同意啦?

她一点一点地退让了。

"说到底,哪个人都不应该闭户不出与世隔绝,"他说道。那样一来岂非白白虚度韶光年华,况且以她的明眸皓齿,真是会抱恨终生的。桌上这些小额钞票用来给她添置裙衫行头。行啦,不必再多说废话啦。既然他拿定了主意,她也就只得顺从了他的意思。

他像往常一样道了声晚安,简短得没有任何理由使得她感到不安。但是当她看着他跨出门槛的时候,倒是她再一次伸出手来感谢他邀请她去出席义卖游艺会。这一举动已经有好多好多年不曾有过,她对这个动作早已生疏了,不过她想尽量表现得举止娴雅端庄,虽然……

这个大孩子,她想要显出大家闺秀的风范,虽说他并没有要求她这么做!

🍃 十六 🍃

星期四来临。

天上下着蒙蒙细雨，但是到了傍晚，义卖游艺会如期隆重开幕，会场门口音乐悠扬，繁声杂沓，人潮如涌。全城万人空巷躬逢其盛，连乡居的人们也纷至沓来，分享这一难得的赏心乐事。

纳吉尔九点钟左右踏进会场，此时大厅里已经人满为患。他在大厅后侧靠门处找到了一个空当，站在那里听了几分钟演说。他的脸色苍白，依然像往常一样穿着他那身鲜艳的米黄色套装，不过他已把他手上的绷带除去了，那两处伤口几乎愈合了。

他看见斯坦纳森医生夫妇站在靠近舞台的最前列。在他们的稍右侧站着米纽坦恩，还有参加舞台形体造型表演的演员们，不过达格妮并不在其中。

灯火的灼热高温和拥挤得水泄不通的人群逼得他难以忍受，他只好退出大厅。在门口他同法院推事赖纳特不期迎面相遇，他便朝这位仁兄鞠了个躬，换回来的却是此人稍稍点了一下头。他在门厅过道里伫立不动。

就在这当口儿，他倏然注意到了一桩令他思绪陡然纷乱如麻，好奇心切却又在随后很长一段工夫里百思不得其解的离奇怪事：在他左侧，有一扇门通向一间供来宾公众贮存他们的围巾披肩、外套上衣等的房间。他在灯光掩映之下分明看见达格妮·基兰德站在那里，手指轻舒抚弄着他挂在那里的一个钩子上的上衣。他没有看花眼，全城再找不出像这样的一件米黄色春装来，那件上衣肯定无疑是他的，况且他明明记得他挂衣服的确切位置。她专心致志地只顾忙于此事，看样子好像在搜寻什么东西，而与此同时她用手掌一遍又一遍地擦拭他的那件上衣。他迅速转身避开免得冷不防吓着她。

这桩不起眼的意外小事顿时害得他心神不安起来。她究竟在搜寻什么，她擦拭他的那件上衣究竟意欲何为？这些疑问翻来覆去地在他脑际盘旋，他无法摆脱这些疑问，心头充满了焦虑。天晓得，说不定她存心想要检查一下他的衣袋里是不是藏有火器，再不然她认定他还有什么更疯狂之举。不过万一要是她悄悄地塞一封情书给他呢？

他真的作此痴心妄想，虽说他自己都觉得无此可能，然而还忍不住有点飘飘然，但愿这一幸福快乐变为现实。不，不，她大概只是在寻找她自己的外套，整个事情仅仅是碰巧凑到一块去了。他怎么能够想入非非居然有这样毫无希望的幻想！……片刻之后，他总算看到达格妮步入大厅从人群中挤开一条路往前去，他马上走过去，掏摸他的衣袋，他的心怦怦直跳。没有，哪来什么情书，啥也没有，只有他自己的手套和手帕。

大厅里爆发出雷鸣般的掌声。市长①的开幕词已致完毕。于是人们蜂拥而出，人流涌向门厅过道和毗邻的房间里去找地方凉快凉快。他们沿墙围桌而坐啜饮吃喝。本城

---

① 挪威小城镇往往仅设一名行政官，此人集行政、司法、执法于一身，称为 byfogd，为简明起见视情译为市长或镇长。

几位年轻名门闺秀身着女招待服饰，围着白色围裙，臂膀搭着一条白色餐巾，手上端着放满杯盘的托盘步履匆匆到处端送饮料食品。

纳吉尔四处寻找达格妮，然而却芳踪难觅。他向身围白围裙的安德雷森小姐打了个招呼，问她要了红酒，然而她却给他端来了香槟。

他诧异地望望她。

"你是从来不喝别的酒的。"她含笑说道。

这句恭维话谑而不虐，令他十分受用，他顿时比方才要情绪活泼轻快得多。他请求她和他一起喝一杯，她尽管忙得不可开交，却依然落落大方地马上就坐了下来。他对她的殷勤周到深表谢意，满口赞美她的服饰十分合身，啧啧称羡她领圈上佩戴的一枚古色古香的金银丝细工镶嵌的胸针。她神情落落大方，毫不显得腼腆扭捏；她脸庞修长，鼻翼宽阔，容貌贵族气派十足，风度温文尔雅至极，甚至过分得几乎带有点病态，她的脸部表情总是一成不变，不会有任何局促不安的神经质抽搐。她说起话来安详恬静泰然自若，让人感觉只要有她在场便可平安无事足资放心。她才是窈窕淑女，她才是名门闺秀的缩影。

在她站起身来的时候，他说道：

"今天晚上这里有一个人我很乐意献点殷勤。古德小姐，玛莎·古德，我不晓得你是不是同她相识。我听说她已经来了，我真无法告诉你我多么乐意愿为她做点什么凑热闹的事让她让她开心，她是那么孤苦伶仃。米纽坦恩曾向我谈起过她。难道你不认为这是个好主意吗，安德雷森小姐，要是我把她请过来同我们一起坐坐？当然喽，倘若你不介意把她请过来的话？"

"不，不，哪儿的话，"安德雷森回答说道。"我很高兴马上就去找她。我知道她坐在哪儿。"

"你也会回来的，难道不是吗？"

"是的，谢谢你。"

正当纳吉尔等待之际，赖纳特推事、那位教员和达格妮走了进来。纳吉尔站起身来朝他们鞠了个躬。尽管屋里十分闷热，可是达格妮却满脸凝霜面色煞白得吓人。她穿着一袭杏黄色的短袖裙衫，她的颈脖上戴着一条分量沉甸甸的黄金项链。那条金项链俗气非凡，同杏黄色裙衫搭配在一起显得异常小家子事气。她在门口踟蹰不前伫立片刻，把手伸到背后去捻摸她的发辫。

纳吉尔抢步上前走到她身边。他用短短一两句感情充沛的话来央求她饶恕上星期五对她如此无礼的亵渎。这将是最后一次，以后再也不会有了，她决计再也没有什么缘由要宽恕他惹起祸殃了。他用很轻的声音说完要说的话就停住了嘴。

她倾耳细听他的话，甚至一边还望着他，当他说完后，她启口说道：

"我几乎不明白你在说些什么话。我已经什么都记不得了，我愿意统统忘干净。"

说完她抽身离去。离开时她冷漠至极地扫视了一眼。

到处人声嘈杂，汇成一片营营嗡嗡。间杂其间杯盏磕碰声、拔软木瓶塞的砰砰声、人们欢言笑语，时而迸发出阵阵高声大笑和狂喊尖叫。从大厅里传来铜管乐队吹奏的乐曲声，其演奏水准却一塌糊涂，令人无法恭维……

安德雷森小姐和玛莎终于姗姗而至，背后还跟着米纽坦恩。他们都在纳吉尔的桌上坐了下来，待了大约有一刻多钟。安德雷森时不时也要站起身来端着盘子去给那些叫喊着要咖啡的客人服务，后来她干脆再没有返回来，她实在太忙了。

节目单上的各色各样的表演依次进行：一个四重唱、奥耶恩以浓重的口音朗诵他自己的诗作、两位女士联手演奏钢琴、那个管风琴家第一次作小提琴独奏。达格妮仍然和那两位男士围桌而坐。后来，米纽坦恩被叫去干跑腿的差事，要供应更多酒杯、更多杯盘、更多三明治，人手太少忙不过来，他们原本没有估计到会有这么多游客光临，在这个小城里可说是盛况空前的。

这会儿只有纳吉尔和玛莎独自相对，她也要站起身来离开。她单独坐在那里感觉挺不自在，有点坐不下去了。她已经注意到赖纳特先生在对此说东道西，基兰德小姐听得哈哈大笑。不行，她还是识相知趣点走开为好。

不过纳吉尔殷殷劝说她不妨再低酌浅饮一番。玛莎一身皂黑，她的新裙衫非常合身，不过却并不得体，因为穿着和她的容颜并不相称，反倒使这位相貌古雅离奇的老姑娘显得格外苍老，而且同她的满头白色秀发形成过分鲜明的反差对照。不过她的眼睛里依然流露出炽热的光芒，当她笑起来的时候，她那张热情洋溢的脸上眉飞色舞，依然活力充沛朝气勃勃。

他问道：

"你玩得高兴吗？今天晚上你开心吗？"

"是呀，谢谢你，"她回答道。"我愉快得很。"

他毫不停歇地将交谈继续下去。他为了顺应迎合她的口味而更换话题，挖空心思地想出一则趣闻逸事来讲给她听，听得她咯咯地笑个不停。那个故事讲的是他怎样把他最贵重的那只牛颈铃弄到手的经过,那只牛颈铃是一件宝贝,一件无价之宝!那头牛的名字镌刻在那只牛颈铃上。那头牛名叫奥耶斯坦恩,因而可见是一头公牛……

刚刚讲到这里她便禁不住咯咯地笑个不停。就这么一个拙劣的笑话她非但听得津津有味而且竟然忍俊不禁哈哈大笑起来,全然顾不得自己失态,也忘了自己是在一个公共场合里。她笑得摇头晃脑,前仰后合活像一个孩子,她的脸上容光焕发喜形于色。

"想想看,"他说道。"我想象得出米纽坦恩是要拈酸吃醋喽。"

"不会,"她回答说,口气颇为犹豫不定。

"我倒有此感觉。正因如此,我倒宁可单独和你坐这里。听到你的笑声真令人愉快。"

她没有回答,仅仅低垂双眼。

他们继续聊天。他一直保持着一种坐姿,这样他可以冷眼旁观达格妮桌上的动静。

两三分钟悄然而逝。安德雷森小姐回来憩坐片刻,说了一两句话,从她的酒杯里啜了一口又匆匆离开。

忽然之间,达格妮离开她的座位走过来到纳吉尔桌前。

"你们这里倒挺热闹,难道不是吗?"她说道,她的嗓音遏制不住带着一丝轻微的颤抖。"晚上好,玛莎!你们在嘻嘻哈哈笑些什么?"

"我们在尽兴找乐子开心呗,"纳吉尔回答道。"我信口开河瞎掰胡侃,古德小姐对我又过于宽容惯纵听任我多嘴饶舌,她笑了许多回……我们可不可以请你赏光喝一杯?"

达格妮坐了下来。

大厅里爆发出了一阵异常震耳的如同暴风雨般的欢呼

喝彩声，这给了玛莎一个借口，她站起身来说是要去看看热闹。她渐行渐远，后来她回头大声喊了一句：那是在变魔术，我得去看看。她就此脱身走开了。

无言相对的冷场。

"你将你的伙伴们舍弃不顾哇，"纳吉尔说道，他本来还要说下去，却被达格妮没头没脑地刹住了他的话头：

"彼此，彼此，你不是也一样嘛！"

"哦，她保准会回来的。难道你不觉得古德小姐看起来太迷人了吗？今天晚上她快活得像个孩子一样。"

达格妮对此不予搭理，她反而问道：

"你曾经外出了一段日子，是不是？"

"是的。"

无言相对的冷场。

"你真的觉得今天晚上有令人享受的乐趣吗？"

"我？我压根儿就不晓得在闹啥名堂，"他回答道。"再说我来又不是为了让自己开开心。"

"那么你为啥要到这里来呢？"

"为的是再见上你一面呀，显而易见。当然只能是远远地看着你，搭不上腔的……"

"原来如此，那就是为什么你要带她来的缘故，不是吗？"

这句话他起先一时没有明白过来。他朝她看看，沉吟了半晌。

"你指的是古德小姐吗？我真不知道应该怎样回答你才好。我听到许多关于她的传闻，她年复一年地独自孤身幽居在家，她的生活中一点点乐趣都没有。再说不是我把她带到这里来的，我仅仅想款待她一下，免得她觉得厌烦，仅此而已，是安德雷森小姐把她领到这张桌子上来的。上帝明鉴，这个女人不知吃了多少苦头，所以她的头发全都熬成一片雪白……"

"不过难道你就不曾想过，你就没有处心积虑想象过我会醋意大发，你想象过吗？你错啦！哼，我记得你向我说起过有个要了二十四辆马车来开道供他出门兜风的狂人，此人还是个'S'音发不出来的结巴。你说他坠入情网爱上了一个名叫克劳拉的姑娘。是的，一点没错，我记得十分清楚。克劳拉就一口拒绝了那个人的求爱却又容不得她的背脊佝偻的妹妹去得到他，我不晓得你告诉我这则逸闻的居心何在，那恐怕只有你自己心里最清楚，不过我对此毫不在意。可是你想要惹得我拈酸吃醋，那是休想。如果说这就是今天晚上想要试图做成的事，那么你就死了这条心吧，不管是你还是你那发不出'S'音的结巴都不会成功的。"

"可是天哪！"他说道。"你是在说正经的，不是说着玩儿吧？"

无言的冷场。

"不错，我说的是当真的。"她回答道。

"你的意思是说我如此这般所作所为无非是要惹得你打翻醋坛子，是不是？带着个四十岁的老女人来露露面，等到你一出现就让她走开，丢开手不管她了，对不对？你大概把我当成了一个白痴。"

"你是个什么人，我连最模糊的想法都没有，我只知道你偷偷地纠缠上了我，造成我一生之中最痛苦的几个小时，以致我不再理解我自己。我不晓得你是不是一个白痴，我也不晓得你是不是一个狂人，再说我没有心思去查个水落石出，你是什么人我一点都不放在心上。"

"是的，我料想你是不会放在心上的。"

"况且我凭什么要放在心上呢？"她继续说道，她被他故作顺从所深深激怒。"我到底和你有什么相干？你曾经对我有过越轨的非分行为，你以为这样一来你就可以期待着我最后终于会一心一意全都扑在你的身上了吗？然而你却还是照样给我讲了一个充满了影射性的肉麻讨好的故事……我确信无疑你告诉我克劳拉和她妹妹之间的情感纠葛决非毫无道理的，不，你不是言者无心！还有你为什么纠缠住我不放还要盯我的梢？我说的并不是此时此刻，这会儿是我自己找上门来的，而仅仅是就一般而言。为什么你不肯让我单独安生自在呢？我这会儿待在这里同你讲一分钟话，我猜测你大概在心目中把这桩事看成是对我来说何等至关紧要，何等迫在眉睫……"

"亲爱的小姐，不是的，我一点都不做这种痴心妄想。"

"没有？我决不敢说你在讲真话，不，我不能。我对你充满了疑心，我对你一点都不信任。我怀疑你有本事什么坏事都干得出来。说不定此时此刻我讲的话对你有失公允，不过为什么我不可以伤害你，哪怕伤害你一次呢？我已经对你所有的含沙射影的献媚讨好和深思熟虑的谋略诡计感到不胜其烦了……"

他不说一句话，只是慢慢地在桌上转动他的酒杯。当她再次说到她不相信他的时候，他只回答了一句：

"我活该。"

"是的，"她继续说道。"我对你的信任是少得不能再少了。我甚至怀疑你的肩膀，怀疑你的宽阔结实的双肩是靠棉垫肩硬撑出来的。不妨直言相告：方才那会儿我曾走进那间房间去检查了你的上衣，察看一下究竟有没有安着垫肩。虽说我疑心错了，上衣的双肩没有什么毛病，我却仍旧满腹疑团，我实在没有办法。比方说，我敢肯定，你敢于不顾一切用尽无论什么手段来把你的身材增高几英寸，因为你长得不高。我有把握你做得出来的，只要能弄得到那种法子的话。上帝垂怜，我怎么能不对你疑窦丛生呢？你到底是什么人？你到这个城市来干什么？你甚至不用自己的真实姓名，原来你本姓西蒙森，的确就姓西蒙森！这是我从旅馆里听来的。他们说曾经有一个与你相识的女士前来拜访过你，在你还没有来得及阻止她之前，她已经对你呼出了西蒙森这个姓氏。城里街头巷尾都喷有烦言说是你为了开玩笑竟向小孩子们分发雪茄烟，还有你在大街上接二连三犯下了种种丑闻秽行。我听说，有一天你在集市广场上碰见了一个侍女，便同她搭讪，居然在大庭广众之下问了她某些事情。但是除了这些丑行之外你居然还有脸向我信誓旦旦地作了表明自己清白无辜的辩解，一次又一次地向我展示温馨怡人的形象而且……害得我有说不出的伤心痛苦的是你竟然胆大妄为敢于……"

她说不下去了。她的嘴角一次次张合翕动泄露出她内心的情绪波涛汹涌。她讲的每一句话虽然都疾言厉色，却全是发自肺腑的。她说的是说了算数的真心话，没有半分矫揉造作，没有半句口气婉转的客气话。停顿短暂片刻之后，他回答说：

"你说得对，我害得你蒙受莫大痛苦……显而易见，整整一个月人家日复一日地监视着你，留神注意你的每一句话每一个行动，他们总归会找出点什么把柄来。他们甚至会使你蒙冤受屈背上黑锅，虽然我必须承认还没有严重到造成重大的伤害。这个城市不大，我又很惹眼，大家有事没事都要扫上我几眼。只要我在他们视野范围之内，大家

288

都睁大眼睛直盯着我，恨不得要把我每根手指头都看个透。所以，我当然就无法是我真正应该是的本色模样了。"

"是呀，天哪，"她简短而尖刻地说道。"当然是因为这个城市那么小你才受到密切关注，这道理是明摆着的。在大一点的城市里，你休想引起人家的注意。"

这个冷冰冰却又正确无误的回答起初不禁引起他这方面的由衷赞叹。他刚要报诸以几句恭维或者客套话，转念一想还是识相点免了吧。她情绪过度激动，何况她对他又抱着过分的怨怼，这么一来就难免会使得她在轻视贬低他的道路上走得更远。这使得他心里非常难过。归根到底，他究竟在她的眼里是个什么人？一个在小城里毫不起眼的凡夫俗子，芸芸众生当中的一个外地人。一个成为众所瞩目的人皆因为他是个异乡客，是个身着米黄色套装的怪人。想到这里，他满腹委屈地说道：

"可是他们就没有说一句我有一回在一块墓碑上，在明娜·米克的墓碑上曾经写过一行诗吗？难道就没有人看见它吗？这是真的，不管怎么说有过那么回事。另外有一件事也是真的，我曾到过城里的药房，全城唯一的那家药房，去为一个病入膏肓的患者买药，我还确实在一张纸条上写下了药名，可是却没有把药买到手，因为我没有正规的处方。我这会儿回想起来了，难道米纽坦恩告诉过你，说我有一天曾经向他提出我情愿奉送二百克朗作为贿赂，要他代替我去冒充人家孩子的生身之父吗？这也是一点不假的事实真相。米纽坦恩自己可以站出来作证。唉，我敢肯定我还可以举得出别的许多情节来……"

"大可不必啦，你已经提到得够多了，"她毫不留情地说道。她的眼光转变为冷酷严峻，她一再数落他伪造电报，用发假电报给自己来冒充家财万贯的阔佬儿，他随身带着小提琴盒到处炫耀，其实他根本没有小提琴也不会演奏，一桩接一桩，统统都是他的昭然若揭的坑蒙拐骗的哄人花招，甚至他见义勇为的救生奖章按照他自己亲口承认的也是从不光彩的门道上弄到手的。她每桩事情都记得得一清二楚，连一星半点都没有给他省略掉，在这当儿每一件鸡毛蒜皮的琐细小事对她来说都具有意味深长的别有用意。她叫他放明白点，早先她只是以为他寻寻开心而信口乱说瞎编，如今她已经看透他是居心叵测，所以才玩弄这些卑劣的鬼把戏，而这些谎言到头来只会给他脸上抹黑。他是一个厚颜无耻、暧昧可疑的坏家伙，一点都错不了！"就凭你这副德行，"她说道。"你居然企图乘我不备对我下手，要害得我心迷神醉到把持不住自己，诱惑我跟你一起做出某种越轨行为。你真不要脸，一点没有廉耻之感，你心里没有别人只有自己，你只是做出一次又一次辩白来搪塞敷衍我……"

正当这顿奚落越发起劲之际，她却被斯坦纳森医生打断了话头。他从大厅里挤过人群朝这边过来，看样子忙得不可开交。他肩负着这次义卖游艺会的种种重任，一时半刻都闲不着。

"晚上好，纳吉尔先生，"他高声招呼道。"我很高兴回想起那天晚上在你那里的聚会，基兰德小姐，你得留神点儿，我们的舞台形体造型表演马上就要出场了。"

说罢，医生匆匆离去悠忽不见踪影。

另一个音乐节目开始演奏，大厅里又显出一阵兴奋的骚动。达格妮往前探过身去朝大厅里瞅了一眼，然后她又转向纳吉尔说道：

"玛莎在往回走过来。"

无言的冷场。

"你听见我说什么了吗？"

"听到了，"他心不在焉地回答道。他头也不抬，继续把他的那只斟满酒的酒杯转了一圈又一圈却不呷啜一口，他的脑袋愈来愈往下耷拉几乎快要碰到桌面。

"嘘，"她用挖苦的口吻说道。"他们又演奏了。在听此类音乐的时候，最好要隔开一段距离，在一间毗邻的房间里，更可取的是握着心上人的手，对吗？这不正是你有一回说过的吗？我相信这是同一首兰纳华尔兹舞曲，而玛莎正在走过来……"

忽然之间她似乎为自己的尖酸刻薄而感到悔恨，她的话哽塞在嗓子眼儿里说不下去了，她的眼神里掠过一丝熙和的光芒，她神魂不定地将身躯尽量在椅子里往后缩。他仍旧低着头端坐不动；她只能看到他的胸脯在急剧而又不规律地起伏。她站起身来，手里端起了酒杯想要说点什么，临走前说上一两句较为和蔼可亲的话免得他太难过。她启口说道：

"我这会儿要走了。"

他迅速抬起头来瞅了她一眼，赶紧站起身来，也端起了酒杯。他们两人默然相对，各自喝了杯中苦酒。他强自镇定力图不让他的手哆嗦得太厉害，她可以清楚地看出来他的这副泰然自若的姿态是硬装出来的。蓦然，这个她以为早已被她的冷嘲热讽当头棒喝打击得落花流水趴倒在地的男人开腔说话了，他彬彬有礼若无其事地说道：

"这是真的，小姐：拜托您，我想我将再不会见到您了，拜托您行个方便，在您给您的未婚夫写信时务请写上一笔，提醒他一句：他有一回曾经亲口答应送给米纽坦恩两件衬衫，拖到现在已经有两年了。我为我多管闲事而表示抱歉，因为这桩事情毕竟同我毫不相干，我这么做仅仅是为了米纽坦恩的缘故。我希望您能原谅我的冒失鲁莽。请告诉他是两件羊毛的衬衫，那他必定会回想得起来。"

她刹那间给震惊得发蒙了，她目瞪口呆地愣在那里，张口结舌大半晌只顾望着他，竟然想不出一句话来说，甚至连手上的酒杯也忘记放下来。这种尴尬的僵局足足持续了一分钟之久，后来她定了定神，朝他投过去恶狠狠的一瞥，这眼神中充满了她内心里肝肠欲裂的苦痛恼怒，她无计可施只能用一双圆睁的杏眼来给予一个被人逼得闭口不语的回答，然后她猝然转过身去不再理睬他。她把酒杯砰地放在靠门的桌上便扬长而去，在大厅里消失了踪影。

她似乎压根儿忘记掉了赖纳特先生和那位教师仍旧坐在老地方等着她。

纳吉尔重新坐了下来。他的双肩又开始耸动抽搐起来，他一次次地伸手敲击自己的脑袋。他颓丧地低着头弓着身子闷坐在那里。当玛莎走过来的时候，他一下子跳起身来，一副感激涕零的表情使他喜形于色，脸上闪现出了光彩。他为她拉开一把椅子。

"你来得太好啦，太好啦！"他说道。"快坐下。我要殷勤周到地照料你，我要讲给你听许许多多故事要是你乐意听的话。你无法相信只要你一坐下来我心里就乐开了花。亲爱的朋友，坐下吧。你想啥时候离开就啥时候走，我自会陪送你回去的，难道不好吗？我决不会伤害你的，决计不会的。听着，你不妨先喝点儿，好吗？我要讲给你听许多有趣的事，逗得你再咯咯地笑个不停。我真高兴你回来，上帝可怜我吧，能听到你的笑声真是太好啦，你总是那么一本正经的。大厅里的演出没有多少乐趣，对吗？倒不如我们就在这里待一会儿，况且那边又闷热得很。快坐下吧！"

玛莎踌躇了半晌，还是坐下身来。

这会儿纳吉尔便打开话匣子，没完没了地讲起来，讲述了一个又一个滑稽好笑的小故事和亲耳所闻的种种逸事趣闻。他说东道西信口嚼舌，把话说得飞快，以致口齿不清上气不接下气，他焦躁不安地强行加快讲话的速度，生怕他一旦停嘴她便会离他而去。他愈讲愈起劲，把他的脸憋得通红，而且往往讲乱了套闹得连自己都搞蒙了，不得不连连敲脑袋想方设法厘清来龙去脉将故事重新言归正传。但是玛莎觉得即使如此他仍讨人喜欢，她给逗得憨态可掬地咯咯笑个不停，她一点也不感到厌烦。她那颗老古板的心在愈来愈激动亢奋起来，她甚至感动得不由自主地插进话来。她真是多么不可思议的温柔和憨厚！当他说到人生是如此令人无法理解的悲惨，难道不是吗？"让我们为美好的人生而干杯！"她回答道。这个女人年复一年地在集市上卖鸡蛋来贴补家用，含辛茹苦地过着一贫如洗的日子，居然这么看对人生……不，人生并不糟糕，它往往是美好的！

人生往往是美好的，她竟然说道。

"唔，你当然说得对，"他支吾回答道。"可是，这会儿我们要看舞台形体造型表演啦！我们就站在门口看吧，这样你什么时候想坐下来我们就坐下来。你在那里看得见吗？要是看不见的话，我可以用胳膊把你扛起来。"

她莞尔一笑，戒心重重地摇摇头。

他一看到达格妮出现在舞台上，他的欢乐顿时潮退汐落，他的双眼直直地瞪着，目不转睛地盯住了她，眼里除了她再也看不见别的人。他紧随不舍地去捕捉她的眼光所向，上下来回地扫视她的周身动作，并且细细观察她的面部表情，他注意到她胸上佩戴的那朵玫瑰在急剧地上下起伏摆动，上下起伏摆动。她站在众多的人群的最后面，虽然煞费苦心地乔装打扮但是却轻而易见地一眼就可以把她认出来。安德雷森小姐扮演王后，端坐在舞台中央，整个场面都沐浴在红色的灯光之中，这是一出披铠穿甲人物众多的声势雄壮的表演，斯坦纳森医生把这个节目串排起来确实花费了巨大的精力和心血。

"真美啊。"玛莎悄声说道。

"唔……什么美呀？"他一时没有回味过来。

"那舞台上，难道你没有看出来吗？那么你在看什么呢？"

"是的，那真美啊！"

为了免得引起她的疑心，他不再只盯住一个部位看，不再盯住整个舞台上唯一的一个部位看。他开始询问她每个表演者都是谁，虽说他几乎无心听取她的回答。舞台上的人们都保持形体造型姿势纹丝不动，直到红光行将熄灭大幕遽然落下。

五段舞台形体造型表演以两三分钟的间隔一段连着一段进行演出。到了十二点钟玛莎和纳吉尔仍然站在门口观看最后一个造型演出。等到这个节目终于全部表演完毕，重新又再开始音乐节目时，他们两人才回到自己桌上聊起天来。她的心情愈来愈舒畅，再也不提要离去了。

有两个年轻女士手上拿着笔记本到处转悠，兜售有抽奖号码的彩票，奖品有玩具娃娃、摇椅、刺绣品、一套茶具、一只带盖罩的座钟，等等。到处发出一阵阵鼓噪骚动，人们都兴高采烈痛饮狂欢，还高谈阔论谈笑风生。大厅里传来的演奏声同周围房间里的欢言笑语汇成一股震耳欲聋的喧嚣，令人不禁联想到股票交易所的人声鼎沸的热闹盛况。这次义卖游艺大会要持续到清晨两点钟才结束。

安德雷森小姐又坐到了纳吉尔的桌旁。哦，她真太累了，累得要命！好的，谢谢，她很乐意喝一杯，喔，半杯就行。难道她不可以去把达格妮也请来吗？

于是她就去把达格妮带了过来，背后还跟着不请自来的米纽坦恩。

就在这当儿，发生了下述的事情：

附近一张桌子掀翻了，杯盏盘碟一股脑儿摔碎在地上，乒乒乓乓响成一片，达格妮发出了一声短促的尖叫，还非常神经质地一把紧紧揪住了玛莎的肩膀，后来她自己都不好意思地粲然一笑并且表示了抱歉，她的脸蛋由于紧张不安而布满红潮。这时候她脾气乖戾烦躁神情抑郁无常，时不时莫名其妙地发出一阵笑声，她的双眼放射出异样的光芒，她已经将外衣穿戴就绪做好了回家的准备，只等着通常陪伴她回家的那位教员前来便随时可以动身。

可是那位教书先生却仍然同法院推事厮混一起，他已经坐在那里一个多小时没有动弹了，喝得醉醺醺的还没有要走的意思。

"我敢肯定纳吉尔先生求之不得要陪你走回家哪，达格妮，"安德雷森小姐说道。

达格妮爆发出一阵狂笑。安德雷森小姐冷不防吓了一跳，怔怔地睐着她。

"不，"达格妮回答道。"我再也不敢同纳吉尔先生一路

295

同行了。他头脑里充满了想入非非的邪念，你我之间说说，他甚至有一回竟然要求我去赴约会。这是真的确有其事！'在一棵树下相会！'他说道。'在哪里哪里的一棵大白杨树下！'不行，纳吉尔先生对我来说实在太捉摸不透。就在刚才他还装腔作势地讹诈我两件衬衫，说什么我未婚夫某个时候曾经答应送给格鲁高德的。而格鲁高德他自己都不晓得是怎么回事！难道不是吗？格鲁高德？哈哈哈，真是邪乎得离谱！"

话一说完她就赶紧站起身来，一边走一边扬声大笑，她走到那位教员面前说了几句话。显而易见她在催促他走。

米纽坦恩早已非常局促不安。他试图张嘴说点什么解释几句表明一下自己的心迹，但是却又话到嘴边就收住了，他态度含糊模棱，为难得不知从何说起，于是只好闷声不吭。他愁容满面，用焦虑忧忡的眼光从这个人看到那个人。甚至玛莎也感到既吃惊又害怕。纳吉尔同她说话，低声细气地讲了一两句安慰的话，然后又给他们的酒杯斟满了酒。安德雷森小姐迅速地把话题一转，谈起了这次义卖游艺大会：这么个下雨天居然还有这样大批人群蜂拥而至！哦，想必收益是非常可观的，而开支费用却不见得会高得吓人……

"那位演奏竖琴的漂亮女士是谁？"纳吉尔问道。"就是长着拜伦式的嘴巴，头发里插着一支银箭的那一位？"

她是个暂住在这里做客的外乡女士，她真的有那么漂亮吗？

是的，他觉得她长得非常美丽，他提出了好几个问及她的问题，尽管大家都看出来他蹙额疾首心思根本没有放在这上面。既然他心事重重那么究竟心里在想些什么呢？事情害得他攒紧双眉究竟所为何来呢？他只顾慢吞吞地转动他的酒杯。

这时候达格妮又转身折回过来，却再次停下来磨磨蹭蹭地赖着不再走开。她站在安德雷森小姐椅子背后，一边扣手套上的纽扣一边轻启朱唇，用她的清脆高亢又悦耳动听的嗓音说道：

"你要求同我约会真正的居心用意何在，纳吉尔先生？你究竟抱着什么不良企图呢？不妨现在就讲出来给我听听！"

"哦，天哪，达格妮！"安德雷森小姐低声喝道，一边赶紧站起身来。米纽坦恩也站了起来。他们所有人表情尴尬狼狈，一个个噤若寒蝉。纳吉尔抬起头来看了看，他还算心平气和显露不出来情绪有多么激动愤懑，但是大家都注意到他放下了酒杯，双手使劲地拧绞在一起，呼哧呼哧地喘着粗气。他究竟要干什么？他脸上挂着的隐约强笑早已经消失，他虎着脸一副怒火中烧的样子。出乎人人意料之外，他以平静的声音沉着地说道：

"为什么我要求同你约会？基兰德小姐，难道你不情愿免掉我多费一番口舌来说清前因后果吗，倒不如还是让我们彼此心照不宣吧？我已经害得你心乱如麻，给你惹了够多的烦恼，我对此实在过意不去，我真懊悔莫及。虽说覆水难收，但是我还是祈求上帝开恩让我尽力把已经发生过的事情从此一笔勾销。可是我敢肯定你肚里明白得很为什么我会要求你来同我相会，对此我毫不掩饰，虽说我本应该闭嘴不说隐瞒起来的。务请你宽以待人，不要再逼我吧。我没有更多话要说了……"

他骤然收住口再也不多说一句，她像得了魔怔一样木讷得再也说不出话来，显然她本指望着听到他另一番回答。后来教员过来了总算为这场令人痛苦的窘况及时解了围。

他已经酩酊大醉几乎站立不稳。

达格妮二话不说挽起他胳膊就往外走。

从这会儿起，那几个仍然留下来的人开始重新活泼起来；他们大家都觉得呼吸舒畅心情愉快，玛莎无缘无故地高兴得咯咯笑个不停，还不住地拍手。有时候她意识到自己笑得太多了便会脸泛红晕立即克制住自己并且侧目回顾看看别人是否留神到她的失态。这样富有迷人风韵的羞惭模样再三地重复着，不禁使得纳吉尔痴迷神醉欣喜若狂。他使出浑身解数来佯装出种种愚蠢的胡闹把戏借以吸引她的注意。于是他用牙齿咬住一只酒瓶软木塞来表演"挪亚老人的方舟之旅"。

在此同时，斯坦纳森夫人参加进来同他们在一块儿。她宣布说她决不动摇非要坚持到大会结束才肯走。这时还有一个节目尚未上演，是两个杂技演员的表演，那是她非看不可的。她每逢到有热闹总是铁了心要坚持到最后，漫漫长夜家里冷冷清清寂寞难熬，因为她往往孤守空房。不过他们是不是应该进去看那两个杂技演员翻跟斗呢？

于是一行人鱼贯而入走进大厅。

当他们坐定下来之后，一个身躯魁梧蓄着络腮胡子的大汉从中央过道走过来，他手里拎着一只小提琴盒子。他就是那位管风琴家，刚演奏完了他的节目退下场来准备离去。他站定下来同这几个打了个招呼，并且立即同纳吉尔谈起了那把小提琴。毫无疑问，米纽坦恩已经去找过他，向他表达过有人愿意高价求购。他向纳吉尔解释说道尽管尊意风雅高致，无奈这把小提琴是祖辈留下的传家宝，所以实难从命，况且又是他舍不得割爱的心头肉。他已经把它当作一个同他心灵相通的小人儿朝夕相处。小提琴上甚至饰有他的名字。任何人都可以看出来这是一把卓绝非凡的小提琴……他小心翼翼地打开琴盒。

琴盒里放着那把优美精致的深棕色的乐器，干净整洁地包裹在粉红色的丝绸里，它的琴弦用棉花絮覆盖着。

"看起来挺不错吧，对不对？在指板上端用非常小的好望角红宝石镶嵌出来的首字母代表着古斯塔夫。阿道尔夫·克里斯登森。不行，变卖这样一件宝物那真是求财的不义之举。再说岁月悠悠长夜漫漫，缺少了它又怎么打发得了这难熬的时光，又能从何处寻求这一份欢乐愉悦？不过倘若尊驾一时技痒，想要拉上一会儿奏一两个曲子过把瘾头，那是又当别论，不成问题的。"

大可不必，纳吉尔无技可痒无此瘾头。

然而管风琴家还是把那件乐器从匣子里完全拿了出来。此时那两个翻跟斗的演员正在完成最后一连串滚翻动作，全场掌声雷动喝彩如潮，他却犹自在滔滔不绝地讲述这把已经相传下来三代之久的非同寻常的小提琴。它分量轻得如同羽毛一样——"你自己试试握住了掂一掂它的分量……"

纳吉尔掂了掂也觉得它果然轻若羽毛一般。不过他的手一拈上那把小提琴，便忍不住把它倒转过来，用手指拨弄琴弦。他摆出一副半个鉴赏行家的架势说道："我看，这是一把米特尔瓦尔德尔①的琴。"这是一把米特尔瓦尔德尔制的琴，一点都不难看出，因为琴身的共鸣箱背后有一则铭文标签明白无误地写着。既然如此，又何必故弄玄虚，装出一副懂行的鉴赏家派头来呢？这时候翻跟斗的演员已经下场，没有人再鼓掌了，他站起身来一言不发，伸手去

---

① 米特尔瓦尔德尔系德国巴伐利亚州的米滕瓦尔德（Mittenwald）音乐学院，以制作小提琴闻名。

拿起琴弓。接下来那段工夫，大家全都从座位上站起身来准备离开大厅，四周乱哄哄的，高声交谈嘈杂一片。他忽然开始演奏起来，大厅里一点一点地平静下来。这个身着鲜艳夺目的米黄色套装、肩胛宽阔、身材五短的小个子男人站在大厅中央，赫然露脸演奏使得人人大吃一惊。那么他演奏了什么呢？一段叙事曲、威尼斯船夫曲片段、一支舞曲、勃拉姆斯的匈牙利舞曲、一支集锦曲，他的演奏挟着狂野奔放、热情激昂之势使琴声愈来愈以排山倒海之力回荡萦绕大厅每一个角落。他的头完全侧向一边，神情诡谲非凡，影影绰绰地站在幽暗昏晦的大厅里，使得这场节目单上原本并未开列的即兴演奏蒙上一层更具朦胧神秘的色彩。他的手指在小提琴上起落跳跃翩翩舞蹈，那几根狂野翻飞的手指看得大家眼花缭乱目不暇接。他的令人侧目的外表，还有精湛娴熟的指法无不创造出一个催人入迷的魔法奇才的形象。他继而又拉了几分钟，全场听众仍都屏气凝神、纹丝不动地坐在他们座位上静听。随后他转向演奏一段庄严肃穆沉重有力的伤感曲子，再来了一段铿锵有力得如同号角嘹亮吹奏的强音乐章，他屹然不动站立在那里，手臂来回抽动，脑袋歪向一侧。他的即兴演奏如此冒尖突出，非但令义卖游艺大会组织委员会大吃一惊，也让普通的城里百姓还有乡下农民出其不意地享受到一回足以使得他们为之倾倒的音乐洗礼。他们虽然说不出来，但是从他们的眼神可以看出，他们觉得他的演奏同方才的音乐表演相比简直是天上地下，要比游艺大会上所有的节目表演都出色得多。尽管他是一时豪兴所至信手拉来，然而竟然那样精彩真是了不起。可是过了四五分钟之后，他猛然使劲来回抽动琴弓发出非常骇人的聒耳噪音，有如鬼哭狼嚎般凄厉，一种大祸临头的悲鸣之声，令人如此无法忍受，令人如此毛骨悚然，以致没有人知道他要拉出什么怪调来。他这样抽拉了三四下之后便戛然而止，他把贴在脸颊上的小提琴拿下来停止了演奏。

整整一分钟过去了，听众们这才回过神来，后来全场爆发出一片暴风骤雨般的无止无休的鼓掌声，还有叫好喝彩声间杂其间，有的人甚至跳上座位去大声叫好。那位管风琴家深深鞠了一个躬，接过他的小提琴来，用手温柔地抚摩了它一下，然后轻悠悠地将它放回到琴匣之中，然后他紧握住纳吉尔的手再三对他表示感谢。在这全场轰动之中，斯坦纳森医生疾步奔过来一把揪住纳吉尔的胳膊，高声呼喊道：

"你这家伙，真是活见鬼！敢情你真人不露相，有能耐偏留一手哪！你演奏得棒极啦！"

坐在他身边的安德雷森小姐仍然痴呆呆地望着他，十分惊诧地说道：

"你不是告诉我们说你压根儿不会拉小提琴的吗？"

"我是不会嘛，"他回答道。"也就略知皮毛而已，献丑了，真不大会拉，不值得一提，我坦白承认确实如此。你一定发现有多少走板，有多么不合节拍，所以你自会明白我所言不虚。不过我在演奏中尽力装得中规中矩而已，难道不是如此吗？哈哈哈，做人就要做得惊世骇俗，做人就要做得潇洒自在不受拘束！……不过难道我们不应该回到我们桌上再喝点儿吗？请你帮个忙叫上古德小姐也一块儿来吧。"

他们重新回到大厅旁边的那间房间。全场的人仍然在注视着这个使得他们如此倾倒赞叹的神秘人物。甚至赖纳特推事在走过他身边的时候也特意站停片刻告诉他说：

"我向您谨致谢意。承蒙好意邀请我前几天晚上到贵处去出席一个单身汉聚会。可惜我已有约在先无法分身，但是我心领尊驾好意，十分感谢。"

"不过你收尾时为啥调门一转叩击出那样叫人别扭扫兴的颤音呢？"安德雷森小姐追问道。

"我自己都弄不明白，"纳吉尔回答道。"反正随手拉来就拉成那样子了，大概想要去踩一下魔鬼的尾巴呢！"

斯坦纳森医生又走到他面前正儿八经地说了几句赞美的夸奖话。纳吉尔仅仅回答说他的演奏只是凑个热闹助个兴，要了点江湖骗术的花招而已，其中充满了露骨的效果追求，他们若是仔细留神一下便会明白水平是何等平庸低劣。那骈指双压的二重声指法是弄虚作假的，哦，对了，这些曲子多半拉得走板跑调，他心知肚明可是无法再奏得更好一些……他久没练习早已荒疏手生啦。

愈来愈多的游客走过他们的桌子，人流滚滚往外涌出去，唯独他们坐在那里坚持到最后一分钟。等到他们站起身来要走的时候，大厅里的灯火却已给熄灭掉了。这时已经清晨两点半。

纳吉尔侧身倚向玛莎，悄声说道：

"我务必要陪送你回家，行吗？我有事要和你说。"

他匆匆付款清账，向安德雷森小姐道了晚安，然后陪着玛莎出来。她没有外套，只有一把雨伞，而她尽力企图把雨伞遮掩在身后，因为伞面上七穿八洞到处布满窟窿眼儿。他们两人临走时，纳吉尔注意到米纽坦恩正在以哀怨痛苦而又依恋不舍的眼神盯住他们。他的脸变得比往常更扭曲畸形了。

他们两人径直来到玛莎小屋。纳吉尔朝四周觑视了半晌，并没有见到个把人影，于是他说：

"如果你让我进去稍坐片刻，我将不胜感激。"

她迟疑不决。

"已经这么晚啦。"她说道。

"你知道我已经做出允诺哪点儿都绝不会伤害你。我非要同你说说话不可。"

他们两人走进屋里之后她就忙活着去点燃一支蜡烛，而他还是把权当窗帘的那件衣服挂在窗户上。他一直没有开腔，直到她收拾完毕才说：

"你今天晚上过得开心吗？"

"是的，多谢你啦。"她回答说。

"算啦，这不是我要和你谈论的事。来，坐靠近点儿。你用不着害怕我，你能答应做到吗？好，那么我们握握手一言为定吧。"

她把她的手伸给他，他握住了再也没有松开。

"现在你相信我不是一个哄骗你的说谎者了，对吗，我要告诉你点事情。你不会相信我在骗你吧？"

"不会。"

"好呀，我自会把所有的一切最后全都给你解释得一清二楚……但是你对我到底抱有多大信心？我的意思是说你在对我的信任上究竟准备走多远呢？废话！我尽讲这些无聊的荒唐话。但是你要知道这是一桩难于启齿的困难事情。比方说我要是我告诉你说我非常……我真的非常喜欢你，你肯不肯相信呢？其实，连你自己也早已就心里明白了。但是如果我再更进一步呢？我打算说的是……你明白吗，打开天窗说亮话，我挑明了说我想要娶你做我的妻子。是的，做我的妻子……不是当我所爱的外宠情人，而是堂堂正正的妻子……上帝垂怜，千万不要那样惊恐不安，不要怕，不要慌，还是把手伸给我让我握着你的手。我会把我的打算解释得更清楚一点，你会完全弄明白的。估计你一定不至于听错我的话，所以我就用不着旁敲侧击绕圈子，而是直截了当地向你提出求婚，我说的每一句都是说到做到的正经话……你先考虑斟酌一下接受的可能性，然后我再继续讲下去。好！你多大岁数？喔，喔，我不是存心要打听年纪，可是我二十九岁，早已大大超过三心二意用情不专的轻佻浮华年纪。你大概要比我年长四五六岁，这倒并不意味着……"

"我比你年长十二岁。"她说道。

"年长十二岁！"他大声感叹道，十分高兴她能留神听懂了他说话的意思，这表明她并没有昏昏然完全失去理智。"那么你比我大十二岁，真是好得很，简直好极了！你并不把比我大十二岁看成是一个障碍，对吗？怎么你觉得是，你莫非疯了不成，瞧你这个人！不管三七二十一，哪怕比我大三个十二岁，又有什么差别，不是一样嘛，只要我真心爱你而且此时此刻我嘴里的话句句都是说一不二的正经话，对不对？我对这桩事情已经想了很久，嗯，也不算太久，不过有好几天了，这是事情的真相。看在老天爷的面上，相信我吧，我恳求你，我已经想了有好几天了，因为想这件事的缘故，我辗转反侧难以入睡熬了好多个不眠之夜。你长着一双古怪得不可思议的眼睛，从我第一眼见到你我就被这双眼睛吸引住了。我能够被这样的一双眼睛吸引到天涯海角。有一回，一个老头就凭着他的那双眼睛将我魇住，害得我绕着森林转悠了大半夜，不过那老头是有邪气的，被鬼怪附了身。……不过，那是另一码事儿。可是你的这双眼睛已经使我着了魔。你可记得，那天我从窗前走过，你正好站在房间当中，目不转睛地盯住我看？你没有转动你的头，你仅仅用眼睛注视着我，我真无法忘记这眼神！后来有一回，我有机会同你交谈，我也被你的笑容迷醉得不得了。我想我从来不曾见到过有人像你那样满怀由衷的热情咯咯憨笑的，不过这些事情你都不知情……哦，瞧我都说了些什么令人犯糊涂的混账话。我自己都听得出来，不过我有此感觉，就是我必须不住口地说个不停，否则你就会不相信我，那就使得我狼狈不堪无所适从了。不过你若不是坐得那么不安生总想要溜，我的意思是说随时要抽身站起来走出去，那么我就会举止更从容一些。请让我握住你的手，这样我说起话来底气就足得多可以说得更明白些。好，谢谢你……你要知道，我对你除了方才所讲到的之外真的别无他想，我没有什么不可告人的目的。所以我的话究竟有什么可以害得你如此仓皇失措的呢？你大概百思不得其解我怎么会冒出这么一个荒诞不经的念头来，你无法想得通弄明白我究竟要做什么，我真正用心何在，对不对？而且你想这是压根儿做不到的，这就是你坐立不安地在煞费脑筋的事情，难道不是吗？"

"是的……哦，天哪，别再说了。"

"可是听着，按照事情的是非曲直来看，我不应该仍然使你觉得我靠不住，怀疑我在逢场作戏装腔作势……"

"不是，"玛莎忽然间以悔恨自责的口吻说。"我对你半点疑心也没有。不过这桩事儿还是成不了的。"

"为什么成不了呢？是不是你同别人有约在先？"

"没有，没有。"

"真的没有？因为如果你已经同别的什么人有了婚约，我们不妨随便举出个名字，比方说米纽坦恩……"

"没有，"她高声喊了出来，用手使劲地捏了他一把。

"没有？那么说来就没有什么人会从中作梗拆散我们的挡横儿的啦。我继续说下去。你一定以为我是如此高你一等，正是由于这个缘故所以你才觉得这桩事情成不了。我什么事情都不瞒你，在许多方面我确实不应该像我现在这样放浪形骸，今天晚上你已经亲耳听到基兰德小姐说的事情了。你大概还从城里街谈巷议里听到我是这样那样毫无廉耻的卑劣小人。有时候他们难免冤枉我，不过大体上来说他们所言不差。我是一个有着要命的缺陷的男人。而你哪，你有着纯正无瑕的品德和有点孩子气的善良圣洁、率真老实的心肠，要不知比我好多少倍，所以真实的情况恰好相反，是你远远高过于我。但是我做出允诺，我会终生不渝地体贴关切你，相信我这不难做到，我的最大快乐就是使你幸福……另外还有一桩事：你是不是觉得人言可畏，害怕城里会有什么议论？那也不要紧，首先全城人不得不接受你当了我的妻子这一事实，如果你愿意的话最好是在本城的教堂里举行婚礼。其次，全城人早就有足够的谈资可以议论纷纷了，我们俩以前有过几次见面交往，几乎不会不引起人家的注意，今天晚上我又在义卖游艺大会上陪伴在你身边。所以再要闹得满城风雨也不会比已有的事实更糟糕。老天在上，那又何足道哉呢？所以你干脆就不要把周围人家怎么想的放在心上，对人家的嚼舌头抱着无动于衷的心态就行啦。哦，天哪，怎么一回事？你在哭泣吗？哦，亲爱的，你觉得遭受到了伤害，因为今天晚上我害得你公开曝光招惹来了闲言碎语，是不是？"

"不是，不是那个缘故。"

"那么又是什么缘故呢？"

她不回答。

他猛然脑筋一转，便问道：

"你是不是觉得我在对你使坏？告诉我，你香槟酒没有喝多吗？我相信你充其量就啜了两杯。你大概得出这么一个印象就是我要乘人之危，在你尚不胜酒力之际逼迫你更快点就范，对吗？这就是为什么你哭泣的缘故吗？"

"不，根本不是。"

"那么你为啥哭呢？"

"我不晓得。"

"不过你起码不至于以为我坐在这里是打算勾引诱惑你吧。上帝明鉴，我完全是一片真心诚意，相信我吧！"

"是的，我也相信你，可是我实在弄不明白，这就害得我心乱如麻，烦恼不堪。你不能想要那样……不能想要那样。"

一点不错，他偏偏就想要那样。于是他更其充分地解释这一切，他把她的纤手把玩在自己手里，倾听着敲打在窗玻璃上的淅淅沥沥的雨声。他温柔地喁喁细语，谈吐不凡诙谐幽默，使得她心情开朗起来，时不时地还随心所欲地讲一些不着边际、颠三倒四的孩子气的空话。哦，他们非得露一手才行！他们要出门周游，远走高飞，上帝才知道他们萍踪漂泊到何方。但是他们会悄无声息地溜之大吉，所以没有人知道他们的去向。这就是他们要做的，难道不对吗？他们要买下森林深处的一幢小农舍和一块土地，不管在什么地方只要是一座可爱的森林就行。那就是他们自己的庄园，他们将把那个庄园命名为伊甸园。他将开垦耕耘，稼穑不息，哦，他将开垦耕耘，稼穑不息！不过他有时候会觉得沉闷枯燥忧郁寡欢，亲爱的，这是很可能发生的。一个什么念头闪过他的脑际，某桩过去辛酸经历的回忆也许又给勾了起来，等等。这是多容易发生的事呀！不过逢到这种情况她务必要对他耐心体贴一些，好不好？他会尽量不让她注意到，决计不会小题大做，他可以做出允诺。只要让他不受打扰独自待在一边沉思应付自己的问题，再不然他就跑得远远的，走到森林的腹地里去待上一会儿再回来。哦，不过在那幢小农舍里谁也不可以撒野骂粗话。他们俩还要把他们能够找到的最美丽的野花、苔藓和石头来装饰点缀它，地板上要洒上他自己带到家来的香味芬芳的杜松子，到了圣诞节他们总不会忘记在屋外撒上一把给小鸟享用。只消想想他们是怎样在一起消磨时光的，他们有多么幸福！他们俩务必总是在一起，成双成对形影不离而且今生今世永不分开。到了夏天他们俩一起去作徒步长途旅行，去观察随风摇曳的青草和树木，看它们是怎样一年年地长得繁荣茂盛。说不定他们会对途经那里的外来客和过路人大有好处，帮他们认路指点方向什么的。他们还要饲养点牲口，养两头身高体大、毛色发亮的奶牛，他们要训练得牲口可以自己到野地里去吃草。当他忙于挖泥铲土在田里耕作的时候，她可以看管照料牲口……

"好呀，"玛莎脱口而出，这是无意识的由衷自发的回答，他听得一清二楚。

他再说下去：而且他们每星期务必要有一两天工夫用于休闲，他们要一起去打猎、钓鱼，他们两个，手拉着手，她穿着一条粗布短裙腰间束着一条皮带，他穿一件长外套和一双带搭纽的毡鞋。他们一路踏歌而行，非但引吭高歌、欢声笑语还要放开喉咙大声高喊使得他们俩的声音在整个森林里回荡萦绕回声不绝。"手拉着手，你同意吗？"

"好呀。"她又说道。

她一点一点地愈听愈入迷，不由自主地陶醉起来。他把这一切都绘形绘色、栩栩如生地给她描述得淋漓尽致。他把每一桩事情都在他头脑里筹划谋算得一分不差，哪怕连每一个最微小的细节都不放过。他甚至提到至关紧要的是居住在非常容易弄到水的地方。不过他会留神的，用不着她操心。所有的事情他都会办得周到体贴，她只管放心，只要她对他抱有信任就足够了。凭他这身力气他一定能在那座浓密的森林之中盖造起他们俩安身栖息的那个家。他有那么大一双巴掌，她自己看看……他笑眯眯地将她那纤细的小手按在自己手上来比画大小。

她听任他由着性子随便怎样对待她，即使当他伸手拍拍她的脸颊时她也仍然坐着不动没有闪避开。于是他就干脆嘴唇贴着她的耳朵直截了当地问她是不是敢于和肯不肯答应这门婚事。她反倒一口答应了，一个心口不一而且郁郁不乐的答应，神志恍惚得如同在做梦一般，声音几乎像是叫人听不见的梦呓悄话。片刻之后她又犹豫起来，拿不定主意了。不行，她再想想怎么都不行，这门婚事几乎是办不到的。他到底是不是在假戏真做？瞧瞧她就是那么一个人。

他再次费了很多的口舌才说服她相信他当真要办这门婚事，他一心一意地要办成它！虽说境况不见得会立竿见影大变样，但是她起码可以不再挨贫受穷，他会辛苦劳碌养活他们俩，她用不着担心害怕。他足足讲了一个小时，这才一步一步地动摇了她的抵抗。在这个小时里她前后两次拒绝再谈下去，并且以手捂脸嘤嘤哭泣，并且连声叫喊"不""不"，然而她还是对他屈服了，她细细端详了他的面部表情终于明白过来他并不仅仅是贪图一时之欢，但求赢得眼前的胜利，以上帝的名义，他还真是说到做到就是想要这门婚事！她被征服了，再同他斗下去是毫无用处的。最后她终于给了一个斩钉截铁的允诺。

那支点在空瓶子里的蜡烛已经燃灭了。他们俩仍然各自坐在自己的座椅上，握住彼此的手在喁喁私语。她时而百感交集，抑制不住情绪冲动而泪眼婆娑，但是脸上却仍然挂着微笑。

他说道：

"再回过头来说说米纽坦恩，我敢肯定，他在义卖游艺会上是打翻了醋坛子。"

"是的，"她说道。"说不定他是这样，不过那也是没法子的事。"

"是吗，是没法子的事，对吗？……听着，今天晚上我想要做点让你快乐得不得了的事情，可是那是一桩什么事情呢？必须是一桩使你开心得双手拍着胸脯乐不可支的事情。你不妨自己提出来嘛，你可以向我要求这样或者那样什么的！天哪，你真是太善良厚道了，我的小可爱！你从来就不肯问人家要点什么！好吧，玛莎，记住我告诉你的这句话：我将会保护你，我要抢在我的人生终结之前实现你的愿望并把你照料周到。亲爱的，务必记牢这句话，好不好？你决计用不着指责我轻诺寡信说话不算数。"

钟敲四点。

他们俩都站起身来。她朝他身边迈了一步，他把她紧贴在他的胸膛上。她张开双臂勾住了他的颈脖，他们俩就这样站了片刻，她那颗胆小而又圣洁得像修女的心扑扑地跳个不停，他的手感觉得出来这样剧烈的心跳，他感觉到了便伸手抚摸她的头发力图使她平静下来。他们俩终于情投意合两情相悦了。

她自己先开始说话：

"今天晚上我会整夜都睡不着觉，脑子里净想这件事。说不定明天我们还见见面？要是你肯的话，行吗？"

"当然喽，明天。行呀，我求之不得哪！什么时间？我可以晚上八点钟来吗？"

"好的……你愿意我再穿这一件裙子吗？"

这是个细腻感人而令人同情的问题，她的嘴唇在颤抖着，那双睁得圆圆的眼睛怔怔地看着他；这都使得他感动，一下子揪住了他的心，他回答道：

"亲爱的，我的小可爱，随你的便吧……不过你千万不要今天晚上睡不着觉，你千万不要！想着我，说声晚安，就上床睡觉去。你孤身一人在这里不会害怕的，对吗？"

"是的，……你回家这一路要浑身淋湿的。"

她甚至想到了这一点，想到了他会淋湿。

"高高兴兴睡个好觉吧。"他说道。

但是他刚踏进过道便忽然想起了一桩事情，他赶紧转过身来对她说道：

"我差点儿忘记告诉你一桩要紧的事情：我不是一个富翁，说不定你以为我很有钱，对不对？"

"我心思没有放在这上面。"她回答道，摇了摇头。

"不，我不是富翁阔佬儿。但是我们买得起自己的家，还有我们所需要的东西，这点钱我还是绰绰有余的。然后我们要天长日久地生活，我会料理一切担起当家人的重担来，这就是我的一双大手的用处……你不会因为我不是个阔佬儿而感到失望的。"

"不会的。"她说道，握住了他的双手再一次紧紧地捏住不放。最后，他要她在他离开之后把门关牢拴好，然后他走出门踏上了街道。

外面大雨滂沱夜色黢黑。

他并没有径直回旅馆去，而是朝着牧师宅邸的那片森林走去。他走了一刻钟，天色黢黑得他几乎什么都看不清楚。最后他放慢了脚步，走下大路慢慢地往前搜索，终于找到了一棵大树，就是那棵白杨。他在那里站停了脚步。

风声飒飒，树叶簌簌低吟，雨依然如倾似注。除此之外他身边一片寂寥，四周的氛围落寞肃杀得如死一般。他低声细气地喃喃呼唤着一个芳名，是在声嘶力竭地呼号："达格妮，达格妮！"静默片刻后再又悄声呼唤："达格妮，达格妮。"他直僵僵地站在大树旁边，嘴里时停时续地在嘟囔，后来他干脆放开嗓门口齿清楚地高声大喊出来："达格妮。"昨天傍晚她当众肆意轻慢羞辱他，把对他所有的鄙夷不屑的轻蔑鄙视一股脑儿发泄出来，劈头盖脸地泼了他一脸脏水，她那每一句尖酸刻薄的话啐得他心头至今隐隐作痛，双膝一屈跪倒在那棵大树前，从衣兜里掏出他随身带的小刀，摸着黑在那棵大树的躯干上一刀一刀地刻出她的芳名来。他刻了好几分钟，停下手来摸摸刻得如何，再接着刻下去，又再停下来摸摸，如此锲而不舍，直到终于大功告成……

在他忙于雕刻的这段时间里他一直把便帽脱掉，光着脑袋听凭大雨浇淋。

当他走回到大路上的时候，他骤然停住了脚步，踌躇了片刻，旋即折身沿原路返回。他摸索着往前走，终于又来到了那棵大树前，他用手指摸着每一个字母。然后他再一次双膝跪倒，屈身往前凑到树干上，亲吻那个芳名，亲吻那一个个字母，仿佛他再也不会见到它们了。后来他终于恋恋不舍地站起身来，疾步匆忙离开了那里。

他走回到旅馆时，钟敲五点。

十七

　　次日，照样淫雨霏霏，晦暗的天空中飘动着缠绵的雨丝，天地间被令人忧闷的阴霾所笼罩。雨水顺着水落管淙淙流下，雨丝沙沙地抽打窗玻璃，雨无止无休看样子似乎要一直下到猴年马月，不知道哪辈子才肯雨霁放晴。一小时又一小时过去了，整个晌午悄然逝去。天却丝毫没有放晴的架势。在旅馆背后的那边小花园里，每一株花卉青草全被冷雨打得蔫儿不啦唧萎落凋零，叶子被雨水冲刷得耷拉到泥泞和积水之中。

　　纳吉尔整天足不出户，凭借阅读来消磨时间，或者按照他的老样子在房间里踱过来又踅过去，他还一刻不停地看看他的表。真是打发不完时光的悠长难熬的一天哪！他等呀等呀，以最大的耐性挨到了傍晚时分。

　　钟敲八点，他便直奔玛莎住所而去。他毫无提防浑然不知风云突变，所以当玛莎一脸苦相满面愁容而且哭过的双眼又红又肿出来接待他时，他懵懵懂懂不知怎么一回事。他同她说话的时候，她都是哼哼哈哈敷衍了事，或者是含糊其词搪塞应付，却总不肯抬起头来看他一眼。她再三恳求他原谅她并且不要觉得难过气馁。

　　他伸出手去握住她的手，她浑身哆嗦起来，想要赶紧把手拔出来，不过她终于在他身边的椅子上坐定下来。她

314

一动不动地坐在那里直到一个多小时之后他离开为止。究竟发生了什么事情呢？他向她提出种种问题要她做出解释，可是她却支支吾吾、吞吞吐吐自己都说不明白是怎么回事。

没有，她没有生病，她只是重新考虑了才……

那么她究竟想要说啥呢？是不是打算说她对她亲口答应的婚事要反悔不认账呢？想要说她也许无法领受这份情缘呢？

是的，就是这个意思……不过务必要原谅她，千万不要觉得难过气馁。她昨天晚上又重新考虑了，思量了整个晚上，愈来愈觉得这门婚事是行不通的。她还扪心自问，想来想去她怕是消受不了她本来应该心领下来的他的这份情意。

哦，原来是这么回事！无言对答的冷场。

不过难道她没有想过随着相处日子久长她会对他萌生爱意，愈来愈对他有情有义呢？他一直高高兴兴盼望着有机会开始一个新的人生。哦，他会待她非常好的！

她闻听此言感动不已，将她的手搂紧在胸脯上，但是却仍然双目低垂没有说一句话。

那么说来她仍旧不相信他有本事使她日久生情，只要他们俩耳鬓厮磨老待在一起的话，难道不是吗？

她低声细语说了个"不"字。豆大的泪珠从她长长的眼睫毛上一滴一滴滚落下来。

尴尬无言的僵局。

他的身体在颤抖，太阳穴际的青筋明显地突突凸起。

好啦，好啦，亲爱的，这也是没法子的事情！她犯不着为此而哭泣下去啦。整个这门婚事只好告吹了，有缘无分挽回不了的嘛。她务必要原谅他曾对她恳切追求苦苦相逼。不过他这么做怀的全是一片诚心好意……

她急切地一把抓住他的手，牢牢地捏住不放。他对这突如其来的激动情绪感到十分意外，便再问道：他究竟做了什么唐突无礼的举止特别冒犯了她，惹她不快呢？他将尽其所能来改正、来补救。说不定她不喜欢……

她意想不到地打断了他的话头：

"没有，一点都没有，一点都没有！不过这门婚事是无法想象的，比方说，我连你是谁都不晓得。嗯，我知道你是为了我好，千万不要误会了我的意思……"

"我是谁？比方说？"他逼视着她说道。他直觉地疑窦顿生，他明白过来：某种暗中破坏她对他的信任，某种抱有敌意恶念的势力已经闯入他们两人之间，要从中作梗把他们俩拆散。

"今天有人来看过你吗？"

她不回答。

"对不起，其实这是无所谓的，况且我再也没有权利来盘问你什么问题。"

"哦，昨天晚上我是那么快活！"她说道。"仁慈的上帝呀，我等待着清早的到来，我也多么着急地等着你呀。可是到了今天却只落得一肚子的疑问。"

"只消告诉我一桩事情：这么说来，你不相信我对你是诚实坦率的。你仍旧对我一点都不放心什么都怀疑，难道不是吗？"

"不是，不全是这样。亲爱的朋友，不要生我的气！你在这里是个并不知根知底的外乡人，我只晓得你亲口告诉我的那一点点。你所提的要求这会儿也许是真心实意的，可是保不准以后来个大反悔。我怎么能知道你脑袋里有些什么想法呢？"

他伸手托住她的下巴颏儿把她的头略为抬高一点，说道："基兰德小姐还说了点别的什么？"

她一下子给难住了，慌张得六神无主，她怯生生地溜了他一眼，这一眼反倒暴露出了她果真非常惶恐心虚。她失声惊叫道：

"我没有说，我不会说出来的，是吗？我没有说出来！"

"没有，没有，你没有说出来。"他陷入了沉思，他的眼睛盯住了一个地方却视而不见。"没有，你没有说就是她，你没有提到过她的名字，你大可放心好啦……基兰德小姐确实无疑来过这里，她从那扇门进来，在干完了她的勾当之后又从原路溜了出去。这桩差事对她来说竟是如此至关紧要，所以她顾不得那样恶劣的天气也非要来跑这一趟不可！真是咄咄怪事！……亲爱的，厚道的玛莎，你是个好人，我跪倒在你面前因为你是好样儿的！不管怎样还是信任我吧！只消今天晚上还信得过我，我随后就会让你看清楚我一点也无意要欺骗你。务必不要收回你的允诺，你再考虑考虑，好不好？先考虑到明天，到时候我再来找你……"

"不，我不知道行不行。"

"你不知道行不行？那么说来你想要立时三刻摆脱我，今天晚上就同我一刀两断吗？哦，对吧！"

"我宁愿今后哪天去拜访你，那是在……呃……在……在你结婚成家还有盖起了……那幢新房子之后……我意思是说……到那时候我到你家里去当使唤女佣。是的，我情愿。"

无言的冷场。她对他的不信任已经如此根深蒂固，休想再叫她越雷池一步，他纵然想要像以前一样连劝带哄使她安心下来却也回天乏术了。他不无惋惜地发现，他愈是要多饶口舌，她就愈想要挣脱出去，愈同他渐行渐远。可是究竟她为什么哭得如此伤心呢？究竟是什么事情害得她如此痛苦难熬呢？究竟她为什么抓牢他的手不肯松开呢？他的脑筋再一次回转到米纽坦恩身上。这可是一块试金石。他要她在重新考虑之后明天再同他见一次面。他说道：

"请原谅我再一次谈到米纽坦恩，这将是最后一次提到他。哦，冷静点儿不要心烦，我这么说自有我的道理。我并非存心要说这个人的坏话，恰恰相反，你大概还记得我尽量说他的好话，这是你亲耳听见的。我推测猜想过他兴许会是我们俩之间挡道阻路的障碍，所以我不得不向你再说一遍我坚持的主张那就是他可以像任何别人一样赡养支撑起一个家庭。我仍旧相信他能够养家糊口的，只要在开始的时候得到一些资助就行。可是你断然拒绝听下去，说是你同米纽坦恩毫不相干！你甚至还央求我不要再提到他。很好嘛！可惜我仍旧有点疑心，你尚未说服得了我，所以我再问问你究竟你同米纽坦恩之间是不是啥事都没有？倘若有什么啥的话，我马上就退出。哦，你摇摇头，那么我就弄不懂了，为什么你非要一口拒绝再重新考虑一下，到明天再给我个音讯。只有这样才公平。再说你是那么好心眼儿。"

这招果然灵验，她变得和善起来，非但如此，她还站起身来，脸上愁苦烦恼的神色一扫而光，她像上一回所做过的那样抚摩他的头发，尽管眼睛里泪光莹莹，脸上却露出了笑容。她明天会同他见面的，她很高兴见到他，他只消早一点来就行了，在四五点钟来吧，那时候天色还亮，这样就没有人会说什么闲言碎语了。不过这会儿他务必要离去，而且马上就得走，是的，等明天再来，她会在家里守候着的。

多么古怪的一个老姑娘，像个孩子一样叫人捉摸不透！只消一句，哪怕半句知心的话就可以点燃她心头的那团火，使她变得温柔亲热笑逐颜开。她一直握住他的手，直到他起身要走，她送他到门口的时候仍旧握着。她站在台阶上扬声大喊了一声晚安，似乎明知附近有人躲藏着，她存心要向那人叫阵应战一般。

雨已经停了，终于停了。总算差不多停了，在乱云翻滚的乌黑沉沉的天空中已经可以看到一块像补丁似的蓝色晴空，只有偶尔还滴滴答答落下几滴雨点来打湿原本已潮湿的地面。

纳吉尔呼吸较为自由顺畅了。他必定能重新赢回她的信任，凭啥他就成功不了呢？他没有径直返回旅馆，而是信步穿过码头区，沿着岸边，走过了城区的最后几幢房屋，拐进了牧师宅邸路。沿路没有看见一个人影。

就在他再往前走几步时，路边上冷不丁蹿出一个人来走在他的前面。那人竟是达格妮，那条金色的大发辫垂在她穿着雨衣的背上。

他猛地打了个激灵，不禁从头到脚浑身簌簌颤抖起来，有一瞬间迈不开步几乎要站停下来。他着实受了一惊。那么她今天晚上没有到义卖游艺大会上去吗？再不然就只是她在舞台形体造型表演之前出来散散步透个气？她慢慢悠悠地迈着小步子缓缓而行，甚至还驻足伫立来观赏飞鸟归林的景象。她看见了他没有？莫非她存心要考验他一番？莫非她故意蹿出来走在他前面想要叫他再一次领教领教他勾搭引诱她的滋味？

她对此不必费神大可放心，他决计再也不会去骚扰她想要尝鼎一脔了。忽然间一股刺骨钻心的勃然怒火从他心头蹿起，这个女人使他吃足了苦头，这个女人蛊惑得他盲目塞听而失魂落魄，这个女人保不准又要来将他玩弄于股掌之上，诱惑得他忘乎所以失去自制，而其目的仅仅在于事后将他当众羞辱奚落一番。她有的是能耐，会鼓起如簧之舌在义卖游艺大会上大肆渲染说他已经又同她有了另一次幽会。难道不也正是她特意去探望玛莎从中破坏害得他的好事告吹吗？难道她就不能高抬贵手不要再在他前面的路上撒布祸祟设置障碍吗？她要以怨报怨，那亦属公道之举。不过以其人之道还治其人之身虽说无可厚非，她出手之狠未免已经毫无必要地过分歹毒了。

他们俩一前一后慢慢腾腾地走着，步伐均匀地在作逍遥游，两人总是相距五十来米远。这样走了约莫好几分钟。蓦地，她的手绢掉到了地上。他边走边看着那方手绢从她腰际顺着雨衣悠荡荡翩然飞落，平展展地铺在地上。她难道真没有发觉她掉了手绢吗？

他告诫自己说她无非想要考验他一下而已。她的怒气未消，她要叫他捡起手绢，乖乖儿地送到她面前，这样她便可以直面正对凝目相视，要幸灾乐祸地品味品味他在玛莎那里一败涂地之后的脸色。他的怒火越发高涨，他咬紧了嘴唇，皱紧了眉头，哈哈，真想得出来，这一来他岂非不得不自己送上门去在她面前出乖露丑，让她看看自己的满脸愠色，听凭她嬉笑怒骂轻蔑发落。看哪，那边就是她掉了的手绢，铺平在路上，而且就躺在路中央，那手绢洁白似雪，极其精致，四周镶有花边，只消俯下身去，捡起来就……

他迈着方才一样的慢吞吞的步子往前走，当他走到那条手绢前便毫不客气地一脚踩了上去，自顾自再往前走。

他们两人就这样又走了几分钟。后来他看见她忽然看看她的表，马上转过身来往回走，也就是说笔直朝他迎面走来。她难道记起了掉了的那条手绢？他亦二话不说转过身来慢慢悠悠地走在她的前面。当他再次走到那条手绢面前，他照样毫不客气地又一脚踩了上去，这是他第二次把那条手绢踩在他的脚底下，而且还是当着她的面就在她眼皮子底下。他觉得她就跟随在他身背后，但是他却依然消消停停地踱着方步并不加快步伐。他们两人就这样一前一后走到了市区。

她倒的确拐个弯儿朝义卖游艺大会而去，他回到了自己的房间里。

他打开了一扇窗子，把胳膊肘儿倚在窗台上，他已经被方才那会儿的激动情绪折腾得心力交瘁。他的怒火已经消退，身子缩成一团，他开始呜咽抽噎，把头捂在胳膊里无声地啜泣，他没有流一滴眼泪，眼睛是干的，但是在呜咽抽噎，他浑身都在颤抖哆嗦。这究竟是怎么一回事？哦，他多么后悔，他多么希望覆水能再收回！她故意扔下那条手绢，也许是别有用心的，也许是为了使他蒙羞受辱，可是那又何足道哉？他本该可以伸手捡起来，把它偷偷地占为己有，终生把它放在自己贴胸。那条手绢皎洁雪白而他竟然用脚践踏它，把它踩到污泥浊水里去。一旦他伸手捡起那条手绢来，说不定她就拒绝再把它收回去，说不定她肯让他继续保存下去。上帝明鉴，他怎么没有想到这一层！不过万一她伸出手来向他索要回去的话，他宁愿和身扑倒在她的脚下，苦苦哀求她高抬贵手，让他保存下来留作一个纪念，求她出于恻隐之心大发慈悲。即便是她再挖苦嘲笑他一番，那又何妨呢？

他猛地又打个激灵，跳起身来，三步并作两步蹿下楼梯直奔大街而去，他只用了两三分钟便奔出市区重新回到了牧师宅邸路。保不准他还能找到那条手绢！果然不出所料，她撂在那里没有捡回去，尽管他确信她分明亲眼看见他第二次将那条手绢践踏在脚下。他是多么走运，尽管一切都并不如意。感谢上帝降恩赐福！他的心扑扑直跳，忙不迭地将它捡了起来飞似的奔回旅馆，他用清水漂洗那条手绢，更换了数不清次数的清水，然后轻柔地将它展平铺开。那条手绢已经被作践得不像样子，有一角已被他的脚后跟碾破了，不过那又有什么关系呢？哦，他是多么走运，终于如愿以偿找到了它！

直到他在靠窗口坐定下来，他才发现方才这一趟穿过全城的时候他竟然没有戴上便帽。他莫非疯了不成，真是疯了！想想看倘若让她看见这副狼狈相！她原本就为的是要考验他一番，掂掂他的斤两。归根到底明摆着，他又一次遭到了惨败，而且输得个精光！不行，这种状况务必要止住，而且愈快愈好！他一定要能够以安详镇静的寻常心态来直面正视她，头一定要抬得高高的，目光冷峻漠然，决不能把自己色厉内荏的孬包样给暴露出去。他当然要竭尽全力做出尝试。他将带着玛莎远走高飞，她对他来说未免憨厚善良得太过头了，但是他将力求使自己无愧于她，他决计不半途而废，决计不能中断停顿，他决不容许自己心安理得休息一个小时，非要使他自己能够配得上她……

天气变得越来越燠热了。从窗口吹进来阵阵和煦芬芳的微风，潮湿的青草和泥土的馥郁清香竟然熏得他精神愈来愈振作起来。明天他将再去同玛莎见面，他一定要最低声下气地央求她回心转意……

但是早在翌日上午，他的希望便全都彻底落空了。

十八

先是斯坦纳森医生登门拜访，他来的时候纳吉尔还尚未起床。医生对不请自来表示抱歉，说是那个可恶的义卖游艺大会忙得他夜以继日不得空闲。不过他此番登门确有一桩正经差事，肩负重任而来：那就是来请他——纳吉尔——给个面子，有劳大驾今天晚上再次光临义卖游艺会。他的演奏已经口碑载道，全城都已传闻说精彩得不得了，弄得大家好奇心十足，彻夜难眠地在等待非要一饱耳福不可。这是绝非奉承拍马的大实话。"我说，你看了报纸吗？唉，政治那玩意儿！你注意到没有最近政府的任命？总的来说真没有想到这次大选竟会是这么个结果，瑞典人脸上反倒并没有挨一巴掌……我觉得你好像睡得很晚，现在已经十点钟了。外面是个大晴天，热浪滚滚哪！你应该早晨起来出去遛一圈。"

是呀，纳吉尔这会儿就要起床了。

好呀，不过他对义卖活动理事会给个什么回答呢？

不行，纳吉尔不情愿演奏。

他不情愿？不过这次游艺会可是具有全国意义的重要活动，不肯给点面子帮个小忙说得过去吗？

没错，他无法从命。

天哪！要知道他如今声名大噪，受到了一股劲儿的追捧，尤其是博得女士们的青睐，她们从昨天晚上就起劲地找碴儿净给他添麻烦，真正弄得他应付不过来，她们非央求他把此事办成不可。安德雷森小姐一味纠缠不给他片刻安宁，基兰德小姐把他拉到一边请求他一不做二不休干脆不让他溜走直到他答应肯来演奏为止。

哦，这倒奇了，基兰德小姐对他演奏一无所知，对不对？她从未亲耳听到过他演奏。

没有，不过她却是最热心的一个，她甚至提出要陪他一起来……"她最后说道：'务必请转告他我们所有人都恳请他来……'你难道这点面子都不给，不肯让我们有幸一饱耳福，听你露上两手，拉几段曲子吗？"

他不能，委实无此能耐。

哎呀，犯不着推三阻四，找什么借口推辞了，星期四他不是演奏得那么精彩吗？

纳吉尔感到局促不安，浑身挺不自在。倘若硬逼他演奏，岂非强人所难，只消想想，他就只会这点点片段，这点点支离破碎七拼八凑的不成名堂的大杂烩，而那天晚上拉的那几小段舞曲原本就是他的练习曲，他将它们练到得心应手为的就是在哪天晚上能够一鸣惊人，给大家以高深莫测的错觉。除此之外，他的演奏跑调跑到了令人反感的糟糕地步，连他自己都听得受不了，不行，还是不要再献丑了吧。

"不过……"

"医生，我不会去的。"

"今天晚上不行的话，那么明天晚上如何？明天，星期天，是义卖游艺大会的最后结束的一天，我们指望会有很多人来。"

"不，务必请你原谅我，明天晚上我也不会去演奏的。让一个拉得像我这么糟糕的人去拨弄小提琴，那真是一个愚不可及的馊主意。说来也怪，你们怎么过去没有听到过更好的演奏呢？"

这一招激将法用在医生身上果然灵验。

"怎么没听过！"他说道。"我确实感觉出来你演奏中到处是大大小小的毛病，真是活见鬼，好在我们都不是鉴赏的行家。"

不管怎么磨嘴皮子，医生纠缠了老半天得到的答复却总是一个"不"字，他毫无尺寸之功，只得悻悻离去。

纳吉尔起床梳理打扮。这么说来达格妮也热衷于要他这么做，她甚至急不可耐地要亲自陪着医生一起前来。另一个要降服他的圈套对吗？莫非昨天晚上她吃了一个哑巴亏，现在她想出了这么一条诡计来拉平一下比分吗？……嘿呀，天哪……莫非他冤枉了她亦未可知，说不定她不再怨恨了，让他安静太平了。他在心里暗自祈求她原谅他对她的不信任，他眺望窗外，观赏着集市广场的景色，一轮红日高悬，碧空如洗，蓝天邈远，他不禁哼起歌来。

当他收拾停当准备下楼之际，莎拉从门缝里塞进来了一封信，那封信不是通过邮政局寄来的，而是由专人递送来的。信是玛莎写的，只有寥寥数行：他今天晚上不必去了，她已经离开此地。看在上帝的分儿上，他务必原谅她所做的一切，他不必再去找她，同他见面只会使她痛苦不如不见。就此告别！在信笺的最底下，在她的名字下面又补加了一句说是她将永远不会忘记他。"我将永远不会忘记你，"她写道。那封信总共不过三四行，充满了悲伤凄惨的口气，连字体都写得可怜巴巴，叫人看得心里难过。

326

他瘫倒在椅子上。一切都完了，都鸡飞蛋打了。甚至在那边，他也遭到了拒绝厌弃。真是匪夷所思，事事都凑在一起同他过不去！难道他还不够诚实正派、不够善意好心吗？然而……然而却无济于事！他毫不动弹地瘫坐在那里。

他猛地从椅子上跳起来，他看看表，时交十一点。要是他马上赶过去说不定他还能够在玛莎离开前拦住她。他直奔到她家，可是吃了个闭门羹，那幢小屋锁着门，而且屋里空空如也。他从窗户里张望进去，两间房间里都见不到一个人影。

如同当头挨了一棒，他精神颓丧默然失语。他自己也不晓得走的是哪条路，一路上都低沉着脑袋也未曾抬起头看看路，反正就这么稀里糊涂地走回了旅馆。她怎么做得出这事儿来，她怎么能做得出这样绝情的事儿来。他原本打算赶过去向她告个别，愿她幸福快乐，不管她去什么地方都祝她一路平安诸事顺遂。他要不顾一切地在她面前长跪不起，因为她品德善良为人忠厚的缘故，因为她有着一颗十足纯洁的心，因而她对他的所作所为从起初到如今一直不肯迁就纵容听之任之，不过现在都无所谓了，何必再去提它。

他在门厅过道上碰到了莎拉，才得知那封信竟然是由牧师宅邸的信差送来的。原来这也是达格妮捣的鬼，她一手操办了所有的事情：早就算计谋划得非常周到，并且出手迅速敏捷来势疾如星火，令人猝不及防。唉，她决计不肯放他一马轻饶过他。

他整整一天徘徊游走，沿着大街小巷徜徉，在房间里踱来踱去，一刻不得安生。他神志恍惚，失魂落魄，游走

327

踱步的时候总是低垂着脑袋，双目圆睁却怔呆呆地视而不见。

翌日亦如此度过。那是一个星期天，大批乡居人士从四面八方拥进城来，赶在最后一天亲眼看到那场舞台形体造型表演，以求一睹为快。纳吉尔收到了另一封请求他演奏的信函，是义卖游艺大会理事会的另一位理事，弗雷德丽卡的父亲安德雷森领事出面斡旋的，只消演奏一个曲子就皆大欢喜了，然而他却再一次拒绝。整整四天他像一个精神错乱的疯癫患者，狂躁而莫名其妙地心不在焉，似乎一心扑在某个想法、某种感情上而无法自我摆脱。他一天要到玛莎的小屋去好几趟，看看她也许已经回来了。她究竟到哪里去了呢？不过就算他找到了她，对他又有何用？一点好处都不会有，只有明日黄花一场空。

有一天傍晚他差点儿跟达格妮撞了一个满怀。她正好从一家商店里出来，几乎碰到了他的胳膊肘儿。她两片朱唇一张一合地翕动不已，好像有满腹衷肠要对他倾吐，不过她的俏脸庞上倏然飞起两朵红云，欲语无言欲言又止，嗫嚅了半晌终于话未说出口来。他起初没有认出她来，茫茫然地站停片刻朝她看了一眼，猛醒过来便猝然掉过身去大步流星往回走。她紧随不舍地跟在他身后，他从她的杂乱的脚步声里听得出来她是在踩着小碎步愈走愈快，他有一种感觉她分明心急慌忙地想要追赶上他。他也加快了步伐要摆脱她，要从她身边溜开去。他害怕她，她一次又一次、无止无休地给他带来厄运，是他的祸水灾星！他终于脱身避开了她，一口气连奔带跑冲进旅馆匆匆忙忙地回到他的房间里，情绪骚动焦虑之极。感谢上帝，他终于得救了！

那是 7 月 14 日，星期二……

早上他拿定主意要做个了断。在过去这两三天里，他的脸容完全改变了模样，脸色灰暗铁青，面容呆滞发僵，眼神死气沉沉。他常常走了很长一段路才发觉他把便帽撂在旅馆里忘记戴到头上了。在这样的时候他总是自言自语说道：此类尘世俗事该了结啦，一了百了全了结吧，他一边说一边捏紧了拳头。

当他星期三早上一醒来后他做的第一件事就是检查他马甲衣袋里的那只装有毒药的小瓶子，摇了摇它，嗅了嗅它，又把它放回原来地方。他在开始梳洗穿衣时，就像往常养成的习惯一样，长长一大串杂七杂八毫无条理的想法不断地冒出来，使他的那颗萎靡不振腻烦不堪的脑袋穷于应付，得不到半点安宁。他的脑子狂乱地以惊人飞快的速度在运行开动，想出来了一大团乱麻似的想法；他的情绪既亢奋冲动却又忧郁烦躁；他觉得如此绝望以至于扼制不住潸潸泪下，而他明知男子汉不该如此却难于做到有泪不轻弹。在百感交集之中，有这么一堆杂乱无章的想法出现在他的脑际：

谢天谢地，他总算仍然将这个小药水瓶保存在手头。它闻起来有点杏仁的香气，液体透明无色像水一样。哦，一点没错，他马上就要派它的用场，很快就要仰仗它来走上不归路了。因为如今已山穷水尽走投无路了。这就是他的人生归宿。试问为什么不可以自己求死呢？他曾经有过痴人说梦般的荒唐而美好的理想和使命感，梦想着要在这人世间完成一桩使命，一桩"惊天动地"的轰轰烈烈的丰功伟绩，这番事业的伟大成就足以震撼得作为食肉兽的人类感到赧颜苟活无地自容——可惜结果却是如此差劲糟糕，他实在无力完成这一使命。为什么他就不该把那点液体派上用场呢？他要做的只消一口吞咽下去，而不要龇牙咧嘴满脸苦相就行。是呀，他会这样做的，但等时间一到就这样做，但等钟声敲响。

　　唉，达格妮胜券在握赢定了……

　　那个女人竟有这么大的权势真是法力无边，其实她也就是一个凡胎肉身，相当普通的寻常女子而已，拖着一条长发辫，有着聪慧灵巧的心眼儿。他如今明白过来那个追不到她就活不下去的可怜的人儿了，那个在听到最后一个"不"字的时候便求助于钢刀利刃来自戕丧生的男人。他现在毫不奇怪那个可怜的家伙为什么撒手人寰，除了走上黄泉路他还能干出点别的什么事儿来呢？……当我不久之后走上同一条不归路的时候，她那双湛蓝的天鹅绒般的大眼睛会怎样地闪闪发光！但是我爱你，就凭着这一点我也爱你，不但爱你的人品而且也爱你的记仇怨怼。你对我如此肆意恣纵，害得我吃足了苦头，你为什么不能容忍我也长着两只眼睛，不比别人少一只呢？而你非要剜掉其中的一只，是的，最好是两只一齐都剜掉，如果做得到的话。你甚至容不得我安安生生在街上走路，也不肯让我还有一个苟且存身的角落。你千方百计拆散我同玛莎，将她从我的身边夺走。尽管如此我还是爱着你，你因此而窃窃嗤笑我。你还要得寸进尺索取无度吗？难道这还不足够吗？你那双修长的素手、你那悦耳动听的嗓音、你那一头金色长发、你那吐气若兰的呼吸、你那令人倾倒的一颦一笑、你那情操高尚的心灵，所有这一切我全都爱，而且是从未有过的刻骨铭心的爱。上帝救救我，我实在是身不由己没有法子呀，我无法控制住自己呀！你爱怎样挖苦嘲笑我，就尽兴

330

地挖苦嘲笑好了，我一点儿都不会在乎的，达格妮，既然我爱着你，那么这点点奚落取笑又算得了啥呢？我看不出来有什么不得了的，起码对我来说，你尽可以随心所欲地玩弄花招来耍我，我只管听凭发落就是了，你在我心目中仍旧是那么美丽可爱，我不得不心甘情愿地承认这一点。不晓得为什么我竟然辜负了你的希望。你把我看成是邪恶缺德、伤天害理的卑劣小人，而且相信我是无恶不作、有能耐肆无忌惮地为非作歹的大坏蛋。哪怕就是要我在我的那份品德鉴定表上再添上善于欺诈哄骗等秽行，我也会当仁不让欣然从命的。唉，事情闹到了回天乏术的分儿上还哪来什么法子挽回呢？要是你说如此这般，我就会认为对我来说如此这般必定是绝对正确的，而且是天经地义的大好事，我可以向你打包票：反正哪怕你对我恶语相向，我对你的一片痴情仍旧在我心头甜蜜地歌唱。不管你以鄙夷的目光睥睨斜视我一眼也好，或者倨傲不屑地给我个冷脸子，背过身去不理睬我的问长问短也好，还是你想要在大街上追赶上我将我羞辱一番也罢，我都不会计较的，我的心仍旧在急剧颤动，那是被对你的爱情所震撼的心灵之颤。你务必要理解我，我并没有在自欺欺人，既不想欺骗自己也无意于欺骗你：要是你要嘲笑我尽管嘲笑好了，对我毫无影响，不会改变我对你的深情，反正就是那么一回事儿。哪天我若发现了一颗钻石，我一定要把它命名为达格妮钻石，因为你的芳名就足以使我欣喜若狂热情奔放。我但愿天长日久地听到你的芳名；但愿听到这个芳名被全人类所传颂，被天地生灵万物所呼唤，被每座高山所回荡，被每颗星星所闪耀；但愿我对别的任何声音都充耳不闻，日日夜夜耳际只能听见你的芳名这个音符来终其毕生。我要创建一种以你的芳名为誓言的宣誓制度，人世间所有各族人民都要以你的名义来起誓发咒。要是这算是亵渎神灵的大不敬罪孽惹得上帝惩罚我的胡作非为的话，我会回答他老人家说：若要蒙受天谴神罚只管找我来算账，统统划归在我的账上好了，只消时辰一到，我自会涤荡救赎我的灵魂，但等钟声一响……

说也奇怪得匪夷所思！我到处碰壁受阻，然而我在精神和体力上依然如故跟以前毫无不同。谋求富裕发达的坦途也跟以前一样在我面前畅通无阻，我照样有本事建功立业完成我的人生使命。那么为什么我会处处碰钉子吃不开，为什么所有的顺势坦途忽然一下子全都变为顶风逆势了呢？难道罪责在我，咎由自取吗？我实在弄不明白是怎么一回事。我的理性感知是完好无损的，我没有什么有害的恶癖，我并不沉溺于一星半点道德败坏的污秽邪行，况且我也不会盲目地蛮干胡来去妄冒风险。我的思维想法和以前一样，我像以前一样克制住我的行动，对啦，我像以前一样慧眼识人。我要到玛莎那里去，我知道她是我的救星，一个心地善良的灵魂，我的守护天使。她羞涩胆怯，忧虑重重，不过到头来她会和我想到一起去的，我们俩会不谋而合的。好！我梦寐以求想要过上安分守己、恬静宁谧的幸福生活，我们俩要隐退到孤独寂寞的荒凉之地，居住在一个靠近泉源的农舍里，穿着短上衣和带搭纽的毡鞋在森林里漫步闲逛……就像她那颗善良厚道、善解人意的心所要求的那样。为什么不呢？既然高山不肯朝穆罕默德走过来，那么穆罕默德只好向大山走过去，还是迁就一下得啦。玛莎和我在一起会使我白天充满洁净夜晚得到宁谧，吾主圣父在天上宠佑着我们。于是尘寰世俗站出来多管闲事了，要插手横加非难百般指责，凡夫俗子们认定这是疯癫痴狂，他们口口声声说一个通达人情事理的男人或者女人做不出如此这般的事情来的，所以结论必然是发疯犯痴。而我，一个单枪匹马的人，却偏偏岿然昂立，跺跺脚诅天咒地说这恰恰是通情达理的！尘寰俗世懂得些什么？啥都弄不明白！你们仅仅是向来如此惯了，你们接受了它，于是约定成俗公认它为不二法门，因为早在你们之前你们的前辈先师已经认可了它。一切事物无不都是假设想象而已，包括时间、空间、运动、物质，等等，莫不是虚拟妄断的设想，尘寰世俗并不通晓什么，它仅仅是接受……

纳吉尔伸出双手捂了一会儿他的双眼，前后俯仰摇晃着他的脑袋，仿佛他的思绪如旋涡般在急剧转动。他站立在房间中央。

我正在想些什么呢……对啦，她害怕我，但是我们俩能够不谋而合。我在内心里感觉到我会很好地对待她的。我要同尘俗人世一刀两断彻底决裂，我要把那枚戒指物归原主。我一直如同混在傻瓜堆里的一个傻瓜那样嬉戏玩耍，闹腾得丑态百出，甚至还拉了小提琴，惹得那帮子人大叫大喊：吼得好哇，你这头狮子。我听到食肉兽们在这样叫好喝彩，得到这样趋之若鹜的媚俗大胜利真叫我有说不出的恶心，我真是倒足胃口直想呕吐。我拒绝再同卡伯尔沃格的一个电报报务员去比个高低，不情愿再同他争风吃醋啦。我要到太平幽谷里去了，做一个森林之中的最温良平和的与世无争者，我会顶礼膜拜我的神灵，心满意足地哼唱歌曲；我会变得非常迷信：只有在涨潮时分才刮胡子，在我播种谷物之前务必要留神注意哪种鸟在啼叫。当我干完活计拖着劳累倦怠的身子回家的时候，我的妻子已经倚间相望站立在门口朝我招手，我会为她祈祷祝福，感谢她柔情脉脉的微笑……玛莎，我们都是这么想来着，难道不是吗？你那么明确肯定地答应过；当我把这一切向你解释清楚到了最后你自己终于也跃跃欲试了，难道不是吗？然而这一切却无疾而终什么结果都没有。你被诱拐走了，一不提防就中了圈套被诱拐走了，结果毁掉我们俩，非但你遭了殃，也害得我走向覆亡毁灭。

达格妮，我不爱你，你处处作梗阻挠把我堵塞得无路可走；我不爱你的芳名，我对它嗤之以鼻，我把你叫成"丹格泥"①，还要伸出我的舌头，看在基督的分儿上你且听清楚喽！待到钟响之时我会来到你面前，那时候我已经了却此生。我的阴魂会以梅花杰克的面目出现在你家壁炉的防火墙上，我的幽灵会以一具骷髅的形象出没在你身边踮着一条腿围绕着你跳舞，我只消碰你一下你的一条玉臂就立即麻痹瘫痪。我会这么做的，我做得出来的！上帝使我获得拯救让我从此以后一劳永逸地摆脱你，我诅咒发誓非要闹鬼作祟缠得你终身不得安宁不可，我狂热地馨香祝祷我能做到……

那又怎么样呢？我第七次也是最后一次再问一遍：就算解了气那又如何？我照样无误地爱你，达格妮，你明明知道得很清楚我照样爱着你，我对方才说的那些尖酸刻薄的恶毒话，感到懊悔不迭。可是那又有何妨呢？对我又何益之有呢？况且谁知这是不是最好的解脱呢？倘若你说是的，那么必定就是如此，我是和你同心同德的。我是一个迷途的彷徨者，就此打住亦未尝不可。不过假设说你早就心甘情愿，断绝和所有别的男人的关系，一心一意地委身

---

① 此处纳吉尔将达格妮（Dagny）改换成"丹格泥"（Dangni），系用了谐音，大致意为制造纠纷或摩擦的丹麦人，因为她很可能是丹麦人的后裔。

于我……当然我配不上享有这一艳福，不过我们作此假设毕竟还是无伤大雅的，那么这种关系会引向何方呢？充其量你会帮助我洞明世故练达人情来实现建功立业以求完成那尘寰俗世的人生使命。我老实告诉你：这使我感到羞愧难当，我一转到这些念头便会愧疚得连心脏都停止跳动。我会按照你的愿望去做的，因为我爱你，可是我的灵魂却为此而蒙受痛苦……不过一而再三地假设一次又一次地从无此可能性的出发点提出各种推测，究竟有什么用处呢？反正你拒绝同所有男人断绝关系，你也不肯委身于我，反正你已经正颜厉色地一口谢绝了我的求爱，你对我百般侮弄嘲笑，那么我还同你有什么关系呢？就这样，到此为止吧！

停顿。然后情绪激昂地想：

况且我不妨告诉你，等我把这一大杯水喝完之后，我会叫你干脆见鬼去吧！你以为我爱你，那你真是蠢得无法形容傻到家啦；你以为我在预定的生命终结时刻如此近在眼前之际还在大伤脑筋为这桩事情而苦恼操心，那你真是愚不可及啦。我讨厌你那富裕得需要纳税的中产阶级的氛围，他们梳洗得干干净净打扮得花枝招展，可是头脑里空虚无物，我憎恶那个阶级。上帝明鉴，我确实憎恨厌恶它。当我一想起你来，我觉得我心里便会义愤填膺，满腔的怒火如同圣灵的飓风狂飙摧枯拉朽席卷一切。你究竟要把我打造成什么模样呢？哈哈哈，我敢打赌你是想要把我打造成一位功成名就的大人物。哈哈哈，去把身体给祭司察看！① 在我心里我为你的出人头地的大人物而感到害臊。

---

① 耶稣在加利利见到十个麻风病人，对他们说："你们去把身体给祭司察看。"他们去的时候就洁净了，但只有一个外族的撒玛利亚人回来大声呼喊荣耀归与主，其余九个法利赛人均未回来。见《圣经·新约·路加福音》第17章第14行。

一位大人物！这个世界上究竟有多少位大人物呢？首先，在挪威有不少大人物，他们乃是最伟大者。其次，在法国有不少大人物，雨果和诗人的家园故土嘛。再则在远方在巴纳姆①的王国里也有不少大人物，所有这些大人物都厮混在一个并不比天狼星②大出哪怕一个虱子背脊的星球上，他们个个大显神通，横冲直撞，岂有不相互磕头碰脑之理。然而伟人亦者毕竟绝非等闲之辈并不是无名小卒。一位伟人并不居住在巴黎而是占领着巴黎。一位伟人如此峣然高矗巍峨屹立以至于他可以居高临下俯视到他自己的天灵盖。拉沃西尔③请求把斫他脑袋的刑期推延到他完成一项化学实验之后，他妙语惊人："休想踩进我的圈子里来！"哈哈哈，真是何等滑稽可笑的一场闹剧！不行呀，甚至连尤克里德④都毫不顶事。不行，不行，那是因为尤克里德并不能用他的公理来使基本价值哪怕增值一个铜板。唉，这帮子伟人们是怎样把普天之下的尘世人生折腾得有多么索然无趣、寒碜抠搜和怯懦怕事。

世人就这样自行其是搞他们那一套，从最不开窍的青涩生手出于偶然变成行家里手，于是机缘造就出了天才，比方说碰巧改进了电容器啦，凭借肌肉力量侥幸成功地蹬

---

① 巴纳姆（P.T.Barnum，1810—1891），美国杂耍演员，以脱口秀和夸大其词的自吹自播而著称，因而有"吹牛大王"的绰号，此处"巴纳姆的王国"系指美国。

② 天狼星（Sirius）为大犬座主星。

③ 拉沃西尔（Antoine Lavoisier，1743—1794），法国科学家，现代化学的奠基人。但文中引语并非他所说，而是源于古代希腊数学家阿基米德（Archimedes，前287—前212）。

④ 尤克里德（Euclid，约公元前300年），希腊数学家，著有《元素论》。

着一辆自行车穿越瑞典啦，等等；由此造就出了一批批天才来。世人还让大人物们著书立说来鼓励对大人物的追捧崇拜！哈哈哈，这真是令人肉麻发噱，真是值得你掏腰包。到头来每一个村庄都会有它的大人物，诸如一位法学院毕业生、一位小说家、一个体质棒极了的北极勘测船船长，等等，不一而足，到那时候地球会变得完全是平的，勘测起来大概既方便容易又毫不费劲……

达格妮，这一回该轮到我啦：我谢绝你的一番美意，我要轻蔑地对你冷笑，我要挖苦嘲笑你，你的盛情美意与我有何相干？我决计成不了一个大人物。

但是我们不妨设想一下，大人物多如牛毛，各个档次的名气分量不同的天才充斥于世，为什么不作此想呢？况且即便如此，那又待如何？那么我会不会被这庞大的数目所震慑住，使我留下深刻的印象了呢？恰恰相反，物以稀为贵哪，同类的愈多就愈发平凡寻常！那么我是不是应该按照尘寰俗世的那一套呢？世俗之见向来都是沿袭因循的：在这一点亦然如此，它信奉早先已被它接受采纳的东西；它承认接纳大人物，双膝跪倒在他们面前顶礼膜拜，追在大人物脚跟背后欢呼雀跃，那么我是不是也应该学学这副样子效尤一番呢？真是一场拿肉麻当有趣的荒唐闹剧！大人物们走在街上，一个普通百姓用胳膊肘儿捅捅另一个普通百姓的肋骨说道：瞧那边走来了这位或者那位大人物！大人物们端坐在剧院里，一个小学女教师捏了一把另一个女教师的毫无性感的大腿并且悄声耳语说道：瞧，那边大礼服包厢里坐着这位或者那位大人物！哈哈哈，那么，大人物们，他们自己会有何心态作何感想呢？他心安理得当之无愧！没错儿，他安之若素地出足风头。那些普通百姓做得很对嘛，这是他们应该做的分内之事；他并不嫌弃他们将他们拒之于千里之外，但是他觉得接受下他们对他做出尊敬的表示乃是他天公地道应该得到的，所以他用不着脸红。凭啥他要脸红呢？难道他不是一个应该出足风头的大人物吗？

不过那个大学生奥耶恩会对此表示不满。他正利用假期在写一部长篇小说，日后他自己必定会出人头地成为一个大人物。他会指出另一个自相矛盾的悖理之处：纳吉尔先生，你无法自圆其说，务必请解释清楚你说的什么意思！

于是我解释清楚我要说的意思。

不错，他会这么问的，即便是我解释清楚，我想说的意思，他会照样不误地问道。哈哈哈，他就是那副样子，算啦，我仍旧会尽我所能地回答他，那真是如鱼得水，对我来说是再顺溜不过啦。你听清了我会说：大人物们多如牛毛，你听清我方才讲的话没有？大人物一抓一大把多的是，有如夜空中群星闪烁。但是最伟大者却没有，也不是没有，而是凤毛麟角。你看差别就在于这一点点毫厘之间。过不多久每个村子都会出个把有头有脸的大人物，但是最伟大的伟人，一千年都恐怕出不了一个。如今世上所说的大人物大抵只不过是天资聪颖的精英才俊而已，一个天才。而"天才"毕竟是一个非常民主的概念：日常饮食里每天吃多少多少磅牛排，于是到了第三代、第五代或者第十代便会产生出天才来。"天才"这个概念从通俗的意义上来说并不是空前少见绝无仅有的，而一个天才只不过是对一个人的评价而已：它只会使人却步不前而不会吓得你摔个四仰八叉。只消想想：在一个繁星满天的夜晚，你站在一个天文台上用望远镜观察猎户座的星云。这时候你听到费恩利①说："晚上好，晚上好！"你转过头去朝四周张望，但见费恩利正在朝你深深一鞠躬——一位大人物刚走进来，一个天才，也就是在剧院里端坐在礼服包厢里的那位绅士。你暗自微笑，又回过身去看那猎户座的星云，难道不过如此吗？我就曾经碰到过一回……你听懂了我讲的意思吗？我是在说：与其去追捧崇拜那些多如牛毛、令人敬而远之害得普通老百姓见了只好相互捅捅肋骨的大人物，那些虽非等闲之辈，却又平凡庸碌的大人物们，我倒宁可心有旁骛去喜欢那些名不见经传的默默无闻的英才，那些由于他们心灵破碎而害得他们在求学时代就夭折成殇的年轻人。那些闪闪发亮的萤火虫在它们还活着的时候曾以优美耀眼的幽光让人们知道它们确实存在过。这就是我的品味所好，但是最重要的是诚如我所言：将最出类拔萃的顶尖人物同一般的天资杰出的才俊们分辨区别开来，让顶尖人物天马行空卓尔不群，免得他们被淹没在普罗大众那样多的芸芸才俊之中。我想要看到从来未曾见其踪迹的约柜神灵②终于横空出世，降临人间，大放光彩；务必要筛芜存精、优中择鼎，务必要强迫我挺起脊梁骨来，先把所有的那些村落才俊们清除出去！我们不得不找出那些远远超越于一般水准之上的顶尖人物。尊敬的超群顶尖伟人阁下欢迎光临……

话到此处，年轻的奥耶恩会愤起顶嘴：何须啰唆，我对这一套早已轻车熟路。他又说道：然而实话相告，这一

---

① 费恩利（Carl F. Fearnley，1818—1890），挪威天文学家，奥斯陆天文台台长。

② 约柜是《圣经》中指存放《约书》的柜子，象征耶和华在人间的施恩临在，是以色列人最神圣的圣物。见《圣经·旧约·出埃及记》第25章第10—22节。

套终究只是不切实际的泛泛空话，况且是大谬不然的背理悖论。

我无法理解怎么这一套竟是泛泛空论，我实在捉摸不透。吾主佑吾，我对世态人情的见解竟如此与众不同，真是无可救药。过错毛病都出在我身上吗？我的意思是说难道全都怪我，要由我个人担当起它的全部罪咎责任？我是一个客居他乡的异己者、一个萍踪人生的漂泊者，按照上帝的既定的神谕天训，你愿意把我叫成是什么就悉听尊便好了……

一时情急之下腔调愈来愈亢奋激昂：

我要告诉你，姑且勿论你把我说成是什么都行，反正那产生不了丝毫影响；我才不会举手投降哪，在我有生之年决不屈服。我咬紧牙关铁了心啦，因我是正确的；我敢于孤身一人直面整个世界，单枪匹马迎战你们所有人，而且决不后退半步！我深有自知之明，就是我心里所想的是正确的；偶尔之间，在某些不经意的瞬间，我对万般世态人情之间的无穷无尽的相互关系有一种直觉的感知，我必须追加一句方才我忘记说的，我非但不肯屈服让步，而且我要打倒你们论述伟人的所有愚不可及的臆说武断。年轻的奥耶恩一口断言说我的见解只不过是一种不切实际的泛泛空论而已。那么好吧，如果我的见解仅是一种泛泛空论，那么我索性将它丢弃不用，提出一种更好的用以取代。我并不是死抱住任何己见不肯放手的人。我说……且等一等，我深信我说得出来见地更出色的言论，因为我心里充满了正确性。我藐视并且嘲笑端坐在大礼服包厢里的大人物；我的心里暗自说他是个小丑，是个愚氓。我看到他挺胸凸肚大有舍吾其谁之势，摆出一副老子天下第一的架子，我便不禁轻蔑地噘了噘嘴。那位大人物是凭仗着他自己的奋斗才走上成为天才之路的吗？莫非他的天才是与生俱来的天赐禀赋吗？既然如此又何必要大造声势，将他吹捧上天呢？

年轻的奥耶恩发问道：不过你自己也在鼎力抬举尊敬的超顶尖伟人阁下，要他凌驾于其他众人之上。你毕竟还对约柜神灵推崇备至，而那位神灵偏偏也不是凭仗着他自己的奋斗成为天才的，难道不是吗？

年轻的奥耶恩自以为又将了我一军，再次抓住了我前后悖逆、自相矛盾的毛病，这在他看来本就是他的真知灼见！但是我会再一次回敬他的，因为神圣的正确性已经显灵附体在我身上了。我亦没有对约柜神灵推崇备至，如果有此必要的话，我甚至要连尊敬的超顶尖伟人阁下都一块儿打倒，这样一来就把大地统统打扫得干干净净了。约柜神灵之所以受到敬仰是由于他的伟大，他的超凡脱俗的天才……倒好像是约柜神灵的天才是全仗他自己凭空得来似的，倒好像这份天才并不属于人类的共同本性似的，甚至可毫不夸张地说这份人性本身就是他赖以发达的创业财富。原本实情是：那位约柜神灵偏偏阴差阳错地降生到那个家族，这一巧合使他有含英咀华的机会把他曾祖父身上的、他祖父身上的、他父亲的、他儿子的、他孙子的、他曾孙的各人身上的那一点点才华统统吮吸干净；把他家族的祖宗八辈和子孙后代的才华也全一股脑儿荟萃到他一人头上；把他的那个家族血统糟蹋蹂躏得上下几百成千年时间里一片荒芜……这并非是约柜神灵本人的罪过错咎，不是，一点都不能怪他。他只是碰巧发现他身上的那份荟萃了他的家族血统的全部才华资质，领悟摸透了它的目的意义所在，便全都派上了用场从而受用得益匪浅……不切实际的泛泛空论？不，它并非泛泛空论，而是我心悦诚服的信条理念！不过如果它也太理论性的话，我会绞尽脑汁找出一种新的解决出路，而且我会继续提出第三、第四和第五种令人哑口无言的斩钉截铁的反驳，我还会全力以赴，决不妥协。

可是年轻的奥耶恩也不肯妥协退让，因为他身背后有整个世界在给他撑腰，所以他说：照你这么说来，世上就留不下什么值得推崇称颂的了，没有伟人，没有天才？

我的回答害得他随着时光流逝愈来愈坐立不安，因为他自己觉得早晚要出人头地，跻身大人物们之列。我一时性起干脆再朝他头上泼一盆冷水。我回答说：不错，我并不一味吹嘘追捧天才。话又说回来，我却推崇和爱戴天才们在世上的辛勤劳碌所造成的结果，而伟人们仅仅只是结出这些丰饶硕果所必不可缺的工具，打个比方来说，他们是一把虽不足取但是凿洞钻孔时却又不可或缺的锥子……这么一解释是不是清楚了呢？你听懂我讲的意思了吗？

忽然间，他双手一摊：

哦，这会儿我豁然开窍看清了万般世态人情之间莫不蕴藏着无穷无尽的相互联系啦！哦，真是精辟透彻，真是深中要害！听你一番宏论高见令我如饮醍醐、茅塞顿开，就在这一瞬间就在这房间中央！从此往后再也没有猜不透的谜了，我已经看透世态人情的老底啦。哦，真是微言大义，真是掷地有声！

冷场。

喔哟哟，不敢当，当不起！我只是当地众人里的一个陌路异乡客而已，况且那催命的钟声马上就要响起。喔哟哟……再说，名流伟人和我有何相干？一点关系都没有！

除了这么一点点，那就是我方才念头一转想到了伟人们都只是滑稽闹剧，只是江湖骗术和欺诈设局。好！不过说到头来，世态人情难道不都是过眼烟云的闹剧一场，难道不都是十足地道的江湖骗术和欺诈骗局吗？一点不假，就是那样，万般世事莫不都是自欺欺人的骗局，卡玛和米纽坦恩如此，别的人也莫不都是如此；爱情和人生……全都是自欺欺人的骗局。我亲眼所见、亲耳所闻、亲身所领教的世态人情莫不都是欺诈骗局，甚至天空的蔚蓝色也竟然是臭氧，一种毒药，阴险狡猾的毒药……而当天空变得蓝湛湛晴朗朗时，我会扬帆泛舟荡漾其间，让我的小船在湛蓝色的臭氧碧波里掀起层层涟漪，那小船儿是用芳香木材做成的，那张风帆……

达格妮她亲口说这种意境非常之美。达格妮，你真的说过！不管怎样，感谢你说了这句话，因为这句话使我快活得浑身颤抖。我牢牢记住每一个字，我走在路上细细品味体会每一个字，我决不会忘记……而现在催命的钟声一响，你就赢定了。我不会再来纠缠你了，我也不会闹鬼作祟在防火墙上出现我自己的身形。我那么说只是一时气话，你千万宽宏大量饶恕我吧。不，我要举着白旗来到你面前，趁你睡熟之际挥舞白旗绕着你转圈子；当你醒着的时候我陪伴在你身旁，凑到你床边，喃喃低语絮絮诉爱。当你听见我在倾吐心曲时，说不定甚至会朝我回眸一笑，是的，倘若你肯赏赐给我这份娇宠的话，你是会这样做的。如果我自己长不出天使的一对白翅膀的话，也就是说我倒是长出了翅膀却不如天使的那样玉洁冰清一片纯白的话，我就会央求上帝的天使做我的替身来向你倾吐衷肠，而我自己不会靠近你身边，只是躲藏在一个角落里心领目受你也许会给他的微笑。这就是我愿做的事情，如果我做得到的话，用以弥补我曾给你造成的最大的伤害。哦，这个想法本身就足以令我高兴得飘飘然了，我恨不得立时三刻就能做到。说不定我还想得出另外绝妙的办法来取悦于你。我愿星期日上午陪你上教堂，一路飞在你头顶上为你歌唱，我也央告那位天使代替我做同样的事情。如果他不肯为我这样出力效劳，而我无法说服得了他的话，我便会俯伏跪拜在他面前哀哀求告，愈来愈低声下气、卑躬屈膝；直到他回心转意应允给个情面。我会承诺要帮他一个忙来报答他的恩泽，我还会塞给他馈赠的礼物并且满口许愿只要他肯这样做的话，我也会做足人情，反正一次次送好处是跑不了的……我敢十拿九稳我能够把这桩事情办成的，我已经急不可耐，恨不得马上就开始干了。我一想到自己居然能想出这么一个高招便心里乐开了花。不消再等多久我的大限时刻就要来到啦。我会高高兴兴地见机行事加快它的到来……"想到满天迷雾阴霾即将消散，啦、啦、啦、啦……"①

纵情狂喜、放浪不羁地，他步伐轻快地奔下楼梯踏进餐厅。他嘴里仍然在哼着曲子。后来不期而遇的一桩偶然意外把他喜洋洋乐陶陶的愉悦心情一股脑儿冲得烟消云散，使得他在接下来的几个小时里快快不快。他直挺挺地站立在桌旁；尽管当时餐厅里并不只有他一个，他却不肯安生地坐下来文文静静享用早餐。他哼着歌曲一边风卷残云般地匆匆吃完了早餐，当他意识到其他两个客人朝他频频投过来愠怒的目光时，他马上就心存歉疚地说道：要是他早点注意到他们的话，他本该收敛检点一些，不要如此行为

① 挪威牧师维尔海姆·威克塞斯（Whilhem Wexels，1799—1866）所写的圣歌中的一句歌词。

失态。不过这几天来他实在憋得慌，什么也看不见什么也听不到！难道今天不是一个阳光明媚的大好晴天吗？真有意思，连苍蝇都已经营营嗡嗡四处乱飞！

可是他没有受到理睬，那两个陌生客人看样子余愠未消，与方才一样神情肃穆，威仪凛然地将他们的神圣不可侵犯的政治讨论进行到底。纳吉尔的情绪一下子消沉下来。他顿时失落得说不出话来，默然地离开了餐厅。他在街上一家店铺里买了几支雪茄烟之后便像往常一样步入森林。那时候才十一点半。

人真是积习难改呵！那两个律师，或者是代理商或者是土地拥有者或者是不管什么身份，端着架子坐在那里，在餐厅里大谈其政治，就是因为他刚好在他们面前哼了几声歌曲便遭到他们报诸以白眼，用恶狠狠、酸溜溜的眼光瞪他。他们存心摆出一副极其通情达理的气派在那里斯斯文文地细咀慢咽他们的早餐，尽管他们忍受不了被人骚扰。嘿嘿，他们俩都腆着个凸出的大肚皮，身材肥胖矮矬，手指既粗又短，他们的餐巾压出横褶胡乱地勾勒到他们的大肚皮底下来了。他有正当权利，应当马上返回旅馆去将他们稍加奚落嘲弄一番。他们究竟是哪一路的气派十足神气活现的大人先生？沙石代理商还是美洲皮革代理商？……天晓得是不是做便宜货陶器瓦片生意的。老实说，反正是令人觉得跟他们纠缠是自贬身份。然而他们却把他的好心情一下子全都驱赶得没了踪影。再说他们又如此其貌不扬，对啦，其中的一个还说得上稍为平头整脸，另一位就不敢恭维了——大概是那个做皮革生意的——此人长着一张朝着一边翕开的歪嘴，令人联想到纽扣洞眼儿的形象。此人的双耳里还长出一撮灰色的耳毛。那副丑八怪的长相令人不忍目睹。唉，当然喽，话又得说回来，在人家把脑袋埋在饭食里饕餮大嚼的当儿，本来就不应该哼几声歌曲来表露自己乐不可支的心情嘛！

不错，人都是积习难改的，况且也改不了！那两位大人先生在讨论政治，他们注意到最近的政府任命：感谢上帝，现在要为保守党把布斯克吕郡夺取回来为时尚不算太晚。嘿嘿，从他们的言论之中可以看出一副矿山业主的嘴脸，就好像挪威的政治除了劣质低档的智能和农夫般的狡猾奸诈之外再也找不出什么像样的玩意儿来了：本人，来自利斯塔的奥拉·奥尔森同意给予一位孀居在诺尔兰郡的寡妇一笔为数一百七十五克朗的补偿金，除非本人能获得在吕菲尔克区的弗埃雷教区的一条价值三百克朗的教区大路作为回报。嘿嘿，真是农夫般的狡猾奸诈。

不过千万小心切莫一时恣意喧哗顺口哼出一支欢乐的歌曲打扰了奥拉议员老爷为国家大事而操劳费神，那你就闯了大祸惹下麻烦。你可要倒大霉啰！奥拉在开动脑筋，奥拉在掂量斟酌。那么他煞费心机殚精竭虑所为何来呢？明天他在议会里将提出什么政治动议呢？哈哈哈，须知他是挪威这块小天地里的一位受到信任的人物，经过民选要他出力在这个王国的政治喜剧里扮演一个为民请命的角色，大声疾呼，慷慨陈词，此人身着神圣的质地粗糙的山羊绒线民族外套，嘴上叼着大烟斗，尽情地吞云吐雾，他衬衫上的纸质衣领领圈被那一片为了要不辜负信任的忠心和诚实正派的劳碌，而流淌的汗水所浸潮濡湿了！闪开，闪开，快给民选员奥拉老爷让出路来，快挨边站开！哼，真是该死，快给那位老爷腾出点大显神通的活动余地来！

好心的上帝呀，这批脑满肠肥、痴肥臃肿的窝囊废拼凑成了多么一大帮庞杂众多的乌合之众啊！

　　甭管怎么说，到此为止吧。叫那批窝囊废统统滚到地狱里去吧！你已经给人间的江湖骗术狡诈设局拍马折腾得厌倦不堪，已经无力再去为这类烦恼事瞎操心啦，你不如干脆到森林里去走走，在露天里躺下身来，那里天地开阔，有更多的活动余地供异乡客遐想联翩和飞鸟展翅翱翔……你在一处潮湿的地方找到了一个蚁穴，你俯身趴倒在那个潴满积水的小泥潭边上，浑身浸泡得湿漉漉。你把头埋在蓬蒿丛里，埋在潮乎乎的树叶堆里，那些爬虫和蠕蛆还有滑腻腻的小蜥蜴爬进你的衣服里，爬到你的面孔上，用它们温柔的草绿色眼睛瞅着你，此时你身边一片宁谧祥和。入耳所闻只有飒飒树涛和飕飕作响的风声，万般皆寂唯独天籁可闻。而吾主端坐上苍天宇居高临下地细细审查着你，似乎表示你最中他的意，只有你最适合身体力行他所既定的神谕天训。嘿嘿，于是你开始心头一热，感受到了一股生平第一遭的那种千载难逢而又古怪陌生的炼狱烈火般的狂喜极乐，你要做出一桩桩、一件件狂野放荡的事来，要混淆是非，要颠倒世界，并且为此而喜气洋洋，这每一桩都是值得褒奖的丰功伟绩。为什么不行呢？既然你成了某股离奇古怪的势力影响所感化的目标对象，而你自己又顺从臣服于这股势力影响。心甘情愿地让你自己被难填的欲壑和麻木不仁的享受追求所左右摆布。每一桩昔日里你往往嗤之以鼻的事物，如今你却觉得有一种急不可耐的饥渴心情要鬼使神差般地去赞美它将它吹捧上天：你出自实现持久和平的宗旨而宁大张挞伐动干戈，不惜为了皇帝而血战一场，出师得手你便会踌躇满志到得意忘形的地步；你也许会任命一个委员会来改善邮差的鞋袜；你还会给庞修斯·威克纳尔^①说上几句好话借以证明宇宙和上帝一般来说是清白无辜的。那万般世态人情之间的真正关系统统都见鬼去吧，它再也同你不相干了，你发出一阵放声狂笑之后便依然故我自行其是了。嘿嘿哈哈，太阳从西边出来啦！一点不错，你不妨无拘无束轻松随便一点，把你的竖琴定弦调音停当，把赞美诗同福音歌曲一齐唱出来，那才显出虔诚得难以形容！

在另一方面你不妨让你的心灵良知随波逐流，顺从臣服于最差劲儿的胡说八道。对，就是要随波逐流，就是要顺风转舵，既然不经拼搏反抗就顺从臣服是那么舒服惬意，那又何必非要去拼搏反抗呢？嘿嘿，难道一个天涯游子就不兴用他觉得最适合他自己的方式度过他的最后时刻了吗？是与否？就这样。你看着办好了。

现在你还有点事可以办得到的：你可以施展你的实力权势来支持内政部，赞助日本艺术，促成哈灵达尔铁路等等，不管是什么，只要施展你的实力权势来搭上一把手就行，帮它启动运行就行。直到这会儿我方始省悟过来，一个像J·汉森这样的人，就是那个我曾经在他手里为米纽坦恩买了一件上装的可崇敬的裁缝，那位老兄作为一个市民和一个人来说，浑身的优点长处多得不胜枚举。你由起初对他并不望而生厌开始渐入佳境，直到以热爱他而告终。为啥你会热爱他呢？无非出于意气相合，无非出于表明自己愤世嫉俗，无非出于麻木不仁的享受追求，因为你已经被某一股怪得出奇的势力影响所潜移默化，而你对它又屈服让步了。你凑到他耳旁悄声细语吐露对他的仰慕：你诚心地

---

① 庞修斯·威克纳尔（Ponus Wikner, 1837—1888），挪威著名宗教哲学家。

祝愿他拥有大批牛群和羊群。在你临离开他的时候，吾主佑吾啊，你会把你的那枚救生奖章悄悄塞进他的手里。为什么不会这么干呢，既然你已经顺从了那些怪得邪火的势力影响，你凭啥做不出来呢？更有甚者，你居然会感到惋惜悔不该当初孟浪竟对议会的民选议员奥拉老爷犯下了大不敬之罪，说了不少亵渎他的闲言碎语。正是在这个要命的节骨眼儿上，你任凭最神魂颠倒的鲁莽痴狂来支配摆布自己……喔哟哟，你竟无拘无束放纵自己到这般地步：

难道议会民选议员奥拉老爷不曾为吕菲尔克郡乃至为全国各地建立过许多丰功伟绩吗？你渐渐地赞赏起他恪尽职守的一片忠诚来，赞扬起他诚实正派的劳碌来，于是你的心软下来融化了。你的善良好心也随着你一起给拐了过来，你出于对他的怜悯同情而呜咽啜泣乃至失声痛哭，你在心里暗自起誓发咒非要改正前愆，两倍甚至三倍来补报赔偿他。一想起这位全凭自己挣扎奋斗、含辛茹苦的民众的小老头，这位身着简朴寒酸、质地粗糙的山羊绒线外套的男子汉，你就受到莫大的鼓舞激励，立功创业的豪情壮志在你心头汹涌翻腾，你恨不得非要大声吼叫出来不可。为了要抬高奥拉你不惜贬损所有别人和整个世界，你为了他的缘故不惜以损害剥夺他人为乐，你找出最夸张最灿烂的字眼来吹捧他。你竟然说奥拉已经办成了差不多世上所有能做得到的事情；写出了世上唯一有价值阅读的关于光谱分析的论文；你还说早在1719年他就是单身一人赤手空拳去闯美洲大草原的开拓先锋；他发明了电报；他登上土星同上帝交谈五次之多。你其实肚里明白他压根儿就没有做过所有这些事情，然而出于一片良苦用心，你拼命说他已经都做，已经都做成啦，你还热泪扑簌发下毒咒担保说哪怕就是受罚挨惩，被打入地狱遭折磨挨熬煎，你仍一口咬定恰恰只有奥拉而不是任何一个别人才能马到成功。为什么要这样做呢？无非出于一片良苦用心呗，为了要成倍翻番地补偿报答奥拉的恩情嘛。你放声歌功颂德，将他抬高到无以复加的地步，你唱出一支谄媚阿谀到亵渎神灵的赞歌，歌词大意是：天地万物尘寰人世都是奥拉一手创造的，是他把日月星辰都放上了它们的轨道，并且自此以后一直维修保养下去，在附加的副歌里有长长一大串刻毒的诅咒谩骂，借以保证这是真理。简言之，你恣意放纵你的心灵良知，听凭它们目标最单一地最神魂颠倒地滥用你的那片良苦用心，甚至将你摆布到用诅咒谩骂和暴行来感情微妙细腻地卖身投靠的地步。每一回你想出点什么真正闻所未闻的新花招来的时候，你会长跪不起，欢天喜地咯咯傻笑不止为了又补报了奥拉一番而兴奋不已，因为这些报答最终都会汇总到奥拉头上。毫无疑问，奥拉会得到所有的报答，奥拉做出了那么大的贡献理应享有这样的感恩戴德，因为你有过一回犯下大不敬之罪居然对他妄加评论，而现在正在悔过自新。

停顿。

怎么回事儿，难道我不是有过一回讲了一个老掉牙的无趣笑话，讲的是一具行尸走肉，是呀是死了的，喔，稍等一等，那是一个小女孩，她还来不及向上帝感恩蒙主赐福，借给她这具肉身躯体，她却来不及用上一用就蒙主宠召了。住嘴！这分明是明娜·米克嘛，这会儿我想起来了，一想起是她我不禁害臊得从头到脚浑身都发烧。我们往往信口开河胡说八道，说出了口又后悔不迭不禁羞耻得长吁短叹……哦，反省自责往往令人彷徨失措犹疑不定，憋闷得只好将郁积的满腔愧疚一吐为快，统统发泄出来。固然，只有米纽坦恩倒是曾亲耳听见过我泄露真心的唯一知情人，我一直耿耿于怀，他终究是我的一块心病。切莫再提起我从前有一回曾经捅下的更丢脸出丑的毕生难忘的天大娄子，那是关于一个爱斯基摩人和一个书信篓子。哎呀，扯开去啦，天哪，真是够让人臊得无地自容！……静一静，保持头脑清醒，让良心见鬼去吧！"想一想：曾几何时，殉道者用血肉涤罪，我们沐恩得福聚在一起领圣体；各族人等，不分畛域，齐诵永恒的荣耀，将至高之所的永恒的荣耀归于主。"[1] 你可明白我的意思吗？天哪，全这一套多么无聊，天哪，全这一套多么无聊！……

纳吉尔一走进森林，便躺倒在一块他最初所见的石楠花丛草地上，举起双手搂住了脑袋。他的头脑乱成了什么样的一团乱麻，杂七杂八的想法通通都拥挤在脑际！过一会儿，他睡熟了，离他起床还不到四个钟头，他却依然沉睡过去，筋疲力尽，累得要死。

当他一觉睡醒，已是暮霭沉沉的黄昏时分。他抬头环顾四周，但见一抹夕阳正徐徐衔没在英德维根峡湾的蒸汽磨坊背后！倦鸟已归林却仍从一棵树上嗖地跃向另一棵树，一边跳跃一边唧啾长鸣。他的头脑已经差不多清醒过来，不再有乱七八糟的想法，也不再怨气冲天了，他终于镇定下来恢复了平静。他倚在一棵树下深思了半晌。是不是他这会就该动手了吗？为什么不说干就干，趁早解决切莫拖延呢？不行，他还有几桩事情沾在手上先要处理一下：要写一封信给他的姐姐；给玛莎留下一笺便条，要套上个信

---

[1] 此句是挪威威克塞斯的圣歌中的一句歌词。歌词里的殉道者系指因替人类赎罪而钉上十字架的基督·耶稣。

封;他今天晚上不能够死。他欠下旅馆赊账还没有支付讫清，再说还有个米纽坦恩他真想要……

他拖着沉重蹒跚的步伐往前磨蹭，慢慢吞吞地走回旅馆。可是明天晚上非要做出了断不可，就在子夜时分，不消大惊小怪，要干脆利索，要干脆利索。

凌晨三点钟他仍旧站在他房间里凭窗眺望集市广场。

十九

　　翌日子夜十二点左右，纳吉尔终于步出旅馆。他事先并没有做多少准备工作，只是写了封绝笔遗书给他姐姐；再就在一个信封里塞了点钱给玛莎；他的行李箱筐、他的小提琴盒，还有他买下的那把旧椅子都放在往常的原地，桌上摊着几本书。他却一直不曾结账付清房钱，他已经把这桩事儿完全忘诸脑后了。在他即将出去之前他叮嘱莎拉在他回来之前把窗户擦拭干净，莎拉满口答应说会按吩咐办的，虽说时已半夜了。然后他细细地将脸和手洗干净便走出房间。

　　他心境一直恬静，几乎是无精打采。天哪，干吗要小题大做大惊小怪呢？早一年或者迟一年没有什么不同嘛，况且他早就萌生了这个想法动此念头时日已久。现在他已经活得腻烦了，厌倦了，他失望沮丧之极，他处处碰壁，所有的希望全都落了空，到处见到的都是江湖骗术尔虞我诈，每天领教到的是人人都说不清道不明地从事于欺骗狡诈的勾当。他又想起了米纽坦恩，他也不曾忘记用一个信封留了点遗物给他，尽管他对这个老弱而身带残疾的小矮个子仍旧心存怀疑。他想到了斯坦纳森夫人，她一副病态患有哮喘却照样把她的丈夫玩弄于股掌之上，当着面欺骗他都脸不改容眼不眨。他还想起了卡玛，那个见钱眼开的小娘们儿，朝他虚情假意地张开双臂，不管他到哪里她都会闻风追踪而来，要将他的衣兜搜刮一空，总是索取更多、更多。从东方到西方，在国内和国外，他遇到的人都是同一副尊容，每桩事情都干得庸俗猥琐、寡廉鲜耻甚至是不顾脸面地背信弃义。从把明明是健康的手臂悬在吊带里的流浪乞丐到臭氧横溢的湛蓝色天空莫不如此。那么他自己哪，他是不是胜过别人呢？不，不，他自己也好不到哪里。不过如今他真正要一了百了，从此解脱啦。

他顺着码头信步往前，要最后看一眼那些船只，在走过最后一个泊位的栈桥时，他忽然从手指上将那枚铁戒指褪了下来，随手将它扔进了大海里。他看见那枚戒指落入水中沉了下去。看哪，有个人在临终最后片刻终于做出了小小的努力来试图摆脱这满世界的鬼话骗局。

他走到玛莎的小屋跟前便却步不前，眯着眼睛最后一次朝里张望。一切如旧，寂寥无声，杳无人影。

"永别了。"他说道。

他继续往前走去。

他身不由己地径直向牧师宅邸走去；连他自己都尚未发觉。一直到快要走到宛如一片林间开辟地似的宅邸庭院门前，他才猛然省悟过来。他立定了身躯，他在往何处去？他走到这条小路上来想干什么？朝二层楼的那扇窗子瞟上最后一眼，明知徒劳却又巴不得见上一眼那张从未在窗口出现过的面孔，是不是？不，决不……他偏就不到那里去，他早就有此心意想要到这里来一趟，然而近在眼前偏不肯过去。他伫立良久，凝目遥看牧师宅邸，神往的眼光里流露出依恋不舍的眷念深情。他动摇犹豫起来，他内心里苦苦默念着一个祈求。

"永别了。"他再次说道。

然后他匆匆扭身就走，折向一条通往森林深处的幽径上去。

一进入森林，他只消任意徜徉就路在脚下了，就可以随处找出个惬意地方来镇定一下。尤其是，千万切忌思前顾后盘算再三，也不可故作多情缠绵伤感，看看那位卡尔森在荒唐可笑的绝望之中却做出了何等惊人的壮举！就好像那么一桩微不足道的小事当真值得掀起轩然大波闹得满城风雨似的！……他一眼瞅见有根鞋带松开了便站停下来，将脚撂在一块青草丛生的小土丘上系紧了鞋带。片刻之后他坐下身来。

他坐下身来连想都不曾想一下，连自己也不晓得已经坐了下来，他抬头看看四周的氛围：参天的松树，入目所见到处都是高大的松树，还有一簇簇桧类灌木丛间杂其间，地面上覆盖着斑斓似锦的石楠花丛。好，好！

他掏出钱包，给玛莎和米纽坦恩的信就放在钱包里。达格妮的手绢放在另外一个衣袋里，叠得整整齐齐用报纸包起来。他把那块手绢拿了出来，一遍又一遍地亲吻它，跪倒在地亲吻它，慢条斯理地将它撕成碎布条，这花了他很长时间，大概到一点或是一点半才大功告成，他再接再厉又把碎布条撕成小碎布片。到了最后他把那条手绢弄得面目全非根本就休想认得出来，只剩下丝丝缕缕的一团布头线脑。他站起身来将这团布屑塞到一块石头底下小心翼翼地把它藏好，这样一来哪个人都发现不了它，然后他又坐了下来。行啦，还有什么未了之事吗？他试图想出点什么来，可是实在想不出什么来。于是他就上紧他表的弦就像每天晚上上床之前的例行公事一样。

他朝四周扫视了一圈，森林深处里茫茫一片，他看不出半点可疑之处。他耸耳细听，屏气凝神细细谛听，四周万籁俱寂，连小鸟也噤声寂静。夜，温柔而没有生气。他伸出手指从马甲衣兜里将那只小瓶子挟了出来。

小瓶子有一个玻璃塞子，塞子上裹着三层纸质罩子，用一根蓝色的药房专用束带缚住。他解开了束带，拔出瓶塞。啊，清澄似水，泛出一股淡淡然的杏仁香味。他把瓶子凑到眼面前，还剩下半瓶。正在此刻，他听见远处传来两下清脆悦耳的铿锵，城里教堂的钟声报出了两点钟。他喃喃自语道："丧钟已经敲响！"他匆匆把小瓶子举到唇边仰饮而尽。

起初那会儿他还坐得笔直，紧闭双目，一手攥紧了那只小瓶子，瓶塞捏在另一只手里。这一切干得那么麻利，进展顺当得他自己都跟不上趟。现在定局已成无可挽回了，他的惆怅思绪又逐渐涌上了心头。他睁开眼睛，迷乱茫然地朝四下张望。这些树木、这片天空、这块土地，所有这世间万物他再也见不到了。怎么那样古怪离奇！毒药已经悄悄地溜进了他的身体，偷偷地潜入他的五脏六腑，浸润透每一块肌肉组织里，蓝色液体在他血管里漫溢开来，不消多时他就会惊厥抽搐一转眼工夫他就一命呜呼，化作一具僵硬的尸首。

他觉得嘴里有一股明显的苦味道，觉得他的舌头越来越蜷缩搐搦成一团。他挥舞双臂做出种可笑的姿势来看看自己究竟死到了什么地步。他开始数数树木，刚点到十就撒手不干了。哎呀，他真的要去死吗，他今天晚上非死不可吗？不，哦不！不，不要今天晚上，行吗？怎么那样古怪得离谱！

是的，他要死了，他清楚地感觉到那酸性液体在他的五脏六腑里兴风作浪起来。不要呀，怎么药性已经发作了，怎么发作得那么快呢？天哪，非得要立时三刻吗？难道不可以稍待片刻吗？咦，他的双眼怎么会蒙上一层荫翳变得这样昏花模糊了呢？咦，怎么会有哗啦啦一片树涛响声，尽管没有半点风信。咦，怎么会有红云在树梢顶上飘浮呢？……哦，不要这会儿就死，不要，你听见没有，不要！我该怎么办？我不想这会儿就死？吾主在天父，我该怎么办呢？

　　忽然之间百般愁楚，万般苦衷一齐以势不可挡之力在他心头攒动。他还没有来得及准备好哪，还有上千桩事情先急着要处理掉，他的脑筋急速飞转起来，如同勃然蹿起的旺火一般去照明映亮所有上千件未了之事。他至今还未支付旅馆的赊账，他竟然忘得一干二净，天哪，真是健忘得要命，险些犯下违背契约的罪行，他务必要回去改正过来。是呀，只消再饶他多活一宵，饶他多活一个钟头，饶他多活一个钟头再多出哪怕一点儿，饶他……他就来得及弥补前愆。伟哉吾主，他还有封信忘记写了，另外的一封信，就两行字写给在芬兰的一个朋友，拜托他照料他姐姐还有她的全部财产！……在走上绝路的临终之际他仍然神志非常清醒，他的头脑仍然够动足脑筋把临终未了之事都考虑周到，如此涓滴不漏甚至连报纸订阅都想到了。喔哟，他尚未把报纸订阅注销掉，报纸会源源不断地送来，永无休止，把他的房间从地板到天花板全都塞得满登登。他拿得出什么高招吗？无计可施，此刻他已是个濒危的半死之人啦！

　　他伸出双手将石楠花丛连根拔起，他翻身打滚，肚子贴地趴下，将手指头抠进喉咙里要让毒药呕出来，但是毫无用处。不，他不想死，今晚不想死，明天也不想死，他决不想就此一命归阴。他要活，是的，要永生永世地看到太阳。已经咽下去的毒药他决不肯再让它留在肚子里。他务必要赶在药性发作致他于死命之前抢先把它呕吐出来……吐出来，吐出来，吐干净，十万火急，火烧眉毛容不得耽搁。

满怀恐怖，他火急火燎地蹿起身来，脚步踉跄，摇摇晃晃地在树林子里寻找水。他拼命高喊"水！水！"远处响起了他叫喊的回声。他狂暴咆哮了几分钟，四处乱蹿乱奔，不时磕撞在树干上；遇到一簇簇桧类树丛他跳起身来一跃而过，嘴里却发出受伤疼痛的大声呻吟。他找不到水。他跌跌撞撞最后终于一头栽倒在地上，摔下去的时候他的脸先蹭到地面，双手在石楠花丛覆盖的土地上乱抓乱扒，他觉得一边脸颊火辣辣的疼。他挣扎着挪动着身躯，挣扎着爬起身来，但是这一跤跌得他一阵昏眩，身子骨如同散了架一般又栽倒下去。他觉得昏昏沉沉筋疲力尽再也爬不起来了。

天哪，就那样吧，反正无计可施了！哦，仁慈的主呀，终于要蒙你宠召了！倘若他稍有点力气从什么地方弄点水来，兴许他还有救！哦，不管当初设想得多么美好，到头来竟落了个如此下场。想不到他竟然要在开阔的苍空之下饮药自尽！可是为什么他还不变得直僵僵硬邦邦的呢？他照样能够动弹他的手指头和翕动他的眼皮。真是拖拉，真是磨蹭烦人。

他摸摸他的面孔，脸上凉凉的，是在出冷汗。方才他摔下去的时候他的脑袋冲着下坡的方向，他就以这副姿态躺着，心里倒并没有乱了方寸慌作一团。他身上每一个肢体都仍颤抖不已。他一侧脸颊有一道伤口，然而他若无其事地任凭它汩汩流血。怎么那么磨蹭真是难熬，叫人好不

358

心焦！他耐着性子躺在那里苦苦等待。他又听见教堂钟声报时，敲了三下。他不由得心头一怔：他怎么服毒整整一个钟头了还不见动静没有死掉呢？他支着胳膊肘儿坐了起来，看看他的表，没错是三点钟，药性发作怎么要那么长时间！

上帝啊，求您大发慈悲，倒不如让我这会儿就咽气丧命得啦！出乎意料在这濒死关头他竟情不自禁地又想起了达格妮：他要每个星期天早晨都为她歌唱，他要对她温柔亲昵体贴入微，他觉得他已经把他的后生来世交托给命运安排，不禁心头一酸热泪盈眶。他一边默默地祈祷为她馨香祝愿，一边默默地涕泪滂沱。多情感伤之余，他开始把心思集中到他能为达格妮出力效劳干点什么事情的念头上来。

哦，他将要竭尽全力守护她，把所有邪祟晦气从她身边驱除开去！说不定他能够飞到她身边，明天就能盘旋在她身边……仁慈的上帝啊，但愿他明天就能够飞到她身边让她一觉醒来容光焕发光彩照人！方才他有一时半会儿不争气竟不肯去死，那真太卑鄙犯贱，既然他能够以死来使她幸福，那么他舍命轻生又何足道，是呀，他后悔不迭务求她谅宥，他也弄不清楚方才怎么会冒出这么个想不开的念头来。但是现在她可以信得过他了，他无牵无挂一心只想飘然飞翔到她的闺房里去盘旋在她的床边。再过一两个小时，也许就在这个钟头之内他就要到那里去了，是呀，他就要到那里去了。就算他无法如愿以偿不能亲自靠近她身边一亲芳泽的话，他也一定会央求一位上帝身边的天使来代替他行事；他会答应给那位天使许许多多好处尽心孝敬作为报答。他会说：我做不了，因为我并非纯净无邪；你做得到，因为你圣洁清白。正因如此，你可随心所欲为所欲为。你朝着我横眉瞪眼不就是因为我污秽龌龊，难道不是吗？我当然是可恶讨厌，可是犯得着挨人白眼吗？我心甘情愿长此以往一直背上这个骂名，只要你肯做个人情按我要求办好这点事。我毫不在乎将这个污秽龌龊的骂名再背上另外一百万年，而且要比我现在更惨得多。倘若您坚持非这样做不可，那么我们何妨再增添上另外一百万年就为的是求您每星期天都要唱歌给她听。我决不撒谎我一定挖空心思想出各种花样来报答您的恩情，我决计不敢有稍许懈怠，不敢嫌半点麻烦只要您肯听我一句！你用不着孤独一人飞过去，我会陪您去的，我会驮着您两人一起飞行。我非常高兴驮着你去省得累着了您，而且我会非常当心免得弄脏了您，免得把你带坏到像我这般龌龊可恶。我会尽力操劳把一切照料周到你只消一直歇息就行。上帝明鉴，也许我可以送点礼物给您，说不定你哪会儿还派得上用场哪。我心里头惦记着此事，逢到有人馈赠给我东西我会留给您作孝敬；说不定我时来运转还真会让您挣上一大笔哪！谁也保不准有求人的时候……

没错，他十拿九稳他最后必定会说服上帝的天使给他这份情面行这个方便的。

教堂报时的钟声又响。他几乎神思恍惚地数了四下钟声，便不再多想了。他必须耐着性子。于是他双手合十做起祷告来祈求让他死得快一点，最好就在几分钟之内，这样他就能赶得上在达格妮睡醒之前到她的身边去。倘若他果真能做到的话，他愿意为此向世间万物所有男女老少全都致以感谢和赞美，这真是天大的人情面子，因为他只有这一个牵肠挂肚的心愿。

他闭紧双眼沉睡过去。

他熟睡了三个小时。他醒过来的时候太阳当空照耀着他，整个森林里一片啁啾，那是鸟儿在欢快啼啭。他坐起身来茫然四顾，蓦地里他回想起了头天夜间他所做过的一切。那个小瓶子仍旧撂在他身边；他回想起来到了最后他是怎样急切狂热地做祷告祈求上帝恩准他快点死去。而直到这会儿他却仍然太平无事地活着！他一定又陷入了乖舛命途上的哪个无法预测的逆境之中，邪魔外道处处捣鬼挡他的道。他心里直纳闷儿，百思不得其解，参不透个中原委，他弄明白的只有一件事那就是直到此刻他还没有死去！

他站起身来，拿起瓶子走了几步。为什么每逢他堂堂正正想要做成某桩事情的时候总会有层出不穷的障碍呢？毒药的毛病究竟出在什么地方？这可是货真价实的氢氰酸，有个医生已经确认过它的量是足够了，甚至还太多了；况且牧师家的那只狗只尝了一口便跌倒在地当场丧生；而致它死命的正是这同一个小瓶子，还有多半瓶，他记得清清楚楚：在他将它喝光之前还亲眼查看了一遍。这只小瓶子又从来不曾落到过任何别人的手里，他总是揣在马甲衣兜里随身带着。这些隐伏暗藏的邪魔外道恶势力怎么就如影随形似的到处盯住他不放呢？

宛如火花电光一般，他心头蓦地一亮，这只小瓶子还真落到过外人手里。他猛然站定下来打了个响指。嗯，事情是明摆着的：它在米纽坦恩手里过了整整一夜。在单身汉在旅馆里的那次聚会上他顺手把他的马甲脱给了米纽坦恩，这只小瓶子连同他的表和一些纸张都忘在马甲衣兜里了。第二天米纽坦恩赶一大清早就把这几样东西都匆匆交回来了。哼，那个又跛又瘸的混账的小矮老头真把他害苦了。那家伙又一次工于心计地显摆起自己那副好心肠来啦，真是鬼透了，好一着精明滑头的障眼术鬼把戏。

纳吉尔愤怒得咬紧了牙关。那天晚上在他房间里他究竟说过些什么来着？难道他不是郑重其事地宣布过他自己决无此勇气去服用这瓶毒药的吗？然而当时就坐在他身边的那个虚假伪善的身材畸形的臭矮个儿却偏偏多留了一个心眼儿，暗中对他的话起了疑心！真是个大帮倒忙的坏蛋，一只嗅觉灵敏、暗中行事的鼹鼠。那家伙一回到家里就忙不迭把小瓶子倾倒一空，兴许还彻底涤洗干净，然后再灌进半瓶清水来冒充。等到做完了这桩高尚之举便心安理得地上床美美睡上一觉。

纳吉尔开始朝城里走去。他经过休息神思恢复平静，虽然心头恼恨透顶，不过思路十分清晰，他把事情前后经过细细想了一遍。昨晚闹出的那场大笑话害得他蒙羞受辱，在他自己看来都未免荒唐得成了笑柄。只消想想，他居然从这点清水里闻到了杏仁香味，他的舌头在舔这点清水的时候竟然会蜷缩成一团，而且从这点清水里还感觉得到死亡已经潜入了他的五脏六腑。就是因为喝了这一口从井里打上来的、普通得可用来施洗礼的清水，他给害得语无伦次地狂喊大叫，蹿过树干和岩石，跳到半空之中。他恼羞成怒赫然无颜，便站停脚步，仰天放声长啸，可是旋即他又赶紧朝四下张望，生怕有人听见他并且改变调门高声歌唱起来借以掩饰。

他举步往前走去，愈走他的心境愈镇定平静，明媚温暖的清晨和空中不绝于耳的鸟叫使他的情绪渐渐放松下来。一辆马车朝他迎面辚辚驶来，驾辕的小伙子跟他打了个招呼，纳吉尔也报诸以礼。一条嗅息而至的狗儿在他面前摇头摆尾，双眼笔直地盯住了他……不过为什么如此窝囊，昨天晚上堂堂正正一心自戕竟然求死不成及至铩羽蒙耻呢？他真是抱恨无穷愧对此生。他那会儿仰躺在地上，心里充满了对这样的结局的温馨幸福感而进入梦乡。到了这会儿达格妮该已经起床了吧，去向她表示温存体贴。他觉得这一回才真正丢尽了脸面上足了大当！米纽坦恩倒又可以在他的心头再添一笔已做的好事，而在他的心里原先做过的一笔笔好事早就满得快要溢出来了。这一回米纽坦恩又施给了他一个天大的恩惠，救了他性命恩同再造嘛……想当初他亦曾将同样的恩惠施给了一个素不相识的陌生人，一个不肯在汉堡上岸的不幸溺水者。正是那一趟舍生忘死的壮举他才赢得了他的救生奖章。一点不错，救人嘛，就容不得瞻前顾后，要有那股子豁出一切拼命冲上去的狠劲头才能把人从死亡中救出来。

他局促不安地悄悄溜进了旅馆，在自己房间里坐下来。房间里窗明几净舒适宜人，窗子擦得一尘不染，新熨烫过的窗帘挺括地挂在窗旁。桌上放着一束养在水里的野花。他以前从未见过桌上放花，这真是一大清早吉星高照。一个可怜兮兮的旅馆侍女竟然想得出这么讨人喜欢的好主意来！一个好人哪，那个莎拉！是呀，这真是一个讨人喜欢的清晨，甚至连窗对面的集市广场上熙来攘往的行人看上去都面带喜色；那个陶瓷品工匠消消停停地坐在小摊桌旁抽着他的陶质烟斗，尽管他连一文钱的买卖都还没有开张。也许他昨天晚上那些狂野的计划付诸东流，自戕的壮举前功尽弃，到头来倒未必是一桩坏事！他充满畏惧地想起了他四处乱蹿疯狂寻水的恐怖经历，一想到那副狼狈相他仍然震悚颤抖不已。这会儿他平平安安地坐在椅子上，坐在这间窗明几净阳光明媚的房间里，真是恍若隔世再造总算从地狱邪魔手中拣回了一条性命。不过作为寻求最后摆脱的手段来说，仍然还有一种万无一失的好办法，他还未曾试过！你第一次寻死没有成功，你没有死，你又站了起来，不过寻死的办法多的是，比方说一支六响手枪，你一旦需要便可以在随便哪家最好的武器店铺里买得到。切莫忘记房钱还赊着哪……

莎拉砰砰地敲响房门。她已听到动静知道他回到了房间里，所以特来告诉他一声开早餐了。当她要离开的时候，他把她叫住，询问那些花是不是她送来的。

是的，是她送来的，区区小事不值一提。

他仍旧握住她的手。

她笑嘻嘻地问道：

"昨天晚上您在哪儿过了整整一宿呢？您压根儿就没有回过家来，对吗？"

"听着，"他说道。"放花这桩事情你做得真是叫人开心。你昨天晚上还把窗子擦得亮堂堂，并且把窗帘也新换过了。我无法告诉你，你做的这一切使得我心里有多么高兴快活。我为此祝愿你会交好运。"忽然间他觉得有阵冲动非要由着性子胡来一下不可，非要光凭着无法预言的一时心血来潮行事不可，他说道："听着，我住进旅馆时随身带着一件裘皮大衣。天晓得我为啥把它放在行李里了，不过我的确带着一件裘皮大衣，我要把它送给你。是的，没错，我这么做为的是向你表示谢意。我已经拿定主意，那件裘皮大衣就是你的了。"

莎拉禁不住由衷地爆发出一阵哈哈大笑。她要一件裘皮大衣有什么用呢?

　　她想到点子上去啦,不过那是她的事喽。她所要做的只是将它收下,这给他以别人肯领情收下他施舍的恩惠的乐趣……她那欢快的笑声害得他也憋不住笑出声来。于是他开始同她打趣逗笑:天哪,她的双肩有多美呵!但是她信不信,有一天他曾经窥见到过她身体:比这还稍多一点的地方,而她自己却浑然不知。嗯,那次是在餐厅里,碰巧她正站在桌子上擦拭天花板,他从门上的裂缝里看见了她;她的裙衫朝上翻卷起来,他看见了一只脚和一条腿的一部分,其实他只看到了那条可爱的腿的十二三英寸的地方而已,哈哈哈。不过不管怎么说他一定要送给她一串项链,赶在天黑之前就给她,她可以信得过他的话。还有,她千万不要忘记那件裘皮大衣归她了……

　　这个疯子,他是不是真的完全神志不清了呢?莎拉嘻哈一声又笑了起来,她真有点被他兴之所至胡乱想出来的馊主意所吓着了。前天他给了那个来送洗好的衣服的女人一大笔钱,要比该给的远多得多;而今天他又要送掉他的裘皮大衣。城里街头巷尾对他什么样的议论都有。

二十

一点不错，他发疯了，完全疯了，他一定是疯了不可，因为莎拉给他端来了咖啡、牛奶、茶，还给他端来了啤酒，端来了她所能想得出来的每一样东西，然而他刚在餐桌旁坐定下来便忙不迭站起身来就走，那些吃喝食物连碰都没有碰。他蓦然想起来玛莎通常就在这个时候带着鸡蛋到集市上去卖，也许这会儿就该回来了。这真是天赐良机，他得以再见上她一面，今天真是好运气的良辰吉日！他回到他的房间里站到了倚窗凭眺的位置上。

整个集市广场尽收眼底，唯独玛莎芳踪难觅。

他守候了半个小时，一个小时，目光炯炯保持高度警觉留心监视着每一个角落，但是全然徒劳无功。后来他终于将他的注意力集中到邮政局门前台阶上一个要把戏的场子上，那里吸引了许多观众，人们围成一圈看得津津有味。他看见就在那条沙砾满地的街道中央，米纽坦恩蹿上跳下翻跹舞蹈；他没有穿上衣，连鞋也脱掉了。米纽坦恩手舞足蹈跳得如痴似醉，不时伸手把脸上流下的汗水擦掉，等到跳停下来他就向观众乞讨铜板。果不其然，米纽坦恩已经重操旧业，他又开始以表演舞蹈乞讨谋生了。

纳吉尔沉住气等待着，一直等到人群散去这才招呼他上来。米纽坦恩在他房间里露面了，依然像以前一样毕恭

366

毕敬，点头哈腰双眼向下看。

"我有一封信给你，"纳吉尔说道，随手就把那封信递过去，朝他上衣衣兜里深深地塞了进去，这才开始朝着米纽坦恩侃侃而谈："你坑害了我，把我推入一个十分尴尬狼狈的困境之中，我的朋友；你愚弄了我，用一种我不得不表示佩服的狡猾诡计牵着我的鼻子走，即使我为此深感悔恨懊丧却也为时已晚，你有空稍留片刻吗？你可记得我有一回答应过你要对某一桩事情做出解释吗？行呀，我这就给你做出解释，我觉得现在这样做已是时候了，顺便我先问你一句：你听到城里人们在议论我，说我已经疯了，对吗？我再次向你保证，你尽管放心，我没有发疯，正像你亲眼看到的那样，难道不是吗？我承认近来我确实有点六神无主茫茫然，我一连串碰上了几桩令人窝火的恼心事情，真是造化弄人时运不济。我提醒你注意到这一点……我想这会儿就请你喝上几杯，不见得有好处吧，是不是？"

不要，米纽坦恩什么酒都不喝。

"好，我早就知道……一句话，我对你抱有满肚子的疑心，格鲁高德。说不定你肚里明白我说的是哪桩事情。你那么肆无忌惮地欺骗了我，所以我用不着再给你好脸色看。你在一桩如此要紧的事情上耍了障眼法居然害得我上了一回当。对你来说固然出于纯粹的利他主义，出于你的善心好意，如果你想抱怨叫屈做出分辩的话，不过你毕竟还是下过手了。你曾经将这个小瓶子留在你手上，对不对？"

米纽坦恩斜起眼睛睨视了那只小瓶子一下，却没有吱声搭腔。

"瓶子里原来装的是毒药，可是却被倒掉了，又灌了半瓶清水来代替。昨天晚上瓶子里全只有清水啦。"

米纽坦恩仍旧没有作声。

"看吧,亏得没有闹出事儿来。其实那个干出这事儿的人倒怀着一颗坦然赤诚之心抢先下手阻止坏事发生,而干这事儿的人恰恰就是你。"

冷场。

"你干的,是吗?"

"是的。"米纽坦恩终于回答道。

"没错。在你看来就该这么干,不过在我看来却未必见得。你干吗要下手呢?"

"我生怕你说不定想要……"

无言停顿。

"是呀,这才是你心里想的!不过你错啦,格鲁高德,你的善心好意把你引入歧途啦。那天晚上当你把毒药揣走的时候,难道我不曾明白无误地说过我自己绝没有勇气喝下去吗?"

"不过我仍旧怕你一时想不开。结果你还是干了出来。"

"我干了出来吗?你说到哪里去啦?嘿嘿,你这是在自欺欺人,我的好人!我昨天晚上把那只瓶子倒空了,不过留神注意:我可是一滴都没尝过瓶里装的液体。"

米纽坦恩惊诧地瞅着他。

"你马上就会明白过来,你会希望落空转喜为悲的。夜间我出去散了一会儿步,走到了码头区正好碰到一只猫在极其可怕地翻来滚去,从码头这头打滚打到另一头。我站停脚步细细端详,看样子像有什么东西卡在嗓子眼儿里了,大概是一枚钓鱼钩子,它又粗口喘大气又扭动翻滚身子都无法把那玩意儿吐出来或者咽下去,在它嘴边淌下一缕缕鲜血。好吧,我就一把抓住了猫想要把那鱼钩掏出来。可是

368

大概由于疼痛的缘故那只猫不肯安生下来，身子反转过来伸出它的利爪朝上猛地一抓，我这张脸上顿时开了花被划出一道长长的口子，所以你可以看到我脸颊上的伤痕。那只猫眼看就要憋气闷死，鲜血从它嗓子里直往外冒。那我怎么办才好呢？正当我在苦苦思索，只听得教堂钟响，敲了两下，哦，已经清晨两点钟啦，要想找个人来搭把手帮个忙已嫌太晚了。于是我忽然想到了我马甲上衣兜里的那只装有毒药的小瓶子。这只畜生痛苦不堪，我便想到了用它来让这只畜生一了百了从茫茫苦海中解脱出来。于是我就掏出小瓶往它喉咙里灌下去。那只畜生疑心到咽下去的是什么危险万分的东西愣拧着脖子扭着身躯瞪大了迷茫的双眼，它冷不丁蹿起身来跳到半空中，它跳到半空中挣扎脱身之后就歪歪扭扭蠕动着身子沿码头跑掉了。这是怎么回事？这下露了馅儿啦，原来小瓶子里装的竟是清水，它非但不能致死，反而只能增加痛苦。那只猫至今仍然嗓子眼儿里卡着一枚钓鱼钩子，鲜血仍旧从喉咙里汩汩地流淌出来，而且张大了嘴巴连一口气都喘不过来。它迟早会流血而死，或者待在哪个角落里悄然无声而又孤独地憋闷死。”

“这样做原本出于好意。”米纽坦恩说道。

“当然喽！你决计不肯做出任何背离真诚好心的事情来。没有人能抓得住你不走正道的毛病。即便你使出了调包计替换掉了我的毒药，那也无非是你为高尚而又光明磊落的凛然大义所驱迫而不得以耍出的花招。不妨拿你方才在集市广场上跳的舞蹈来打个比方。我一直站在窗口注视着你。我并不打算要责备你干这种讨钱的活计，我只是想问你一桩事情：干吗非要脱掉鞋跳呢？你明明穿着鞋，可是为啥到跳舞的时候却又把鞋脱了下来才跳呢？”

"我舍不得把鞋磨坏。"

"果真如我所料。我晓得你会这样回答的，这就是我为啥要问你的缘故。你是纯洁之神的化身，一个连穿鞋走路都毫无半点瑕疵的活生生的偶像，是全城里最无可指责的灵魂，你做的每一桩事情都是出于行善和大公无私，你全身没有半点污斑和皱痕。我曾经考验过你一回，提出我不惜重金相酬，只要你肯自认是个外人的孩子的爸爸。尽管你一贫如洗急需钱用，可是你却断然拒绝了这个提议。你的心灵对这样不明不白的暧昧交易大为反感，所以虽说我一开价就乐意给你二百克朗，我却仍旧无法成功地打动你的心。要是我当初就像这会儿那样知道你的为人品性的话，我做事没深浅，本来就不该如此直白地侮辱你。说真的，我起初对你的印象颇为面目模糊，远不如现在这样一目了然，而现在我才明白过来，对付像你这样不识抬举的人说起话来务必既要快马加鞭，同时要及时勒马收缰不可凭着性子。行呀，这没有什么大不了的！不过让我们言归正传吧……你脱掉鞋赤着脚跳舞并不为了招人惹眼，亦不是为了抱怨你的双脚磨疼了，这一事实恰恰表明了你的为人之道的一大品德。你从不怨天尤人，你并不说出口来，你嘴里并没有口口声声说：'看哪，我连鞋都脱掉，我实在穷得要命。'没有，你没有这样做，要是我可以这样说的话你是不声不响地憋着劲用足功夫，你始终不渝的原则是决不肯向任何人乞讨任何东西，然而你用不着开口就自会得到你所要的一切东西。你真是绝对没有瑕疵的，对别人和对你自己来说都是无可指摘的，甚至在你自己的良知上你也是问心无愧的。我不妨先将你的为人之道的这一大品德查明弄清是否确实之后再接着往下讲；你用不着不耐烦，我最后自会做出解释给你个交代……有一回你谈起过古德小姐，你的那番话我牢记在脑中时常掂量细细品味。你说她其实并不是冰清玉洁得无法亲近，只消周到殷勤体贴入微便不难得手，看起来你起码跟她交情匪浅……"

"喔，不过……"

"你看，我统统记牢在脑子里。那天晚上就是我们两个坐在这里一块儿开怀畅饮，就是说我只顾喝个痛快而你却在旁边看热闹。你说玛莎，对了，你干脆就叫她的闺名玛莎，你还说她常常用你的昵名称呼你：约翰纳斯。我讲的实情吧。她叫你约翰纳斯，难道不是吗？我肯定无疑地记得你告诉我这码子事儿。不过你还告诉过我你可以对她随心所欲任意行事，更有甚者你还一边说一边打了个最令人恶心的手势……"

米纽坦恩跳了起来，脸涨得通红，粗声大气地打断了他的话头：

"我从不曾说过，我决计没有说过。"

"你难道不曾说过？没有说过什么？哼，难道这话真不是你说的？我可以把莎拉叫来对质佐证，怎么样？我们交谈的时候她就在隔壁房间里隔着薄薄的墙壁把每一句都听得清清楚楚。哼，我真没有见过像这样的孬种。不过既然你已再三矢口否认，那么就必须查个水落石出，非把你驳倒不可。我本来倒想再给你打打气鼓鼓劲，想要从你嘴里再多套出点话来。我对此颇感兴趣，我常常想到这回事，可惜你一口否认讲过那就只好算啦。顺便说一句我请你再坐下来，不要像上回那样性急火燎得转个身就拔腿开溜，况且房间是锁着的，我把房门随手锁上了。"

纳吉尔点燃一支雪茄，在点烟之际他忽然克制住了自己，口气一转说道：

"哎呀，天哪！"他一迭声呼喊道。"啧，啧，不得了哇，我犯下了一个错误！格鲁高德先生！请原谅我；你是对的，你没有说过那些话！忘记它吧，我的朋友，那是另一个人说的，不是你，我这会儿想起来啦，我是在两个星期前听说的。我怎么一时糊涂竟然信以为真，觉得你真不该这样地泄露隐私把一位女士连累坑害进来，首先是你不该这样自甘堕落！我弄不明白，怎么心血来潮就想起这码子事来，说到底我大概真是发疯了……不过听着，我犯了错误便大大方方地承认并且马上就道歉，那么说来我其实并没有发疯，对吗？尽管如此，要是我的话有点语无伦次，有点过分莽撞，你务必不要往心里去，切不要以为我是蓄意这么做的；我并没有想要用话语来蒙哄得你晕头转向，你不要那样想当然。因为即使我要那样做也无济于事，因为你好歹都金口难开哇。不是的，我之所以把话说得那样古怪突兀，这就是全部的原因所在。请原谅我又说得岔开去啦。你有点不耐烦了吧，急着要听到那个解释交代，难道不是吗？"

米纽坦恩依然一言不发。纳吉尔站起身来在窗口和房门之间踱来踅去。蓦然间他站停脚步说他对这一套都玩腻了，对这一套已经烦厌疲惫急了：

"我真的不肯再伤透脑筋跟你要心眼啦。我原原本本告诉你我的真实想法。一点不错，我方才倒确实是在糊弄你，直到这会儿，我讲的都不是真心话，我这样做是欲擒故纵为了叫你露馅儿要从你嘴里掏出点真话来。我一直在旁敲侧击地刺探以便查明真相。我一再调换方向改变航程，却毫无进展不能奏效，现在我要累了，对这一套玩腻了。好吧，我这就给你一个解释交代，格鲁高德！我心里坚信你是一个暗藏的流氓，一个隐身的地痞。"

米纽坦恩浑身簌簌颤抖起来，他的双眼焦灼而又困惑地环视着四周。纳吉尔继续说道：

"你一句话都不说，你不肯露出马脚来。你害得我无法逼你后退哪怕半步，有一股罕见的闷声不吭的倔强劲头，我佩服你的那股韧劲，而且对你抱有巨大的兴趣。你可记得那一回我同你聊了一通宵。在交谈之中我瞪大双眼逼视着你以致我觉得你给我瞪得心惊肉跳直发怵。是不是？我这样做是按我的思路在做刺探。我一直密切留神着你，用尽了心机却几乎没有取得过成功。我承认这一点，因为你是一个无懈可击的人。可是我当时哪怕连片刻工夫都不曾疑心过你竟然是个表面平静背后阴损的坏蛋，一个道貌岸然的隐身流氓，可惜我没有证据来把你揭穿，我恐怕还真找不出足够的证据来整治你，所以你尽管放心好啦，这桩事仅止于你我之间，不足与外人道。不过既然我并没有确凿证据我怎么能那么自信一心认定我是正确的呢？你能弄明白吗？不，你理解不了。尽管如此你倒有本事躲躲闪闪从我们正在谈论的话题上回避开去。还有当我们口无遮拦或者无所不谈的时候，你的眼神会不经意地流露出某种表情，你的双眼会眨巴个不停。而且你的嗓音会咝咝作响，哦，一种怎样刺耳的聒噪声哪。到了后来你这个人就使得我厌烦，我从气氛里就可以感觉得到那是你正在贴近靠拢过来，我的心灵里马上充满了厌憎。你一点都不会明白，难道不是吗？我也弄不明白，反正就是那么回事啦。上帝明鉴，即便到了此时此刻我觉得我仍然可以深信我在沿着正确的路子在追踪，可惜我缺乏足够的证据所以无法把你逮捕归案。上一回你在这里的时候我问过你6月6日是不是卡尔森死去的日子，直到我问你的那会儿我深信不疑你动手谋杀了卡尔森。"

米纽坦恩给惊吓得非同小可，恍若五雷轰顶，他重复了一句：说我动手谋杀了卡尔森！随后他又一声不吭了。

"不错，一直到那会儿我仍还深信不疑，我怀疑是你下的毒手……可见那种以为你是个十恶不赦的反感已经把我引到了何等狼狈的境地，好在我现在不再相信了，我承认我犯了一个错误，我有点太过分了，我请求你宽恕。不管你信不信，我由于害得你蒙受了这个天大的冤枉而心里着实不安，有好多天晚上我独自一人的时候我已经向你致歉谢罪过了。不过虽说我在这一点上弄错了，我仍然深信你暗中是一个猥亵的罪人。如果你不是的话那我就活该遭到上帝严惩重罚。就在这会儿我站在这里瞅着你的时候我都可以从我心坎里感觉得出来，真是天晓得，你一定是的。为什么我会这么自信呢？请注意：起初我没有道理要对你心存成见怀有反感，只能对你印象极佳甚至推崇备至，所以你后来所做的一切所说的一切在我眼里都是正确合适的甚至品德高尚的。我曾经做过一个美得离奇的梦。在那个梦里，你深陷在一片开阔的泥潭之中，在我的糟蹋作践之下受难遭罪痛苦不堪，但是你却照样不断地对我感激涕零，跪倒在我面前感谢我有好生之德没有把你残害得更惨烈，没有造成更大的伤害让你吃尽苦头。这就是我梦中见到你的那副嘴脸，这个梦真是美得很。何况在这座城市里没有一个人会想得到你竟然有本事去做坏事。你真是口碑载道人人都对你称赞不绝哇！由此可见你为人处世之道是何等隐晦诡秘掩人耳目了。可是在我的心目中，你却只是一个懦弱成性摇尾乞怜的邪魔外道，尽管你对每个人都好话不离口，每天做件好事。但是请问，难道你讲了我什么坏话，做了什么害我的坏事或者把我的秘密泄露出去了吗？没有，没有，你一点都没有，这正是你肉麻而巧妙地向人献媚邀宠的伎俩——你对每个人都举止光明磊落，你决计没有不正当的行为，在人们眼里看来你是虔诚圣洁的，是立身端正的，甚至是毫无罪孽的。对于世俗尘寰来说这大概足够了，可是在我这里却行不通，我仍旧对你疑心重重。那是我刚到城里来一两天的事情：清晨两点钟我见到你在码头区那边玛莎·古德的小屋门外。忽然之间你就站在街当中了，我都来不及看清你是从哪里蹿出来的，你让路等我先走过去，在我走过你身边的时候你斜眼偷偷瞟了我一眼，我当时并不曾开腔同你说话，可是我心里发出一个声音惹起了我对你的注意，那声音在说你的名字叫约翰纳斯。如果我在死去之前有什么最后的临终遗言的话，我的心就会高声喊叫出来：你的名字叫约翰纳斯，我该对你多加留神注意。直到后来我方始听说你的名字果然叫约翰纳斯。从那天晚上起我就留神着你，可是你处处提防得紧紧的，总是对我耍点滑头蒙混过去，我一直无法将你逼得走投无路。最后你居然敢用往毒药瓶里掺兑清水的法子来哄弄我，仅仅是出于你的仁慈而高尚的好心，生怕我也许想要把毒药喝了下去。我怎么才能向你解释清楚我对这一切有什么样的感受呢？你的纯洁好心变成了兽性残酷地虐待我，你所有的美好言辞和行为都愈来愈远地把我从我的目标面前硬拽拖开去，我的目标就是要把你打倒在地。我要扯掉你的假面具，让你露出你狰狞的真面目；每一回我见到你那双虚情假意的蓝眼睛的时候，我周身血液喷涌，憎厌心情油然而生。我对你望而生畏退避三舍，因为我觉得你骨子里是一个心灵虚伪透顶的告假者。就在这会儿工夫尽管你摆出了一副绝望无奈又哑然失色的迷惘表情，可是我相信我所见的是你坐在那里偷偷地暗笑，你大概觉得我缺乏证据而无法整治你，所以就得意地发出一阵悄无声息的奸笑。"

米纽坦恩仍旧一声不吱。纳吉尔继续侃侃而言：

"你当然把我看成是蛮横霸道的强暴者或者是野蛮人，因为我居然趁人不备搞了突然袭击，罗织种种罪名当面谴责你。这就对啦，我毫不体谅你会作何着想，你对我有什么看法悉听尊便。可是此时此刻我自己心里明白你已经被我击中了要害，这对我来说已经足够了。但是你怎么能够忍受得住像我这样对待你呢？你为什么不站起身来，朝我狠啐一口唾沫然后昂首而去呢？"

米纽坦恩似乎徐徐恢复了神智，抬起头来说道：

"你把房门锁上了。"

"看看，"纳吉尔回答道。"你终于清醒过来。你真的要我相信你一直都以为房门是锁着的吗？那房门打开着，看哪，一下子就开得笔直。我告诉你说房门锁着是为了要考验你，我给你设了个圈套。事情的真相是：你其实一直都明明晓得房门是开着的，不过你佯作不知，这样你就可以问心无愧，就像往常一样装作没事儿一般，坐在这里听任自己遭受我凌辱冤屈。你是舍不得离开这间房间的，你坐得纹丝不动。我一让你知道我在疑心你犯下了什么事，你就更迫不及待竖起耳朵想要听听我究竟知道了多少，想要摸清我究竟对你有多大危险。上帝明鉴，我深信事实当真如此，随便你怎么矢口否认对我来说都是一样……那么为什么我现在不惜同你翻脸要把此事全都捅出来呢？你有充分道理问我一句话：既然整个事情与我毫不相干，我又何苦要来插上一手。我的朋友，这可不是多管闲事而是我自己的事情。首先，我要给你一个警告。相信我，此刻我说的话是句句都算数的大实话。你正在过着一种隐秘的生活，一个流氓的生活，这只能维持得了一时半会儿。迟早有一天你会摔倒在地不得翻身任人践踏。这是一桩事情。第二，我有一个直觉总认定尽管你矢口否认，可是你同古德小姐的关系要远比你想要遮遮掩掩吐露出来的口风更为亲密暧昧。那么请问古德小姐同我有何相干呢？你又问得再对不过了。对于一个这样的问题我只能避而不答，古德小姐原本就同我没有丝毫瓜葛牵连。但是从一般情理上来说，如果你真同她鬼混到了一起，说不定你外表道貌岸然内心却淫猥邪恶不堪，早已将她粗暴地玷污过了，这难免让我伤心难过。我为啥要同你翻脸缘由就在于此。"

纳吉尔把雪茄重新点燃，说道：

"现在我讲完了，房门没有上锁，那么你是不是受到冤枉了呢？你回答还是不回答随你的便好了，不过你真是要回答的话务必要让你内心深处的那个声音来说出真心话，我的朋友，在你离去之前我还想告诉你一句：我不想伤害你。"

冷场。

米纽坦恩站起身来，从他的上衣口袋里掏出那个信封。"现在我不能收下这个了。"他说道。

纳吉尔一时没有回过神来，他早已记不起来那封信的事儿。过了半晌他才说道：

"你不肯收下？为什么？"

"我不能收下它了。"

米纽坦恩将那封信放在桌上，朝房门走去。

纳吉尔随在他身后，手里高举着那封信，他的眼睛泪水盈盈，他的嗓音倏忽颤抖起来。

"收下吧，格鲁高德，不管怎么样。"他说道。

"不！"米纽坦恩一口回绝，他顺手打开房门。

纳吉尔把房门推上又说了一遍：

"收下吧，收下吧！我宁可我说自己真的是发疯了，宁可你忘掉我今天说过的每一句话。我确实疯得不轻，你千万不要在意我方才冲着你满嘴疯言呓语，胡说八道了足足一个钟头。你也明白在我癫狂发作神志不正常的时候，我说的话是不可以当真的，对不对？千万把这封信收下，我无意伤害你，即便我神志恍惚的时候。看在上帝的分儿上务必请收下，信封里没装多少，请相信我，不过我最终还是要送给你一封信的，这是我心里一直惦记着的一点小意思，就是说我要塞给你一个红包，其实里面几乎没有多少，那一点点只是封信表表心意，也算是我对你的衷心感谢吧。"

他嘴里说着话，手里早把这封信塞进了米纽坦恩的掌心里，然后匆匆走向窗前，借以避免再遭到推辞。但是米纽坦恩毫不让步，他把那封信撂在桌上，摇了摇头。

他走了。

二十一

哦，世事人情全都乱了套，桩桩件件皆不顺遂。无论他待在屋里或者在街上逛荡他的心境都无法平静下来。他脑中混沌一片，有千百桩事情纠结在一起，每桩每件都害得他痛苦木然。为什么每桩事情一落到他头上就不对劲儿乱了套呢？他百思不得其解。但是他觉得自己仿佛坠入一张愈抽愈紧的罗网之中动弹不得。事态已经发展到他连劝说米纽坦恩收下他打算塞过去的那封信的本事都没有了的地步，这种苗头真不可等闲视之。

每桩事情都令人沮丧和毫无希望。更要命的是他开始受到对某桩事物紧张忧郁、焦虑烦躁的痛苦折磨，仿佛感到有一种秘密的危险隐患时刻埋伏在他的身边。常常仅仅因为听到窗帘临风飒飒作响而毫无来由地战栗不已，吓得魂不附体。这些新冒出来的焦躁忧郁究竟是些什么样货色呢？他亦其百思不得其解。他那张原本就谈不上是俊美的轮廓过于分明的面孔由于在双颊和下巴颏儿上布满了深色的胡子茬而显得更缺乏吸引力了。他似乎觉得他的鬓角已经霜染般地华发丛生了。

唉，那又怎样呢？难道还不是照样阳光灿烂，还不是照样庆幸他还活着还能够自由自在地想到哪里就到哪里去吗？难道好运之门就此向他关闭了吗？一轮镕金落日衔伏在广场和海面上，小鸟儿仍旧在各家各户门前可爱的小园子里起劲地歌唱，还从一棵树的树枝上不断蹦跳到另一根树枝上。杲杲斜阳脉脉余晖，把每样东西上都涂抹上一层金灿灿的流光溢彩，连街道上的卵石亦沐浴在这种绮丽奢靡的色彩之中。教堂尖顶一柱擎天，钟楼顶上的银球在清澄碧空衬照之下光焰熠熠耀目生辉，如一颗硕大的钻石。

他觉得一阵狂喜袭上心头，这阵狂喜是如此强烈和无法控制，他竟然一时性起将身子探出窗外，向正在旅馆门前台阶玩耍的几个小孩撒下去几枚银币。

"现在乖乖玩吧，孩子们，"他说道，高兴得几乎说不出话来。那么刚才他有什么来由要焦虑烦躁呢？他这会儿的模样不见得比以前难看到哪里去，况且哪有什么人碍着他到理发店去刮刮胡子修个脸，把自己打扮得容光焕发呢？这全由着自己的心意。于是他便去了理发店。

他也想起来他务必去购买点东西，千万可不能忘记去买他曾亲口答应赠给莎拉的那串项链。他喜洋洋美滋滋地嘴里哼着小曲，如同一个无忧无虑的孩子一般对周围世界感到心满意足。方才他没来由地会对任何动静都吓得魂不附体，那种烦躁不安只不过仅仅是一种幻觉谵妄而已。

他的好心情久久持续下去。他一直沉醉在愉悦的想法里。方才他同米纽坦恩的毫不留情的摊牌已经一多半从他的记忆当中抹掉了；它似乎成了某种梦境中的情景。米纽坦恩拒绝接受他的信封，可是他不是还有一封给玛莎的信吗？此刻在急于要同别人一起分享他的过度溢盈于心头的喜悦心情，他拿定主意要找出个办法把这封信赶快寄去。他有何善策可以付诸行事呢？他检查了一下他的钱包，把那封信找了出来。他有无胆量敢把此信秘密地寄送达格妮转交呢？不，他不敢把这封信寄给达格妮。沉吟半晌之后，他决意将信立即送出;这封信里装着两张大额钞票，没有信笺，没有只字片语。他或许可以请求斯坦纳森医生帮忙转交呢？有了这个主意他便兴冲冲来斯坦纳森家登门拜访。

时交六点。

他敲了敲医生诊室的门，门是锁着的。他想倒不如绕到厨房去看看动静，于是他便试着朝后门走去。正在此时斯坦纳森夫人从园子招呼他。

那一家子原来围坐在院子的一张大石板桌旁喝咖啡。有好几个客人，两位淑女和三位绅士在座。达格妮·基兰德也在那里，头戴一顶帽檐周围镶着一圈明艳的小花的纯白色女帽。

纳吉尔傻了眼，他见势不妙想要抽身返转嘴里讷讷说道：

"医生，医生……"

"天哪，你病啦？"

"不，不，我没病。"

"好哇，那么你来了就不许再走掉。"

斯坦纳森夫人挽住他的胳膊。达格妮甚至站起身来让出她的座位。他朝她瞅了一眼，却不料她美目流盼横波莞尔，他们两人四目相视，达格妮竟然非但站起身来给他让座，还轻启朱唇压低了嗓门悄声说道："请坐，请坐在这张扶手椅上。"

可是纳吉尔在医生身边找到了一个空隙，便挤身进去坐了下去。

这样的殷勤盛情使得他受宠若惊，相当迷乱茫然。达格妮不但赶紧站起身来温存柔情地瞟着他，还非要他坐在她的座椅上。他的心怦怦地跳个不停；说不定他无论好歹还是可以把给玛莎的信交给她转递。

过了片刻，他恢复了镇定。宾主交谈亲切融合，大家欢言笑语活泼热闹得很，交谈的话题杂七杂八从一桩事转到另一桩事；他又一次兴高采烈起来，情绪高涨之至，他的嗓音亦随之震颤不已。他毕竟还活着，没有死掉，他也不想死。四周是园子里枝繁叶茂的浓荫环抱，坐在铺着白桌布摆放着亮亮的银餐具的桌子旁，身边有一群嘻嘻哈哈、眼睛明亮的寻欢作乐的快活伴儿陪着解闷，他有什么来由要烦躁不安焦虑忧忡呢？

"要是你真正想讨我们喜欢的话，你为什么不把小提琴带来为我们演奏点曲子呢？"斯坦纳森夫人问道。

她怎么竟出这么个馊主意！

其余人亦群起鼓噪，纷纷要求他来一段，他放声大笑说道：

"我哪里有什么小提琴哇。"

不要紧，他们可以派人到风琴家那里去取，只消片刻就可以奉上。

那也没有用，他不会去碰它的，况且风琴家的那把小提琴已经玩儿完了，给在指板上镶嵌的那些小红宝石弄毁了，害得琴声呆滞失去了神采，那些玩意儿本来就不应该镶嵌在那里的，真是叫人无法忍受。再说，他再也无法运弓如飞了，他恐怕再也摆弄不了琴弓了，不过话又说回来他早先也不曾有过弓走龙蛇在琴弦上翩然若飞的时候，那一回也只是偶然碰巧的绝响，他自己知道得最清楚，亦算是少有的自知之明吧，难道不是吗？不过他倒可以讲讲他生平第一遭也是仅此一遭在大庭广众演奏并且受到了舆论关注的背景。它几乎好像是具有象征性。他在傍晚时分拿到了报纸，躺在床上读起来，当时他还非常年轻，住在老家。那是一家当地报纸对他的演奏发表了评论。哦，这张报纸弄得他心花怒放。他一遍又一遍阅读那篇评论，不知不觉就睡熟了，连蜡烛都不曾掐灭。当他半夜梦回时，觉得疲惫得要命，蜡烛早已燃尽，房里一片漆黑，但是他尚能够依稀辨别出来地板口有一样白色的东西。他知道房间里有一只痰盂，于是他想：眼前见到的想必就是那只痰盂。真是不好意思说出口，他就朝着那只痰盂吐了口痰，他分明听得那口痰正中了目标。既然他第一次那么有准头，那么他干脆就来个屡试不爽吧，另一口痰又命中了。然后他又睡了过去。可是第二天清早起来一看，哪里是什么痰盂，原来他连口吐痰命中的正是那份宝贝报纸，而且还是吐在那篇他爱不释手的捧他场的评议文章上面。嘿嘿，真是够惨的。

大家听得都哈哈大笑，顿时更加谈兴勃勃。然而斯坦纳森夫人说道：

"你看起来脸色比平时苍白得多。"

"哦，"纳吉尔回答说道。"我啥事都没有，我真的没事。"而且他对说他出了什么毛病的想法嗤笑了几声。

蓦然间他脸色一变，羞臊得满面通红，他从座位上站起身来说，不过他还有点儿毛病，他弄不明白是怎么回事，但是好像总预感有什么无妄之灾要落到他的头上，所以他相当焦虑烦躁。嘿嘿，有谁能相信这一套！真是天大的荒唐，可笑之极，而且还毫无意义，难道不是吗？尽管如此，他倒还真的曾碰上过不测之祸。

众人纷纷要求他说给他们听听究竟是怎么回事。

不，为啥呢？此事一点都无关紧要，全是胡来闹笑话，既然如此又何必占用大家的时间呢？再说听起来无聊他们也会觉得厌烦。

不，他们一点都不会厌烦的。

不过此事说来话长，事情发生在旧金山，还是早年间他吸食鸦片那时候……

"鸦片？天哪，真是有趣！"

"不，斯坦纳森夫人，谈不上有趣，可以说几乎是令人窘迫痛苦的，因为我这会儿在光天化日之下四处游逛时都会烟瘾发作，像掉了魂似的争着巴望那玩意儿。不过大家切莫以为我是有烟霞癖的瘾君子，其实我统共才吸过两次，第二次没有啥意思。不过那第一次我倒果真消受到了某种妙不可言、飘飘欲仙的滋味，那是一点不假。我走进了一个被算之为'大烟馆'的地方。我怎么会涉足这类地方呢？偶然碰巧吧。我时常在街上到处闲逛，看看风土人情。我挑选出一个人来，隔开一段距离跟踪看看究竟他最后落脚在何处。我会毫不退缩地踏进一幢房子里登楼入室看看那人最后到底在何处过夜。在一个大都会里夜间放纵此类冶游真是有趣得很，而且往往会牵引出离奇古怪的邂逅交往来。好吧我们闲话少说言归正传。当时我在旧金山街上冶游，夜色苍茫更深人静，我前面走着一位瘦削寒碜细高挑儿的骨质丽人，我一直留意着她。在我们走过街灯的时候，我可以看到她身上衣裙穿得相当单薄，可是她脖颈上却分明挂着一枚名贵绿宝石镶嵌的十字架。她正在走向何处？她穿过几个街区，又拐过几个街角，不停地走呀走呀，我尾随在她脚后跟紧盯不舍。最后我们来到了华人聚居区，那个女人走进一道地窖斜坡，我也追了进去。她穿过一条长长的走廊，我也顺势跟进。在我们的右首是一堵砖墙，但是在我们左首有酒馆、理发店和洗衣铺。那位丽人在一扇门前站停脚步朝门上叩几下，一张长着一双吊角眼的脸从门上一扇小窗上露了出来，那位丽人被放了进去。我略等片刻之后便如法炮制，身体站得笔直举手叩门，那扇小窗照开不误我也被放了进去。

"那间房间里云雾弥漫，烟气氤氲，四周高声谈笑喧哗嘈杂。柜台前，那个瘦骨嶙峋的女人正在跟一个身穿长垂过膝的蓝布褂子的中国男人争吵不休。我走过去，才听清原来她是来典当的，她把绿宝石十字架典押出去却又舍不得同它分离，便紧捏住那个物件不肯松手。那是一宗只有约莫两美元的生意，她以前还拖欠了他们一点赊账，总而统之大概也就三美元光景。她就那样僵着不依不饶地吵闹下去，时而声泪俱下呜咽啜泣，时而绞动双手。我觉得她挺有意思。那个穿蓝布大褂的华人男子也挺有意思，非要把那个十字架拿到手才肯做这笔生意：一手交当头一手交现金，两相付讫绝无赊欠否则免开尊口。

"'我先坐在这里待一会儿'，那个女人说道。'我知道迟早挨不过去，到头来还非踏上这条路不可，不过我真是不应该犯下这样的罪恶呀'，她朝着那张华人男子的脸抽噎起来，还绞动着双手。

"'你不应该犯下什么罪孽呀？'我问道。

"可是她从口音里听出了我是一个外国人，所以没有开腔搭理。

"她是如此罕见地令人感兴趣，以致我拿定主意要做点什么。我不妨借给她这笔钱就为的是弄个明白到底事情逆转过来会落下什么结果。我这样做纯粹是出于好奇心，后来我又朝她手掌里塞了一美元要看看她究竟怎样把它花掉。

说不定这么做会别有奇趣。

"她张口结舌，怔呆呆地朝我瞪了半晌，然后对我表示感激，不过不是嘴里说些多谢之类的客气话，而是泪眼婆娑地凝视着我，虽然我这样做仅仅出于好奇心。真行啊，她在柜台上付清前账后就马上要了个包房。这一来她把才刚拿到手的那些钱又一个子儿不剩都交了出去。

"她款步离开柜台，我紧随其后。我们又走过一道长走廊，两侧都是编列着号码的包房。那个女人一骨碌溜进了其中的一间包房，'砰'的一声把门关上。我等待了良久却芳踪杳然，我走过去推推那扇门却发现房门已闭紧锁上。

"于是我走进隔壁包房开始等待。房间里有一张铺垫着红毡的卧榻，还有一具呼唤服务员的按铃，仅有一盏楔入墙内的灯照明，灯光幽暗荧荧如豆。我在卧榻上躺下身来，时光漫漫悠长难熬，愈来愈令人失掉耐心，我百无聊赖厌烦得要命。为了做点什么打发时光，我揿下按钮，铃声旋即响起。我并不需要什么不过还是按了按铃。

"一个华人仆役出现了，朝我瞅了一眼旋即消失。几分钟过去了。'快来呀，让我好生看看你，'我说道。'为的是消磨时光。可是为啥你不来啦？'我又按了一遍按铃。

"那个年轻仆役又回来了，毫无声息，仿佛幽灵显身一般，他脚上的布底毡鞋悄无声息地滑行过来。他一句话不说，我亦不吱一声；不过他递给我一柄小巧精致的瓷器烟枪，烟管细长，我接了过来，他安放好盛有燃烧着的木炭的烟具，我就将烟枪凑上去吸食起来。我并没有张口索要这柄烟枪然而我却抽了起来。一会儿我的耳朵里便营营作响……"

"我回想不起来最初的情景，我只觉得自己冉冉入霄汉，身在邈远的天宇中，幽深不知处，飘飘悠悠遨游苍穹。我身边云兴霞蔚光怪陆离，灿烂得叫人睁不开眼睛，那份荣耀真是绚丽辉煌得非言语所能形容。我穿过云端，絮絮云朵皓白夺目。我是何人，我在何处，今宵何夕，我在何处翱翔？我苦思冥想却又什么都想不起来，不过我确实身在深邃得不可测的云汉高处，正在悠悠荡荡地信天飘游。我看见了脚下远处碧绿的原野田畴，湛蓝的湖泊，幽深的峡谷和崇山峻岭，所有这一切全都沐浴在落日的黄灿灿的金色光芒之中。我耳际若有似无地飘逸着从闪烁的星汉那里传来的仙乐，我周围的太空也随着曲调的旋律而庄蕴娴静地上下款摆。朵朵白云舞姿嫣然地从我眼前飘浮过去让我消受到无穷乐趣，它们使我彻悟即便是死，我也会成为温柔乡中鬼。这样的情景续而不断延绵恒久。我不知时光有多久长也忘却了自己是何许人。过了不知多久，对尘世人寰的记忆在我心中明灭不定地若隐若现，陡然间我从天上跌落下来。

　　"我一股劲儿往下坠呀，坠呀，身边耀目生辉的流光溢彩消失殆尽，周围愈来愈阴沉，愈来愈暗淡；我可以看清眼皮底下的大地，我认出来我置身何处，底下是城镇村落、耳际风声呼呼，满目烟云过眼即逝。于是我停住了。朝四周一看，我只见到处都是大海。我不再感到幸福，我在礁石岩壁间磕来碰去只觉得周身发冷，原来我脚底下是一片白沙海底，在我头顶上别无长物我见到的只有水。于是我伸手划了几下游起泳来，穿越过许许多多离奇古怪的海洋植物，长着硕大绿叶的不知名植物；海洋花卉在茎梗上摇曳晃动；一个默默无声的世界，在那里听不到一丁点声息，然而却照样万物滋长繁衍生息，而且照样有活动有变化，一派生机蓬勃。我又划了几下游到一块珊瑚礁边，那里已经没有珊瑚了，这处礁石遭到过采摘掠劫。我不由得告诉自己：有人曾经光临过此地！既然有人已经先我一步来这里我就不再觉得孤单寂寞。我继续前游，希望能够寻找到陆地，不过这一回我仅仅划了一两下就停了下来。我之所以停下来是因为在我面前的海底上躺着一个人，是个女人，瘦高挑儿，她趴在一块岩石上，浑身伤痕累累。我把她翻过来一看，我认出来竟是我邂逅过的那位丽人，不过她已经香消玉殒。我并不知道她是怎么死的，因为我是从那枚镶有绿宝石的十字架上认出她来的。她当真就是那位丽人，方才我曾追踪尾随跟着她穿越过那些编着号码的小包房的长走廊。我起了念头想要赶紧往前游干脆绕开过去拉倒，但是我毕竟还是停了下来，设法把她的遗骸扶正摆直，因为她四仰八叉地趴在礁岩上的姿势给我留下了毛骨悚然的印象。她死不瞑目，一双眼睛睁得溜圆。我把遗骸拖到一块干净洁白的地方；我一眼看见她脖颈上挂着那枚绿宝石十字架，便把它塞进她的裙衫里免得被吞入鱼腹之中，然后我再游开去……

"这一切遭遇有多么神秘，可是更玄乎的还发生在后头。我回到了欧洲，回到了故乡家园。有一个炎热的夏天我四处漫游，我来到了港口，走到泵房，我在那里待了很长时间倾听着船上的人谈天说地侃大山。四周一片静悄悄，水泵没有运转。后来我觉得困倦了，不过我却不想回家去，因为天气是那么燠热。我爬上了一只水泵的机壳护罩上去坐了下来。夜是那么闷热一点儿风都没有，我忍不住犯困便蒙蒙眬眬睡了过去。

"我被一个叫我的声音惊醒，我朝下一看只见一个女人站立在礁岩上。她是个瘦高挑儿，当煤气灯火光蹿起来的时候，我可以看清她身上穿得很单薄寒碜。

"我向她问了个好。

"'天下雨啦。'她说道。

"'噢，是吗，我不晓得下起雨来，真下的话该找个地方避避才是。'我一骨碌从水泵机壳护罩上溜了下来。说时迟那时快，就在这时那座水泵咔嗒咔嗒发出轰响，一片轮翼转入半空中后倏然不见，另一片轮翼又转入半空中后倏忽不见，所有的水泵全都远转起来。如果我不曾在这千钧一发之际脱离虎口，我岂不是要粉身碎骨被绞成一团肉酱了。好悬哪，这是我事后马上明白过来的。

"我朝四周看了看，一点不错，在下着小雨。那个女人款步走开去，我可以看见她就在我前面，我认出她来，她还挂着那枚十字架。我从一开头就认出她来了，不过我佯装着不认识她。为了追赶上她我使出了浑身的劲头，可是左赶右赶怎么也追不上她。她不是用双脚起落踩地在走路，而是整个身子纹丝不动地飘动滑行，拐过一个街角便倏忽失去踪影。

"那是四年以前的事情。"

纳吉尔停下来歇口气。看样子医生早已忍不住想要笑出来，可是还尽量装得一本正经地开腔发问：

"那么自此以后你就再没有见到过她吗？"

"哦，见到过，今天我又见到了她，所以我才时不时地不寒而栗怀有一种恐惧感。我站在房间窗前朝外望去，但见那位丽人就出现在那里，穿过广场笔直地朝我走过来，仿佛是从码头边和大海里冒出来的；她站在我的窗下抬头往上看，我不大有把握她是在瞧我，所以我走到了另一个窗口，但是她的双眼横转又在那里盯着我看。我朝她挥手致意，可是她一见我这样大事声张便忙不迭转过身去悠悠荡荡飘过广场消失在码头边了。雅可布森就是那条看门狗早已鬣毛直竖凶相毕露，直蹿出去咆哮、狂吠。这桩事无法不使我往心里去，随着时光流逝，我已经差不多把她忘诸脑后了而她却又再次出现了。说不定她是在预先警告我提防点什么无妄之灾。"

这会儿医生禁不住哈哈大笑起来。

"一点不错，"他说道。"她在告诫你切莫到我们家来。"

"嗯，当然喽，这一回她可告诫错啦，我不是好好儿的吗，没有什么可以胆战心惊的。不过上一回多亏她节骨眼儿上发出了警告，要不然我准得粉身碎骨，正因为如此我才有点心神不宁。唉，这些话都是毫无意思的。嘿嘿，真是厄运临头，要遭遇到什么无妄之灾的话恐怕也只能自认倒霉听天由命吧！我只能对整个这桩事情一笑置之。"

"真是神经病再加迷信，"医生一锤定音地说道。

这时候别人的谈兴都被勾了起来，七嘴八舌纷纷讲述他们自己的故事，钟声敲了一遍又一遍，时已近暮，天色渐渐黯黑下来。在这段时间里纳吉尔始终一言不发；他只觉得黄昏料峭寒气袭人浑身上下凉飕飕地直发冷。最后他终于熬不住便站起身来告辞。他大概用不着麻烦达格妮转交那封信了。也许明天他会来看医生并且把那封信交给他。方才他还高高兴兴此刻却黯然神伤心情抑郁。

出乎他极大的意外，正当他行将离去的时候达格妮竟也急忙站起身来。她说道：

"你方才讲了一个那么恐怖的故事，听得人毛骨悚然，我都起了一阵阵鸡皮疙瘩，所以我要趁天还没有黑透之前赶紧回家。"

他们两人一起走出园子。纳吉尔心头又泛起了欢乐浑身顿感温暖：现在他终于可以把那封信当面交给她了，他再也不会有更好的机会啦。

"你找我是不是还有什么话要对我讲？"医生在背后呼唤他。

"没有，真是没有，"他应声回答，表情颇有点慌乱狼狈。"我只不过顺道来打个招呼……上次碰头之后已经有那么长时间不曾见面啦。再见。"

他们俩走到大街上，他们两人都显得非常拘束，他固然局促不安而她更是尴尬难堪。她大概想想也只有谈谈天气来寒暄，于是便觍颜喃喃：

"今天傍晚真是多么暖和！"

"嗯，是呀，真是暖和，连一点风都没有。"

他也找不出什么话来应付，就干脆目不转睛地盯住她饱览秀色。伊人俏模样容颜未改仍然是那双天鹅绒般的明眸，仍然是那根金色的大发辫垂在背后；他百感交集，所有的七情六欲一齐重新涌入他已经枯槁的心田；佳丽陪侧红颜觑伺，他捺不住心猿意马陶醉如痴起来，赶忙伸手捂住了他的双眼。每一回他的眼光落到她的身上，她就变得更靓丽、更可爱、更秀色可餐，每一回！他忘记干净所有一切，忘记干净她的轻蔑鄙视，忘记干净正是她把玛莎藏匿起来，不让他去相见，还有忘记干净她曾以掉落手绢来勾引他然后再翻脸无情丢开手。无奈之中，他只得转过身去借以防止另一次无法克己的情欲冲动的大发作。不，他务必高抬起头来挺得住经得起色相诱惑，况且他以前有过两回还曾害得她险些陷入贞洁难保的情网绝境之中。他毕竟是个堂堂的男子汉，岂可没有担当地苟合胡来。于是他屏气凝神敛容正色，硬起心肠来。

他们俩走到了主街上，旅馆就在右侧。她朱唇嗫嚅似乎有话要说。他心照不宣地陪着她继续往前走去。说不定他还能陪伴她穿过森林哪。冷不丁她朝他看看说道：

"多谢你讲的故事！你现在还觉得焦虑抑郁吗？你真不应该那样啊！"

是呀，她今天善解人意温柔体贴得出奇；他倒不如趁势马上就提出那封信的事情。

"我想要请你帮个忙，"他说道，"不过我却无此胆量不敢提出，我捉摸着你现在大概不肯再帮我忙了吧？"

"哦，肯的，我欣然从命。"她回答道。

岂止是肯，她还欣然从命，这可是她亲口说的！他将手伸入衣兜把信掏了出来。

"我想拜托你转交这封信，只是一个便笺而已，我太不好意思，我。信倒没有什么要紧的……可是……唉，信是给古德小姐的。也许你知道她在哪里，对吗？她出门去了。"

达格妮站停了脚步，一种似嗔非嗔若怨若怼的古怪眼神毫不掩饰地在她的那双湛蓝的大眼睛里流露出来；有片刻工夫她竟然怅然若失地呆站在那里动弹不得活像冻僵了一般。

"是给古德小姐的吗？"她茫然问道。

"是的，不知道你肯代为转交吗？好在这封信并不着急，等段日子也无妨……"

"行呀，行呀，"她马上接茬儿搭腔。"只管交给我好啦，你放心吧，古德小姐会收到你信的。"她把那封信放进衣兜里，然后猝不及防而又惺惺作态地点了点头说道："哎哟，今晚多谢你费心陪送，现在我得走啦。"

她说着又朝他投来一个似嗔如怨的眼色便匆匆疾步走开去。

他只好止步站在原地不动。为什么她忽然如此仓促地中断了这次伴送呢？她临走之际神色上并无半点怒意。恰恰相反。然而她就这么突如其来，说走一扭身就走掉了。她已经走上了牧师宅邸路……现在她走得看不见啦……

当她的芳踪在他视野里消失后，他折身返回旅馆。她戴着一顶雪白的女帽。还有她临别横波顾盼又回眸投给了一个眼色，那一瞥含情脉脉尽在不言之中，想要掩饰反而真情毕露。

二十二

　　她临走回眸投给他的那一瞥是多么含情脉脉啊，所有想要掩饰却又掩饰不住的难于言表的心思都在她眼神里显露无遗。他左右揣摩仍捉摸不透。要是下一回再与她相遇他务必要弥补上这一不足，千万不要错过天赐的良机。他的脑袋怎么这么沉甸甸！总算已经不再有什么无妄之灾可以焦虑忧郁，这是十拿九稳的，谢天谢地。

　　他在沙发上坐定下来随手抄起本书来，翻了几页却一个字也看不进去。他站起身来走向窗口，心里却一阵阵直打鼓。连他自己都不敢承认的是他居然几乎不敢朝大街上张望一下，生怕他的眼球又会接触到另一番难得见到的灵异现象。他的双膝开始簌簌地哆嗦起来，他是怎么回事？他趔趄着回到了沙发上，任凭那本书给碰落到地板上。他的脑袋像针刺般疼痛起来，他觉得自己怕是真的病倒啦。他浑身发冷大概热度不低发起烧来了；一连两个晚上都露天躺在森林里终难逃脱惹病上身，寒气从头到脚侵入他的周身上下。早在他还坐在医生家园子里的时候他已经周身发冷阵阵打寒战，这就是发病的征兆啦。

　　算啦，这场病无非挺一挺就过去了。他素来没有肯向一场小小的感冒俯首投降的脾性；明天他就会霍然痊愈！他打铃要来了白兰地，可是几大杯灌了下去却不管用，非但毫不奏效反而害得他头重脚轻东倒西歪。最糟糕的是他的头脑不灵光了，神思不定一点脑筋都动不了啦。

他发起烧来，寒战连连，浑身止不住哆嗦，颤抖了一个多钟头！这是怎么回事，一丁点儿风都没有，窗帘竟自个儿飘动起来拍打作响呢？这又是什么兆头呢？他站起身来看看镜子，不由得顾镜自怜起来：镜中人看上去满脸病容，一副憔悴羸弱的模样。他头上华发丛生两鬓霜染，他的眼眶四周布着一圈血红色的边沿……"你现在还觉得焦虑抑郁吗？你真不应该那样啊！可爱的达格妮！想想看，一顶纯白色的女帽……"

房门上响起一声叩击，旅馆老板排闼直入。到底追上门讨债来啦，长长的账单，两大页。甭管怎么着旅馆老板还是满脸堆笑，礼数十分周全。

纳吉尔马上一边摸出钱包来掏钱，一边嘴里询问他究竟赊下多少账，心里都不免直犯怵；旅馆老板照实作答。哼，才那么点数目，本当可以等到明天或者随便哪一天再付嘛，犯不上这么心急火燎地来催账逼债嘛。

行呀，天晓得他付得出付不出哩，说不定他还真手头不便哪。纳吉尔掏了老半天掏不出钱来。怎么回事，他难道竟身无分文？他把钱包往桌上一撂，动手在自己身上搜寻起来，他茫然不知所措地撩衣翻兜，绝望地四处乱找一遍。最后他总算从裤兜里掏出点零钱来。

"我这儿倒还有点钱，不过我揣摸大概还不够吧。不，还差得远哪，要不你先点点吧。"

"不，"旅馆老板也说道，"远远不够。"

纳吉尔额头上冒出了冷汗。他动手搜寻马甲衣兜说不定还能在那里找出更多的零钱来。那里一个子儿都找不见。

不过他肯定可以借得到钱，说不定有人肯发放给他一笔小小的贷款呢？上帝明鉴，要是他开口求助，不见得没有人肯加以援手的。

旅馆老板早已不再和颜悦色，他的周全礼数也一扫而尽。他拣起纳吉尔方才摆在桌上的钱包自告奋勇地搜寻起来。

"请便吧，"纳吉尔说道。"你可以亲眼看到只有几张纸。我真莫名其妙。"

旅馆老板打开钱包中间隔层的纽扣，他马上愕然失手，钱包掉落在地板上，他喜出望外，咧开嘴哈哈大笑起来。

"在这儿哪，"他说道。"好几千克朗哪！那么说来，你是在同我开玩笑，你只想看看我懂不懂逗笑打趣，对吗？"

纳吉尔也开心得像个孩子一样，欣然接受了这一解释。他如释重负，不无宽慰地深深舒了一口气说道：

"是呀，可不是吗，我这在哄弄你玩儿哪！没错，我照样有的是钱。谢天谢地，看看这里，你只消张开眼看看！"

一点不假，许多张大面额钞票，张张都是一千克朗；旅馆老板不得不回身出去兑换开来才拿到他应得的那份钱。可是在旅馆老板终于离开之后很久，纳吉尔的额头上依然汗进如珠潸潸而下，他由于情绪骚动而又浑身颤抖起来。方才他多么心烦意乱狼狈不堪哪，这会儿他脑袋瓜里多么空空洞洞一片营营嗡嗡！

过了一会儿，他终于昏沉沉睡了过去，睡得很不踏实，和衣倒在沙发上辗转反侧噩梦连连地打了个盹，他迷迷糊糊地粗声大气地梦呓，还在梦魇之中放声歌唱。他打铃要来了白兰地，发着烧似睡非睡地喝了下去。莎拉隔一会儿就过来照料他，他几乎一直在同她说话，可是莎拉却只听懂了很少一点点。他紧闭双目躺着不动。

　　不，他不想要脱去衣服躺下睡一个好觉嘛，莎拉不晓得怎么会有这个馊主意？难道这会儿还不是日当中午吗？他仍旧能清晰地听到鸟儿的啭鸣。她也犯不着去把医生找来。没用的，医生只会给他一点黄色药膏和一点白色的药膏，而这两种药膏患者很容易混淆起来，把这个药错当作那个药来用，结果病没有治好反倒把自己的性命赔了上去。卡尔森就是这么死的。她可还记得卡尔森吗？那家伙死得才冤哪！卡尔森起先说是不晓得为啥缘故，咽下了一个钓鱼钩子，卡在嗓子眼儿里啦，结果后来弄清楚原来只喝了一杯井里打上来的可供洗礼用的最普通不过的清水就呛死了，嘿嘿嘿，这档子事可见还真不是闹着玩的……“莎拉，你切莫以为我是喝醉了在撒酒疯，行不行呀，你？各派思想什锦大杂拌，你可曾有所耳闻吗？‘百科全书派中人’诸如此类人等而已。现在数数你的纽扣，莎拉，看看我真的喝醉了没有……听，磨坊转了，城里的磨坊！我的老天爷啊，你生活在一个像是狐狸洞一样的穷乡僻壤里呀，莎拉；我想要把你从你的敌人强暴行径里解救出来，就像《圣经》上所说的那样。哦，快滚到地狱里去，快滚到地狱里去吧！你不掂量自个儿是老几呀？你们统统都是骗子，我更胜你们一筹，比谁都强，占尽了上风。你难道不相信我吗？哦，不过我一直留神提防着你哪！我确信汉森中尉亲口答应过给米纽坦恩两件羊毛衬衫，而且他到手了。那么你以为他敢承认吗？不妨让我来帮你打消这个大谬不然的念头吧：米纽坦恩不敢于承认，他想尽办法来抵赖掉。你明白我说的意思了吗？如果我没有看错的话，格鲁高德先生，你用报纸遮住脸又在猥琐地暗笑，是不是？不是，那也没有关系……你还在那里吗，莎拉？好！要是你肯在这里再坐上五分钟的话，我会再讲点什么给你听，那就这样说定了，对吗？首先你要想出一个眉毛正在一根一根地往下掉的人来。你能硬挺得住听下去吗？那个人的眉毛正在一根一根地往下掉。其次，我可以问一下你是不是曾在吱嘎吱嘎发出怪吓人的响声的木板床上睡过觉吗？你数一数你的纽扣看看你真的睡过没有。我对你抱有满腹疑团，在我看来，其实城里每一个人都值得怀疑，我一直对他们每一个人都留神提防。其实就那么回事啦。咎由自取嘛，责任并不在我，我每一回都给你提出长长一大串内容极其丰富的聊天话题，把你的附庸帮闲式的人生搅得天翻地覆乱成一团；我在煽风造势给你那种到处奉承诌媚、靠喷唾沫星子来巴结讨好的正当体面却又如同盲肠一般的附庸人生制造出一个又一个波涛汹涌的狂暴场面。嘿嘿，那磨坊旋转得多快呀，那磨坊真是旋转得有多快！于是，我的深受尊敬的莎拉·咖啡克乃克特·约瑟夫斯多蒂尔[①]使女小姐，我谨向您进一句忠告：原汁肉汤须趁热时喝，因为一凉之后，我向上帝诅咒，就会潺成一锅清汤寡水……再来点白兰地，莎拉，我头疼，脑袋两侧都生疼生疼的，脑门当中也痛得不得了，真是奇怪，像针扎那样的刺痛……"

"你要喝点什么热的吗？"莎拉问道。

喝点什么热的？亏你想得出来，莎拉你怎么尽出馊主意！不消一眨眼工夫就传遍全城大街大巷说是他偶染微恙便要靠喝热的来调养呵护。牢牢记住：他一点没有打算要

[①] 按北欧姓名顺序，莎拉系闺名，咖啡克乃克特（Kaffe Knaegt）系教名，此处为纳吉尔任意杜撰，意为"磨咖啡的"；约瑟夫斯多蒂尔系姓氏，意为"约瑟夫之女"。

造成丑闻惹起公愤。他可是要做一个举止正派行为规矩的纳税好市民，随大流顺从牧师宅邸路所标明的方向往前走，决不会听信别人误导而用一种不可救药的异端邪说来看待世态人情；可以竖起三根指头来起誓……他用不着害怕。但是他当真浑身疼痛难受，这就是为啥他不肯脱衣服的缘故，为的是让不舒服快点过去，这就是针锋相对硬碰硬……

他的状况愈来愈糟糕，莎拉忐忑不安如坐针毡。她一心想要觑个空趁早抽身溜出去，可是每当她站起身来他马上就发觉并且问她是不是要弃他于不顾。于是她只好耐着性子觑视着听凭他喋喋不休地胡说下去，要等到他说累了沉睡过去之后她才有机会脱身。唉，他满嘴在胡扯些多么无聊的废话呀，他嘴里嘟囔个不停，双眼却一直紧闭着，他的脸由于发烧而滚烫通红。他已经煞费心思想出了一种新法子来给斯坦纳森夫人的红醋栗灌木丛消灭虱子。在哪个大好天，他到商店去买一桶煤油，买好之后就到集市广场去，把他的鞋脱下来把煤油灌注进去，然后他把两只鞋都点上火，一先一后地点上火，最后的压轴戏是他踮着只穿着袜子的双脚围着熊熊燃烧的鞋跳起舞来还要唱一首歌。这个节目只能等他好了以后的哪天清早才能表演。他要抽几下响鞭，把这个节目演成一出正规的杂技，一出真正的马戏歌剧。

他也不断地梦见他的熟人都有了奇妙古怪而又令人发噱的姓名和头衔。由于这个缘故，他把法院推事赖纳特称之为是"比尔格"[①]，并且口口声声说"比尔格"是一个头衔，"本城比尔格尊敬的赖纳特先生足下"，他说道。到

---

① 原文为"bilge"，系作者杜撰的虚构词，意思约为"行政使吏"或"市长"。

了最后他终于开始梦呓安德森领事的住房天花板究竟有多高。"三英尺半，三英尺半，我说对了吗？"不过说正经的，此时此刻他倒真正躺倒在那里，喉咙里哽着一只钓鱼钩子，他无法把它咳出来，他的嗓子眼儿卡得鲜血直流，疼痛得不得了……

到了傍晚时分，他终于蒙眬入睡，睡了一个好觉。

晚上十点钟光景，他又醒了过来。孤独一人形影相吊。他仍躺在沙发上。莎拉盖在他身上的那床毛毯已经滚落到了地上，然而此刻他已经不再周身发冷了。莎拉已经把几个窗子全都关上，他又把它们重新打开。他的头脑清醒过来了，可是他只觉得身上软弱乏力，动不动就发抖打战。那种隐约晦暗的恐惧感再一次袭上他的心头，不管是墙壁吱嘎吱嘎作响或者街上有点动静都会吓得他毛发直竖，从骨头直到骨髓里害怕出来。说不定他上床睡个安生觉，只消一觉睡到天光大亮，这一切都会过去。于是他脱衣上床。

然而不管怎样辗转反侧，他睡意全无，根本就睡不着。他躺在床上静思追溯起最近这一昼夜他的冒险经历，从他走进森林，将那只装着清水的小瓶子往嘴里灌下去开始，一直回想到他躺在自己房间里，精疲力竭还受到发烧的折磨。这一昼夜茫茫白天，漫漫黑夜悠长得没完没了！那股焦虑忧郁却又时刻不肯放过他；那股沉闷阴郁到令人无可忍耐，却又时隐时现的恐惧感已经把他推上绝路；他觉得自己被逼到了危险深渊的边缘；灾难厄运早已降临到他头上。他究竟干下了什么，连想要苟全性命都不行呢？他的床铺四周怎么有那么多交头接耳悄声低语呢？房间里怎么到处充满着一片嘘声！他双手交叉合十，看起来好像睡着了似的。

突然间他朝手上瞟了一眼，他注意到他的那枚戒指不翼而飞。他的心噌的蹿到了嗓子眼儿，怦怦乱跳起来。他又细细察看：他手指上遗留着一圈淡淡的黛青色条痕，就是不见了戒指！老天爷哪，不得了啦，戒指丢了！是的，一点不错，他把戒指扔进了大海里因为他觉得既然自己要自寻短见，那枚戒指想必只是毫无用处的身外长物，所以他就把它扔进了大海里。如今一切都完了，戒指丢了。

他从床上跳起来，穿好衣服，像一个疯子那样踉踉跄跄在房里四处寻找戒指。现在是晚上十点钟，戒指务必在子夜十二点前找到，他想，钟敲十二点是最后的大限时刻。戒指，戒指……

他急匆匆下楼梯，跑到街上一溜烟儿朝向码头疾步狂奔而去。旅馆里的人都愕然地瞅着他这副狼狈相，他亦毫不在乎。这时，他又重新感觉到了那种浑身散架疲惫得要命的羸弱乏力，他的双膝发软，脚步东歪西扭直打趔趄，但是他已顾不得许多。呃，到了这会儿他才恍然大悟这一整天来以咄咄逼人之势压迫着他，把他摧垮打倒的原委何在了：那枚铁戒指不翼而飞了。就在这一瞬间，那个挂着十字架的丽人又掸之不去地赫然出现在他眼前。

这一吓非同小可，他惊恐得几乎魂飞魄散。在失魂落魄的恐怖中，他一脚跳上他眼里见到的靠在泊位上的第一艘小船。那艘船系牢在岸上，他无法把它解开。他大声呼唤叫来了一个人，央求他帮忙解开，可是那个人回答说他不敢，因为这艘船不是他的。可是纳吉尔情愿尽其所有掏出钱来，因为他的那枚戒指危如累卵随时都会被水冲走，他宁愿把这条船买下来。……可是他难道没有睁眼看看这条船是用挂锁锁上的吗？他难道没有看见那根大粗铁链？……算啦，他另找一条船吧。

于是纳吉尔跳到另外一条船上。

"你要上哪里去？"那人问道。

"我去寻找我的戒指。说不定你认识我，我通常在这儿戴着一枚戒指，你可以亲眼看到有一道印痕，所以我不是在撒谎。这会儿我把戒指扔了出去，它就搁在那边什么地方。"

那人听得摸不着头脑。

"你是要从海底里捞一枚戒指上来？"那人问道。

"正是如此，"纳吉尔回答道。"我听出来你听明白啦。因为我务必要找回我的戒指，你知道，你也明白护身符是须臾不可离身的，对不对？来吧，划我出去！"

那人莫名其妙又问了一遍：

"你当真要去寻找一枚你扔进大海里去的戒指？"

"是的，没错，快来吧！不要担心，我会给你许多钱。"

"上帝保佑你，省省这份心吧，你是要用你的手指头去把它捞上来不成？"

"是的，就用我的手指头，一点没事儿。万不得已的话，我会像鳗鱼那样游水过去，说不定我们还能想出别的高招来打捞哪。"

那个陌生人当真乖乖儿地上船。他一边坐下身来，一边嘴里还在咕哝着眼前这档子事情，不过把脸转了过去。那全然是干傻事，明知道压根儿办不到的荒唐事却偏偏要蛮干。若说是一只铁锚，哪怕是一根铁链尚且还说得过去，可是一枚戒指！尤其是连扔哪里的确切位置都不晓得！

纳吉尔自己也开始明白过来他的如意算盘是办不到的。但是他心灵里偏偏不肯买账，不甘心听天由命，反正他已经命中注定在劫难逃啦！他两眼发直，痴呆呆地愣着神，由于发烧和恐惧他不禁又颤抖起来。他刚摆出姿势想要从船上往水里跳，那人就一把揪住了他。纳吉尔顿时瘫了下来，头昏脑涨、疲乏得要命以致他根本无力同别人格斗。上帝在天父啊，这真是每况愈下，越来越不妙啦！戒指丢了，眼看快到子夜十二点，戒指还没有下落而他已经接到了报丧的凶兆。

就在这当儿，他的神智忽然有片刻工夫清醒过来，在这两三分钟的短促时间里他想到了多得不可思议的事情。他也猛然回想起来至今他一直忘记去补做的事，那就是在昨天傍晚他写下了给他姐姐的一封绝命书信而且亲手投入了邮箱。他直到如今尚未了此残生，而那封遗书却会毫无耽搁地一路邮递过去，已经来不及阻止了，它按照规程递送如仪，这会儿大概早已在邮递运转的路上。当他的姐姐收到这封绝命书的时候，他大概非就此绝命不可啦。再说连戒指都丢了，说什么都晚了，真是回天乏术哪……

他的牙齿咯咯地直打战，他抬头环顾四周，六神无主不知道下一步该怎么办……森森海水仅一步之遥，只消轻轻纵身一跳。他斜眼觑了一下那个端坐在他面前舱板上的家伙；那人仍旧把脸背着他却时刻警觉地监视着他，一有动静随时可以出手干预。可是为啥他老是把脸转过去背着他呢？

"让我帮着扶你上岸吧。"那人说道，架起他的双臂就把他拖上岸来。

"晚安，"纳吉尔说道，扭过身来背对那人。

可是那人却是靠不住的，步步紧盯住他不放，暗中监视着他的一举一动。暴怒之下，纳吉尔转过身来又对那人说了一遍晚安，随后他脚一蹬跳离开码头泊位。

那人又一次紧揪住他不放。

"你办不到的，"那人贴近纳吉尔的耳朵说道，"你游泳太棒了，你跳下水去就会浮起来的。"

纳吉尔吓了一跳，思索了片刻。一点错不了，他委实游泳游得太出色，他跳下水去准得浮起来而且得救获生。他不禁举目端详起那人来，细细凝视那张面孔，入目所见的竟是那张天底下最令人厌恶的丑八怪脸——那是米纽坦恩。

又是米纽坦恩，再一次米纽坦恩。

"滚到地狱里去，你这条卑鄙无耻诌媚奉承成性的毒蛇！"纳吉尔尖声叫嚷起来并且扭身就逃，狂奔不已。他一路上跌跌撞撞活像一个醉汉，脚底下打了个趔趄，摔倒下去，又赶紧爬了起来；每样东西都在他眼前旋转摇晃，他一口气朝着城里直奔过去，脚不停步地没命地逃。就是这个米纽坦恩再一次把他的计划全都打乱，害得他的如意算盘落空泡汤。以老天爷的名义，米纽坦恩这么捣乱究竟所为何来，究竟什么才是此人的叵测居心？他眼前怎么那样天旋地转眩晕个不停哪，城里上空的市声怎么那样喧嚣嘈杂呢？他又摔了下去。

他强自挣扎着跪坐起来，前仰后合地摇晃自己的脑袋。听哪，大海在召唤！子夜十二点马上就要到来，戒指却仍未找到。有一只怪物在追赶着他，他能够听得见那怪物一路行来发出的巨大声响；一只遍身长鳞的怪物，腆着个松松垮垮的大肚皮，拖在地上行走时嘎嘎作响，身后留下一道长长的湿痕；一只吓得人毛骨悚然胆战心惊的可怕怪物，犹如神秘的象形文字一般从它的头上伸出前肢，从它的鼻子上长出一只黄色的螯爪。跳吧，跳吧，大海又发出了一遍召唤呼喊。他实在忍受不住尖声嗷叫起来，并且用双手捂紧耳朵免得再听见。

他又跳起身来。还没有完全丧失掉所有希望，一线生机尚存，他还有最后一招力挽狂澜的求生善策，一支安全可靠的六响手枪，世界上最好的救命武器。他出于感恩戴德而潸然泪下，于是他用尽一切力气拼命奔跑起来，一边奔跑一边止不住泪花纷洒，他流泪感恩是因为这给他带来了新的希望。冷不丁他想起来这是夜里，他无法购买到一支六响手枪，所有商店早已打烊了。就在这个节骨眼儿上他泄气放弃了，合身往前一扑，脑袋砸到了地上却没有磕出半点声响来。

此时旅馆老板和另外两三个人终于从旅馆里走了出来，看到了怎么回事这才给他解了围……

他惊醒过来，怔怔地瞪大着眼睛——原来整个这回事都是他的梦境所见。他在做梦，是呀，甭管好赖他睡熟了，睡了一觉。感谢上帝，亏得所有这一切全都是个梦，他一直不曾离开过他的床铺。

他在床上躺了一会儿，把事情又细想了一遍。他看看他的手，那枚戒指是不在了；他看看表，时交子夜，离十二点只剩下两三分钟。说不定他还真能侥幸躲过这一劫苟全性命，说不定他毕竟可以好死不如歹活着获得拯救。说不定，唉，说不定钟敲十二点却波澜不兴啥事不会发生？他把表拿到手里，他的手颤抖不已，他分分秒秒计算起来。

猛一失手，那只表跌落到地板上，他从床上跳起身来。"有人在召唤呼喊！"他悄声说道，探出头去朝窗外张望，双眼凸出瞪目而视。他迅速穿好衣服，打开房门，径直走上大街。他扭头四顾，没有人跟踪盯梢。于是他大步流星由疾走开始朝着码头方向奔跑起来，他那穿着马甲的白色背部一直在黢黑的夜色中闪烁。他来到了码头，顺着道路奔向最远处的那个泊位，一个倒栽葱身体笔直地跳入大海。

几个气泡泛起在水面上。

二十三

　　今年四月的一个深夜，达格妮和玛莎并肩走过城区；她们两人出席了一次聚会，正在回家的路上。天黑似黛，街上四处结着薄冰，所以她们两人款款缓步走得非常之慢。

　　"我一直在回味今天晚上大伙儿谈论纳吉尔的一桩桩一件件事情，"达格妮说道，"许多事情是我初次听到的。"

　　"我没有听见，"玛莎回答道。"我出去了。"

　　"不过有一桩事情他们并不知道，"达格妮继续说道，"纳吉尔去年夏天告诉过我，说是米纽坦恩会落个非常坏的下场。我无法估摸出来他怎么那时候就早已预见到了。他说那番话的时候要远远在你告诉我米纽坦恩对你干下了什么事之前。"

　　"他那么说来着吗？"

　　"是的。"

　　她们转身折向牧师宅邸路。森林黑沉沉、阴森森地缭绕在她们两人周围。万籁俱寂，唯一入耳可闻的动静是她们两人踩在结冰的路面上的噼噼啪啪迸裂声。

　　沉默了很久之后，达格妮又说道：

　　"这里是他老来散步的地方。"

　　"谁？"玛莎随口说道。"这里很滑，难道你不要扶着我

407

的胳膊吗？”

"好的，还是你扶着我的吧。"

她们两人默默地往前走，手挽着手，紧紧依偎在一起。

图书在版编目（CIP）数据

神秘 /（挪）克努特·汉姆生著；石琴娥译.—北京：中国国际广播出版社，
2019.1（2024.1重印）
（北欧文学译丛）
ISBN 978-7-5078-4366-8

Ⅰ.①神… Ⅱ.①克…②石… Ⅲ.①长篇小说－挪威－现代 Ⅳ.①I533.45

中国版本图书馆CIP数据核字（2018）第246606号

神　秘

出 品 人	宇　清
总 策 划	王钦仁
策　　划	张娟平　凭　林
著　　者	［挪威］克努特·汉姆生
译　　者	石琴娥
责任编辑	笈学婧
装帧设计	Guangfu Design｜张　晖
责任校对	张　娜

出版发行	中国国际广播出版社有限公司［010–89508207（传真）］
社　　址	北京市丰台区榴乡路88号石榴中心2号楼1701
	邮编：100079
印　　刷	天津鑫恒彩印刷有限公司

开　　本	880×1230　1/32
字　　数	260千字
印　　张	14
版　　次	2019年1月 北京第一版
印　　次	2024年1月 第四次印刷
定　　价	68.00元